Querida leitora,

Em *Um beijo a mais*, de Kate Hewitt, o conde francês Jean-Luc Toussaint fica hipnotizado pela magnífica pianista Abigail Summers e precisa tê-la. Eles se rendem a uma noite de paixão e quando o conde volta ao seu país, deixa Abigail de coração partido... e grávida.

Em *Juras secretas*, de Kim Lawrence, o casamento de Dervla e Gianfranco está ameaçado. Por anos, o casal foi feliz, mas um segredo pode destruir tudo: ela está grávida. Gianfranco nunca quis saber de filhos, e a fez jurar que não os teria. Agora, Dervla precisa fazer de tudo para esconder esse segredo impossível!

Em *Luxo e sedução*, de Sara Craven, Rhianna Carlow volta a casa em que cresceu para uma cerimônia de casamento. Ela só queria esquecer sua infância infeliz, mas o bilionário Diaz Penvarnon não vai deixar. Convencido de que Rhianna é uma interesseira, ele fará de tudo para impedir que ela participe do casamento... até mesmo sequestrá-la. Sozinhos em um iate, o casal irá sucumbir a uma tormenta de paixão.

Boa leitura!
Equipe Editorial Harlequin Books

SUMÁRIO

Um beijo a mais, 7

Juras secretas, 169

Luxo e sedução, 323

Kate Hewitt

UM BEIJO A MAIS

Tradução
Fernanda Lizardo

CAPÍTULO 1

OS APLAUSOS cessaram e um silêncio absoluto pairou sobre a sala de concerto, dando uma expectativa maravilhosa ao ambiente, e, a Abigail Summers, uma excitação quase elétrica.

Ela tomou fôlego, posicionou os dedos suspensos sobre o teclado do piano de cauda ao centro do palco do Salle Pleyel, em Paris, fechou os olhos e, então, começou a tocar.

A música fluiu da alma aos dedos, preenchendo o cômodo com os sons atormentados e sombrios da Sonata nº 23 em Fá Menor, ou *Apassionata*, de Beethoven. Abby não estava ciente da presença do público, que se sentou sob um silêncio cativante após pagar quase cem euros simplesmente para ouvi-la. Sete anos como musicista profissional e uma vida inteira de aulas a ensinaram a manter o foco completamente na música.

No entanto, ao chegar à metade da *Appassionata*, ela ficou… consciente. Não havia palavra para descrever o sentimento de estar sendo observada. É claro, centenas de pessoas a observavam, mas aquela pessoa em particular, *ele*, Abby sabia instintivamente que era um homem, e que era diferente. Podia sentir os olhos dele sobre ela, embora não soubesse como. Nem por quê. Ou quem.

Contudo, ela não ousou levantar o olhar ou perder o tino, nem mesmo quando as bochechas ficaram quentes e a pele formigou, com o corpo reagindo ao prazer sensual e a um tipo de atenção que ela nunca experimentara e que nem tinha certeza ser real.

Ela se flagrou querendo que a peça terminasse logo, todos os vinte minutos, aí poderia erguer o rosto e ver quem a observava. Nunca desejara que uma peça chegasse logo ao fim, nunca tinha sentido a atenção de uma única pessoa como um holofote sobre a alma.

Quem era ele?

Ou ela estava apenas fantasiando, pensando que havia alguém ali? Alguém diferente. Alguém, ela sentiu estranhamente, por quem ela esteve esperando por toda a vida.

Finalmente, as últimas notas definharam na quietude do salão silencioso e Abby olhou para cima.

Ela o viu e o sentiu imediatamente. Mesmo diante das luzes ofuscantes do palco e do mar de rostos borrados, os olhos dela focaram sobre ele, seu olhar atraído como um ímã. Ela sentiu o corpo irresistivelmente puxado em direção a ele, mesmo permanecendo sentada no banco do piano.

Ele retribuiu o olhar fixo e, nos poucos segundos que ela teve para fitá-lo com certo respeito, captou alguns detalhes: cabelos escuros e volumosos levemente desfiados, um rosto bem delineado e, principalmente, olhos azuis, brilhantes, intensos, *flamejantes*.

Abby deveria ter iniciado a peça seguinte, uma fuga de Bach, mas, em vez disso, ficou sentada, imóvel, paralisada, pensativa.

Não podia se dar o luxo de fazer perguntas ou procurar por respostas. Dando um suspiro profundo, determinou-se a procurar o foco mais uma vez, a pensar em nada além da música. Da beleza.

Mesmo depois que deu início à peça de Bach, e o público pareceu recostar nas cadeiras com um suspiro de alívio, ela ainda estava consciente da presença dele, e imaginava se voltaria a vê-lo.

JEAN-LUC TOUSSAINT estava acomodado na cadeira, cada músculo tenso pela expectativa, pela atenção, pela esperança. Era uma emoção que ele não sentia há muito tempo. Aliás, não sentia nada, de modo algum. Assim que Abigail Summers, a renomada pianista prodígio, entrou no palco, ele sentiu as cinzas do âmago se atiçarem à vida de um modo que nunca pensou ser capaz de experimentar de novo.

Ele vira fotos dela, é claro. Porém, nada que o tivesse preparado para a visão no palco: a cabeça erguida, os cabelos escuros e brilhantes presos em um elegante coque, o vestido longo preto roçando nos tornozelos. Nada o preparara para o estímulo na alma, para as emoções, a esperança, e até a alegria, que o atingiram.

Tentou colocar tais sentimentos como mero desespero da imaginação; estava mesmo desesperado? Suzanne falecera seis meses atrás, e há pouco mais de seis horas ele descobrira as cartas que ela deixara, e constatara a verdade sobre a morte dela. E sentira a vergonha e a culpa corrosiva e desgastante.

Abandonou a mansão e todas as lembranças, evitando qualquer vestígio da vida antiga. Foi até aquele concerto num ato impulsivo; viu um anúncio num outdoor e desejou se perder em alguma outra coisa para não ter de pensar, ou mesmo sentir.

Ele não podia sentir; estava vazio, pobre de emoções... até Abigail Summers cruzar o palco.

E quando ela começou a tocar... A *Appassionata* era uma das sonatas favoritas dele; compreendia a frustração de Beethoven, a inevitabilidade da impotência do compositor e a própria inabilidade em parar o crescimento daquela fraqueza impiedosa. Ele se sentia daquele modo em relação à própria vida.

Então Abigail Summers trouxe uma nova emoção e energia à peça, tão intensa, que Luc se flagrou cerrando as mãos, os olhos queimando enquanto olhava para ela, como se pudesse compeli-la a olhar para cima e encará-lo.

E ela o fez. Assim que os olhares de ambos se chocaram, ele sentiu como se algo, há muito perdido, finalmente tivesse retornado, como se o mundo entrasse no prumo, como se *ele* finalmente tivesse entrado no eixo e estivesse completo.

Ele sentiu esperança.

Era um sentimento inebriante, viciante e maravilhoso. Também era algo assustador, no entanto ele queria mais. Queria se esquecer de tudo que acontecera, de todos os erros cometidos nos últimos seis anos. Queria aquele esquecimento bem-aventurado, se perder naquele olhar, naquela mulher, mesmo que por um instante. Mesmo que não durasse.

Os olhos de ambos se encontraram e se intrincaram, o instante se prolongando. Então, quando uma onda crescente de apreensão se formou na plateia, ela olhou para baixo de novo, e, após um momento tenso (ele não achava que aquela hesitação fosse fruto da própria imaginação), ela começou a tocar.

Luc se recostou de volta e deixou a música correr sobre ele. Quanto mais a ânsia tomava conta dele, mais se sentia tomado pelo conhecido desespero. Como podia desejar alguém, desejar ter alguém, quando ele mesmo não tinha absolutamente nada para oferecer?

ABBY SE sentou no banquinho em frente ao espelho, no camarim. Deixou escapar um suspiro trêmulo e fechou os olhos. O concerto fora interminável. Ela andara de um lado a outro durante todo o intervalo, atitude que pouco ajudou na hora de tocar o segundo ato. Se o pai, e empresário, estivesse presente, a teria instigado a beber água, relaxar e entrar em foco. *Pense na música, Abby*. Sempre a música. Ela nunca tivera permissão para pensar em qualquer outra coisa; e, antes dessa noite, nem mesmo sabia que desejava desviar o foco.

Ver aquele homem (*quem era ele?*), causou algo dentro dela que levou a uma mudança, a um alívio, e ela ficou consciente de uma necessidade inédita. Uma necessidade de vê-lo, de conversar com ele, até mesmo de tocá-lo.

Ela tremeu, uma reação de desejo e medo. O pai não estava lá, voltara ao hotel por causa de um resfriado, e, pela primeira vez, ela não queria pensar na música. Queria pensar naquele homem. Ele viria até o camarim? Tentaria ir aos bastidores para vê-la? Sempre havia uma dúzia de fãs que tentavam conhecê-la; alguns enviavam flores, congratulações, convites. Abby aceitava os presentes e recusava os convites. Aquela era a política rígida imposta pelo pai; parte do encantamento, ele insistia, vinha do distanciamento. Durante sete anos fora mantida a uma certa distância do público, da vida em si, a fim de construir uma reputação como a talentosa e elusiva Abigail Summers, prodígio do piano.

Ela sempre odiara aquele apelido, nome cunhado pela imprensa que a fazia se sentir como um poodle adestrado, ou talvez algo um pouquinho mais exótico, um pouco mais *distante*, como o pai sempre quisera.

Agora, ela não desejava estar distante. Queria ser encontrada, conhecida. Por ele.

Ridículo, a mente dela zombou. Foi apenas um instante, um único olhar. Não ousaria encará-lo de novo; tinha muito medo, receava vê-lo e também nunca mais vê-lo outra vez. Ambas as possibilidades pareceram perigosas. Mesmo assim, a lembrança daqueles poucos segundos compartilhados ressoaram pelo corpo dela.

Nunca se sentira daquele jeito. Nunca se sentira tão… viva. E queria sentir de novo. Queria vê-lo de novo.

Será que ele viria?

Uma batida leve e superficial soou à porta e um dos membros da equipe do Salle Pleyel colocou a cabeça no vão.

– Mademoiselle Summers, *recevez-vous des visiteurs*?

– Eu… – A boca de Abby estava seca. Ela recebia visitas? A resposta, claro, era não. Sempre não. *Mande a eles um programa autografado, Abby, e acabe com isso. Você não pode ser uma garota comum. Você precisa ser diferente.*

– São muitos? – finalmente ela perguntou, em seu francês impecável, e a mulher sutilmente deu de ombros.

– Alguns... Uma dúzia ou algo assim. Eles querem seu autógrafo, é claro.

Abby sentiu uma pequena pontada de decepção. De algum modo sabia que aquele homem não quereria seu autógrafo. Ele não era um fã. Ele era... o quê? *Nada*, a mente dela insistiu quase freneticamente, mesmo com o coração ansiando pelo contrário.

– Está certo. Pode deixá-los entrar.

O gerente do teatro, Monsieur Dupres, surgiu à entrada da porta com um olhar de desaprovação no rosto severo.

– Até onde eu havia entendido, Mademoiselle Summers não aceitava visitantes.

Um camarada do pai, Abby pensou com um sorriso cínico.

– Acredito que eu saiba se devo receber visitantes ou não. – Ela encarou o homem diretamente. – Mande-os entrar.

Abby alisou os cabelos para trás com as mãos e checou o vestido. No espelho, a seda preta deixava a pele dela com aspecto pálido, quase fantasmagórica, os olhos acinzentados grandes e luminosos.

Outra batida soou à porta e ela se virou.

Não era ele.

Era só um grupo de mulheres de meia-idade com seus maridos encabulados, tagarelando e sorrindo enquanto estendiam programas para serem autografados.

O que você esperava?, perguntou-se Abby enquanto conversava e entregava os autógrafos. Achou que ele a encontraria nos bastidores e traria um sapatinho de cristal? Que vive em um conto de fadas? Realmente achou que ele fosse procurá-la a qualquer custo?

De repente toda aquela ideia soou ridícula, e o momento em que os olhos de ambos se encontraram pareceu fantasioso e risível. Ela provavelmente inventara a coisa toda. As luzes do palco normalmente eram tão ofuscantes, que ela não conseguia identificar nenhum rosto na plateia. Ele era ao menos real?

Abby sentiu o rosto se aquecer em uma humilhação particular. A multidão dispersou aos poucos, seguida por um Monsieur Dupres carrancudo, e Abby foi deixada sozinha.

Solitária.

A palavra saltou na mente dela, que se obrigou a dissipá-la. Ela não era solitária. Tinha uma vida ocupada como uma das pianistas mais solicitadas no mundo. Falava três idiomas fluentemente, havia visitado quase todas as grandes capitais, tinha legiões de fãs... Como podia ser solitária?

– Ainda assim, eu sou – disse ela em voz alta, e estremeceu diante do som da própria voz desamparada no camarim vazio. Só podia conversar consigo.

Vagarosamente, relutantemente, pegou o casaco, de um tecido grosso e gasto, impróprio para o vestido de noite. Podia ouvir o som do zelador varrendo o corredor e a equipe do teatro escoando na noite, todos indo cuidar da própria vida.

O que ela iria fazer? Pegar o táxi de volta ao hotel, talvez beber um copo de leite quente enquanto revisava o evento da noite ao lado do pai, e então iria para a cama como a garotinha boazinha que era.

Ela não queria seguir o roteiro acomodado que sua vida se tornara, não queria a função que o pai lhe dera anos atrás. Ver aquele homem, não importa quem ele fosse, a acordou para a necessidade de experimentar mais, ser e saber mais. Realmente viver.

Mesmo que apenas por uma noite.

Ela suspirou, tentando dispensar aqueles sentimentos. O que poderia fazer? Aos 24 anos de idade, sozinha em Paris, com a noite pela frente, e não tinha ideia do que fazer, de como extinguir a sede pela vida, por experiência.

Abby enroscou os dedos na bolsa e deixou o camarim e o teatro, saindo sozinha pela noite úmida e fresca.

Sozinha. Estava completamente sozinha na deserta *Rue du Faubourg St. Honoré*. A calçada estava escorregadia por causa da chuva, as luzes dos táxis formavam um mar amarelo pálido. Olhou em volta, imaginando o que poderia fazer. Uma pequena punhalada de decepção a alfinetou. Queria experimentar a vida, por isso estava andando sozinha na chuva... Que ridículo!

Os saltos estalavam no pavimento enquanto ela descia a rua. Viu de relance um casal de amantes entrelaçados sob a soleira de uma entrada. Ficou mais consciente que nunca quão sozinha estava.

Uma mulher gotejada por joias e peles saiu do saguão de um elegante hotel, o rosto arrogante brilhando de desdém em relação ao mundo à volta.

Abby reduziu o ritmo para fazer uma pausa, a luz do sagão era uma poça de ouro a seus pés. Através das portas em vidro trabalhado pôde ver um salão em mármore e um enorme lustre de cristal.

Sem pensar no que estava fazendo, ou por quê, Abby se dirigiu à porta e a abriu num ímpeto.

Ela já estivera em outros hotéis pelo mundo todo. Estava totalmente familiarizada a salões como aquele, poderia dar ordens ao mensageiro ou ao recepcionista em diferentes idiomas. No entanto, enquanto ela estava ali, sozinha e incerta, tudo parecia novo. Diferente.

– Mademoiselle...? – Um mensageiro começou a falar, em indagação. Abby ergueu o queixo.

– Estou procurando o bar.

O homem fez um sinal com a cabeça e apontou para um ambiente à direita moldado em madeira escura. Abby agradeceu e foi em direção ao enorme balcão de mogno, ainda sem ter ideia do que estava fazendo... ou por quê.

Ela deslizou sobre um banquinho de couro, as mãos apertadas à frente do corpo. O bartender estava polindo um copo. Ele deu uma olhada para ela, demorando-se sobre o casaco gasto e as tiras brilhantes do vestido de gala visíveis sob a gola aberta. Sem esboçar qualquer expressão, ele ergueu uma sobrancelha.

– Gostaria de uma bebida?

– Sim. – Ela já havia bebido vinho, champanhe; em determinada ocasião, experimentara um coquetel sem nome entre uma solenidade e outra. Agora, queria algo diferente.

– Vou querer... – Ela engoliu, a boca seca. – Um martíni.

– Puro ou com gelo?

Ah, que ótimo. Queria com gelo? E o que era um martíni mesmo? E por que ela pediu um?

– Puro – disse com firmeza. – Com uma azeitona... – Tinha a vaga lembrança de que vinha com azeitonas. Se não gostasse do drinque, pelo menos teria algo para comer.

O olhar de Abby percorreu o bar. Havia apenas mais uma pessoa ao fim do balcão e, antes que ele pudesse perceber a presença dela, com um choque que pareceu atingi-la da espinha até o estômago, ela se deu conta.

Era *ele*.

CAPÍTULO 2

ABBY SABIA que era ele, pois sentiu um tremor de consciência elétrica que lhe agitou o corpo. Estava sentado no último banco, um copo de uísque à frente, a cabeça inclinada.

Então ele levantou a cabeça e a respiração de Abby ficou entalada na garganta, a emoção pura a deixou sem fôlego e tonta assim que o olhar dele encontrou e sustentou o dela, do mesmo jeito de antes. O olhar durou mais tempo do que deveria, mais do que seria apropriado para dois estranhos que se encaravam num bar. Mesmo assim, Abby não conseguia desviar. Sentia como se tivesse parado no tempo, suspensa no ar, imóvel e esperando.

– Você é ainda mais encantadora pessoalmente – falou ele com ligeiro sotaque francês, a voz baixa cruzando o ambiente vazio. Foi tomada por choque assim que percebeu que ele sabia quem era ela; o homem a reconhecera. É claro, muitas pessoas a reconheciam. Ela era a prodígio do piano, afinal. Mas Abby soube que ele não a observa por ela ser um prodígio, ou mesmo por ser uma pianista. Ele a enxergava como mulher, e aquilo era maravilhoso.

– Você se lembra de mim – sussurrou ela. A voz tremeu e ela corou diante daquela percepção. Não conseguia disfarçar, nem sabia como fazê-lo, e não estava certa se queria fazê-lo.

– É claro que me lembro de você – disse ele, a voz tinha uma cadência gentil e provocante, apesar de Abby ter visto intensidade nos ferozes olhos azuis, a mesma intensidade da sala de concerto à qual correspondera. – E agora eu sei que você se lembra de mim.

Ela ficou ainda mais corada e desviou o olhar. O bartender entregou o martíni, completo, com uma azeitona espetada por um palito de coquetel, e ela pegou o drinque com distração, dando um gole enorme. E engasgou, arfando quando o álcool puro queimou até o estômago; recolocou o copo no balcão fazendo um ruído vacilante.

– Você está bem? – perguntou ele todo solícito, apesar de Abby ter tido a impressão de ouvir uma ponta de riso junto às palavras. Ela enxugou os olhos e deu um longo suspiro, renovando o fôlego.

– Sim... O drinque... desceu meio mal.

– Acontece – murmurou ele, e Abby notou que não o enganara. Ela decidiu, então, ser sincera.

– Na verdade, nunca havia experimentado martíni. Não tinha ideia de que o gosto era tão... forte. – Agora que ele estava ali, a apenas poucos centímetros, ela aproveitou a oportunidade para observá-lo inteiro. Era alto, bem acima de 1,80m, sobrepondo-se aos 1,75m que ela ostentava. Os cabelos eram escuros, com algumas linhas grisalhas perto das têmporas. O rosto sustentava uma beleza austera: os maxilares bem delineados, os olhos azuis impetuosos e mandíbula forte interagiam na função de criar uma impressão de vigor e, estranhamente, de sofrimento. Ele olhava e andava como um homem em frangalhos, um homem marcado pelas experiências da vida. Pela tragédia, talvez.

– Por que você pediu um martíni? – perguntou ele.

– Queria um drinque que parecesse sofisticado – admitiu ela sem rodeios. – Não é ridículo?

Ele inclinou a cabeça, o sorriso se aprofundou, revelando uma covinha devastadora em uma das bochechas. O olhar dele passou pelo casaco gasto que ela usava, a seda preta do vestido de gala franzida junto aos tornozelos, uma das sandálias de salto dependurada no pé.

– Certamente é um drinque sofisticado – concordou ele –, considerando o quão sofisticada você já é.

Abby engasgou de novo, desta vez por causa do riso.

– Você é muito bajulador, Monsieur...?

– Luc.

– Monsieur Luc?

– Luc simplesmente. E eu sei quem você é – continuou ele. – Abigail.

– Abby.

Ele sorriu, um gesto estranhamente íntimo que fez um calor se espalhar pelo corpo de Abby. Uma tepidez nova, mas da qual sabia gostar, que a fazia se sentir lânguida, quase sonolenta, mesmo com o coração acelerado. Era um calor que a puxava para ele, que a fazia acreditar em contos de fadas. Aquilo estava realmente acontecendo. Era real. Ela o encontrou ali, naquele bar, e ele a encontrou também.

– Abby. É claro.

É claro. Como se ambos já se conhecessem, já tivessem ciência um do outro bem antes daquele momento, como se tivessem esperado por aquela ocasião. Abby sentiu que ela esperara.

– Então... – Ele sorriu de novo, não mais que um esboço de sorriso, quando apontou para o martíni. – O que achou?

Abby fez uma careta:

– Acho que prefiro champanhe.

– Então você vai beber champanhe. – Com um simples gesto de Luc, o bartender se apressou em atendê-lo. Uma rápida ordem em francês logo o fez trazer duas frágeis taças e uma garrafa empoeirada que, Abby sabia, devia ser abusivamente cara. – Você vai dividir comigo? – perguntou Luc, e Abby mal resistiu ao impulso de rir loucamente.

Em todos os anos tocando em teatros, ela nunca pensara em encontrar algo assim. Nunca tivera encontros de verdade, salvo pelas pequenas conversas orquestradas ou autógrafos nos programas arranjados pelo pai. Eles sempre fizeram Abby se sentir como uma criatura exótica em um zoológico, pronta para ser observada, afagada, admirada e, então, abandonada.

Enjaulada, ela percebeu. *Senti-me enjaulada durante toda minha vida*. Até agora.

Aquele momento foi de liberdade.

– Sim – disse ela, surpresa diante da simplicidade da decisão. – Vou dividir uma taça com você.

Luc a guiou até uma mesa aconchegante para dois num canto do bar.

– Às surpresas inesperadas – brindou ele, erguendo a taça.

Abby não pôde resistir à pergunta:

– Mas todas as surpresas são inesperadas, não?

Ele sorriu e exibiu brilho nos olhos:

– Sim, são – concordou ele, e bebeu um gole.

Abby também bebeu, deixando o champanhe deslizar pela garganta e pelo corpo. As bolhas pareceram correr através de cada veia e artéria.

Ela deu um olhar de soslaio para ele, que possuía uma severidade, uma escuridão que ela não entendia e que não estava certa se queria entender.

Ele virou o restante do champanhe, voltando o sorriso a ela, a obscuridade se retirando dos olhos dele.

– Não esperava vê-la de novo. Foi o destino, não foi, que a trouxe aqui?

Destino. Um ato de sorte, uma providência divina.

– Não sei por que vim. Normalmente, pego um táxi direto para casa depois dos concertos.

– Mas hoje você não o fez. E por que não?

– Porque... – Como poderia explicar que aquele momento único em que o vira na sala de concerto a modificara, a fizera desejar e sentir coisas inéditas? – Porque me senti inquieta – disse, finalmente, e Luc assentiu. Abby sentia como se ele tivesse entendido tudo que ela não dissera.

– Quando a vi – disse ele em voz baixa, girando a haste da taça entre os dedos esguios –, senti algo que não sentia há muito tempo.

– O quê? – perguntou ela. – O que você sentiu?

Luc ficou acessível, surpreendendo Abby com a completa honestidade triste no olhar:

– Esperança. – Ele esticou a mão para tirar uma mecha de cabelo ainda úmida da bochecha dela. Os dedos mal a tocaram, ainda assim causaram uma onda de sensações impactantes. – Você não sentiu, Abby? Quando estava ao piano e me viu? Foi como uma corrente elétrica. Vibrante. Mágica.

– Sim – sussurrou ela, a palavra presa na garganta. – Senti a mesma coisa.

– Fico feliz. – A boca de Luc formou um sorriso sutil, apesar de as palavras demonstrarem uma frieza curiosa. – Seria uma pena se apenas um de nós tivesse sentido. – Ele pegou a garrafa de champanhe e encheu os dois copos. – Você ficou satisfeita com a própria performance esta noite?

– Não sei.. Não me lembro muito dela.

Luc riu com delicadeza.

– Nem eu, para dizer a verdade. Quando vi você entrando no palco, todo o restante se dissolveu. Eu simplesmente fiquei esperando pelo momento no qual poderia falar com você.

– E por que você não...? – Abby parou, mordendo o lábio para conter as palavras, a pergunta reveladora. Luc arqueou a sobrancelha.

– Por que eu não...? – instigou ele, e Abby balançou a cabeça. Não importava. Ele completaria a frase. – Por que eu não fui vê-la depois do espetáculo?

– Sim – balbuciou ela.

Luc olhou para a própria taça por um instante antes de erguer a cabeça e encará-la de uma forma que pareceu atingi-la fundo e lhe sequestrar a alma.

– Eu não achei que deveria ter ido vê-la.

Como articular que desejava que ele tivesse ido vê-la, que fora quase uma expectativa? Soaria desesperado, ridículo. Eles só compartilharam um olhar... e agora uma garrafa de champanhe.

– Isso não parece...

– Real? Não. Talvez não. – Luc olhou de relance para outro ponto por um momento. Abby sentiu como se tivesse dito algo errado e desejou poder retirar as palavras. Então, ele se voltou para ela, sorrindo vagamente. – Talvez seja a hora da conversa trivial. Fale-me de você.

– Se você leu minha biografia no programa do concerto...

– Isso pode me oferecer fatos, mas certamente não a essência de quem você é.

– Não estou certa de que saiba qual é a minha verdadeira essência. – Ela fez um careta, extraindo uma risada furtiva dele.

– E eu quis ser trivial. Fale-me de outras coisas, então – disse ele enquanto fazia um gesto ao bartender, que se apresentou prontamente. Ele olhou para Abby de novo: – Você já comeu? Não é sábio beber de estômago vazio.

Como se adivinhasse, o estômago de Abby roncou. Ela deu uma risadinha.

– Não comi – confessou e, folheando o cardápio, Luc pediu rapidamente.

– Está tudo bem? – perguntou ele assim que devolveu o cardápio. – Não quero que sejamos perturbados por detalhes como quais pratos pedir.

Abby assentiu sem muito estardalhaço, apesar de ter tido a impressão de que ele pedira escargots, e ela realmente não era muito fã deles. Mas, de algum modo, aquilo não importava.

– Então... – Luc escorou os cotovelos na mesa, os olhos pareciam cintilar à meia-luz. – Conte-me alguma coisa. Diga-me qual é a sua cor favorita, ou se você tem medo de aranhas e cobras. Você teve um cachorro durante a infância? Ou um gato? – Ele bebericou mais um gole, sorrindo sobre a borda da taça. – Ou talvez um peixe?

– Não tive animais de estimação, e tenho medo de aranhas e cobras. Ou, pelo menos, não gosto muito delas. Não tive muitas experiências diretas.

– Suponho que isso seja bom, então.

– Nunca pensei nesse assunto. – Abby bebeu um pouco. – E você?

– Quer saber se tenho medo de cobras ou aranhas?

– Não, farei perguntas diferentes. – Ela pausou, pensativa. O que queria saber sobre ele? *Tudo*. A resposta saltou espontânea à mente. Queria conhecê-lo, ter a chance de conhecê-lo. Dormir e acordar ao lado dele... – Você ronca? – falou ela sem pensar, então corou.

– Se eu ronco? – repetiu Luc numa indignação cheia de zombaria. – Que pergunta. Como eu saberia uma coisa dessas? – Ele sorriu de um jeito que causou reações curiosas em Abby, e o estômago dela tremeu feito gelatina. – Ninguém nunca disse que ronco, em nenhuma proporção.

– Ah. Hum... Bom. – Ela brincou nervosamente com o guardanapo, desejando não estar vermelha. Parou em choque quando sentiu a mão pesada e quente de Luc sobre a dela.

– Abby. Você está tensa.

– Sim – admitiu ela. Abby se forçou a encará-lo. – Eu não estou... Eu não... – Ela engoliu. – Normalmente eu não aceito convites de estranhos.

– Mas eu prometo, você está segura comigo – falou ele com uma sinceridade franca e crua na qual Abby não podia deixar de crer. Não havia questionamento ou dúvida.

– Eu sei.

– Você ficou surpreso por me ver aqui? – perguntou ela depois de um instante. – Aqui no bar?

– Você foi como uma visão. Porém, ao mesmo tempo... – Ele parou, pensativo. – Foi como se eu soubesse que você viria, e não me dei conta disso até vê-la.

– Foi assim que me senti também – cochichou Abby, e Luc sorriu.

– Talvez – disse ele vagarosamente, quase com pesar –, algumas coisas estejam destinadas a acontecer.

– Sim – concordou Abby, então acrescentou com uma risada insegura: – Exceto pelo fato de dificilmente parecerem reais.

– Nada que é bom parece real – retrucou Luc, e Abby o fitou, com medo. Era uma declaração cética, uma convicção oriunda do sofrimento, e ela imaginava o que teria acontecido na vida de Luc para fazê-lo dizer e acreditar em tais coisas. – Mas esta noite é tão real quanto qualquer outra coisa.

Abby assentiu, desejando deixar o clima mais leve.

– Então, eu sei que você não ronca – disse ela, colocando um pedaço de aspargo na boca. – Mas não sei muito mais que isso. Você é francês.

– Sim.

– Você nunca tinha me ouvido tocar.

– Não. Você é uma detetive e tanto!

– Você não mora em Paris?

– Não.

Sentindo-se relaxada e ainda assim um pouco impertinente, ela completou:

– Você é rico.

Lucy deu de ombros com um desdém que apenas os ricos poderiam demonstrar.

– Tenho o suficiente. Assim como você, suponho.

Sim, ela possuía bastante dinheiro. O pai controlava tudo, começou a fazê-lo assim que ela começou a tocar profissionalmente, aos 17 anos. Não fazia ideia do valor do montante ou em que tipo de conta era mantido. O pai dava dinheiro para as despesas, e era o suficiente. Ela nunca precisava de muito; gostava de visitar museus, comprar cappuccinos nos Cafés, ou livros. A maioria das roupas era escolhida por um estilista, que também cuidava dos cabelos, das unhas e da maquiagem. Fazia as refeições em restaurantes e hotéis, e às vezes em trens. Ali estava o pouco do qual ela precisava, e, de alguma forma, tudo aquilo agora a fazia se sentir triste.

– Você parece um tanto saudosa – murmurou Luc. – Não queria deixá-la triste.

– Não deixou – disse Abby rapidamente. – Eu estava apenas... pensando. – Ela sorriu, querendo desviar a atenção de si e do início das revelações sobre a própria vida. Havia sido feliz, ou pelo menos satisfeita, até esta noite... não havia? Mas, na presença de Luc, ela estava mais feliz e mais viva do que já se sentira. Aquilo a fazia ciente das deficiências da própria vida, do quanto tudo anterior àquele momento havia sido mera existência, simplesmente uma expectativa para aquele momento. – Você não é de Paris, então de onde é?

Luc pausou, e Abby sentiu que ele não queria lhe responder.

– Extremo sul – disse ele finalmente. – Languedoc.

– Nunca estive lá.

Ele deu um sorrisinho.

– Lá não há salas de concerto.

A vida dela fora definida por salas de concerto: Paris, Londres, Berlim, Praga, Milão, Madri.

Tinha curiosidade em saber se ele era dono de uma vila, ou talvez de uma mansão. Por alguma razão, imaginava uma fantástica casa de fazenda com velhas paredes de pedra, teto ladrilhado e janelas brilhantemente pintadas entre campos de lavanda. Um lar. Agora estava realmente imaginando coisas.

– Você gosta de lá?

Luc pausou.

– Gostava – falou ele monocórdio, e Abby sentiu uma nova tensão serpentear no ambiente. – Mas chega de falar de mim. Quero saber de você.

Ela sorriu de volta, acanhada. Parecia que nenhum deles queria falar de si.

– Li na sua biografia que a *Appassionata* é uma das peças que você mais gosta de tocar. Por quê?

A pergunta a surpreendeu.

– Porque é linda e triste ao mesmo tempo.

– E isso a atrai?

– É... como eu me sinto algumas vezes. – Era uma confissão estranha, e que ela não tivera a intenção de soltar. Uma confissão, percebera, que nem ela mesma reconhecia. Amava a música, amava tocar piano, mas o auge do sucesso não acontecera da forma que desejava. Ou pelo menos não soava como ela desejava. Sentia que estava perdendo alguma coisa, alguma parte essencial da vida, dela mesma, que todo mundo tinha.

O que ela esperava encontrar ali, junto àquele homem? Aquilo era possível?

– Por que a pergunta?

– É uma das minhas peças favoritas – disse ele – pelos mesmos motivos que você listou, acho. Linda e triste.

– Nós dois soamos tão pessimistas! Eu adoro tocá-la, em qualquer circunstância.

Abby estava consciente do tempo passando; devia ser quase meia-noite. Caso estivesse acordado, o pai a estaria aguardando. Estava resfriado e provavelmente havia tomado algum comprimido para dormir. Ele não se preocuparia, pois durante sete anos a rotina dela fora inflexível: tocar piano e retornar ao hotel, primeiro levada por um motorista, e alguns anos depois, de táxi.

À que horas ela retornaria, e como? Como a noite iria terminar? Tal pensamento a fez crepitar de curiosidade e medo, pois não queria que acabasse. Não ainda, nunca. Queria que durasse para sempre.

– Em que está pensando? – perguntou Luc, e antes que Abby pudesse responder, ele prosseguiu: – Está pensando que o tempo está passando muito rápido?

– Como você...?

– Porque estou pensando a mesma coisa. – Ele riu melancolicamente. – Talvez seja tudo que estejamos destinados a ter.

– Não! – A palavra escapou dela, uma confissão, seguida por outra mais profunda: – Eu não quero que esta noite acabe.

– Nem eu – respondeu ele baixinho, e então acrescentou, o tom se tornando estranho: – E não vai acabar. Temos quatro pratos ainda, não é? Afinal, estamos na França!

– *Bien sûr* – concordou Abby após um instante, embora não estivesse falando de comida e, ela acreditava, nem ele. Porém, do que ela *estivera* falando? O que ela queria? O âmago se contraiu, espiralando em expectativa e advertência.

A noite passou em um lampejo prazeroso de vinho, comida e papo agradável. Era fácil, surpreendentemente fácil, conversar com ele, retirar os sapatos e encolher os pés sob o vestido, experimentar escargots com um nariz retorcido, conforme ela confessara: "São lesmas, e eu jamais consegui superar isso."

– Se você pudesse fazer qualquer coisa – perguntou Luc assim que o garçom retirou o terceiro prato, silenciosamente –, o que seria?

Àquela altura, Abby estava relaxada demais, o queixo pousado em uma das mãos, os olhos cintilantes.

– Empinar uma pipa – disse ela, ganhando uma risada surpresa de Luc. – Ou aprender a cozinhar.

– Empinar uma pipa? – repetiu ele. – Mesmo?

Abby deu de ombros, consciente do quão infantil aquele desejo parecia.

– Quando eu era menina, sempre via as outras crianças empinando pipas em Hampstead Heath.

– E você nunca empinou uma pipa?

– Estava sempre a caminho das aulas de piano. Ocupada demais. – O garçom voltou com a sobremesa e Abby ficou contente por causa daquele intervalo. Ela não tinha a intenção de revelar tanto diante daquela pergunta e de sua resposta traiçoeira. – E cozinhar porque comida é algo delicioso que nunca aprendi a fazer de maneira apropriada. E você? – Ela pegou uma colherada farta de musse de chocolate. – Se você pudesse fazer qualquer coisa, o que seria?

– Voltar no tempo – afirmou Luc de forma trivial, e Abby se assustou com a austeridade dele. Então, ele sorriu e mergulhou a própria colher na sobremesa. – Assim eu poderia reviver esta noite com você de novo.

Abby sorriu, embora não achasse que ele quisera se referir àquilo quando mencionara sobre voltar no tempo.

A noite estava quase no fim, pensou Abby melancolicamente. Em cerca de meia hora, talvez, iria embora. Encontraria um táxi descendo a quase deserta *Rue du Faubourg St. Honoré*, entraria em seu interior escuro e informaria o endereço de seu respeitável hotel, a um quilômetro dali. Então, pagaria ao motorista e andaria pelo saguão deserto, evitando os olhares especulativos dos mensageiros entediados e a censura silenciosa do porteiro, rezando para que ele não contasse ao pai dela, "*Mademoiselle est revenue trop tard...*".

Então se esqueceria de que aquela noite existira; Luc simplesmente não seria nada além de uma recordação distante, um sonho.

Exceto... Exceto, ela pensou num solavanco, se a noite não precisasse findar no bar. Eles poderiam ir para outro lugar. Algum lugar privado.

Um quarto.

Afinal, estavam em um hotel. Será que Luc estava hospedado ali? Ele teria um quarto? As perguntas, assim como suas respostas em potencial, a deixaram tonta. Ela, uma mulher que mal havia sido beijada, estava mesmo cogitando uma noite com aquele homem? Um encontro de uma noite só?

Entretanto, não seria algo assim tão sórdido, pois eles se conheciam. Eram praticamente almas gêmeas. A expressão banal fez Abby esboçar uma careta. Luc tocou a mão dela; uma carícia leve, porém muito segura.

– Abby, em que está pensando?

– Que não quero ir para casa – falou Abby sem pensar. Sentiu o rosto corar e, de repente, não se importou. – Quero ficar aqui com você.

Luc franziu a testa, uma sombra de pesar nos olhos dele.

– É tarde. Você deveria ir embora.

Ela colocou os dedos em torno do pulso dele; os polegares encontraram a pulsação instintivamente.

– Não. – Ela estava mesmo implorando?

– É melhor você ir – disse Luc baixinho. – Eu... – Ele suspirou, olhando para os dedos dela ainda presos ao pulso dele e, delicadamente, tão delicadamente, trilhou a pele sensível da parte interna do pulso de Abby. Ela quase tremeu diante daquele contato simples, porém dominador.

– Há algum motivo pelo qual não possamos... ficar juntos? – perguntou ela em voz baixa, incapaz de olhar diretamente para ele. Em vez disso, manteve o olhar preso às mãos entrelaçadas de ambos. – Você não é... casado, é?

Ela sentiu os dedos de Luc se contraírem, tensos.

– Não – disse ele. – Não sou casado.

Abby mudou para um tom mais brando:

– Você está saindo com alguém?

– Não – disse ele outra vez, simplesmente. – Não há ninguém.

– Bem... – Abby suspirou, reunindo toda a coragem que possuía, e olhou para cima para encontrar o olhar escuro de Luc, oferecendo um sorriso a ele. Se oferecendo a ele. – Há, sim. Eu.

CAPÍTULO 3

ELA ESTAVA tensa, Luc notou, e ele sentiu o arrependimento chicoteá-lo, o açoite de um remorso que já sentira até demais. Ele não deveria deixar aquela situação ir muito longe, ainda que estivesse tão maravilhado, tão cheio de alegria pela presença dela. Parecia, como ele mesmo dissera, coisa do destino. Uma dádiva. E agora ela estava se oferecendo a ele, o maior presente de todos.

Ele podia imaginar com tanta facilidade... Queria tanto... Viu-se entrelaçando os dedos aos dela, levando-a para longe do bar, para um quarto no andar de cima. A suíte real. Ele não lhe daria nada menos que isso. Viu-se soltando aquelas pequenas tiras dos ombros cor de nata e pressionando um beijo contra a pulsação que palpitava forte na garganta. Os dedos dele se contorceram e continuavam a fazê-lo mesmo naquele segundo, quando imaginou a cena, como se cada ponto estivesse dolorido de desejo.

Havia a vontade, a necessidade de se perder em uma mulher, aquela mulher, por um momento, uma noite. Será que o sentimento não era sinal de algo mais? Ele não tinha mais nada a oferecer; o coração estava tão inerte quanto uma pedra... exceto pelo momento em que se alvoroçou para a vida assim que viu Abby. Porém, ele sabia como a vida funcionava, e era por esse motivo que a noite deveria terminar ali, naquele instante. Por consideração a Abby.

– Abby. – Ele tentou sorrir, ainda que o movimento lhe causasse dor. Não queria deixá-la ir. Era a primeira coisa boa que lhe acontecia depois de tanto tempo, talvez a melhor de todos os tempos, e ele não podia suportar que ela se fosse. Ainda não. *Por favor*, disse ele numa súplica silenciosa, *ainda não*.

Ela sorriu e se segurou para aguentar a rejeição. Ele estava realmente com pena dela? Abby havia acabado de se oferecer em uma bandeja apenas para ser rejeitada?

– Você tem consciência do que está dizendo?

– É claro que sim. – Palavras corajosas. – Do contrário, eu nunca teria dito.

Luc olhou para as mãos entrelaçadas de ambos. Abby sentiu uma onda obscura e impiedosa emanar dele, uma tristeza profunda, um arrependimento eterno.

– Você é uma mulher linda – disse ele em voz baixa, e a decepção a apunhalou friamente.

– Mas...? – incitou ela de modo desafortunado, e Luc ergueu o rosto e sorriu.

– Eu não quero machucá-la.

– Você não vai machucar. – Mais palavras corajosas, Abby sabia. Palavras tolas, talvez. Apesar de que, naquele momento, ela sabia que qualquer coisa seria melhor, ou pelo menos mais suportável, que fugir de Luc e do sentimento causado pela possibilidade que ele despertara até então.

Luc suspirou, um som pesado. Abby aguardou, segurando o fôlego, esperançosa.

Então ele ficou de pé, movimentando-se quase preguiçosamente para ajudá-la a se levantar, os dedos de ambos ainda enlaçados.

– Aonde você vai? – perguntou Abby assim que se levantou também.

– A pergunta – respondeu ele, largando a mão dela – é aonde *nós* vamos.

Abby o deixou guiá-la para fora do bar; o único som ouvido era o farfalhar do vestido dela nos tornozelos. De volta ao saguão, Luc teve uma rápida conversa com o porteiro e, segundos depois, a levou aos elevadores. Abby sentiu a respiração parar. Mal podia acreditar no que estava acontecendo, que estava deixando aquilo acontecer, que ela pedira para aquilo acontecer. Ela mal conhecia Luc, e ainda assim...

Ao mesmo tempo, ela o conhecia bem, talvez melhor que qualquer pessoa. Ela não podia fugir daquilo, nem dele, mesmo se quisesse, mesmo se tentasse. Não havia escolha; o desejo e a vontade eram muito grandes.

Aquele sentimento surreal e inebriante não a abandonou quando eles entraram no elevador e Luc apertou o botão da cobertura.

Ambos seguiram em silêncio e Abby tinha certeza de que Luc podia sentir o coração dela; parecia que estava batendo fora do peito. Ela deu uma olhadela de soslaio e o viu calmo e despreocupado. Determinado, até mesmo resoluto.

O elevador parou e as portas abriram, levando diretamente para dentro da suíte que ocupava o andar inteiro.

– Venha – disse Luc, e Abby o seguiu até a sala suntuosa, repleta de sofás de veludo e mesas douradas altas, com metros e metros de tapetes turcos. Abby parou à porta, alisando descuidadamente a seda do vestido, tímida e insegura, a despeito do desafio anterior.

Sabia que não estava intimidada por causa da suíte luxuosa. Em anos como pianista de concertos vira e experimentara sua parcela justa de luxo. Não, não era o quarto. Era o homem.

Ele jogou o cartão que abria a porta sobre uma mesa e tirou o paletó, os músculos das costas e ombros saltavam sob a seda macia da blusa. Por um breve momento, ele deixou o corpo de perfil, o rosto sob a sombra. Abby não achou estar imaginando a expressão austera marcada pela mandíbula dele, ou o tremor que a acompanhou diante da visão dele a da perversidade que emanava daquele belo físico.

Mas, então, ele se virou para ela com um sorriso, a expressão leve e relaxada, e ela ficou pensando se, afinal, havia apenas imaginado o oposto.

– Não vai entrar? – perguntou ele, uma risada à espreita na voz, e Abby baixou o olhar.

– Eu... – Ela umedeceu os lábios. Agora não era hora de recuar, certo? – Não tenho certeza.

Luc franziu o cenho e andou a passos largos em direção a ela, as mãos prontas para envolver os ombros delicados.

– Abby... Você está com medo?

– Não... exatamente. – Abby tentou rir, mas o riso veio oscilante e inseguro. – Não de você. É mais medo da... situação. – Ela umedeceu os lábios de novo, apressando-se em explicar. – E eu não estou com medo. Eu só... não sei o que fazer. Não sei o que disse antes, mas...

As mãos de Luc relaxaram sobre os ombros dela, deslizando pelos braços nus.

– Podemos simplesmente sentar e conversar – disse ele gentilmente. – Eu gostei de conversar com você.

– Eu também – admitiu Abby. – Quero dizer, conversar com você, não comigo.

– Abby. – Luc riu levemente quando passou os dedos no rosto dela. – Eu entendo.

– Você deve me achar incrivelmente desajeitada – disse ela, e Luc ergueu as sobrancelhas.

– De jeito nenhum.

– Mesmo? – Ela riu de novo, o som veio mais normal e tranquilo. – Porque quando me ouço falar, acho que pareço desajeitada. – Ela o encarou, o olhar dele era aberto e sincero. – Eu não sei o que dizer ou fazer.

– Não há um roteiro, há? – perguntou Luc. – Ou eu não recebi o memorando?

– Sem roteiros – confirmou Abby quando, ainda segurando a mão dela, guiou-a ao sofá. – Mas certamente algumas coisas são... esperadas?

– Abby, eu juro, não tenho expectativas. Fiquei maravilhado por vê-la no bar, e estou ainda mais maravilhado por vê-la aqui.

Estavam sentados agora, a coxa de Luc quase pressionando a dela. Abby tirou os sapatos e contraiu os pés sob a barra do vestido.

– De qualquer modo, não acho que seja desajeitada, de jeito nenhum. Eu diria revigorante.

– Esse não é um eufemismo para "diferente"?

– Diferente é bom.

– Diferente significa diferente – insistiu Abby. – Anormal, estranho.

Luc se moveu para tocar o tornozelo dela sob a barra do vestido. Era quase uma carícia distraída, os dedos longos e magros hesitantes sobre os ossos delicados.

– É assim que você se sente? Diferente?

– Às vezes. – Por que, Abby imaginava, era tão fácil conversar com ele daquele jeito? Admitir, confessar coisas que ela não dizia nem mesmo para si? – Minha vida praticamente se resumiu ao piano desde que eu tinha 5 anos – ela aperfeiçoou a frase com certa indiferença. – Eu acabei me sobressaindo. Tinha aulas em casa com um professor particular desde os 8 anos, assim podia me dedicar mais à música.

– Por isso o desejo de ser como as crianças que empinavam pipas em Hampstead Heathm, então? – adivinhou Luc.

– Sim.

No silêncio que se seguiu, Abby se flagrou olhando a perna dele, o músculo tenso sob a lã escura, como se fascinada por aquele membro; e, na verdade, ela estava fascinada mesmo. Queria tocá-lo. Queria sentir o músculo rijo sob o corpo, deslizar a mão ao longo da pele quente...

O que ela estava pensando? Sentindo? O que quer que fosse, a atingira em cheio, elétrico e mágico, como ele já descrevera. Aquilo a deixou sem ar, inebriada e tímida, e, se a mão se erguesse por vontade própria, o corpo seria encorajado a segui-la, mesmo que a mente resistisse.

Os olhos dela encontraram o rosto de Luc. Ele tocou a face dela com um dedo, e Abby mal pôde conter o tremor. Ela se flagrou se inclinando em direção àquela pequena carícia, abertamente, lascivamente, até a bochecha se encaixar nas mãos másculas.

Ele hesitou, e Abby viu a preocupação e o lampejo de dúvida no rosto de Luc. Ela fechou os olhos, não queria que aquele momento terminasse. Queria continuar para sempre, se entregar e saborear cada precioso segundo.

– Abby... – A voz dele veio como um arfar, um apelo. A única resposta de Abby foi virar a cabeça para roçar os lábios na palma de Luc. Ela agiu por instinto, por necessidade, sabendo que era um território estranho, aterrorizante e perigoso, mas, ainda assim, excitante e maravilhoso. Como podia *sentir* com tanta intensidade? Foi como se tivesse passado a vida adormecida e só agora estivesse derretendo em emoções, desabrochando em vitalidade.

Luc se inclinou e a beijou, os lábios tocando levemente os dela. A respiração de Abby vacilou ao contato. Vinte e quatro anos e ela nunca fora beijada, não adequadamente. Havia tido sua cota de beijos soprados no ar, de dois beijinhos nas bochechas e mais alguns superficiais e mecânicos. Tudo parte do mundo do entretenimento.

Mas aquilo... Aquilo era maravilhoso. Ela aprofundou o beijo, surpreendendo a si, e talvez a Luc também. Era intocada, inexperiente, mas o desejo era o melhor professor, e a levou a abrir a boca, a tocar a língua dele com a dela levemente; a outra mão dele tocou o rosto dela, e a língua começou uma exploração muito particular. Abby se sentiu tonta, o arfar veio desordenado, o coração mais acelerado que nunca.

Ela ouviu a respiração de Luc vacilar também e sentiu uma excitação cortante ao pensar que, talvez, ele estivesse tão afetado quanto ela por aquele que, sem dúvida, seria um beijo pequeno e comum para a maioria das pessoas. Entretanto, agora nada parecia pequeno ou comum; era grande e especial, e maravilhosamente excitante e novo.

As mãos dela se aninharam à camisa, e ela sentiu os músculos do peito latejarem sob as mãos e as pontas dos dedos agarraram os botões antes de ela suavizar o toque. Os lábios de Luc formaram uma trilha ao longo do queixo de Abby, e então ele baixou a cabeça para carimbar a curva sedosa do pescoço, e então mais abaixo, até a protuberância delicada do seio sob o vestido de gala.

Abby ofegou. Nunca havia sido tocada daquele jeito, nunca sentira tão intensamente. Nunca *desejara* tão intensamente. Os cabelos de Luc, macios e maleáveis, pincelavam os lábios dela enquanto ele continuava o caminho de beijos. Guiada pelo instinto, Abby arqueou as costas para dar mais acesso a ele, a mente ainda girando, o corpo mole e lânguido, e, ainda assim, tão *vivo*... E então ele parou.

Luc levantou a cabeça. Uma das tiras brilhantes do vestido estava escorregando pelo ombro e, dando um sorriso terno, ele a endireitou.

– Você deveria ir para casa, Abby.

Ela ficou espantada; não estava esperando aquilo, não queria aquilo. Foi tomada por um impossível sentimento massacrante de decepção.

– Mas... por quê? – A voz soou perdida e desamparada, e Abby viu uma centelha de desolação nos olhos de Luc em resposta.

– Porque não quero me aproveitar. Você é jovem e inocente, e deveria permanecer assim.

Uma chama de ódio incandescente a inflamou.

– Não sou um boneca de porcelana para ser mantida sozinha numa prateleira.

– Eu não...

– É assim que todo mundo me vê, Luc. É assim que todo mundo me trata. – Abby engoliu de modo convulsivo, ridiculamente perto de chorar de repente. Precisava que Luc entendesse; queria ser compreendida ao menos uma vez. – Sou para ser admirada, acariciada como um bichinho talvez, mas nunca tocada. Nunca... – Ela parou abruptamente, a boca ainda fazendo a mímica da palavra... *Amada*. – Você não está se aproveitando de mim se eu disser sim – sussurrou ela.

– Você sabe ao menos para o quê está dizendo sim?

– Não sou *tão* inocente assim.

Ele tirou uma mecha de cabelo dela que caía no rosto, as pontas dos dedos roçando delicada a face.

– Se eu não te desejasse tanto – murmurou ele, e com súbita audácia Abby pegou os dedos dele e os pressionou contra a boca.

– Eu quero ser desejada.

– Por mim? – perguntou ele, e soou tanto honrado quanto incrédulo.

– Sim, por você. Só você. Eu nunca... – Ela pausou, havia muitos "nunca" envolvidos na situação. – Não me peça para ir para casa – disse ela simplesmente. – Deixe-me ficar.

– Sou um egoísta por mantê-la aqui – declarou ele em voz baixa. – Mas, Deus me ajude, vou mantê-la aqui. Eu não quero deixá-la ir. Não agora. Ainda não. – A voz se tornou um fiapo quando ele completou, mais para si. – Eu não consigo.

– Então, não me deixe ir – respondeu Abby, e o coração dela completou em silêncio, "*nunca*".

Calmamente, Luc a pegou pela mão e a levou ao quarto com sua suntuosa cama king size. Ela ficou lá, parada e ereta, quando ele deslizou o vestido pelos ombros, deixando-o formar uma poça negra de seda no chão. Ele tirou a roupa íntima dela quase numa reverência, e Abby arrepiou-se diante do contato e do fato de não estar nervosa ou constrangida. Como podia ficar constrangida diante de alguém que a olhava como se fosse a Vênus de Milo ou a Mona Lisa, um tesouro requintado e de valor inestimável?

Porque era assim que Luc a via, assim que a fazia se sentir quando a tocava. Quando ela ficou nua, ele a levou para a cama, e Abby se espalhou nos lençóis gélidos, cheia de expectativa, e agora um pouco tímida.

Luc se despiu, e ela observou enquanto as roupas caíam e revelavam um corpo bronzeado e com músculos em forma. Nu, ele se aninhou ao lado dela e passou os dedos em seu umbigo, fazendo-a tremer.

– Frio?

– Não – confessou ela, e Luc sorriu e colocou os lábios onde a mão esteve, então Abby sentiu um arrepio de novo.

– Farei o meu melhor para não a machucar – murmurou ele, a cabeça ainda abaixada, e Abby tocou os cabelos dele delicadamente.

– Não se preocupe – disse ela, sendo abatida por uma nova dose de confiança. – Você não vai me machucar.

E realmente não machucou. Foi maravilhoso, e ainda mais quando Luc a tocou, as mãos passando pelo corpo dela, os lábios seguindo-as; cada sensação era intensa e agradável. Quando Luc a deixou tocá-lo, Abby se descobriu audaciosa, provando-o como ele fizera com ela, se refestelando em suspiros e gemidos de prazer.

Eles não falaram por muito tempo, mas a ausência de palavras não incomodou Abby, pois certamente aquilo era muito profundo para ser colocado em palavras. Para que verbalizar quando os corpos de ambos se comunicavam tão lindamente, trabalhando juntos em silêncio, numa harmonia sensual?

Então ele parou e rolou na cama, deixando Abby desolada, os braços vazios e desejosos.

– Luc... – disse ela, meio suspirando, meio gemendo.

– Eu não tenho preservativos. – Luc sentou à beira da cama, de costas para ela. – Só de pensar no quão perto...

O corpo de Abby doeu e palpitou pelo desejo não realizado. Ela se movimentou inquieta pelos lençóis, os dedos juntando a seda pura, precisando de mais, apesar de ela não estar totalmente certa do que seria aquele "mais".

– Você não vai...?

– Voltarei em um minuto. – Luc deu um sorriso fugaz enquanto colocava as roupas. – Precisamos nos proteger, Abby. Não vou brincar de roleta-russa com sua vida.

Nem passou pela cabeça dela pensar em controle de natalidade ou nas consequências do que eles estavam prestes a fazer.

Com um sorrisinho, Abby o observou abotoar a camisa de maneira errada; os dedos dele estavam trêmulos. Ele deu um beijo na testa úmida dela.

– Não demore – disse ela, e depois de um segundo de pausa Luc meneou a cabeça em afirmação.

– Não demorarei.

Ele deixou o quarto; ao longe, ela ouviu o sibilar delicado que anunciava a chegada do elevador, e então o barulho das portas se abrindo e fechando. Já estava se sentindo horrivelmente sozinha.

O ar bateu frio na pele nua e ela se enrolou no lençol, se encolhendo, desesperada pelo retorno de Luc. Os eventos da noite, o champanhe, a comida caprichada e a emoção esmagadora: tudo a deixou repentinamente exausta. Sem querer ou mesmo perceber, Abby começou a fechar as pálpebras lentamente.

ENCONTRAR A farmácia mais próxima e comprar os itens necessários foi uma questão de minutos. De volta à suíte, Luc entrou no quarto a passos largos, o corpo inteiro formigando de emoção e alerta. Ele se sentia tão vivo!

Ele parou brevemente ao ver Abby deitada na cama, o cabelo espalhado feito seda negra sobre o travesseiro, os cílios agitados. A boca, ainda inchada por causa dos beijos dele, estava levemente franzida, e ele tentava imaginar com o que ela estaria sonhando.

Com ele?

Será que aquilo *era* um sonho?

Naquele momento, com os preservativos ainda nas mãos, Luc percebeu com uma clareza severa e fria o quão impossível aquela noite era. O quão fantástica.

Isto é real? Esta noite é tão real quanto qualquer outra coisa.

Exceto, Luc reconheceu quando olhou para Abby, pelo fato de aquilo não ser real. Ele mentira. Era somente um momento no tempo, uma noite retirada da realidade. E tinha de parar agora. Ele estivera prestes a tirar a inocência dela, pensou Luc, a constatação açoitando-o. Estivera prestes a tomar algo que não era dele, de forma egoísta, incondicional, para depois ir embora de manhã, pois sabia que não havia outra escolha. Ele não tinha nada mais a oferecer, nada mais para sentir. Já sentia o torpor se aproximar mais uma vez da mente, da alma; o coração estava se tornando frio e vazio novamente.

A noção do quanto ele poderia magoar Abby lhe penetrou como uma flecha certeira. Ele a machucaria mesmo? A não ser que...

A não ser que ele fosse embora já, antes que a tomasse para si e lhe tirasse a inocência. Se fosse embora naquele instante, enquanto ela dormia, ele a magoaria, mas não tanto. Não tão profundamente.

Luc deixou escapar um som que exprimia cansaço, como um suspiro, quase um lamento. Não queria ir. E tudo que desejava era se perder no abraço de Abby por algumas horas.

Que cafajeste egoísta ele era, e sempre fora, se fazendo de desentendido diante da dor alheia quando havia feito tudo o que queria.

Não mais. Lentamente, dolorido de desgosto e luto por algo que nunca realmente possuíra, Luc colocou o pacote de preservativos no bolso. Abaixou-se para beijar a testa de Abby mais uma vez, mal permitindo que seus lábios roçassem a pele dela. Abby deixou escapar um suspiro, e aquele som sutil agarrou o coração de Luc, causando pequenos choques de emoção que penetraram na concha dura que o envolvia. Ele se mantivera entorpecido por tanto tempo, que não achara ser capaz de sentir algo de novo. Não queria sentir. Não queria sentir a culpa e o remorso causados pela própria falha, que o queimava por dentro.

Ele falhara com Suzanne. Falhara espetacularmente, mês após mês, sem ver, sem nunca entender. Nunca tendo feito coisa alguma para salvá-la. Ele nunca mais desapontaria alguém, especialmente tão doce e inocente como Abby. Não se daria aquela chance.

Abby possuía uma vida, a música, todo um mundo que nada tinha a ver com ele. Era melhor assim.

Gentilmente, Luc colocou uma mecha de cabelo por trás da orelha dela e deixou os dedos passarem demoradamente no rosto antes de se forçar a retirar a mão.

Ele andou devagar até a porta, o coração doendo, *sentindo*. Obrigou a emoção a se dissipar, deixou o torpor tomá-lo mais uma vez tal como um manto, um abrigo. Pendurou o casaco em um dos braços, se virou de costas para a figura adormecida e sussurrou uma única palavra: "Adeus."

Então saiu do quarto tão silenciosamente, que Abby, envolvida em seu sono, nem mesmo se mexeu.

CAPÍTULO 4

ABBY ACORDOU lentamente, languidamente, e um calor sonolento ainda a envolvia como um cobertor.

– *Excusez-moi*...

Ela se ergueu de forma abrupta, sentindo ondas de um choque frio. Uma camareira estava parada aos pés da cama, os olhos abaixados, um espanador em uma das mãos.

Abby juntou o lençol no peito, o peito nu. Ela não usava uma peça de roupa; olhou em volta buscando por Luc com um desespero corrosivo. Ele não estava em nenhum local visível.

Ele havia ido embora.

Ela podia sentir, assim como sentira a conexão elétrica, mágica entre ambos na noite anterior. Mas o sentimento atual era bem pior, um vazio profundo que a dizia que ele se fora tal qual um ladrão no meio da noite, antes mesmo que eles pudessem... Ela freou o pensamento e o soluço que o acompanhava. Não precisou olhar para o chão para saber que só as roupas dela estavam largadas ali, tão despretensiosamente, tão obviamente. A partida dele ecoava inutilmente dentro dela.

Abby deu uma olhadela para a camareira, que ergueu os olhos para encará-la com uma especulação maliciosa, o que a fez se corar inteira. Tirando forças sabe-se lá de onde, reuniu os últimos retalhos da dignidade que lhe restava e olhou a camareira de maneira arrogante.

– *Vous pouvez retourner dans quelques minutes...*

A mulher fez um gesto com a cabeça em afirmação e desapareceu do quarto. Abby ouviu as portas do elevador e soube que estava sozinha.

Completamente sozinha.

Ela reprimiu a dor repentina que ameaçou inundá-la. Por que ele se fora? Saíra para comprar um contraceptivo, pelo amor de Deus, e então simplesmente a deixara ali... Por quê? Teria ele segundas intenções? Decidira que ela não valia o esforço? Ele voltaria? Aquele era o quarto dele, afinal; talvez ele fosse retornar. Será...?

Abby deslizou da cama, enrolando o lençol em torno de si com mais firmeza enquanto fuçava a suíte atrás de pistas, promessas de que ele voltaria, avisos de que ele apenas saíra para tomar um café.

Mas, é claro, ele não deixara nada. Até porque, em um lugar como aquele, o café seria entregue numa bandeja com croissants quentinhos e um jornal. Ela e Luc teriam curtido a preguiça na cama, dando pedaços de *croissant* na boca um do outro enquanto compartilhavam trechos das notícias lidas. Então, fariam amor, do jeito que quase ocorrera na noite anterior, lentamente, languidamente, sem pressa...

Exceto, é claro, pelo fato de que agora isso não aconteceria, pois ele havia ido embora. Era uma fantasia, tal qual a última noite.

Mentira.

Contos de fada não aconteciam. Eram mentiras disfarçadas de historinhas para ninar, e ela fora uma boba por acreditar nelas, e nele, por um instante.

Abby andou pela sala de estar onde eles sentaram e conversaram, procurando por... Pelo quê? Uma mensagem rabiscada às pressas, qualquer coisa que demonstrasse que ele não havia saído tão abruptamente, que não fugira às escondidas enquanto ela estava dormindo sob as falsas promessas de um retorno rápido. Qualquer coisa que mostrasse a ela que a última noite fora real, que ele sentira o mesmo que ela.

Não havia nada.

Luc levara cada fragmento consigo, tão inteira e implacavelmente quanto um criminoso que apagava suas pistas. Nada na escrivaninha, os armários estavam vazios.

Ele havia terminantemente ido embora.

Abby afundou-se à beira da cama, a cabeça rodando, a desolação transbordando na mente.

Não podia desabar; não ali, não naquele momento.

Ainda não.

Ela respirou profundamente e se forçou a pensar com clareza. Ele havia ido; ela precisava aceitar o fato. E precisava sair dali.

Olhou para o vestido de gala, ainda posicionado no chão como uma poça de seda. Era tudo que tinha para vestir, e a ideia de passar pelo saguão no hotel usando as roupas do dia anterior lhe causou rubor, e ela baixou a cabeça com vergonha.

Como ele poderia ter feito aquilo? Depois de *tudo*? E nada, ao mesmo tempo. Ela estava ansiosa de desejo, o corpo desesperado para se juntar ao de Luc, e ele simplesmente fugiu! Abby fechou os olhos, lembrando-se do doce, doce prazer das mãos dele no corpo dela. Um soluço abafado escapou e ela pressionou o pulso trêmulo contra os lábios. Não, não ia ficar pensando naquilo. Precisava de forças para seguir para casa, onde certamente o pai a estaria esperando, preocupado, furioso, querendo explicações.

O que ela fizera?

Não pensara em repercussões. Não pensara em nada. Apenas *desejara*, desejara Luc, desejara que a noite com ele jamais acabasse.

E agora acabara. Terminara horas atrás, e ela nem mesmo percebera.

Abby se vestiu, as mãos trêmulas. O vestido de baile da Cinderela parecia um trapo inútil. Ela se encolheu dentro do casaco e calçou os saltos. Uma rápida olhada no espelho revelou o rosto pálido, cansado e esquelético graças às revelações daquela manhã. O estado do vestido deixava claro como ela passara a noite.

Abby ouviu as portas dos elevadores abrirem mais uma vez e viu que a arrumadeira retornara. Deu um suspiro e manteve a cabeça ereta assim que passou pela sala.

– *Excusez-moi, mademoiselle* – murmurou a camareira. – O cavalheiro fez o check out ontem à noite. Não percebi que ele tinha visitas.

– Eu já estava de saída – disse Abby ao próprio orgulho que estava tudo bem agora. Sem olhar para a mulher, incapaz de suportar escárnio ou pena, ela entrou no elevador. Assim que as portas se fecharam, cedeu sobre o banco, o grito de tristeza dentro de si ameaçava ferir a garganta e explodir em um interminável choro compulsivo.

De algum modo, ela conseguiu se manter impassível enquanto saía. Um torpor quase reconfortante a abateu quando andou através do saguão opulento, a cabeça erguida, e soube que seria reconhecida. Ela afastou tal pensamento, saindo à rua, o ar fresco da manhã lhe esfriando as bochechas quentes.

Fez sinal para um táxi, tomada pelo alívio quando um deles encostou no meio-fio segundos depois. Entrou, forneceu o endereço e fechou os olhos.

Quase tirou um cochilo; dormir seria o anestésico perfeito, quando a porta do carro foi aberta num arranco.

– Onde – falou Andrew Summers entre dentes cerrados – você esteve?

Abby pagou ao motorista e saiu do táxi.

– Estive fora – disse ela, a voz monocórdia e inexpressiva. – Por favor, papai, não vamos fazer uma cena aqui.

Andrew concordou aos trancos, e Abby o seguiu para a suíte do hotel.

Ela ficou à porta da saleta que separava os quartos de ambos, agarrando o casaco junto ao corpo enquanto o pai tirava uma garrafa em miniatura de uísque do frigobar. Ele a virou em um gole raivoso, surpreendendo Abby, que nunca o vira beber mais que uma taça de vinho ao jantar.

– Repórteres estiveram farejando por aqui esta manhã – disse ele, de costas para ela; ainda assim ela podia ver as mãos dele tremendo quando pôs a garrafa na mesa. – Aparentemente, alguém a viu com um homem na noite passada.

E ela achou que estivessem sozinhos; achou que tivesse sido um fato *oportuno*. Abby sorriu ceticamente diante do pensamento ingênuo. Ela crescera um bocado nas últimas 24 horas.

– Eu estava – confirmou ela friamente, e o pai se virou, as sobrancelhas levantadas de descrença.

– Um estranho? Você estava na rua com um estranho? Abby, como você pôde?

Ela deu de ombros, não queria admitir que poderia ter cedido tão facilmente, e realmente cedeu.

– Simplesmente jantei no bar de um hotel. Isso é tão chocante assim?

– Os repórteres estão dizendo que você subiu com ele – declarou Andrew sem emoção.

Abby levantou o queixo.

– Minha vida particular diz respeito a mim, e a mais ninguém.

– Isso não é verdade – replicou Andrew. – Sua vida particular diz respeito a mim e ao público, porque você é uma figura pública. Trabalhamos duro para transformá-la em celebridade.

– Talvez eu não queira ser uma celebridade.

Andrew balançou a cabeça.

– É tarde demais para isso.

Era tarde demais para muitas coisas, pensou Abby de modo exaustivo. Tarde demais para arrependimentos. Ela pensou no desejo de Luc de voltar no tempo. Voltaria no tempo se pudesse? Desejaria que a noite anterior nunca tivesse acontecido?

Com uma tristeza vaga, percebeu que não. Ela teria desejado, sim, que tudo tivesse sido *completo*, e isso a tornava uma garota verdadeiramente patética. Apesar da decepção daquela manhã, a noite fora mágica... por um momento. Estava feliz pela oportunidade de tê-la experimentado, mesmo tendo significado encarar a manhã e sua cruel realidade sozinha.

– Preciso tomar um banho – disse ela ao pai. – E trocar de roupa. Depois, podemos conversar. – Ela viu um lampejo de surpresa no rosto dele e notou que não estava acostumado a receber ordens. E ela também não estava acostumada a dar ordens, mas, sem qualquer palavra, deixou a saleta e fechou a porta do quarto.

Já na suíte, ela ligou o chuveiro na ducha mais forte e tirou o vestido, chutando-o para um canto. Nunca mais queria vê-lo ou usá-lo outra vez; estava envenenado. Como tudo o mais.

Entrou sob o chuveiro e deixou a água escaldante jorrar sobre o corpo como lágrimas. A beleza da última noite, percebeu, a promessa e o potencial não compensaram a feiura da manhã. Por que Luc se fora tão repentinamente, sem uma explicação ou um adeus?

A resposta era óbvia: ele não queria ser encontrado. Por qualquer razão, mudara de ideia e não queria encarar o fato de ter de dizê-lo. Abby fechou os olhos. Era tão indesejável, tão desajeitada no quarto, que o fizera ser capaz de deixá-la no meio do encontro? Ela deu uma risada incrédula. Honestamente, se ele fora capaz de abandoná-la com tanta facilidade, ela não possuía o necessário para fazê-lo ficar.

Uma vez vestida e de banho tomado, voltou à saleta, onde o pai estava sentado no sofá, falando ao celular.

A expressão no rosto dele era austera, e Abby imaginava, de forma quase distraída, com quem ele estaria falando. O gerente do teatro? Um jornalista? O agente dela?

Ele fechou o telefone e girou o corpo para encarar Abby:

– Era sua mãe.

Ela sentiu uma ligeira fraqueza de repente; como primeira violinista de uma orquestra em Manchester, a mãe tinha uma agenda ocupada e raramente telefonava quando Abby estava em turnê.

– Está tudo bem?

– Não, Abigail – respondeu o pai sucintamente –, *não* está tudo bem. Sua mãe leu no jornal desta manhã sobre o misterioso homem da Prodígio do Piano!

A Prodígio do Piano... Embora nunca tivesse particularmente gostado do apelido, aquelas palavras soaram tão frias, tão desumanas... Abby foi até a janela, torcendo uma mecha úmida dos cabelos entre os dedos enquanto observava a paisagem.

– Eu não creio – continuou Andrew com o mesmo tom firme – que você perceba o que a última noite significou.

Uma risada aguda e áspera escapou da garganta dela.

– Eu sei exatamente o que significou. *Nada*.

– Para sua carreira – enfatizou Andrew. – Mas também... – Ele deixou a voz morrer, e a Abby só restava imaginar as perguntas que era incapaz de fazer.

Embora o pai fosse tanto empresário quanto mentor durante anos, eles nunca tiveram um relacionamento que encorajasse revelações pessoais ou intimidades. Abby ainda se lembrava de ter ficado menstruada pela primeira vez no meio de uma aula de piano. Perguntou à mãe de outra aluna o que deveria fazer, e gentilmente a mulher saiu e comprou os itens necessários em uma farmácia próxima. A mulher também contou ao pai dela, que pareceu tomado de pânico. Eles nunca haviam conversado sobre tal assunto, é claro, assim como jamais conversariam. Abby não era uma mulher, ou mesmo uma filha... Ela era uma pianista. Um prodígio.

– Por que isso deveria significar alguma coisa para minha carreira? – perguntou ela, apesar de aquela questão não lhe interessar muito. Naquele momento, a carreira mal importava.

– Não é bom para sua imagem ficar conhecida como uma garota festeira – disse Andrew depois de um instante.

– Uma garota festeira? – Abby se virou. – Uma *garota festeira*? – repetiu ela incrédula. A vida estava tão distante daquilo... tanto da "garota" quanto da "festa". Ela nunca fizera nada, *nada* que lhe rendesse tal afirmação, tal julgamento... até a noite anterior.

Na última noite, ela jogou tudo ao vento: a reputação, a carreira, a vida... para ficar com um homem. Um homem que não quisera nada com ela, que nem mesmo quisera desfrutar o mínimo.

– Abigail – disse Andrew com a voz impaciente. – Nós trabalhamos duro para chegar aonde chegamos. Preservamos sua reputação, a educamos como uma mulher de devoção e talento singulares.

Abby não deixou de perceber o uso do pronome "nós". Tudo que ela fizera, o pai colocava como se *ele tivesse* feito. Sempre havia sido assim. A carreira dela era um empreendimento conjunto, e o pai investira tanto quanto, ou talvez bem mais, que ela. Ele absorvera intensamente cada rumor ou especulação, cada ameaça.

No entanto, ele não sentira a traição da noite passada.

Só ela havia sentido.

Abby se voltou à janela e olhou mais uma vez para a avenida deserta. Uma chuva fina e repleta de névoa começava a cair mais uma vez. Ela endureceu o corpo em surpresa quando sentiu a mão do pai em seu ombro.

– Abby... O que quer que tenha acontecido ontem à noite... – O pai silenciou, e Abby sabia que aquilo era o melhor que ele podia fazer. A mão no ombro era a marca registrada da compreensão dele, e, sabe-se lá de onde, ela pescou um sorriso.

– Está tudo bem.

– Você apenas vai ter de tocar com toda paixão esta noite – continuou Andrew vivamente. – Uma performance estelar apaga todos os pecados.

Pecados. Uma palavra apropriada, pensou Abby, e deu um jeito de inclinar a cabeça, como se estivesse mesmo concordando com ele.

ELA NÃO tocou com paixão naquela noite; talvez não tivesse mais coração. Sentia-se fria e entorpecida, e, na verdade, não tocou muito bem em nenhuma instância. Durante a *Apassionata*, cometeu erros suficientes para ficarem óbvios à percepção do público, e, como resposta, ouviu um pequeno arfar coletivo. Ela não ligou. Continuou tocando, vagamente ciente de que a música estava tão inexpressiva quanto os sentimentos dela. Dormente, sem vida.

No intervalo, o pai, que a esperava nos bastidores, disse para ela relaxar. Abby podia ver a preocupação nos olhos dele, e imaginava se era por ela ou por sua carreira. Mas alguma vez houvera apenas ela, propriamente?, ela se perguntava, olhando o próprio rosto pálido e cansado no espelho. Ou simplesmente só existira a música?

Sempre a música, a alegria e paixão do pai. Mas era também a paixão e alegria dela? Pela primeira vez em 24 anos, Abby teve vontade de responder "não", e aquela constatação fez uma nuvem de tristeza irromper sobre ela e recuar, deixando apenas o torpor.

O segundo ato do concerto foi tão indiferente e desfocado quanto o primeiro. Ninguém veio com os pedidos de autógrafos que o pai dela negaria; ninguém veio, na verdade. Talvez estivessem confusos. Talvez não ligassem.

De qualquer modo, Abby e o pai permaneceram sozinhos nos bastidores, Abby trocando de roupa enquanto ele andava de um lado a outro no camarim, conversando sucintamente com o agente dela ao celular.

– Não dizem "falem mal, mas falem de mim"? Eu sei, Randall, mas isso vai passar... Temos seis concertos desta turnê ainda... Ela consegue.

Mas eu não consigo, pensou Abby de repente assim que ouviu os argumentos desesperados e crescentes do pai. *E, mesmo que conseguisse, eu não quero.* Durante 24 anos ela vivera para a música. Agora queria viver para si mesma.

Quando Abby saiu do camarim, Andrew colocou o telefone no bolso. Ele deu um sorriso cansado.

– Eu sei que hoje não foi nossa melhor noite tocando, Abby, mas temos alguns dias até precisarmos estar em Milão, e pense que nós dois podemos descansar um pouco.

Nós, Abby pensou, sempre *nós*. Quando criança, aquilo a fizera se sentir especial, aceita, parte de algo maior que ela mesma. Agora a irritava e entristecia. Conhecia a história do pai a fundo: ele fora pianista também, mas seu talento não o levara muito longe, ou não longe o suficiente, então ele concentrara a energia criativa nela. E ela não tinha mais espaço para isso.

– Quero cancelar o restante da turnê – disse ela calmamente. – Estou... esgotada. Preciso de mais do que alguns dias de descanso.

Andrew a encarou por um longo momento, a boca se abrindo em choque.

– Abby...

– Podemos restituir o dinheiro, se preciso – continuou Abby, a voz se tornando mais firme, mais segura. Era o que ela precisava, o que almejava. A noite com Luc fora apenas um alerta. – Passei os últimos sete anos tocando e gravando sem parar. Preciso de uma pausa. De uma pausa grande.

Andrew soltou um suspiro vacilante.

– Está certo – disse ele após alguns instantes. – Está certo. Mas depois desta turnê.

– Não consigo. Você me ouviu tocar esta noite. Podemos restituir...

– Não – Andrew a interrompeu, e pela primeira vez soou bravo. – Não podemos.

Abby olhou para ele, sentiu os primeiros arrepios de medo na espinha. Finalmente, depois de um longo momento, ela perguntou em uma voz inabalável:

– Por que não?

– Porque eu perdi o dinheiro, Abby. – A raiva deu lugar à tristeza, e o pai sacudiu a cabeça. – Perdi tudo.

CAPÍTULO 5

Seis meses depois

SENTADO SOB a calorosa luz do sol de setembro num Café de rua em Avignon, Luc leu a coluna do jornal, não mais que um item pequeno na seção de cultura do *Le Monde*: *Abigail Summers, a Prodígio do Piano, se aposenta.*

Luc sentiu um nó no estômago. Sintoma de culpa, ele sabia. A culpa que ele tentara deixar de lado agora o assolava. Tentou não pensar em Abby ou naquela maravilhosa, ainda que incompleta, noite de seis meses atrás. Tentou esquecê-la, por apreço a ela. Abby não precisava dele. *Não podia* tê-lo na vida dela. Então ele permaneceu vazio, frio, entorpecido como sempre, e se afundou no trabalho, onde não poderia machucar ninguém.

Assim que ele viu a notícia, acompanhada por uma foto granulada de Abby tocando em algum teatro obscuro, se deu conta de que não a esquecera. De jeito algum. Talvez não tivesse pensado nela ativamente, mas ela estivera presente na mente dele, nos pensamentos. Na memória.

E agora ele sentia a culpa se aprofundar e se intensificar, transformando-se em uma massa sólida de ansiedade que se alojou no âmago e seguiu arranhando rumo à garganta. Por que ela se aposentou?

Será que foi por minha causa?

Será que ele machucou outra pessoa inocente com sua ganância, mesmo sem intenção? Ele não devia ter falado com ela, ou ter pedido champanhe, jantar e a suíte... Houve uma dúzia de oportunidades de parar, de ir embora, de evitar machucá-la. E ele não aproveitou nenhuma delas.

– *Salut*, Luc.

Ele levantou os olhos do jornal para fitar seu advogado, Denis Depaul, vindo em sua direção. Luc colocou o jornal de lado, desejando descartar as lembranças e preocupações com a mesma facilidade.

– *Salut* – respondeu ele.

Denis sentou e pediu um café antes de continuar falando.

– É bom vê-lo. Pensei que não teria essa oportunidade, você tem trabalhado tanto. – Ele pausou. – E tem vindo tão pouco ao sul nos últimos dias.

– Sim – falou ele em uma voz contida, então se obrigou a relaxar e sorrir. Denis era um velho amigo da família, e serviu ao pai de Luc até sua morte, quando Luc estava com apenas 11 anos, administrando o espólio da família da melhor maneira possível, até Luc estar maduro o suficiente para assumir as rédeas da Toussaint Holdings.

Luc nunca se esquecera daqueles anos desesperados, quando a Toussaint Holdings quebrara e declinara silenciosamente, centímetro por centímetro, centavo a centavo, até chegar ao total desastre financeiro, dominado por corrupção e administradores fraudulentos. Denis fizera o seu melhor enquanto Luc observava, irado, incapaz, na flor de seus 12 anos de idade.

– Tenho novidades.

Luc bebeu um gole do café espresso.

– É mesmo? – perguntou ele, a voz neutra.

– Sim. Fizeram uma oferta pelo Chateau Mirabeau.

Luc congelou, os dedos agarrando a pequena xícara de café.

– Uma oferta? Não sabia que estava à venda.

– É claro que não está, mas se encontra fechado há seis meses. As pessoas começam a especular.

– Deixe especularem. – A voz de Luc era fria, nefasta até, mas Denis não se deixou intimidar.

– É uma oferta muito boa, Luc. É claro que você não precisa do dinheiro, mas considerando...

– Considerando? – repetiu Luc. – Considerando o quê?

Denis pausou apenas por um instante, a cabeça inclinada para um lado. Havia algo muito perto do sentimento de pena nos olhos dele, pensou Luc.

– Considerando – respondeu ele de forma equilibrada – que você não mora mais lá, e que não demonstrou intenção de voltar a morar. – Ele se inclinou para a frente, a expressão se tornando compadecida demais. Luc viu que não toleraria aquilo. Ele certamente não merecia. Não queria compaixão ou mesmo compreensão.

Teria sido mais fácil se Denis o tivesse condenado, culpado-o como alguém jamais fizera pela morte de Suzanne, ainda que a mente e o coração dele já estivessem oprimidos de culpa. *Se eu tivesse prestado atenção... Teria percebido o quanto a deixei desesperada e infeliz...*

Talvez ela ainda estivesse viva.

– Luc, é uma boa oferta. E o castelo, com as lembranças... – Ele parou de falar, mas Luc poderia ter completado o que ele não disse.

Ele sabia quais lembranças eram. O Chateau Mirabeau, com seus terraços de pedra e vinhedos, suas fontes e canais, seus segredos, tristezas e cicatrizes. Chateau Mirabeau, onde Suzanne vivera tão infeliz e morrera tão de repente.

– Eu não posso vender – disse Luc, a voz determinada. – É da nossa família há quatrocentos anos. Meu pai... – Ele parou abruptamente, a garganta apertada.

– Eu sei que seu pai não teria desejado que chegasse a esse ponto – disse Denis gentilmente. – Mas nem mesmo ele poderia ter imaginado tais circunstâncias. Vender o castelo pode ajudar, Luc, e não estou me referindo apenas à sua conta bancária. Você precisa...

– Não é seu trabalho me dizer do que preciso – Luc o interrompeu friamente. – Limite-se a se preocupar com minha conta bancária. – Ele sabia ter soado áspero, mas não pediria desculpas. Não queria conselhos; nem mesmo benevolência. Ele desviou o olhar e deu um leve puxão quando Denis colocou a mão sobre o braço dele, retirando-a depois de um breve momento e dando de ombros, filosoficamente.

– Fica a seu critério. Entretanto, 35 milhões podem fazê-lo mudar de ideia.

– Trinta e cinco milhões? Só isso?

Denis deu uma risada.

– Eu disse, eu disse que você não precisa do dinheiro. Mas, ainda assim, nesses tempos, 35 milhões são 35 milhões.

– Não.

Denis deu de ombros de novo.

– Como eu já disse, fica a seu critério. – Ele tirou um folheto da mala e começou a discutir com Luc outras questões sobre Languedoc, mas Luc se pegou divagando. Em outros tempos, uma conversa como aquela seria trivial para ele: maneiras de preservar a herança da família, de aumentar seus rendimentos, renovar seu nome. Ele ainda trabalhava duro para manter a Toussaint Holdings lucrativa, mas não se permitia pensar demais nisso. Ele se concentrava nos números, gráficos, balanços bancários e registros de contabilidade, e se recusava a pensar no que estava por trás deles: os vinhedos empoeirados, as paredes antigas, o pomar de oliveiras e laranjeiras, a casa e a terra que ele amava muito.

Enquanto Denis falava, ele flagrava o olhar indo furtivo em direção ao jornal, à fotografia granulada de "Abigail Summers, a Prodígio do Piano".

Abby.

Ele sentiu a culpa provocá-lo de novo. Há seis meses ela estava no auge da carreira, ou muito perto disso. Tinha tudo que podia desejar... e agora se aposentara? Assim? Por quê?

A resposta, ao que parecia, era óbvia: por causa dele. Porque ele exigira demais dela e então saíra de sua vida sem uma única explicação, ou nem mesmo um adeus.

Ele se convencera de que seria melhor assim. Se tivesse esperado, teria sido feito em pedaços. Ele a tomaria nos braços e faria amor com ela, não a deixaria ir. Não naquela hora, ainda não.

E então o que aconteceria? Ela ficaria mais apegada, mais envolvida; talvez começasse a achar que o amava. E ele a magoaria, a decepcionaria, *falharia* com ela, eventualmente. Assim como falhara com Suzanne.

Ainda assim, Luc pensou mais uma vez, ele poderia ter tornado o processo menos doloroso. Ter explicado... alguma coisa.

– Luc? – Ele voltou o olhar desfocado para o advogado, que batia numa pilha de papéis com uma caneta ouro-platinada.

– Sim, claro – disse Luc, apesar de não fazer ideia do que Denis estivera dizendo. Ele se forçou a se concentrar, mas a mente desviava não apenas para o artigo do jornal, como também para aquela noite, para Abby.

Ele se lembrou do toque dela, e de como os dois se encaixavam perfeitamente. Ainda podia se recordar de como o cabelo dela era macio e tinha uma fragrância floral. O cheiro o lembrava seu lar, de um modo positivo, o que era estranho. Surpreendente, na verdade. Quando ele a pegou nos braços, os fantasmas o abandonaram. Ele não ouviu vozes de escárnio; as lembranças não exigiram atenção. Ele ficou em paz.

– Luc? – incitou Denis outra vez, e Luc meneou a cabeça.

– Estou aqui.

Mas ele não estava ali. A mente já estava a quilômetros de distância, pensando aonde Abby poderia ter ido... e como ele a encontraria.

ABBY TIROU a lasanha congelada do freezer e colocou a caixa no balcão.

– Algo mais para ser enviado a Corner Cottage? – perguntou ela a Grace Myer, sua chefe nos últimos quatro meses e proprietária da Cornish Country Kitchen Catering.

Grace colocou uma mecha do cabelo grisalho atrás da orelha e consultou o pedido.

– Lasanha, salada, pão e uma torta de maçã. Acho que é isso. É tudo para o tal homem.

– Ele vai passar a semana aqui?

– Sim. Ele alugou a propriedade há alguns dias. – Ela colocou o pedido em cima da caixa. – Aqui está. Você está bem para ir a Helston esta tarde?

Abby concordou.

– Sem problemas. – Um dos motivos que levou Grace a contratá-la foram as entregas, o trabalho pesado que ela mesma não podia fazer por causa dos problemas de coluna. Abby estava feliz por fazê-lo, na verdade, feliz em ser útil, em se manter ocupada e produtiva de um modo que nunca fora. Ajudava muito se manter ocupada; assim ela não tinha muito tempo para pensar.

Abby colocou a caixa na traseira da velha van de Grace e então sentou no banco do motorista. O mar era uma faixa azul brilhante e o céu exibia um azul-claro enquanto ela dirigia pela costa em direção a Carack, a pequena vila de pescadores onde ficava o Corner Cottage.

Ocorreu a ela, e não era a primeira vez, o quanto a vida mudara em seis meses. Aquela noite em Paris, a revelação do pai de que os bens deles, *dela*, haviam evaporado completamente, fora o momento decisivo na vida e na carreira dela. Abby realizara mais dois concertos, e tocara mal, antes de cancelar o restante da turnê. Em uma onda de preocupação especulativa e falsos interesses, optara por largar a cena musical, abandonara cada vestígio desprezível da vida que conhecia. E agora ela estava ali.

Passava a maioria dos dias dirigindo para vários chalés com caixas de refeições. A natureza mundana do trabalho era suavizada pela visão do mar e do céu, pelas viagens ocasionais a Helston ou Penzance para abastecer o estoque ou encontrar amigos.

Ir a Cornwall fora uma decisão instintiva, uma na qual ela não precisara pensar demais. Ela passara as férias lá durante a infância, quando a mãe tocara em um festival em Devon. Havia sido uma gloriosa semana construindo castelos de areia e tomando sorvetes cremosos, uma das poucas férias que tivera com a família, *em* família. Era bom voltar. Ela não se arrependia disso ou de ter respondido ao pequeno anúncio que Grace colocara no jornal local, procurando um assistente. Os pais ficaram desnorteados, o público chocado, mas ainda assim Abby estava feliz. Ela precisava de um descanso completo, de um alívio daquela vida que conhecia, da pessoa que ela era. Do "Prodígio".

Pela primeira vez, salvo por aquela noite com Luc, ela se sentia livre. Livre e, dentro dos atos pequenos e simples, feliz.

Porém, pensar em Luc ainda lhe causava uma pequena pontada de sofrimento, que a atingia como uma dor de dente perene. Ela abandonara a raiva alguns meses antes; raiva era algo muito cansativo. Não sabia por que Luc havia ido embora... ele planejara aquilo o tempo todo? Ele simplesmente perdera o interesse? Ele ao menos se importava?

Assim que a raiva retrocedeu, ela descobriu que podia se vingar, ao menos de um jeito subjetivo: convocando uma pequena gratidão surpreendente. Luc a acordara; mesmo ao acaso, ele a fizera ver o quão limitada e enjaulada a vida dela fora. Ele a fizera *sentir*.

– Talvez, se eu continuar me dizendo isso, começarei a acreditar – falava ela de maneira torta. Ganhou o hábito de conversar sozinha enquanto dirigia a van ao longo das travessas estreitas ornadas por cercas-vivas de ambos os lados. No começo, sentiu-se solitária, um pouco patética, mas depois descobriu que gostava daquelas conversas unilaterais. Havia escolhido abandonar o passado, seguir em frente, finalmente viver e sentir, mesmo que machucasse.

O Corner Cottage era o último de uma fileira de chalés na rua alta de Carack, rebocado com cal, coberto de palha e de frente para o mar.

Ela entrou pelo portão de trás, através de um pequeno jardim, em direção à cozinha com piso de tijolos. Amava o Corner Cottage. Era pequeno, apenas com uma cozinha compacta e uma saleta dominada por uma lareira de pedra, com um quarto aconchegante no andar de cima. Era uma das áreas mais populares entre casais, e Abby podia ver o motivo. A vista do mar azul-esverdeado piscando à janela do quarto fazia qualquer um querer se contorcer na cama com seu edredom espesso e fofinho e ficar ali para sempre.

Parte da alegria de Abby era checar se o chalé estava pronto para o inquilino seguinte. Depois de entregar a comida, ela subia para se certificar de que os quartos estavam arrumados e limpos. Só a visão daquela cama alta e ampla causava uma pontada na lembrança que a alfinetava de novo, e, por um segundo, ela se permitia se imaginar ali com Luc.

Agora, era fácil demais se imaginar naquela cama, se lembrar do quão esguio e perfeito era o corpo de Luc, do quão estimada ela se sentira nos braços dele. Aqueles momentos foram os mais preciosos e reais da vida dela. Ou estava simplesmente romanceando sua única experiência?

É claro que estava. O fato duro e frio de que ele fugira antes de terem feito amor era a prova disso.

Ela seguiu para o andar de baixo, apenas para recuar ao ouvir o som da chave virando na fechadura pesada e antiquada da porta da frente. O novo inquilino não deveria chegar antes das três, e ainda era meio-dia. Dando de ombros, Abby decidiu que ela deveria, por bem, dizer um "olá" e confirmar que tudo estava conforme o esperado.

Aquele sorriso amigável e profissional já estava estampado quando ela parou no centro da aconchegante saleta, pronta para saudar quem quer que abrisse a porta. As palavras "bem-vindo ao Corner Cottage" estavam na ponta da língua.

Então a porta abriu, e as palavras morreram assim que o sorriso sumiu do rosto dela. Abby estava encarando Luc.

CAPÍTULO 6

Ela não mudara nada, pensou Luc, a chave ainda na mão enquanto olhava para ela, imóvel, paralisado, sorvendo-a como um homem morto de sede.

Abby também não se mexeu, a boca entreaberta em choque, o rosto pálido, os olhos arregalados. Não mudou nada... e ao mesmo tempo tão diferente... Os cabelos escuros e brilhantes estavam presos em um rabo de cavalo despretensioso, e, em vez de um vestido de gala, ela usava jeans e um casaco vermelho com capuz sobre uma camiseta de algodão. Parecia tão jovial e comum como qualquer garota do vilarejo, mesmo com toda a experiência de vida cosmopolita. Ele a reduzira àquilo, uma humilde empregada de uma empresa de entregas. A culpa o cortou mais uma vez.

– Olá, Abby.

Ela balançou a cabeça lentamente, um gesto de descrença e negação.

– O que você está fazendo aqui?

– Eu... – Ele pausou, pensando no quanto deveria falar. – Eu queria ver você.

– Você veio aqui de propósito. – Era uma afirmação, não uma pergunta. Um homem como ele dificilmente visitaria um pequeno chalé no meio do nada sem motivo.

– Sim.

– Para me ver – esclareceu ela, e ele ouviu a incredulidade, a raiva latente.

– Sim. – Ele a encarou, lutando para manter a voz tranquila. Odiou o modo como soou afetado, a impotência para impedir as lembranças. Ver Abby o fez se lembrar novamente do quão maravilhosa aquele noite fora, *poderia* ter sido. Ele engoliu, forçando o sentimento a retroceder. Contudo, ele se aproximou dela, inalando seu perfume. – Passei o diabo para achar você – continuou ele, a voz firme agora. – Mas consegui, e agora estou aqui.

– Por quê? – Abby cruzou os braços, os olhos faiscando, o tom quase ameaçador, de um modo que Luc nunca ouvira.

Ele pausou.

– Eu precisava ter certeza de que você estava bem.

A cabeça de Abby girava. Ela estava consciente de tantas coisas... Da raiva latente que jorrava com violência através dela, surpreendendo-a, das mãos úmidas, da batida pesada do próprio coração. E, mais que tudo, ciente da presença de Luc. A aparência dele... os traços fortes e surpreendentemente familiares, o cabelo volumoso, os olhos tão perfurantes, *dolorosamente* azuis, os braços largados ao lado do corpo que a faziam desejar ir direto até ele para ser envolvida num abraço.

Abby deu um passo atrás. Aquilo não ia acontecer.

– Deixe-me entender – disse ela finalmente, mantendo a voz tão estável quanto a dele. – Você precisava poupar sua consciência se certificando de que eu não estava arrasada por causa da noite em que *quase* ficamos, seis meses atrás... É isso? – Dois pontos vermelhos coloriram as bochechas de Luc. Ele estava mesmo constrangido?, Abby se perguntava. – Considere sua consciência limpa, Luc. Estou bem.

Ele não se mexeu.

– Você desistiu do piano.

– Uma decisão que nada tem a ver com você.

Luc comprimiu os lábios.

– O jornal disse que você cancelou vários concertos.

Abby sentiu outro ímpeto de ódio, o que a surpreendeu outra vez, pois pensava ter superado aquilo. Superado Luc. Talvez o tivesse, na teoria. Mas agora ele estava parado em frente a ela, maravilhoso demais, fazendo-a perceber o quanto realmente sentira falta dele, e exigindo a resposta que ele não tinha no momento.

– O fato de eu ter cancelado concertos não é realmente da sua conta, Luc – disse ela de modo exaustivo. – A lasanha está na geladeira.

Lasanha? – Luc desabafou com intensidade. – O único motivo pelo qual pedi comida foi para vê-la.

– Bem, já viu. Você deve ter feito um belo trabalho de detetive para me encontrar aqui. Até os jornais não sabem onde me encontrar, embora eu acredite não ser mais notícia interessante agora.

– Por que você abandonou o piano, Abby?

– Eu já disse, não teve nada a ver com você.

– Acho difícil de acreditar.

Ela riu, sem conseguir crer.

– Era sua *pretensão* me ver de coração partido?

Luc contraiu a mandíbula, os olhos se estreitando. Aquele realmente era o homem com quem ela quase dormira?, Abby se questionava. O homem por quem ela acreditara estar meio apaixonada? Ela era simplesmente mais um problema a ser resolvido? Por que ele tivera de ir até ali, afinal?

– Eu só preciso saber por que você desistiu.

Abby deixou escapar um curto suspiro de exasperação. Estava emocional e fisicamente dissecada por causa daqueles últimos minutos, e sabia que deveria simplesmente ir embora. Seria a coisa mais inteligente a fazer.

Porém, no que dizia respeito àquele homem, ela nunca fora muito inteligente. E o pensamento de ir embora agora lhe causava uma tristeza nova.

– Se você vai exigir respostas – disse ela finalmente, mantendo a voz viva e um pouco estranha –, então eu vou exigir uma xícara de chá. – Ela foi até a cozinha, encheu a chaleira com água e a colocou no fogão, o ato corriqueiro ajudou a afastar a maré de emoções e lembranças. O corpo dela ainda estava fraco e formigando pelo fato de tê-lo visto, o choque ainda rasgando-a. Ela nunca pensara que o veria de novo, e só agora que ele estava ali percebera o quanto desejara reencontrá-lo.

– Você sente falta? – perguntou Luc calmamente e, com um pote de chá em uma das mãos, Abby parou. Ela não precisava perguntar o que Luc quis dizer. *Você sente falta*? De tudo: do glamour, das multidões, das viagens. E da música. Mais que tudo, da música.

A música era a ânsia na alma dela. Fora embora há tanto tempo, que ela se esquecera de como era ser satisfeita.

– Não – falou ela finalmente. – Não tanto quanto pensava que sentiria. – Ainda que soubesse estar mentindo, pelo menos em parte. Sentia falta da música. Sentia falta de desejar a música, de precisar dela, de amá-la, de ser consumida por ela.

– Por que você parou, Abby? Por que você abandonou tudo tão de repente?

– Você realmente tem o sentimento de culpa mais impressionante que já vi – disse Abby, e, ao se virar, encontrou um sorriso. – Você se culpa, não é? Acha que arruinou minha carreira.

– Eu pensei nisso. Diga que estou errado. – Apesar de ele ter mantido a voz imparcial, quase fria, Abby ouviu a tristeza, o pesar. Aquilo lhe lembrou do homem que ele fora em Paris seis meses antes... Um homem que parecia atormentado pelo arrependimento. O que aconteceu para transformar Luc naquele homem, torturado pela culpa? O que ele fizera?

– Você está errado, Luc. Não foi por você, não realmente. Foi por mim.

– O que aconteceu?

A chaleira apitou atrás dela e Abby se ocupou, preparando o chá como se estivesse na própria cozinha. Precisava de tempo para selecionar os pensamentos e preparar uma resposta. *O que aconteceu?* Tanta coisa.

– Creio que um monte de coisas aconteceu ao mesmo tempo – disse ela quando o chá ficou pronto. Entregou uma caneca a Luc e eles ficaram em silêncio, as mãos segurando as canecas, ambos perdidos em pensamentos, esperando.

– Nossa noite juntos foi um pequeno alerta. Percebi o quanto minha vida estava restrita, enjaulada. Sei que de fora parecia *glamourosa*, mas tudo que eu conhecia era o piano... Salas de concerto e prática, e não muito mais além disso. – Ela bebeu um gole de chá. – Não conhecia muito mais da vida.

– E você queria mudar isso?

Abby pausou, recordando. Ela não queria uma mera mudança; queria escapar. As lembranças desbotadas simplesmente a feriam.

– Sim. E, para ser franca, eu precisava disso. Eu estava, como dizem, esgotada. E aquilo transpareceu.

– Você é brilhante – contestou Luc, e Abby deu de ombros.

– Eu deixei de ser brilhante. – Ela ainda sentia a ferroada do público decepcionado, das críticas mordazes. E pior, muito pior, foi a sensação de vazio, o sentimento de que a conexão íntima que ela forjara com a música fora destruída de repente. Aquilo a deixara aflita, perdida, imersa num mar de silêncio voluntário, e então havia acabado. Ela estava feliz... agora. Pelo menos dizia estar.

– Está certo – disse Luc finalmente. – Mas por que Cornwall? Por que entregar caixas?

Ele não poupou o desdém incrédulo na voz, e Abby se eriçou.

– Não há nada errado com trabalho braçal.

– Está aquém da sua capacidade. E se você machucasse as mãos? E se você perdesse a habilidade de tocar?

Abby cogitara isso, mas, quando aceitara o trabalho, estava fatigada e com o coração ferido demais para se importar.

– Não toco piano há seis meses. E algumas vezes me pergunto se um dia tocarei de novo. – Ela nunca expusera aquilo, aquele temor, assim, em voz alta, e agora ele lhe cortava a alma. Ela desviou o olhar do rosto chocado de Luc. – Não leve para o lado pessoal. Isto teve muito pouco a ver com você, e tudo a ver comigo e com a minha família.

– Sua família?

– Meus pais são músicos profissionais. É tudo que eles sabem fazer, é tudo com o que eles se importam. Quando nasci, a carreira de violinista da minha mãe começou a decolar. A carreira de pianista do meu pai era fraca, então ele ficou em primeiro plano na minha educação – declarou ela sem emoção, como se estivesse falando de outra pessoa. E quase sentiu que estivesse mesmo; agora, certamente se sentia diferente da garota ou mesmo da mulher que fora um dia. – Ele transferiu todo seu amor pelo piano para mim, assim como toda ambição. Eu jamais quis decepcioná-lo.

Os longos dias de trabalho tedioso em Cornwall deram a ela um alívio a despeito da própria história de vida, trazendo percepções e conexões inéditas. Não fora um período dos mais confortáveis, mas havia sido bom. Necessário.

– Pode ser – disse Luc. – Mas seu talento é óbvio e, indubitavelmente, supera o do seu pai. Isso não é algo compulsório.

– Talvez não. Mas talento e desejo nem sempre andam juntos. Pelo menos o desejo de tocar profissionalmente. – Porém, *tocar*, sentir a música emergir e dançar sob os dedos, era mais que um desejo, era até mesmo uma necessidade. – De qualquer modo – continuou ela, sentindo-se repentinamente inquieta com aquela discussão sobre si –, quem sabe? Talvez eu toque de novo, se tiver oportunidade. Quando estiver pronta para voltar, pode ser que o mundo esteja atado a *outro* "Prodígio do Piano". – Ela fez uma careta quando pronunciou o próprio apelido desprezível.

– Eu duvido. Mas, se você queria uma pausa, por que não ir para um resort? Ter férias apropriadas, em vez de...

– Trabalhar como uma escrava? – Abby riu. – Isto é como férias para mim, Luc, únicas.

– Você certamente tem dinheiro...

– Na verdade – ela o interrompeu –, não tenho. – E se virou para enxaguar a caneca na pia. Não pretendia divulgar aquele detalhe, mas Luc de algum modo tinha a habilidade de extorquir a verdade dela, não importando o quão desagradável ou humilhante ela fosse. Ele deu um passo em direção a ela, que podia sentir a tensão dele.

– Abby, o que você quer dizer?

– Meu pai era encarregado de investir todo meu dinheiro. Eu sempre tive tudo de que precisei e, francamente, nunca pensei muito nisso. Mais ou menos na época em que fiquei esgotada – "*na noite em que você me deixou*", ela não podia evitar o pensamento –, descobri que ele perdera todo o lucro dos sete anos de carreira. Investimentos em ações arriscadas e declínio da economia. – Ela deu de ombros. – Ele é um músico, não um banqueiro.

Luc praguejou sob um suspiro.

– E os direitos autorais dos álbuns que você gravou?

– Foram apenas dois e, ao longo dos anos, nunca foram campeões de venda. Rendem muito pouco, é isso.

– Você poderia processá-lo.

– Ah, Luc. Ele é meu pai. Eu sinto muito por ele, para dizer a verdade. Acho que ele investiu mais em minha carreira do que eu mesma.

– O que ele faz agora?

Abby permaneceu indiferente. O pai ficou desgostoso pela escolha dela de viver em Cornwall. Eles mal mantiveram contato e, na única vez em que ele telefonara, havia sido para implorá-la para voltar à cena musical.

– Acho que vive em Londres tentando arrumar algum trabalho para mim. A oferta mais recente foi para tocar em algum pensionato em Brighton.

– E sua mãe?

– Está cuidando da própria carreira. Meus pais viveram virtualmente separados desde que entrei em turnê. Ela ofereceu para eu morar com ela em Manchester, talvez dar aulas de piano para crianças, mas eu não quis. Precisava ter minha vida, e agora tenho. Posso dizer que não é grande coisa, mas é minha, e tenho sido surpreendentemente feliz aqui.

Luc ficou em silêncio por um longo momento.

– Se precisar de dinheiro...

Ela se endireitou, a respiração sibilando.

– Não preciso.

– Não quero você trabalhando como uma escrava porque...

– Você não tem escolha, Luc. Você não controla minha vida.

Os olhos dele faiscaram num azul brilhante, duros como aço. De repente ele pareceu um homem perigoso, e Abby deu um passo atrás, batendo com força contra a pia.

– Não me diga que você fugiu de tudo apenas por causa do seu pai? Eu tive algo a ver com isso, Abby. Eu iniciei o efeito dominó.

– Você tem um ego assombroso. – Ela tremeu de raiva, uma raiva que não entendia.

– Tenho? Porque aquela noite me afetou muito mais do que acho que afetou você. – A voz dele se tornou áspera, os olhos queimando os dela, perfurando-a. – Seis meses e eu não consigo nem começar a esquecer. Ainda me assombra.

Abby abriu a boca para articular uma réplica mordaz, mas não conseguiu falar. A confissão de Luc a petrificou. Ela queria acreditar naquilo, acreditar que aquela noite não fora uma mentira, acreditar no conto de fadas, mas não podia. Não com a fuga dele tendo expressado o contrário.

– Ainda assim, foi há seis meses. Ambos seguimos a vida, Luc. Não temos mais nada. Então... – Ela tomou fôlego, precisando de coragem para dar o corte final. – Por que não me deixa em paz agora? Volte para Paris, ou Languedoc, ou seja lá de onde veio.

Ele esticou a mão para tocar o pulso dela com dois dedos, como fizera no bar quando ela se oferecera tão espalhafatosamente.

– Não posso.

Abby fechou os olhos; ele ainda a tocava. Só o toque dos dedos dele, o som da sua voz, baixo, com aquele tímido traço francês, faziam as defesas dela fraquejarem. Despedaçarem-se.

– Jante comigo – disse Luc. – Esta noite.

O coração de Abby deu um pulo.

– Não acho que seja uma boa ideia.

– Provavelmente não é. Mas jante comigo assim mesmo.

– Eu disse sim antes – falou Abby – e me arrependi. – Ela tentou afastar o braço de Luc, mas ele apertou mais os dedos. O polegar roçando a pele macia fazia o corpo dela tiritar de expectativa e saudade.

– Você se arrepende, Abby? – perguntou ele delicadamente. – Você se arrepende? – Os olhos dele encontraram os dela, procurando, sabendo a resposta, e Abby não conseguia desviar. Também não conseguia mentir.

– Não – disse ela baixinho –, mas deveria. E, mesmo que não tenha me arrependido, não quero repetir. – Aquilo *era* mentira, ela sabia, ou ao menos uma meia-verdade. Ela afastou o braço dele, com sucesso desta vez, e se flagrou segurando o lugar como se estivesse machucada. Não estava, mas a lembrança do toque dele a feria de outra forma.

– Jantar – disse Luc a ela –, só isso. – Ele esperou, o olhar implorando, mas também exalando uma confiança máscula. Maldito! Ela estava tão perto de aceitar... Queria vê-lo de novo. Queria tocá-lo de novo. Queria que ele a tocasse... mesmo que ele escapasse mais uma vez, mesmo que não dissesse adeus.

– Não, Luc. – Abby não soube de onde veio a força para recusar. – Sinto muito... Não posso. Não *posso*. – Ela não conseguiu fitá-lo quando passou por ele em direção à porta e, assim que alcançou o portão, começou a correr. Estava fugindo.

CAPÍTULO 7

Luc ficou parado à porta do Corner Cottage, observando enquanto Abby corria pelo caminho de tijolos brancos, claramente desesperada para fugir. E por que não o estaria? Ela aprendera a lição seis meses antes; mas por que ele não aprendera?

Ele ainda a desejava.

Luc fora a Cornwall com as melhores intenções. Pelo menos, convencera-se de que tinha boas intenções. Ele queria explicar por que a deixara daquela maneira quando podia ter dado uma explicação. Queria, conforme admitira a Abby, estar certo de que ela estava bem. *Considere sua consciência limpa*... Ele deve ter soado como um cafajeste egoísta e arrogante, para ir apenas para se sentir melhor. Ela havia visto o egoísmo que ele se impedira de enxergar. Ele não fora por ela; fora por si mesmo.

Mas não podia deixar a situação como estava. Não podia deixar Abby assim, quer ela o desejasse ou não. Ela merecia mais; mais do que ele poderia dar, ele poderia ao menos vê-la estabelecida. Ter certeza de que, se não estivesse emocionalmente bem, ela pelo menos o estaria financeira e fisicamente.

Mesmo tendo feito tais resoluções, Luc imaginava se estava se enganando outra vez, se esquivando, de caso pensado, da verdade: que ele simplesmente queria, precisava vê-la de novo, e que todo o restante não passava de mero pretexto.

* * *

– VOCÊ NÃO parece muito bem.

Abby estremeceu de um jeito esquisito.

– Tive problemas para dormir na noite passada – admitiu ela assim que entrou na cozinha do chalé de Grace.

– Algum motivo em particular? – perguntou Grace levemente. Ela andou pelo espaço arejado, abrindo o forno para checar um lote de pães de canela. Abby inalou a fragrância doce.

– Não exatamente – mentiu ela. Na verdade, havia um motivo muito peculiar: Luc. Desde o momento em que virara a esquina do Corner Cottage a toda velocidade, ele invadira os pensamentos dela e, pior, o coração. Lembranças da noite juntos se misturaram em um caleidoscópio de emoções; o corpo e a mente recuperaram coisas das quais ela se esquecera. Ela se sentira tão maravilhosamente confortável, segura e protegida com aquele homem.

Ou pelo menos pensara estar segura.

Na verdade, nunca estivera segura. Havia sido emocionalmente estilhaçada pela experiência, profundamente machucada, o coração triturado. E eles nem dormiram juntos! Talvez, de tudo, isso fosse o que mais machucasse: ele nem mesmo quisera o que ela estivera tão pronta e ávida para oferecer.

Apesar de estar feliz por ter se aposentado da vida musical, apesar de não se arrepender do tempo passado com Luc, conforme ela dissera a ele, sabia que deveria se afastar. Deveria, na verdade, estar desesperada para não repetir a experiência.

Então, por que passara a noite anterior em claro, revivendo, saboreando cada lembrança daquele noite abreviada? Por que o corpo dela ansiava para provar aquilo de novo?

– Esta noite você deve levar guisado de carne e pão fresco para Corner Cottage – anunciou Grace alegremente. – E ele quer café da manhã também.

– Café da manhã? – repetiu Abby. Aquela expressão inócua a deixava com náuseas: o pensamento de estar na cama, envolvida nos lençóis, dividindo pedaços de pão doce e bebendo goles de café. *Café da manhã*. Uma refeição que ela jamais compartilhara com Luc. E jamais compartilharia.

– Ele pediu refeições para a semana inteira, a ser entregue todos os dias.

– Certo. – Uma semana entregando refeições para Luc. Se ela o visse durante toda a semana, cederia. Faria o que ele desejasse.

– Abby, você está bem?

Ela abriu os olhos num estalo e se obrigou a sorrir.

– Sim, estou bem. Estou perfeitamente bem.

Grace ergueu as sobrancelhas:

– Perdi alguma coisa?

– Não. – Abby não estava pronta para contar a Grace que sabia quem era Luc, ou mesmo que o conhecia. Ela deixara aquela vida, todos os âmbitos dela, para trás: o piano, a fama, aquela única noite. Tudo. – Estou apenas cansada. Desculpe se pareço aérea.

– Você não quer ir a Corner Cottage, é isto? – perguntou Grace, e Abby se flagrou ruborizando, desejando não ser tão transparente.

– Não, é claro que não. Quero dizer... Sim... Eu quero ir. – Abby se deu conta de que estava desconexa e fechou a boca, se virando para empilhar caixas vazias perto da porta. – Já disse. Estou apenas cansada. Vou para lá agora.

Abby passou boa parte do dia fazendo entregas e deixou Corner Cottage por último. Apenas quando saltou da van para o chalé na rua alta de Carack ela percebeu que deveria ter ido ali primeiro, cumprido a obrigação, assim poderia recorrer à desculpa de que tinha outras entregas, podendo ir embora logo.

Ou ela não queria uma razão para ir embora, mas talvez uma para ficar? Assustada diante da natureza reveladora daquela pergunta, Abby saiu da van e pegou a caixa de refeições na traseira.

Ela contornou o jardim na parte de trás, equilibrando a caixa pesada ao lado do quadril enquanto alcançava o batedor de metal desbotado da cozinha, o coração começando a bater de forma implacável. Deu uma, duas pancadas com o batedor antes de aguardar. A pele estava úmida, o coração batendo tão alto e rápido que agora ela podia senti-lo reverberando no corpo.

Ninguém respondeu à batida. Ninguém apareceu. Então, Abby percebeu, num lampejo de autoconsciência, que estava desapontada. Deixou a caixa no chão e pegou a própria chave; Grace sempre tinha chaves reservas de todos os chalés aos quais servia.

Rapidamente, ela descarregou as mercadorias, o olhar percorrendo o chalé, percebendo coisas que revelavam mais sobre aquele homem que ela nunca tivera chance de conhecer tanto quanto gostaria.

Ela sabia que não deveria ir ao andar de cima. Entregara a comida, não havia motivos para subir.

Ainda assim, ela se pegou caminhando na ponta os pés, pulando degraus, o fôlego preso no peito. Estava espionando. Bisbilhotando. Não havia outra definição para isso. Podia recuar, partir correndo pela porta de trás e dirigir de volta ao chalé de Grace, aliviada por ter evitado Luc.

Continuou subindo.

– Tenho de sair daqui – sussurrou ela quase furiosamente, então se virou para espiar o quarto.

A cama estava deliciosamente, luxuriosamente amarrotada, e, quando Abby se aproximou lentamente, viu a marca da cabeça de Luc no travesseiro. Não podia evitar chegar mais perto, se inclinando e aspirando o perfume dele nos lençóis.

– Abby?

Ela deu um pulo gigantesco. Virou-se, a mão no peito.

– Oh, você... você me assustou!

– Está tudo bem? – Luc parou à porta, uma sobrancelha arqueada, e o rubor tomou o rosto de Abby. Será que o que ela estava fazendo ficou tão espantosamente óbvio? Estava cheirando os lençóis dele, pelo amor de Deus! Ela fechou os olhos a fim de dar uma breve pausa daquela situação terrível, então os abriu e se obrigou a sorrir de maneira leve.

– Está tudo bem. Eu estava apenas... checando as coisas. Tudo parte do serviço.

– Isto é muito... gentil da sua parte – observou Luc, e ela teve a horrível sensação de que não o enganara de jeito algum.

– Sim. É importante que seja perfeito. Então, já que está tudo certo, eu vou indo. – Ela começou a caminhar em direção à porta, consciente de que Luc estava preenchendo aquele espaço. Ele não se mexeu.

– Luc...?

– Preciso te dar uma coisa.

– Não, não quero – disse Abby rapidamente. Ela nem mesmo sabia do que se tratava, mas sabia que tinha de sair dali antes que fizesse algo mais estúpido... como tocá-lo. Como pedir a ele que a tocasse.

Ele se manteve parado à soleira, e, para passar por ele, Abby teria de roçar contra o seu corpo; o pensamento a deixou frenética de desejo e desespero.

– Luc – sussurrou ela, odiando o modo como sua voz falhava. – Por favor, saia do caminho.

Ele hesitou, e Abby viu que a mão dele estava em riste. Ele queria tocá-la? Ele iria tocá-la? Ela esperou, desejando que ele se movesse, desejando que ele a tocasse. Finalmente, depois de um momento interminável, ele baixou a mão e saiu do caminho. Ela se apressou pelas escadas.

Luc a seguiu rapidamente. A mão de Abby estava no trinco da porta da cozinha quando ele falou:

– Não vá.

– Eu tenho outras coisas para fazer – começou ela desesperadamente. E, olhando por trás dos ombros, o observou tirar algo do bolso.

– Eu disse, tenho algo para você.

Lentamente, relutantemente, ela se virou.

– Está certo. O que é? – Luc deu a ela uma tira de papel, e Abby não tinha ideia do que poderia ser, até que olhou para baixo e piscou. Duas vezes. Ela estava segurando um cheque no valor de um milhão.

– O que é isto?

– Eu quero que você fique bem provida de recursos.

– Um milhão? – Ela olhou para cima, piscando sob a aflição de lágrimas repentinas. – É este o preço da sua consciência limpa?

Um músculo pulsou no pescoço de Luc, os olhos se estreitando.

– Considere isto um presente.

Lentamente, com os dedos trêmulos, Abby rasgou o cheque em dois. Então rasgou de novo, e de novo, até reduzir a uma dúzia de papeizinhos que flutuaram rumo ao chão.

– Não quero seu dinheiro, Luc. – Eu *queria* você. Estava claro que você não me quis, e um milhão de libras não vai fazer muita diferença.

Luc ficou em silêncio por um longo instante, os olhos escuros e rijos nos dela, a pele em volta dos lábios pálida e tensa.

– Há seis meses eu estava em uma situação difícil – disse ele finalmente, os olhos fixos nos dela o tempo todo, embora Abby sentisse como se ele tivesse entalhado uma distância entre eles, uma enfastiante maré de equívocos, palavras e sentimentos nunca expostos. – Eu era casado.

Abby sentiu a boca se abrir em surpresa, o choque a encharcando numa onda gelada e repugnante.

– *Casado?*

– Não *naquela época*. Minha esposa, Suzanne, morreu seis meses antes de nos conhecermos – falou ele quase impassivelmente, mas Abby viu e sentiu o oceano de dor que o varria.

– Sinto muito – disse ela, e sabia serem palavras inadequadas. A mente dela estava girando, processando as ramificações da revelação de Luc. Por isso ele fora embora?, ela se perguntava. Porque ele estava *angustiado*? Ela engoliu o bolo que se formava na garganta para dizer:

– Você deve tê-la amado muito.

Luc não respondeu, e Abby ficou em dúvida se ele escutara. Estava claro que ele esperava que aquilo explicasse tudo, e ela supunha que sim.

– Eu fui embora porque soube que não poderia, não posso, oferecer o que você merece. O que você precisa. – Ele engoliu em seco, os movimentos aos trancos, convulsivos. – Eu não tenho o que oferecer, Abby.

Luc olhou para os pedaços do cheque no chão.

– Por que você não aceita, Abby? – disse ele calmamente. – O motivo pelo qual estou te dando faz diferença? Você precisa do dinheiro.

– Na verdade, não preciso. E faz diferença, sim, Luc. O dinheiro transforma o que aconteceu entre nós em algo sórdido. Eu pensei... – Ela deu um suspiro; os pulmões doeram. – Eu pensei que tínhamos algo naquela noite. Pensei que era um *começo*... Mas foi só um jeito de você se distrair por algumas horas, não foi? Mesmo que tivéssemos feito amor, você fugiria de manhã. – Luc não respondeu, e Abby sabia estar certa. Aquilo não deveria magoá-la. Mesmo assim, magoou. Ela balançou a cabeça lentamente, se voltando à porta. – Adeus.

– Não foi assim. – A voz de Luc a paralisou. – Pelo menos, eu não queria que fosse assim. – Abby esperou, incapaz de se mover, mesmo sabendo que deveria ir. – Aquela noite foi uma das melhores experiências da minha vida, Abby. Eu sei que isto soa banal. Mas aquilo... – O olhar dele se derreteu ao dela. – Aquilo me deu esperança numa época em que eu estava muito desesperado.

– Então por que foi embora? Você mudou de ideia? – Ela engoliu, necessitando fazer a única pergunta que seu orgulho a impedira de verbalizar. – Você não me desejou mais?

– Ah, Abby. – A voz de Luc estava sufocada, e ele deu outro passo em direção a ela, deixando-os a um palmo de distância um do outro. – Eu, deixar de sentir desejo por você? – Ele colou as mãos nos ombros dela, deslizando-as para lhe tomar o rosto, os dedos passando pelos cabelos. Antes de ele a tocar, Abby já havia percebido o quão ansiosa estava por aquele toque, e fechou os olhos, saboreando o tato dos dedos dele. – Eu desejo você mais do que já desejei qualquer pessoa – sussurrou ele, dando um beijo na testa dela antes de trilhar mais beijos ao longo da linha do queixo. Abby estremeceu. – Eu fugi porque não queria machucá-la mais do que já havia machucado. – Os lábios dele pairaram indecisos sobre os dela. – Mas eu estou de volta, não estou? Não posso deixá-la mesmo sabendo que é a coisa certa a se fazer.

– Então não me deixe – murmurou Abby, as palavras eram um apelo. Agora, ela não ligava para os motivos que o fariam ir ou ficar. Só queria que aquele momento durasse, mantê-lo junto a si, mesmo que doesse no fim, mesmo que fosse por uma hora, por uma noite ou por todo o sempre. – Não me deixe – sussurrou ela, e diminuiu o espaço entre eles, os lábios sobre os de Luc, um gemido de satisfação profunda começando a nascer na garganta. Como ela queria aquilo. Precisava daquilo.

O pequeno quarto do chalé estava a um mundo de distância da suntuosa suíte do hotel Le Bristol, mas aquilo não importava. Mais uma vez, tudo se dissolveu, e Abby só tinha consciência da presença de Luc.

Ele estava em frente a ela, o rosto muito sério, mesmo com o leve sorriso. Ele tirou a camiseta e a calça jeans dela. Abby ficou indiferente às roupas com facilidade, sem medo.

Era tão maravilhosamente igual a antes, e, ainda assim, também era diferente. *Ela* estava diferente. Mais forte, talvez. Mais segura.

– Eu sonhei tanto com isto.

– Eu também – confessou ela num sussurro, e pôs as mãos nos botões da blusa dele.

Em poucos minutos ambos estavam nus, e Luc a tomou em um beijo assim que, meio cambaleantes, se jogaram na cama. Da janela aberta, Abby podia ouvir o bater do mar contra a areia, o canto distante de uma gaivota. Então ela perdeu a capacidade de ouvir, de ver, ou mesmo de pensar, quando Luc começou a agir com a boca e com as mãos.

E, quando os corpos deles se uniram, Abby nem mesmo ficou tensa, nem pensou que poderia haver algum tipo de dor. Qualquer desconforto que ela pudesse sentir se dissolveu rapidamente em meio à crescente percepção de que era sobre *aquilo* que todo mundo falava, conhecia. Era algo que ela estava perdendo. Naquele momento, o último pedaço da alma, seu "eu" genuíno, se encaixou no mundo; só então ela percebeu que era aquilo que lhe faltava.

Mais tarde, ela estava deitada no berço dos braços dele, o sol dourado refletindo nos tacos do piso.

Ela se virou para fitá-lo, os dedos traçando levemente a barba por fazer. Os olhos dele estavam fechados, mas Abby sabia que ele não estava dormindo. Talvez quisesse estar, ela pensou com um traço de tristeza. Talvez ele estivesse fingindo para evitar qualquer conversa desagradável, o tipo de conversa que ele não permitira que ambos tivessem antes.

Valeu a pena? A pergunta ecoou na mente dela, e Abby cerrou os olhos, o corpo ainda vibrando pela lembrança do toque dele, zunindo pela atenção recebida.

Sim. Valeu a pena... mesmo que ainda a deixasse triste e sempre, sempre querendo mais.

Ela caiu no sono e, quando acordou, o quarto estava frio e escuro, tal como a cama. Luc havia ido embora.

Aquele era o chalé dele, pensou Abby. Ela vestiu a camiseta, deixando as pernas nuas quando saiu do quarto. Com certeza ele não fugira do próprio chalé? Mas ele já não havia feito aquilo? O quarto de hotel também era dele. Luc realmente a abandonara pela segunda vez?

Ela desceu as escadas devagar, espiando pelos cantos. Luc estava sentado na saleta, um copo de uísque na mão, a expressão distante e vazia. Ele virou a cabeça e a encarou; havia um oceano de palavras não ditas entre eles. Quando ele finalmente falou, as palavras foram tanto uma ordem quanto um apelo:

– Venha aqui.

E, assim, ela foi. Nem mesmo pensou, nem mesmo cogitou dizer não. Apenas foi e ficou em frente a ele, e Luc a pegou de modo incerto e a colocou no colo com facilidade. Ela se curvou para ele com naturalidade, dobrando as pernas sob o próprio corpo, pressionando o rosto contra o peito dele. Luc acariciou os cabelos dela, o movimento gentil, repetitivo, quase um ninar para fazê-la dormir. Nenhum deles falou.

O silêncio se estendeu, crescendo mais lancinante e até mesmo pesaroso na necessidade de palavras, na necessidade de qualquer coisa que pudessem dizer. O coração de Abby doía pelo esforço de endurecer diante das explicações e desculpas de Luc: *Sinto muito. Isto é tudo que posso oferecer.*

No entanto, ela não disse nada, e de algum modo aquilo os fez melhor e pior. Fez Abby se perguntar se ele sabia em que ela estava pensando, se ele estava ciente de todas as coisas que ela não queria ouvir.

Ele a ergueu. Os braços de Abby o envolveram como por instinto e, ainda sem falar qualquer coisa, ele a levou de volta ao andar de cima.

Luc deitou sobre ela na cama, os olhos de encontro aos dela, implorando por compreensão... perdão. E Abby concedeu, envolvendo o pescoço dele, puxando-o para um beijo interminável que funcionou como um perdão, uma compensação.

Se aquilo era tudo que Luc podia oferecer, então ela aceitaria. Faria o momento, a noite, durar para sempre; selaria na memória, escreveria no coração. Assim que Luc deitou na cama com ela, aprofundando o beijo com uma ânsia dolorosa, Abby soube que aquilo também era um adeus.

Quando ela acordou novamente, ele estava dormindo. Abby se apoiou em um cotovelo e o observou por um instante. Ela deixou a ponta do dedo percorrer a extensão do rosto dele, como se através daqueles simples toques fosse se lembrar de como era senti-lo. Ele se remexeu levemente diante da carícia e, relutantemente, ela deixou a mão cair.

Então, antes que lhe faltasse coragem, saiu da cama e rapidamente vestiu as roupas. Abby saiu do quarto com agilidade. Ela não olhou para trás.

CAPÍTULO 8

ABBY PRECISOU de seis semanas. Seis semanas de arrependimento pela decisão de escapar de Luc enquanto ele dormia; seis semanas para saber que aquela fora uma escolha dela, mesmo com o coração dizendo o contrário. Seis semanas esperando que Luc a encontrasse, ligasse, escrevesse, qualquer coisa, mesmo que, no fundo, ela soubesse que ele não o faria. Ele nunca o fez.

Seis semanas de total tristeza. E seis semanas para perceber que a noite de ambos juntos resultou em algo mais que um coração partido.

– Você andou usando alho na comida? – perguntou ela a Grace em uma tarde. O tempo estava chuvoso e cinza, bem de acordo com o humor dela.

– Fatiei alho há quatro horas – disse ela, com sobrancelhas erguidas. – É a isso que você se refere?

Abby fez uma careta.

– Acho que sim. O cheiro tem me deixado enjoada ultimamente.

Grace riu.

– Se eu não a conhecesse, diria que está grávida. – Abby congelou, e a risada morreu nos lábios de Grace. – Abby...

– Certo. – Abby tentou sorrir, rir. Ambos os esforços falharam miseravelmente. Grace não foi enganada nem por um minuto.

– Sinto muito, foi um comentário muito insensível da minha parte. Apenas não pensei que você estivesse saindo com alguém.

– Não estou.

– Fui insensível de novo. Meu Deus, não estou acostumada a isto. – Ela deu um passo atrás, observando a palidez de Abby, o rosto exaurido numa ansiedade maternal. – O que você vai fazer? Obviamente, há uma chance de estar grávida.

– Acho que há – concordou Abby, entorpecida. Luc usou preservativo, mas houve acidentes. Houve erros. As mãos dela tocaram a barriga instintivamente, como se a pequena vida ali, caso houvesse alguma, fosse ouvir aquelas palavras horríveis: acidente; erro.

Não.

– Vamos comprar um teste de gravidez.

A cabeça e o corpo dela já estavam gritando a verdade: o enjoo, a fadiga, o jeans apertado. Ela não fizera a associação porque era algo inédito, nem por um segundo pensara estar realmente grávida. Entretanto, agora que a possibilidade fora apresentada, tudo estava evidentemente óbvio. Qualquer um com conhecimento básico de biologia, ou que tenha frequentado as aulas de Ciências no colégio, poderia ter confirmado os sintomas e oferecido um diagnóstico correto.

Grávida. De um filho de Luc.

Ela olhou para Grace, que a encarava com óbvia preocupação, e esboçou um sorriso.

– Sim. Certo. Bem, acho que vou à farmácia então.

E assim ela o fez, dirigindo até a farmácia em Helston, uma perturbadora viagem de dez minutos. A cabeça permanentemente presa em uma engrenagem, um pensamento vicioso: grávida. Grávida. Grávida.

O atendente ao balcão era um adolescente espinhento, mas ele nem mesmo piscou quando Abby entregou o teste de gravidez com sua embalagem rosa berrante.

Ela se enfiou no banheiro de um Café local para fazer o teste. De alguma forma, não podia suportar o pensamento de entregá-lo a Grace e tê-la por perto enquanto fazia o que tinha de ser feito.

Levou apenas alguns minutos. E então uma vida inteira para aceitar a realidade. Duas linhas no pequeno bastão de plástico; ela realmente estava grávida.

Abby saiu do banheiro e dirigiu de volta ao chalé, e a viagem foi tão perturbadora quanto a ida. Assim que Grace viu o rosto dela, Abby não conseguia decifrar a própria expressão, já que nem mesmo sabia como estava se sentindo, e a enlaçou num abraço.

– Ah, meu amor. Sabe que te darei meu total apoio, não importa o que você faça.

Abby assentiu, embora soubesse que já não tinha escolha. Aquela pequena vida dentro dela já se desenvolvera, começara a crescer. Ele, ou ela, era parte dela, parte de Luc. Não tiraria a criança. Teria o filho de Luc.

NA SUÍTE do hotel em Paris, Luc virou as páginas do caderno de cultura do jornal sem pensar. Era o que sempre fazia, lendo rapidamente as manchetes e subtítulos com um ar distraído, incapaz de dizer até mesmo para si o que, ou quem, ele procurava.

Então, ele viu.

Prodígio do Piano... grávida?

A foto era uma imagem borrada de Abby andando por uma rua de Londres. O jornal ajudou incluindo um círculo vermelho para demarcar o volume que saltava da barriga dela.

Mesmo quando a compreensão daquilo o nocauteou, Luc se viu pensando, *por que Abby está em Londres*? O que acontecera? O que ela fazia lá?

Ele leu o artigo em questão de segundos; era uma especulação ilegítima sobre "a aposentadoria repentina da Prodígio do Piano", as críticas decepcionantes no ano anterior e então seu misterioso reaparecimento em Londres naquela semana.

A matéria ocupava apenas alguns centímetros na terceira página da seção de cultura. Abby, Luc percebera, não era mais notícia fresca.

Mesmo grávida, o que, pelo menos, era o que parecia na foto. E ele soube sem nem mesmo uma centelha de dúvida que, se havia um bebê, então era dele.

Luc deixou o jornal de lado, sem foco, sem conseguir enxergar, a mente girando com pensamentos que ele mal podia articular. O café ao lado esfriou e o sol subiu no céu, formando sombras cada vez maiores no chão.

Finalmente, como se despertando de um sonho, Luc levantou. Pegou o celular, abriu e discou. Quando a assistente atendeu, ele falou com tensão:

– Prepare o avião.

Luc desligou o telefone e olhou para o rio Sena, sinuoso através da cidade. As cerejeiras começavam a florescer. Então, desviando-se da charmosa vista, ele se preparou para arrumar as malas e viajar à Inglaterra... para encontrar Abby.

CORNWALL ESTAVA na iminência da primavera. As cercas-vivas se encontravam repletas de botões de jacinto e flores avermelhadas quando Luc passou pela estreita via à costa de Carack. Ele alugou um flat de um quarto em uma enorme vila Eduardiana; Corner Cottage já estava alugado. Talvez fosse melhor assim, pensou.

O que eles tiveram *era* passado, havia acabado. Ele sentiu a verdade de tal afirmação ecoar no coração vazio quando Abby abandonou a cama deles, seis meses atrás. A partida dela fora um adeus silencioso, eloquente, uma escolha melhor para os dois.

A menos que... Se ela estava mesmo grávida do filho dele, então aquilo mudaria tudo. De qualquer forma, Luc ainda não podia prever ou articular. Mas sabia da responsabilidade dele com a criança, e não iria se esquivar. Não desta vez. Ele precisava encontrar Abby.

O CREPÚSCULO surgia suave em tons de violeta sobre o mar quando Abby entrou no chalé alugado. Apesar de as acomodações serem bem básicas, era aconchegante e pitoresco.

No andar de cima, no quarto, ela deixou escapar um longo e pesado suspiro, e as mãos foram colocadas no cóccix instintivamente a fim de esfregar a sutil dorzinha insistente que se instalara ali desde que ela descobrira estar grávida, mais de três meses atrás. Três longos, desconcertantes e irresolutos meses.

– Olá, Abby.

Ela engasgou de surpresa e se virou.

Luc estava sentado na cadeira gasta do canto. Abby não conseguia ler a expressão dele na escuridão do crepúsculo, mas sabia que não era boa. A voz dele estava terrivelmente neutra.

– Luc! – Ela lutou para encontrar algo para dizer, para organizar as emoções. – Como você entrou?

– Os habitantes locais são muito amistosos, especialmente quando disse a eles que estava fazendo uma surpresa para você... agindo como o pai do seu filho, como pode ver.

Abby gemeu alto e procurou o luminária ao lado da cama, ligando-a, grata pela luz confortante. A mente dela girava, e ela estava dividida entre fúria, medo e uma alegria completamente irracional por vê-lo de novo.

– Vejo que você não corrigiu minha presunção... Sou o pai desta criança? – Ele gesticulou em direção à barriga; o tecido da camiseta estirado sobre o volume crescente.

– Você quer dizer, além do *outro* amante que tive enquanto você estava aqui?

– Não seja sarcástica.

– Não me diga o que tenho de ser – reverberou Abby. – Você não tem esse direito.

– Ah? E deixe-me perguntar a você sobre *seus direitos*... É seu direito não me contar sobre meu próprio filho?

– Você é realmente ousado, Luc. Eu não sei nada sobre você. Então, por que eu deveria lhe contar alguma coisa sobre seu filho? E, francamente, você tem optado por me passar a impressão de que não quer ser encontrado, e eu não acho que deveria dar uma de Sherlock Holmes para achá-lo.

Luc se levantou da cadeira em um movimento gracioso e imediato, cruzando o pequeno espaço para se pôr à frente de Abby antes de ela ter tempo para reagir:

– Acho que Sherlock Holmes é um pouco de exagero. E quem realmente não queria ser encontrado? Quem foi embora no meio da noite desta vez, Abby?

Ela ergueu o queixo, recusando-se a se mover, a recuar.

– Não é uma sensação boa, não é mesmo?

– Então aquilo foi... uma espécie de vingança?

Ela suspirou e sacudiu a cabeça, subitamente esgotada. As costas ainda doíam, queria um analgésico desesperadamente.

– Não, na verdade não – disse ela após um instante. – Eu não sei o que era. Não queria estar lá de manhã para ter alguma conversa infame sobre como você não podia me oferecer o que eu precisava e blá-blá-blá. E eu teria de concordar, sorrir e dizer que entendia completamente; afinal, eu sabia onde estava me metendo, certo?

– Certo – disse Luc após um momento, a voz calma e zelosa, e até um pouco melancólica. Parecia que toda a raiva justificada de ambos acabara. – É isso que você acha que iria acontecer?

– Você está dizendo que seria diferente?

Luc meneou a cabeça.

– O que importa agora é o fato de que você está carregando meu filho. Isto muda tudo.

Abby sentiu algo assentar dentro dela diante do caráter austero das palavras dele.

– Não vejo de que modo isto muda tudo ou qualquer coisa – disse ela, fechando os olhos quando o cansaço ameaçou subjugá-la. Não fazia ideia de que uma gravidez fosse tão exaustiva.

– Por que você estava em Londres? – perguntou Luc abruptamente. – Não estava procurando por certos... procedimentos?

– Você quer dizer, um aborto? – Abby apontou para a barriga enorme. – Obviamente não.

– Seria uma atitude terrível abortar meu filho sem me contar.

– Quase tão terrível quanto me largar completamente nua no seu quarto de hotel para ser acordada pela camareira? – gracejou Abby, então emendou num falso sotaque francês: – O cavalheiro fez o check out ontem à noite...

Luc teve o decoro de se assustar.

– Desculpe por ter acontecido – disse ele. – Mas nós já superamos isso, Abby, e eu já pedi desculpas. Vamos continuar esta conversa?

Abby suspirou.

– Não, não vamos. Não precisamos ter conversa alguma. – Ela se virou, mas Luc lhe tocou o ombro. Foi um toque leve, mas o suficiente para fazê-la parar.

– Por que está tão brava comigo, Abby? Você está com mais raiva agora que antes. É esta criança que...?

– Não, não é a *criança* – falou Abby rispidamente. – É... Eu não sei o que é, Luc. Hormônios da gravidez? Tudo que posso dizer é que estou começando a não gostar da forma como você entra e sai da minha vida tão rapidamente, conforme lhe é conveniente, e eu nunca sei quando você vai vir ou ir embora, ou quando, ou... qualquer coisa.

– Não fui eu quem foi embora da última vez – Luc a lembrou.

– Era só uma questão de tempo, não era?

Ele se calou. Talvez ele quisesse sentir mais, pensou ela melancolicamente, oferecer mais, porém ele simplesmente não conseguia.

– Não importa – disse ela calmamente. – Passado é passado.

– Sim, e é no futuro que devemos pensar. – Ele apontou para a barriga dela mais uma vez.

Abby sentiu um arrepio de agouro. É claro, era óbvio. Luc voltara porque, de algum modo, descobrira que ela estava grávida, o que só poderia significar uma coisa: ele sentiu ter algum tipo de responsabilidade pelo bebê. É claro que a procuraria. Luc tinha o maior complexo de culpa de que ela já tivera notícia.

Mas o que aquilo queria dizer, de forma realista, no dia a dia?

Ele pretendia participar da vida do filho? Da vida dela?

Aquilo era demais para absorver, para aceitar, e Abby lutou contra uma repentina onda dupla de náusea e tontura. Ela fechou os olhos e vacilou, apenas por um segundo, mas Luc percebeu.

– *Mon Dieu* – disse ele, soando assustado e com raiva. – Parece que você vai desmaiar.

– Não – negou Abby, os olhos ainda fechados quando ela tateou a cadeira. – Estou apenas cansada e preciso me sentar. Não comi...

– Você está... o quê? Grávida de quatro ou cinco meses e não tem se alimentado?

Ela afundou na cadeira e abriu os olhos para olhar torto para Luc.

– Cinco. – Ela se recostou contra as costas da cadeira e fechou os olhos mais uma vez. – Há alguns biscoitos de manteiga de amendoim na minha bolsa, se não se importar em pegá-los para mim.

– Aqui. – Luc lhe entregou o pacote de biscoitos, e Abby mordiscou um, grata.

– Obrigada.

– Você jantou? Se o vilarejo tiver um pub ou restaurante...

– Realmente desistiu de ser um troglodita comigo, não é? A necessidade de proteger e tudo o mais...

– É de senso comum – respondeu Luc, a voz ainda soando polida, e Abby não podia discutir.

– Está certo – disse ela, e levantou da cadeira.

Eles desceram a rua do vilarejo à beira-mar, e não falaram até chegar ao único pub local, um prédio revestido de cal com um telhado de palha.

Luc abriu a porta, gesticulando para ela entrar antes dele.

– Obrigada – murmurou Abby, e adentrou o lugar escuro e aconchegante. Em poucos minutos Luc falava com o proprietário, e ele rapidamente providenciou um cômodo aos fundos.

– Você já fez o pedido? – perguntou Abby enquanto o seguia, passando pelo longo balcão de mogno com sua fileira de pescadores abertamente curiosos que viravam suas cervejas.

– A sopa de legumes e o filé.

Abby balançou a cabeça, tirando o casaco enquanto observava com cuidado o ambiente com lareira e mesa aconchegante para dois.

– Obrigada pela consideração – disse ela assim que se sentou, e Luc ergueu a cabeça.

– Você perdeu sua inocência.

Em resposta, Abby deu um tapinha na barriga:

– Isso aconteceu já faz um tempinho.

– Não me refiro a isso. – Ele se acomodou no assento à frente dela, encostando os dedos no queixo. – Quando a conheci, em Paris, você mostrava olhos iluminados, encantada com tudo. Parece mais... cínica agora.

– Apenas realista – gracejou Abby, mas Luc meneou a cabeça de novo.

– Foi por minha causa? Por causa do que aconteceu entre nós?

– Foi uma série de coisas. Sim, é claro que *você*, aquela noite, foi parte disso. Mas também perder todo o dinheiro que pensei ter. Perder a paixão pela música. Perder tudo que foi responsável por formar quem eu era. – Ela não queria mergulhar em velhas lembranças. –

Não estou cínica, você sabe, ou mesmo realista. Estou apenas sendo eu. Não tenho certeza nem se sabia quem eu era até parar de tocar piano. Finalmente sinto que tenho liberdade para ser eu, dizer o que quero, fazer o que quero, porque não há expectativas. Não há regras. Sem público ou imprensa a quem devo me apresentar. Você provavelmente não consegue imaginar o quão maravilhosa é a sensação.

– Você tocou piano de novo depois de tudo isso?

– Não. É melhor assim... por enquanto. – Mesmo acordando no meio da noite algumas vezes para encontrar os braços levantados, os dedos em chanfradura tocando durante o sono. Mas o pensamento, o medo de tocar e não sentir nada, nenhuma conexão com a música, nenhuma alegria, era bem pior. Nada... assim como Luc não sentia nada.

– Você está feliz – disse ele, e foi mais uma afirmativa que uma pergunta.

Abby ponderou:

– Estou contente. Sou honesta o suficiente para admitir que não quero carregar caixas de comida pelo resto da vida, mesmo num lugar tão bonito quanto Cornwall. Mas por enquanto...

– Você está grávida de cinco meses e ainda carrega caixas?

– Perguntei à minha parteira e ela disse que tudo bem, contanto que eu não me exceda.

– Abby, você está fazendo trabalho braçal pesado! *Não* está tudo bem. E eu não vou permitir isso.

– Hã? – Abby se flagrou em riste diante do desafio, quase apreciando a batalha de determinações. Ela fora nocauteada por Luc na primeira vez em que o conhecera, e, ainda impotente em resistir a ele, também na segunda vez. Agora, pelo menos, na afortunada terceira vez, seria forte. – E como você pretende me impedir?

Luc praguejou.

– Devo obrigá-la? Trancá-la no quarto? Ou posso ser racional quanto a isso?

Abby se viu sorrindo apropriadamente pela primeira vez em dias. Talvez semanas.

– Depende de qual é sua definição para racional.

Ele parecia cansado, até mesmo um pouco vulnerável.

– Eu gostaria que você não levantasse coisas pesadas – disse ele, enfim. – Ou vivesse sozinha. Você teve uma tontura... E se tivesse outra, ao topo das escadas?

– Eu não vou ter.

– Você não tem como saber. E quem vai estar lá para ajudar? Conheci sua chefe quando vim hoje. Ela é uma mulher boa, mas tem problemas de coluna, como você deve saber. Ela pode ajudar muito pouco.

– Não preciso de Grace para nada – protestou Abby.

Luc balançou a cabeça.

– Você tem outros amigos, alguém para quem ligar?

Abby corou.

– Sim, é claro que tenho amigos – disse ela, mas as palavras de Luc soaram familiares. Ela possuía amigos, mas não eram do tipo para quem se podia telefonar durante uma crise ou no meio da noite. Eram do tipo para se cumprimentar na rua, ou com quem papear brevemente, e nada mais.

Não obstante, ele continuou, determinado e implacável:

– Não estamos atingindo o ponto principal aqui, que é o que nós faremos depois de a criança nascer. É impossível – disse ele, bebericando o vinho – eu não fazer parte da vida do meu próprio filho.

Abby ainda não conseguia pensar em nada para dizer. Queria argumentar, mas como? Por quê? Teoricamente, acreditava que pais deveriam estar envolvidos nas vidas dos filhos, se quisessem. É claro. Mas como aquilo iria funcionar na prática? Como Luc poderia estar envolvido na vida do filho, na vida *dela*? Como, sem partir o coração dela, sem matar as esperanças dia após dia?

– Bem – disse ela enfim, tentando soar metódica. – Talvez possamos organizar visitas em fins de semana alternados... – Ela se calou, pois Luc estava meneando a cabeça resolutamente.

– Não vou ser iludido pela história dos fins de semana ocasionais, Abby.

Um repentino jato de fúria a preencheu brevemente.

– Se você não tem nada a me oferecer, por que teria algo a oferecer a meu filho?

– *Nosso* filho – corrigiu ele, e Abby supôs ter dito tudo.

Ela fechou os olhos, lutando contra a exaustão física e mental mais uma vez.

– Para dizer a verdade, não pensei muito na situação depois que o bebê nascer. Tenho ficado terrivelmente doente... Não doente *de verdade* – emendou ela rapidamente. – Mas enjoada. Enjoos matutinos. Então, não tenho sido capaz de pensar em muito mais do que encarar os dias. – Ela expirou lentamente. – Presumo que isso terá que mudar.

– Sim.

– Mas eu ainda não sei como, e não estou preparada para decidir coisas assim esta noite.

Luc deu de ombros.

– Como desejar. Posso ficar aqui por uma semana, e então devo retornar à França. Teremos um tempinho.

Um tempinho, pensou Abby. Em outras palavras, não muito.

Eles terminaram a refeição num silêncio virtual e, com uma pontada, Abby se lembrou da primeira refeição juntos, no hotel Le Bristol, quando as horas passaram e ela, em momento algum, ficara perdida em relação ao que dizer, totalmente à vontade.

– O que há? – perguntou Luc abruptamente, e o olhar dela fluiu de encontro ao dele. Abby deixou escapar, sem perceber, um pequeno suspiro de saudade, até mesmo de ânsia.

– Só estou cansada. Deveria ir para casa dormir.

Luc consentiu, e em poucos minutos ele pagou a conta e a conduziu para fora do pub, que já esvaziava, com um dos braços em torno do ombro dela.

Ele afastou o braço tão logo chegaram à rua, e Abby tiritou diante da brisa marítima fria. Sentiu-se desolada pela perda do toque dele, e de algo ainda mais profundo. O que acontecera às duas pessoas que aproveitaram aquela noite, juntas?, ela se perguntava. Aonde elas foram?

Com certeza ela estava diferente, mais adulta, mais prática, talvez mesmo cínica, como Luc sugerira. No entanto, mais capaz também, comandando a si e ao próprio destino. Exceto... o que ela estava pensando? Abby deu um sorriso cínico. Ela não estava no comando de nada. Luc acabara de dizer que se envolveria na vida do filho deles, que não a queria trabalhando para Grace; basicamente, que ele seria o responsável por tudo. Moldando o destino dela.

Abby não tinha certeza se possuía a força, ou mesmo a vontade, de lutar contra ele.

Luc a parou em frente à porta do chalé enquanto ela se atrapalhava com as chaves.

– Ficarei aqui até você entrar em segurança, depois vou embora.

As bochechas de Abby queimaram. Ele realmente achou que ela esperava que ele ficasse? *Queria* que ele ficasse?

No entanto, não pôde negar a guinada de desejo dentro de si quando pensou no que aquilo significava.

– É claro.

– E amanhã conversaremos.

– Ótimo. – Ela enfiou a chave na fechadura e tentou virar, mas, na ansiedade, a peça emperrou e ela foi abandonada empurrando em crescente frustração até as mãos de Luc se fecharem sobre as dela.

– Deixe-me ajudar.

– Estou bem – protestou ela, e então observou enquanto os dedos dele viraram a chave facilmente, delicadamente, e a porta se moveu para dentro. Ela se virou para encará-lo. – Não sei se posso fazer isto – sussurrou ela.

– Estou aqui para ajudar – retrucou Luc, e ergueu a mão para tocar gentilmente o rosto dela. Abby cobriu a mão dele com a dela. Pretendia tirá-la dali, mas a manteve por algum motivo.

– Não estou me referindo ao lado prático da situação – disse ela baixinho. – Isto, Luc, *nós*. Ou o fato de não haver mais um "nós". Nunca houve. Apenas duas noites, é isso. – Ela engoliu em seco. – É difícil demais.

Luc permaneceu em silêncio por um longo instante, os dedos ainda tocando o rosto dela.

– Tentarei tornar tudo o mais fácil e confortável possível para você. – Ele sorriu melancolicamente. – Sinto muito por só poder fazer isso.

Abby concordou, a garganta apertada de repente. Ela sentia demais, quando Luc não podia sentir o suficiente. De algum modo, ela teria de superar, deixar o sentimento para trás, a dor e, pior de tudo, toda a emoção ilusória que a presença dela causava.

Ela pensou desafortunadamente em como uma vez sonhara com uma situação como aquela: carregar o filho de Luc e tê-lo ali com ela, pronto para amar e proteger. Amar e proteger o bebê, é claro, não ela. Nunca ela. Assentindo diante da oferta de Luc, Abby se perguntava como e quando tudo dera tão horrivelmente errado.

CAPÍTULO 9

É CLARO, aconteceu nas escadas, exatamente como Luc dissera e temera que acontecesse. Em um momento ela estava correndo escadas abaixo, chaves do carro na mão, casaco pendurado no braço... no outro, incerta do que acontecera, ou como, o mundo pareceu escurecer. E então ela perdeu a consciência de tudo.

Quando acordou, sentiu como se estivesse boiando na água, rumo a uma superfície enevoada pelos raios do sol. Ela abriu os olhos lentamente, piscando várias vezes até o mundo entrar em foco outra vez. Estava numa cama de hospital, e Luc sentado a seu lado. Ele irradiava tensão. Estava inclinado na cadeira de plástico pintada num virulento tom de laranja, os antebraços apoiados nas coxas, o rosto mergulhado numa expressão feroz.

– Ah, pare com isso – disse Abby. – Eu não pareço tão mal assim, não é?

À primeira sílaba proferida por ela, Luc a olhou rapidamente e, durante um glorioso segundo, tudo nele se iluminou; naquele instante, ela sentiu que tudo era possível. Então, ele ficou austero de novo, a expressão se fechando como um leque quando ele se inclinou para tocar a testa dela a fim de checar se tinha febre.

– Você ficou desacordada por mais de uma hora.

– Mesmo? – A ideia de ter ficado involuntariamente inconsciente por tanto tempo provocou nela uma leve curiosidade, seguida por um presságio profundo quando Luc a fitou, incrédulo.

– Sim, mesmo. Encontrei você desmaiada aos pés da escadaria. Você tem sorte por não ter quebrado o pescoço.

– E por a porta estar aberta – murmurou Abby.

– Sim. E, por falar nisso, por que a porta estava aberta? – quis saber Luc. – Você a manteve aberta a noite toda? Alguém poderia ter...

– Não há mais do que 75 moradores em todo o vilarejo, Luc – disse Abby, e então colocou a mão na barriga, tomada pelo pensamento atemorizante que aflorou. – Eu estou... o bebê está...?

– A médica checou os batimentos cardíacos do bebê assim que você chegou – informou Luc. Ele tocou a mão dela, estabelecendo segurança por um breve momento. – Tudo parece bem, mas, por via das dúvidas, ela quer fazer um ultrassom.

Abby concordou, a mão ainda protetoramente suspensa sobre a barriga. A possibilidade de ter a vida do seu bebê ameaçada fez o coração dela disparar de ansiedade e medo, mesmo depois de o perigo ter passado.

Alguns minutos depois, a médica entrou no quarto:

– Fiquei um pouco receosa – comentou ela enquanto passava gel na barriga nua de Abby. – Fizemos um hemograma e parece que você está um pouco anêmica. Tem tomado suas vitaminas pré-natais?

– Sim, todos os dias – respondeu Abby. Ela resistiu ao ímpeto de fuzilar Luc com um olhar astuto. Sem dúvida, ele pensava que ela não estava se cuidado direito.

– Bem, então incluiremos um suplemento de ferro. Agora, vamos dar uma olhadinha nisto aqui, certo? – Ela pegou o bastão do aparelho e começou a estimular a barriga de Abby vigorosamente. Um segundo depois, uma imagem borrada em preto e branco apareceu na tela, e Abby ofegou diante da visão da pequena vida se movendo, braços e pernas, o coraçãozinho batendo rápida e furiosamente.

– Nosso camaradinha está bem – disse a médica com um sorriso.

Abby assentiu ansiosamente, e então ouviu absorta a médica falar sobre todas as partes do bebê. Tudo estava "no lugar certo e se desenvolvendo normalmente".

– Agora, há uma pequena preocupação aqui. – A médica deu uma batidinha na tela, e Abby sentiu a respiração travar. Ela não gostava do som da palavra "preocupação", fosse esta pequena ou não. A mão dela deslizou pelo lençol e parou quando Luc a encontrou, enlaçando os dedos nos dela com seu toque firme e caloroso.

– Você tem uma placenta prévia parcial – disse a médica. – É uma condição razoavelmente comum, na qual a placenta bloqueia a abertura do colo do útero e traz algum risco durante o parto, então precisamos monitorar. Com sorte, isso vai se resolver sozinho antes de completar os nove meses de gestação, então não se preocupe.

Ela sorriu cordialmente para Abby, que podia sentir a cor do rosto se esvaindo conforme a preocupação tomava seus nervos e pensamentos.

– Entretanto, você vai precisar pegar um pouco mais leve até lá. Nada de subir e descer escadas correndo, nada de levantar peso... E, infelizmente, nada de sexo. – Ela sorriu para Luc como se pedisse desculpas. – Vamos agendar outro ultrassom para o mês que vem, e pode ser que já esteja tudo normal até lá. Agora – ela juntou as mãos num bater de palmas suave, os olhos brilhando alegremente. –, você quer saber se terá um menino ou uma menina?

Abby olhou de relance para Luc.

– Você quer saber? – perguntou ela, e ele fez uma pausa, hesitante, antes de expressar com franqueza:

– Sim.

– Uma menina – disse a médica. – Uma linda menina.

UMA MENINA. Uma filha. Luc mal podia acreditar. A mente dele girava enquanto ajudava Abby a se levantar da maca e a guiava para fora do hospital.

– Você deveria comer alguma coisa – disse ele a Abby. O momento em que a vira aos pés da escada fora o pior de sua vida. Segundo pior, ele emendou severamente, mas um tanto aterrorizante, entretanto. Ela estava tão imóvel e maleável, tão linda, frágil e inerte quanto uma boneca. Por um segundo horripilante ele pensara que estava morta, e fora como se o mundo tivesse parado, como se ele tivesse parado.

Não. De novo, não. Não agora...

Machucava sentir tanto, ter tanto medo. No quarto do hospital, quando observava Abby respirar com movimentos não mais perceptíveis que um agitar de pálpebras, foi uma enorme agonia, um tormento de incertezas.

Então, quando ela abriu os olhos, ele sentiu como se tivessem lhe devolvido a vida, preciosa, fugaz. E o vertiginoso ímpeto de esperança machucou também, pois ele sabia que não poderia durar. Foi severo quanto a isso, afastou as emoções e aceitou a manta de entorpecimento frio, que, com o tempo, se tornou sua única armadura contra a dor causada pelo ato de sentir.

– Podemos parar na farmácia para pegar o suplemento de ferro – disse ele a Abby enquanto a ajudava no carro, mantendo a voz alegre. – E então poderíamos almoçar.

– Preciso encontrar Grace.

– Você tem de dar a ela seu aviso prévio.

Abby recostou a cabeça contra o banco e fechou os olhos.

– Presumo que sim.

– Não há chance de *presumir* a respeito disso.

– Ai, Luc. – Ela balançou a cabeça de modo exaustivo. – Dê um tempo.

Ele não podia dar um tempo, não podia evitar querer tomar conta dela. Controlar. Manter Abby segura, como nunca fizera com Suzanne.

Estava tão cansada. A excitação por ver o bebê no ultrassom se dissipou na realidade fria do seu significado. Ela não podia tomar conta de si, afinal. Precisava de Luc. Não queria precisar dele, depender dele. Ser um peso para ele.

Os dois voltaram ao chalé, e Luc ajudou Abby a sair do carro. Ela o deixou ajudá-la a subir as escadas, não tinha muita escolha mesmo, e colocá-la na cama. Ela permaneceu dócil como uma criança.

Ele saiu, murmurando que voltaria logo. Abby deve ter pegado no sono, pois, quando acordou, o sol já começava a se pôr num céu escurecido e o quarto estava à meia-luz.

– Luc? – chamou ela, espantando o sono, a voz rançosa.

– Estou aqui. – Ele acendeu uma lâmpada, e Abby se flagrou sorrindo para ele, um sorriso ridiculamente aberto; ela estava muito feliz por vê-lo. Ele estava *ali*. – Eu trouxe um pouco de sopa, se conseguir tomar.

– Estou morta de fome.

Ele deixou o quarto, voltando em poucos minutos com uma bandeja de comida. Abby olhou para a tigela de sopa fumegante, as fatias de pão fresco e a xícara de chá, com leite açucarado, do jeito que ela gostava. Não podia suportar tê-lo ali tão gentil, tão cuidadoso, mas sabia que ele só estava fazendo aquilo tudo por causa do bebê. Queria que fosse por causa dela.

Queria que ele a amasse.

Ela afastou tais pensamentos, dando um jeito de sorrir assim que experimentou a sopa.

– Abby – disse Luc, a voz ficando gentil –, precisamos discutir o futuro. – Você não pode continuar aqui como está. Será que não enxerga isso?

– Eu entendo – falou Abby após um longo momento – que não posso continuar carregando caixas.

– Ou morando sozinha, ou trabalhando como tem trabalhado. Nada disso… Você ouviu a médica.

– O que devo fazer, então? Ficar na cama pelos próximos quatro meses?

– Não, é claro que não – respondeu Luc após uma breve pausa, fazendo Abby pensar que aquilo era exatamente o que ele queria que ela fizesse. Ela carregava a preciosa carga dele, afinal. – Mas você precisa descansar e relaxar, sem se preocupar com dinheiro ou refeições, ou qualquer coisa do gênero.

– Isso parece bom – disse Abby com uma risadinha. – No entanto...

– Eu quero que você venha para a França – ele a interrompeu abruptamente. – Comigo.

Abby congelou, as palavras dele reverberando no corpo dela.

– Não acho que seja uma boa ideia.

– É a única solução aceitável – replicou Luc, o tom ficando vivo. – Eu não posso ficar em Cornwall, e não há nada que prenda você aqui, de qualquer maneira.

Abby demonstrou indignação:

– E o meu trabalho...

– Seu trabalho tem de acabar. Você necessita de cuidados.

– Eu não sou uma inválida...

– Ainda não. Mas está anêmica e exausta, Abby, e se encontra numa condição que requer certo cuidado. Você deve ver um motivo nisso! – Ele pausou e, quando falou de novo, a voz estava cuidadosa, controlada. – Eu aceito que você não queira passar um tempo comigo, já que isso seria indubitavelmente desconfortável para nós dois. Mas, pelo amor a nossa filha, com certeza ambos podemos considerar o que importa... Desconforto ou fazer o que é necessário?

Ele emitiu um som, como se passar o tempo juntos fosse o equivalente a tomar uma dose de um remédio particularmente intragável. Talvez fosse, para ele.

– Deve haver outras opções.

– Então vamos listá-las, certo? – Luc sentou na cadeira perto da cama e começou a contar nos dedos. – Você poderia morar com sua mãe?

– Não, ela é muito ocupada.

– Seu pai, então.

Abby negou de novo.

– Ele está em turnê.

– Turnê?

Ela sorriu.

– Minha aposentadoria acabou sendo a melhor coisa para nós dois. Ele se voltou para a própria música. Estará em turnê nos próximos meses. É por isso que ele estava em Londres, na verdade.

– Que boa notícia!

– Sim.

Mas aquilo significava que ela não teria ninguém com quem ficar, pensou Abby desanimadamente. Significava que precisaria depender de Luc.

– Você pode contratar uma profissional – disse Luc, e Abby endureceu.

– Quer dizer, uma enfermeira? Eu já disse, não sou uma inválida.

– De fato, não.

Abby plissava a coberta entre os dedos de maneira inquieta.

– Por que, Luc? – perguntou ela, e a voz não era mais que um sussurro. Luc não respondeu, e ela se obrigou a elucubrar. – Por que está fazendo isso? Por que se importa? Você me disse que não tinha mais nada a oferecer. Então, por que é tão importante para você onde eu estou ou o que faço? – A voz dela se ergueu em um choro de desespero sincero. – Ou não tem a ver comigo, mas com o bebê? Você só está fazendo isso pelo bebê? – Ela não tinha certeza por que sentia necessidade de expor aquilo tão claramente. Estava virtualmente pedindo a ele que a rejeitasse, porém precisava saber. Precisava ouvir dele.

Luc ficou em silêncio por um longo momento. Ele se virou para olhar através da janela, para a interminável escuridão do mar escondido pela noite.

– Eu cometi alguns erros graves – disse ele finalmente, a voz baixa, as palavras cuidadosamente escolhidas. – E não quero cometê-los de novo.

– Você... Você está falando da sua esposa?

– Suzanne. – A única palavra foi dita de modo plano, sem emoção.

Suzanne. Ela se tornou mais real, a mulher com um nome e uma história, e Abby não tinha certeza se gostava daquilo.

– Suzanne? – repetiu ela, e então esperou.

Luc, entretanto, não ia responder à questão.

– Por que não ir para a França, Abby? Você poderá relaxar, descansar. Farei tudo para deixá-la confortável.

Exceto dar carinho. Exceto amá-la.

– E o que vou fazer na França? Além de ficar sentada o dia todo, claro...?

– Você poderia fazer a segunda coisa que desejava. – Abby balançou a cabeça sem entender. – Poderia aprender a cozinhar.

Ela se recostou nos travesseiros e fechou os olhos, lutando contra uma repentina tristeza inevitável. *Não me faça me apaixonar por você.*

– Diga sim, Abby. Eu quero você lá. Eu quero que vá comigo.

Abby abriu os olhos. Luc olhava para ela, o rosto suavizado por um sorriso. Ela deveria dizer não. Sabia disso. Havia outras opções, ela estava em território perigoso. Um território feito para partir corações.

Ela deveria, com cem por cento de certeza, dizer não.

– Sim – sussurrou ela.

CAPÍTULO 10

ELES FORAM embora para a França no dia seguinte. Ela mal teve tempo de arrumar as malas, notificar os locadores e dizer a Grace que estava indo embora. Luc facilitou tudo, contratando alguém para substituí-la, encontrando um novo inquilino. Ser rico, pensou Abby acidamente, era como sacudir uma varinha mágica.

Naquela tarde, Luc os levou para uma pista de pouso particular perto de Exeter. Nuvens corriam através de um céu cinzento pouco amigável quando ele estacionou o carro alugado e ajudou Abby a embarcar no avião particular.

Ela encarou o interior lustroso da aeronave, os bancos de couro e pelúcia, a mesa de café de mogno, as flores frescas e o bar sortido.

– Agora, o quão rico você é?

– Rico o suficiente. – Luc retirou o casaco e se sentou, fazendo sinal para ela se juntar a ele. Abby afundou em um assento transversal a ele.

– O que você faz da vida? – questionou ela, se dando conta de que nunca se preocupara em fazer aquela pergunta tão comum.

– Eu administro espólios – respondeu Luc.

– Espólios de quem?

– Meus.

Um dos empregados do voo surgiu.

– *Vous êtes prêt, Monsieur le Comte?*

– *Oui. Merci, Jacques.*

Abby se endireitou no assento.

– Monsieur le Comte? – repetiu ela, incrédula. – Você é um conde?

Luc deu de ombros.

– Isso não significa grande coisa.

– Você é da nobreza? Eu pensei que todos os títulos de nobreza tivessem acabado no ato da Revolução Francesa.

– Acabaram, mas durante séculos centenas deles foram restaurados. Obviamente, não temos poder real, apenas o título.

E o dinheiro, Abby completou em silêncio. E provavelmente as terras também.

– Então, qual é o seu nome todo?

Luc fez uma pausa.

– Jean-Luc Toussaint, conde de Gévaudan – disse ele finalmente, as palavras e o título quase soando desgostosos. O conde de Gévaudan; parecia saído de alguma história. Um conto de fadas. Era apenas um detalhe para Luc, mas a fez perceber o quão pouco o conhecia. Mesmo nos momentos em que sentia conhecê-lo mais que qualquer pessoa, ela nunca o conhecera de fato. Ela ainda não conhecera os pormenores. Também percebeu que não fazia ideia de para onde estava indo, ou o que ia fazer. Ela se lembrou de Paris, quando Luc dissera a ela que morava em Languedoc. Ela não sabia mais nada.

– Um conde – disse ela enfim, se virando para fitá-lo. – Isso significa que, se nosso bebê fosse um menino, ele herdaria o título?

– Só se fôssemos casados – respondeu Luc sem emoção, e Abby corou.

Casados. Aquilo, obviamente, nunca iria acontecer. Não que ela o quisesse. A única coisa com a qual concordaria seria com um medonho casamento por conveniência apenas por causa da criança, uma união isenta de amor...

Ela se virou para olhar a janela enquanto o avião começava a taxiar pela pista. Em minutos, eles estavam planando no céu, as nuvens desagradáveis foram deixadas longe, abaixo deles, então aquele brilho azul-celeste se espalhou para todas as direções.

Luc espalhou alguns papéis sobre a bandeja; uma xícara de café esfriando ao lado. Ela não sabia por que a incomodava tanto vê-lo tão abertamente imerso no trabalho. Ele obviamente tinha coisas a fazer, uma vida, e a última coisa que ela queria era mantê-lo longe daquilo.

Ela só desejava ter algo para si. Por um momento, ansiou tocar piano, sentir a delicadeza, as teclas de marfim sob os dedos produzindo som, fazendo mágica. Ela afastou o sentimento. Recostou a cabeça no assento e fechou os olhos de novo, desejando cair no esquecimento do sono. Apesar da fadiga física, os nervos estavam muito apreensivos para ela tirar uma soneca ou pelo menos sossegar, e os minutos se esticaram em uma hora sem Luc ao menos fitá-la uma vez.

Deveria se costumar àquilo, supôs. Luc podia querer que ela fosse para a França, podia querer cuidar dela, mas aparentemente aquilo não necessariamente significava que ele queria conversar com ela.

LUC NÃO conseguia se concentrar. Não conseguia focar o suficiente para ao menos ler os papéis em frente a ele, mas permaneceu olhando para baixo com a presteza de um esforço deliberado para dar algum espaço a Abby.

Ela não queria ir para a França; aquilo ficara muito óbvio na noite anterior. *Ele* não deveria querer que ela fosse para a França, e especialmente para Languedoc, onde estavam as lembranças dele, o coração dele. Luc evitou a região toda o quanto pôde. Porém, algum instinto latente insistiu para que ele levasse Abby para lá. Seu lar.

Por um instante ele se permitiu pensar no filho que poderia ter concebido. Ele ou ela teria três anos agora, se a gestação de Suzanne tivesse sido completa. Era quase impossível imaginar como a vida dele seria agora... Uma esposa, um filho, um lar, uma família. Todas aquelas coisas lhe haviam sido negadas, coisas que ele nunca esperaria ter de novo, uma vez que as perdera. Ele havia praticamente desistido delas.

Porém, em uma virada do destino, ou talvez mesmo orientação divina, ele estava recebendo uma segunda chance. Uma chance de ser pai outra vez.

E que tal ser um marido?, perguntou uma ardilosa voz interior. *E Abby?*

Ele levantou os olhos da papelada para fitá-la secretamente. Ela estava olhando para fora da janela, a expressão distante e um pouco triste. Abby mordeu o lábio inferior, um sinal claro de ansiedade.

Luc sentiu uma nova onda de culpa. Ele era a causa daquela ansiedade, sem dúvida. Deveria ter ficado completamente longe dela, nunca deveria ter ido a Cornwall para encontrá-la daquela primeira vez. No entanto, mesmo admitindo aquilo, sabia estar cansado de sentir culpa, cansado de tentar encontrar um modo de se redimir do passado, expiar os pecados.

Consertar tudo.

Ele jamais conseguiria. Não importava o quão bem cuidasse de Abby, ele já havia falhado com uma mulher.

O AVIÃO pousou numa pista particular perto de Avignon, e Luc pôs as bagagens em um luxuoso sedã. Ele sentou no banco do motorista, com Abby ao lado, e em minutos eles estavam percorrendo uma estrada ao longo do rio Rhône. Abby agora se sentia relaxada sob o céu azul. O ar estava cálido e seco, tinha cheiro de tomilho e lavanda. Os campos e prados eram uma colcha verde, e ela podia ver ao longe os cumes íngremes dos Pireneus.

– Quanto tempo levaremos até lá, de carro?

– Não mais que trinta minutos. Minha casa fica ao sul da comuna de Pont-Saint-Esprit.

Logo Luc saiu da estrada principal para uma outra ainda mais estreita. Abby se estirou para olhar para fora da janela com interesse; eles passaram por um muro de pedras com portões de ferro trabalhado, as palavras *Chateau Mirabeau* gravadas numa elegante fonte em estilo arabesco. Era possível ver o topo recortado de uma pequena torre sobre o limite das árvores. Ela olhou para Luc, a fim de perguntar sobre o castelo, mas então notou o quão tenso ele estava. As juntas dos dedos ficaram pálidas quando ele agarrou o volante, a mandíbula endureceu. A curiosidade a atingiu, mas ela não disse nada, já que minutos depois estacionaram em frente a uma tortuosa casa de fazenda.

– É um lugar simples – disse ele. – Mas garanto que você ficará confortável.

Era feita de pedras antigas, com um teto ladrilhado e venezianas pintadas com tinta brilhante.

Por dentro, a casa fora renovada para criar um espaço amplo e arejado. A sala estava repleta de sofás e cadeiras confortáveis em frente à enorme lareira. A cozinha parecia um lugar perfeito, com armários de carvalho e um delicado piso de ardósia, agora banhado pela luz do sol. Assim que Abby entrou, um gato de pelo cinza e macio surgiu das sombras, ronronando e roçando nos tornozelos dela.

Abby se abaixou para pegar a gata nos braços e foi recompensada por um ronronar típico.

– Não achei que você fosse um sujeito afeito a gatos.

– Não sou. Eles são gatos do celeiro agora, na verdade.

– Eles não agem como gatos vira-latas. – Sophie estava dócil nos braços dela, oferecendo a barriguinha para ser acariciada.

– Eles costumavam ser muito mimados – respondeu Luc. Estava de costas para ela quando começou a andar pelo cômodo, acendendo as luzes.

Ela soltou Sophie, consciente da frieza repentina que tomou o espaço entre eles. Os gatos costumavam ser mimados, dissera Luc.

Por quem... pela esposa dele? Parecia que sim, e aquilo deixou-a um pouco triste. Como teria sido o casamento dele? Abby não tinha coragem de perguntar, ou mesmo de ouvir tais respostas, embora soubesse, no fundo, que nunca entenderia Luc completamente até que ele contasse a história a ela.

Se ele um dia contasse a história a ela.

– Onde vou dormir? – perguntou ela após um longo momento de silêncio.

– Há três quartos no andar de cima. Pode ficar no que preferir.

– Qual é o seu? – perguntou Abby, e então corou até o último fio de cabelo. – Quero dizer, assim eu sei qual não devo escolher.

– Eu normalmente durmo no quarto dos fundos, mas isso não importa.

– Você não mora aqui?

– Eu moro aqui quando preciso estar nesta região. Mas, na maior parte do tempo, viajo a trabalho.

Ela foi em direção às escadas ao fundo da cozinha, e então, depois de uns segundos de hesitação, pegou Sophie, que ainda ronronava. Ela teria uma companhia agradável.

Abby escolheu o quarto que ficava mais longe daquele onde Luc dormia, um cômodo agradável com uma cama de casal, uma antiga cômoda de mogno e uma estonteante vista dos campos de lavanda, que acenavam gentilmente sob o sol da primavera. Exatamente como ela imaginara. Era assustador o quão fiel ela fora ao imaginar o lugar, como se fosse parte de algo que já *conhecia*. Ela se encaixava naquele lugar. Era um pensamento estranho, inquieto e até mesmo irracional, porém Abby sentia aquilo no fundo da alma. Era seu lar. Pelo menos, *poderia* ser, se as coisas fossem diferentes, se *Luc* fosse diferente...

Enquanto eles estavam no carro, ele parecia tão tenso... Será que morou ali com a esposa? Será que não conseguia suportar o retorno agora que ela havia morrido? Embora estivesse extremamente curiosa, Abby sabia que não deveria perguntar. Ela não se achava pronta para ouvir as respostas.

De volta ao andar de baixo, Luc já estava separando a correspondência sobre a mesa da cozinha. Ele mal a fitou quando Abby reapareceu na escada.

– Você deveria descansar esta tarde. Amanhã vamos fazer compras em Pont-Saint-Esprit.

– Está certo – concordou Abby e, um pouco desconsolada, vagueou de volta ao andar de cima. Estava cansada, mas não sentia sono. Queria explorar, conversar, descobrir mais sobre o homem por quem estava meio apaixonada. *Meio*, porque ela não *conhecia* o outro lado dele. E não havia um bom modo de desvendá-lo.

O restante do dia passou suficientemente lento. Ela descansou, e então Luc preparou macarrão com molho enlatado.

– Eu preciso mesmo aprender a cozinhar – provocou Abby, e Luc deu de ombros.

– Só se você quiser.

Não havia como negar, pensou ela enquanto o ajudava a lavar os pratos após a refeição, que, desde a ida para a França, Luc se fechara como uma caixa. O riso à espreita nos olhos, a alusão de sorriso se foram. A escuridão que ela sempre sentira sob Luc veio à tona, tomando conta do semblante dele como uma sombra maligna. Ele mal falou, e assim que teve chance se refugiou naquilo que ela suspeitava ser um santuário e uma defesa: o trabalho.

O DIA seguinte estava brilhante e ensolarado, o ar seco, caloroso e cheirando à lavanda, quando foram em direção à cidade para fazer as prometidas compras.

– É dia de feira – disse Luc –, então vamos encontrar muitas frutas e legumes.

Abby assentiu. Estava ansiosa para sair e ver um pouco mais da região, e escapar do crescente clima austero da casa da fazenda. Se soubesse como Luc agiria quando chegasse, jamais teria ido para a França, pensou acidamente, embora reconhecesse que suas outras opções eram severamente limitadas.

Luc estacionou perto do centro, e logo eles estavam passeando pelas ruas pavimentadas, espreitando lojinhas empoeiradas e barracas com seus toldos coloridos.

Abby estava encantada, enfeitiçada pelas garrafas da produção local de azeite, pelos pratos típicos, pelos barris de laranja e cordas de alho e cebola.

Ela parou diante de uma seleção de vinhos, examinando os rótulos, e então foi pega de surpresa.

– Chateau Mirabeau – ela leu em uma garrafa de vinho tinto. – É aquele lugar perto de nós.

– De fato. – Luc parecia quase entediado, e Abby olhou em volta, de repente se dando conta do modo como o vendedor de vinhos se postou diante deles, praticamente saudando Luc, as mãos em posição de cumprimento diante dele. É claro, ele reconhecera Luc. Se Luc era da nobreza local, todo mundo devia reconhecê-lo. Todo mundo devia estar imaginando o que ele fazia com ela. Talvez tivessem conhecido a esposa dele. De repente, Abby se deu conta dos cochichos, dos olhares de soslaio, da agitação dos murmúrios no mercado. Estivera tão encantada com tudo, que não notara de início; porém, agora se sentia exposta, em evidência. Ela colocou a garrafa de volta na prateleira, fazendo um grande ruído, e se voltou para Luc:

– Acho que devemos ir embora.

– Você pegou tudo de que precisa?

– Sim, e eu... estou ficando cansada. – Ela sabia que aquilo faria Luc se apressar, e logo eles seguiram apressados de volta ao carro. Abby afundou no banco do passageiro, aliviada. Ela não sabia por que os olhares e sussurros da multidão a incomodaram tanto... Certamente estava acostumada a alguma atenção pública.

Mas não daquele jeito, pensou. Por causa de coisas que ela não sabia, de um passado que não entendia.

– As pessoas conheciam você. – Ele deu de ombros. – Todas elas reconheceram você – pressionou ela. – Mas você diz que não mora realmente aqui. – Luc se manteve calado, e Abby se obrigou a continuar. – Você já morou aqui? Com... com Suzanne?

– Sim.

– Como ela morreu?

– Em um acidente de carro. – Ele gesticulou para a estrada, para o rio que corria lentamente. – Exatamente perto daqui, num trecho completamente reto. – A voz dele era hostil, quase fria, e fez com que Abby não dissesse mais nada; com certeza, aquele fato escondia um luto e uma ferida muito intensos para serem confessados. Ele a fitou rapidamente, os olhos estreitos, embora Abby enxergasse um aborrecimento cáustico nos traços dele.

Naquela tarde, enquanto Luc ficou trabalhando, Abby arrumou a cozinha. Tinha um velho e gasto livro de receitas aberto diante de si e todos os ingredientes adquiridos na feira espalhados sobre a bancada de carvalho. Ela iria fazer o jantar.

– Rabanetes picantes com fígado temperado – leu ela. – Escargots com ervas. – Fez uma careta. Aquilo era culinária francesa? Ela virou a página e escolheu um simples cassoulet, já que tinha a maior parte dos ingredientes e a receita parecia relativamente simples: coloque um vinho barato numa panela e misture.

Logo o cômodo foi tomado por uma variedade de aromas tentadores: orégano, tomilho e o perfume esplêndido do vinho tinto intenso no ar. A luz do sol de fim de tarde invadiu as janelas e, enquanto Abby misturava a imensa panela de ferro fundido, Sophie se esfregava nos tornozelos dela, ronronando melancolicamente.

– Não implore – disse Abby à gata. – Não é educado.

A gata roçou na panturrilha dela e, de modo risonho, Abby lhe deu um bocadinho de comida. Tudo estava tão perfeito, pensou ela com um suspiro. A comida, o sol, o ar modorrento e cálido, e até mesmo a gata. Tudo fazia parte da fantasia dela a respeito de um lar, uma vida, mas ainda assim ela não conseguia ficar satisfeita porque sabia que não iria durar. Era falso, pois o personagem principal da fantasia não a amava. Aparentemente, não queria nem mesmo a companhia dela.

– Pare, Abby – disse ela a si. – Não vai acontecer, então esqueça.

– O que não vai acontecer? – Abby olhou para cima, ruborizada, e viu Luc à porta da cozinha, um ombro apoiado na soleira. – Com quem você estava conversando? Com a gata?

– Comigo, na verdade – respondeu ela assim que tampou a panela. – É um hábito meu. Nem sempre eu tinha alguém com quem conversar – disse Abby propositadamente, e Luc fez um gesto de desculpas...

– Sinto muito, fiquei alguns meses sem vir aqui, e precisava trabalhar.

– Se eu tivesse um lugar assim, ficaria aqui para sempre – disse Abby, tentando ser irreverente, mas acabou soando sincera demais. Luc congelou.

– Ficaria? – perguntou ele baixinho, e Abby se apressou em se explicar.

– Eu só quis dizer que este lugar é muito relaxante – disse ela, a cabeça abaixada enquanto pegava um pano de prato e esfregava a bancada com um pouco mais de vigor que o necessário.

– Fico feliz que pense assim. Era minha esperança quando a trouxe para cá.

– Então. – Abby torceu o pano e o pendurou sobre a pia para secar. – Se não tem ficado aqui, por onde tem estado?

– Paris, na maior parte do tempo.

– Paris? – Como uma única palavra podia evocar tantas lembranças? – Você fica naquele hotel? – Ela mordeu o lábio, desejando não ter feito a pergunta. Escapou, era parte da lembrança.

– Não – disse Luc depois de um instante. – Fico em outro lugar.

Ele deu de ombros, num movimento inquieto, e olhou para a panela na qual ela mexia.

– O cheiro está delicioso. O que é?

– Cassoulet. Decidi não tentar fazer os escargots com ervas.

Luc deu um sorriso que fez Abby sentir uma pontada no estômago.

– Que pena que não compramos alguns escargots na feira. Eles são muito bons quando estão frescos. Mesmo sendo, como você disse uma vez, *lesmas*.

– Vou confiar nessa sugestão.

A risadinha dada por ele pareceu soprar em torno dela, seduzindo seu coração. Ela se virou para mexer o cassoulet, a fim de distrair o corpo daquele desejo desleal. Então sentiu outra pontada, só que bem mais forte.

– Oh.

– Abby, você está bem?

– Sim. – Abby pressionou a barriga. – O bebê... Ela chutou! Eu senti! – Ela riu, um som de alegria incrédula. – Aí está! Ela fez de novo.

– Posso...?

– Sim, sim. – Flutuando de excitação, Abby pegou a mão dele e pressionou bem no meio. Ele esperou em silêncio, a expectativa tensa por um momento antes de o bebê forçar e chutar de novo, bem na palma de Luc. Ele riu alto.

– Maravilhoso, não é?

Abby balançou a cabeça, incapaz de evitar o sorriso ridiculamente aberto.

– Ela realmente está aqui.

– Está. – Luc não tirou a mão da barriga, e, quando Abby o fitou, os olhares se encontraram, o momento prolongado pelo silêncio mais íntimo. Ela queria que aquele instante durasse para sempre, protegido pelo milagre compartilhado por eles, o calor das mãos de Luc na barriga dela. O sentimento de que qualquer coisa era possível, que o mundo, a vida e o amor eram deles por mérito, assim como a alegria. O ato de compartilhar.

– Luc – sussurrou ela, e não ousou dizer mais. Fechou os olhos e ergueu a mão para cobrir a de Luc, mas, antes que os dedos de ambos se tocassem, ele removeu a mão dele e saiu.

– Preciso dar alguns telefonemas antes do jantar – disse ele, o tom abrupto, e, antes que Abby pudesse ao menos responder, ele deixou o cômodo.

Luc andou cegamente até o escritório, onde parou, as mãos apoiadas na escrivaninha enquanto enchia os pulmões, quase como se tivesse terminado de completar uma corrida.

Estava tonto pela emoção daquele breve momento com Abby. Ele se sentiu feliz, esperançoso, vivo, e aquilo o surpreendeu. Ele *sentiu*, com muito mais força que antes. O coração e o corpo ressuscitaram, despertando os sentimentos. A alma.

Era maravilhoso. E assustador. Não gostava do medo que se seguia à alegria; aquilo crepitava dentro dele e lhe gelava os ossos. Quando você sente demais, pode perder coisas demais.

Ele não podia perder Abby. Não podia... Porém, o que havia a perder? Eles não eram casados; eles nem mesmo eram mais amantes. Ela viera simplesmente pelo amor à filha; ele precisava se lembrar daquilo. Precisava manter distância, nada de cuidar ou de se deixar cuidar.

Era muito assustador, muito perigoso para ambos.

* * *

LUC NÃO reapareceu na cozinha até Abby distribuir o cassoulet generosamente em pesadas tigelas de cerâmica. O céu já estava escuro. Ela levantou o olhar quando ele se aproximou, convocando um sorriso.

– Espero que esteja com fome. Fiz o suficiente para alimentar um exército.

Luc não respondeu. Ele sentou e jogou um celular fino e preto na mesa. Abby o pegou automaticamente.

– Estarei ocupado trabalhando nas próximas horas. Mas você pode me ligar em caso de emergência.

– Entendo. – Abby olhou para o celular, um sinal claro da retração da emoção de Luc, se é que um dia existira alguma. Mas o que ela esperava? De volta a Cornwall, ela desejara que ele a deixasse em paz. Agora que havia deixado, Abby se perguntava se estivera se enganando. Ela ainda queria mais de Luc? Será que ela fora à França ansiando secretamente por uma segunda ou terceira chance? Ela era realmente tão iludida e ingênua? – Obrigada – disse ela finalmente, e colocou o telefone no bolso.

Eles jantaram em silêncio, e logo depois da refeição Luc pediu licença para retornar ao escritório. Abby preparou uma xícara de café para si e andou pela varanda atrás da cozinha. Ao longe, ela podia ver as torres do que deveria ser o Chateau Mirabeau, sombrio e silencioso sob a lua. Talvez pudesse explorar a região no dia seguinte. Passear no castelo e ver quem morava lá, caso alguém morasse mesmo. Não havia muito mais para se fazer.

Com uma pontada aguda e repentina de desejo, ela almejou que as coisas fossem diferentes. Desejou poder voltar para dentro da casa e colocar a cabeça no vão da porta do escritório de Luc, incitá-lo para longe do trabalho para que pudessem se sentar juntos e contar as estrelas. Ou talvez ir direto ao andar de cima, para a enorme cama de casal com seu edredom e colchão macios, e fazer bom uso dela...

A fantasia que ela engendrou para si pareceu tão real, tão possível, que Abby quase teve de se controlar para não a reproduzir. Luc estava enviando sinais claros de que não queria se envolver emocionalmente. Ficou enviando aqueles sinais durante um ano, então por que ela não conseguia aceitá-los? Por que ainda queria mais?

Porque, admitiu Abby, ela não estava satisfeita. Ainda estava na vida de Luc, mesmo que não exatamente envolvida nela.

E, sim, confessou ela, mesmo que uma pequena semente de esperança dentro dela se recusasse a morrer, ela queria mais. Apenas não sabia se um dia conseguiria isso.

CAPÍTULO 11

LUC ERA um homem de palavra e saiu logo depois de tomar café, dizendo a Abby que iria visitar escritórios na região, mas que poderia estar em casa em minutos se necessário.

– Para alguma emergência? – fez questão de esclarecer Abby, e ele fez um sutil movimento de ombros, como se dissesse "é claro". Então, se foi.

Ela arrumou a cozinha e saiu. Estava um dia perfeito para uma caminhada.

Abby andou ao longo da estrada por um tempo, passando por oliveiras e campinas, aproveitando o canto dos pássaros, o assobio do vento nas árvores. Apenas um carro passou por ela durante todo o trajeto, e o motorista buzinou numa saudação amigável. Abby cumprimentou de volta, sentindo o espírito elevado agora que estava longe da atmosfera opressora da casa da fazenda.

Em 25 minutos ela chegou aos portões ornados do Chateau Mirabeau; admitiu que aquele era o lugar onde pretendia chegar. Os portões estavam trancados e o muro de pedras antigas e gastas tinha cerca de dois metros de altura. Não havia como entrar.

Não que devesse xeretar, disse Abby a si mesma. Alguém provavelmente morava ali, alguma estrela de cinema reclusa ou magnata que chamaria a polícia caso visse alguém se esquivando no jardim.

Porém, ela estava curiosa, intensamente curiosa, atraída de um jeito que jamais conseguiria explicar. Ela chacoalhou os portões inutilmente, a tranca fazendo muito barulho ao bater contra o ferro, e então, para a própria surpresa, a fechadura caiu no chão. Estava oxidada, ela viu de imediato. O portão se abriu, as dobradiças rangendo em protesto, e Abby entrou.

O caminho de cascalhos até o castelo estava coberto por ervas daninhas; as árvores e arbustos em volta haviam invadido tudo, quase ocultando a estrada sob a escuridão, clamando desesperadamente por uma poda.

Abby andou pelo caminho sinuoso praticamente na ponta dos pés, com medo de perturbar alguém, embora estivesse cada vez mais claro que ninguém vivia ali. O castelo estava sob total descuido.

O percurso serpenteava em meio a algumas árvores antes de se abrir para uma estonteante vista da construção: um palácio, realmente, pois o castelo era suntuoso de fato. Torres ladeavam duas longas fileiras de janelas, agora fechadas contra o sol; Abby havia contado 28 até então.

Ela se aproximou da casa cautelosamente, chegando à porta principal e descansando a mão na pesada maçaneta de bronze, já sabendo, antes mesmo de tentar, que ela não giraria. É claro que o dono do lugar não o deixaria destrancado. Ainda assim, ela circundou o castelo, procurando por outra porta ou mesmo uma janela quebrada. Não havia. Ela espiou pelas ripas das venezianas, apenas para vislumbrar um salão repleto de lençóis empoeirados.

Por que estava tentando entrar no local? O que ela poderia possivelmente encontrar ali? Meneando a cabeça, agora decepcionada, cansada e com calor, ela finalmente voltou pelo caminho por onde viera, seguindo sobre as ervas daninhas e de volta à estrada poeirenta e quente da casa da fazenda.

Passou a maior parte da tarde dormindo, tendo acordado apenas quando ouviu a porta ser aberta e os passos na escada. Era quase hora do jantar, e Luc finalmente retornou.

– Desculpe, não fiz o jantar – disse ela assim que desceu as escadas. Luc estava perto do fogão, separando a correspondência. – Não estou merecendo a hospedagem, não é?

Ele levantou a cabeça, o olhar de encontro ao dela.

– Você não está aqui para isso.

– Hum. – Abby foi à geladeira para pegar a sobra do cassoulet. Aquilo serviria para o jantar. – Eu me pergunto por que *estou* aqui.

– Para descansar e relaxar e manter sua filha em segurança – respondeu Luc, o tom ficando um pouco brusco. – Por qual outro motivo seria?

Realmente, por qual outro motivo? Um dia naquele exílio forçado e ela já estava se sentindo cansada, arrumando briga.

– Eu andei pelo castelo hoje – disse ela após um instante, e não imaginou a tensão que surgiria de repente no cômodo, emanada pelo corpo rijo de Luc.

– Hã? – indagou ele, deixando uma carta de lado.

– Sim. É lindo, mas um pouco descuidado. Por que ninguém mora lá?

– Pensei que os portões estivessem trancados.

Abby ignorou como Luc saberia que estava trancado. Ele falou do castelo com certo conhecimento possessivo.

– Dei um jeito de ver um pouco. Tudo está terrivelmente coberto pela vegetação.

– Suponho que sim.

– Você sabe quem mora lá? O castelo pertence à sua família? – perguntou ela baixinho. – Se você é da nobreza local, faz sentido.

– Sim, faz. Mas escolhi não morar lá. Acho esta casa adequada às minhas necessidades.

– Exceto pelo fato de você normalmente não morar aqui também.

Ele ficou indiferente.

– Sou um homem ocupado, Abby.

– Obviamente. – Ela deu um suspiro, precisando de coragem para continuar. – Obviamente, ocupado demais para mim. Não posso evitar imaginar se você está apenas tentando me evitar.

Ele parou em frente a ela, virando o rosto lentamente a fim de fitá-la.

– Por que eu faria isso?

– Eu não sei, Luc. Talvez você devesse me dizer.

– Não estou interessado nessa psicanálise amadora.

– Eu não estava ciente de que o estava analisando – replicou ela de maneira mordaz. – Mas agora que você mencionou, talvez eu devesse tentar. Por que você me chamou para vir para cá se pretendia me ignorar? Eu poderia ligar para o serviço de emergência em Cornwall com a mesma facilidade que poderia ligar para você. – Ela suspirou; os pulmões doeram. – Não há um motivo real para eu estar aqui, não é?

Ele comprimiu os lábios, bufando as narinas.

– Isso não é verdade.

– Pensei que você queria se envolver – continuou Abby. – Na vida do nosso bebê, se não na minha. Mas estou percebendo que realmente não vai funcionar. Para nenhum de nós.

– Abby...

– O que você quer de mim? – exigiu ela, a voz ferida, suplicante. – Eu só queria que você me deixasse sozinha... Ficasse completamente fora da minha vida... Seria preferível do que me oferecer tudo assim, pela metade. Você queria que eu viesse para a França, mas agora está me ignorando!

– Sinto muito. Pensei que tivesse deixado claro o que você poderia esperar de mim – falou ele sem emoção, e, de algum modo, aquilo também a machucou.

– Você quer dizer, nada? – disse Abby, meio sarcástica, e Luc não respondeu. – Entendo. – Ela limpou uma lágrima furtiva e se forçou a concordar. Não deveria estar surpresa; Luc havia deixado claro. O coração teimoso dela é que permaneceu esperando mais. – Bem, talvez esses hormônios da gravidez estejam me deixando muito emotiva.

Luc inclinou a cabeça em concordância; estava claro que ele não queria discutir.

– Vou só arrumar minha escrivaninha – murmurou ele e, melancolicamente, Abby o viu se afastar mais uma vez.

No dia seguinte, ela se viu sozinha de novo. Passou a manhã na cozinha tentando fazer outra receita, desta vez um simples prato de massa, mas percebeu tardiamente que se esquecera de comprar alguns ingredientes essenciais: macarrão, por exemplo.

O sol acenou sedutoramente e Abby decidiu escapar do confinamento da casa da fazenda mais uma vez. Era engraçado como ela ansiava por sair dali, pois ao primeiro contato havia se sentido tão bem-vinda, como se estivesse em casa. Agora, parecia uma prisão.

Ela vestiu o casaco e saiu, apenas para parar à porta da frente. No alto da prateleira, perto de uma série de ganchos para pendurar casacos, estava uma chave de ferro pesada, velha e um pouco enferrujada. Abby a pegou, virando-a nas mãos com atenção antes de enfiar no bolso do casaco.

Andou num propósito firme rumo ao destino pretendido; os portões do castelo estavam fechados, mas, felizmente, ainda destrancados. Abby deslizou por entre eles e então se apressou rumo ao caminho sombrio que levava à porta principal.

A chave estava escorregadia na mão dela e então, como em uma espécie de conto de fadas no qual ela não podia acreditar, se encaixou confortavelmente na fechadura; só depois de um segundo protesto, a chave virou, e o rangido pareceu ecoar no silêncio. Usando a ponta dos dedos, Abby empurrou a porta, que abriu para o lado de dentro.

Ela entrou na escuridão do hall; a luz do sol passava pelas fendas das janelas fechadas e iluminava as partículas de poeira que dançavam no ar. O castelo estava totalmente silencioso, salvo pelas batidas do coração de Abby. Ela piscou várias vezes para se acostumar à ausência de claridade, percebendo as formas fantasmagóricas da mobília coberta por lençóis empoeirados. Deu alguns passos cautelosos para um dos salões principais.

Removeu um dos lençóis que cobria uma mesa, revelando a madeira lustrosa incrustada de mármore. Era uma bela antiguidade, e ela suspeitou que todo o castelo estivesse repleto delas. Por que ninguém morava ali? Por que *Luc* não estava morando ali?

Ela circulou por diversos aposentos principais, espiando sob alguns lençóis, estupefata por quão abandonado e vazio estava o lugar. Não tinha o direito de estar ali, de xeretar e espiar. No entanto, por algum motivo, não conseguir sair.

A chave do mistério, a chave da vida de Luc, do passado dele, estava ali. Se ele não ia contar para ela, talvez pudesse descobrir sozinha.

Então ela chegou a um dos últimos cômodos solenes no térreo, cuja porta, em estilo francês, levava ao terraço. Como em todos os outros ambientes, a mobília estava coberta por lençóis empoeirados, entretanto um item revelou sua natureza mesmo sob a coberta.

Era um piano de cauda.

Lentamente, Abby caminhou no aposento. Com uma das mãos, segurou e puxou o lençol do instrumento, que caiu num sussurro. O piano era lindo. Ela reconheceu, era um Erard, uma antiguidade que provavelmente estava na família por pelo menos cem anos. O móvel era ricamente ornado em ouro, uma obra de arte por si só. Devagar, ela abriu a tampa, não muito certa do motivo pelo qual estava fazendo aquilo. Sem dúvida, o piano estaria terrivelmente desafinado, mesmo assim...

Ela não tocava há um ano, sequer *encostara* em um piano por um ano. Era um período incomensuravelmente longo para alguém que costumava tocar todos os dias durante horas desde os 5 anos de idade. Tomou fôlego e então deixou os dedos ondularem sobre as teclas. Estava um pouco enferrujada, e o som fora do tom, trinando desconsoladamente pelo cômodo vazio, fazendo Abby rir um pouco. Algo se perdeu dentro dela quando tocou as teclas; não havia percebido o quão estava apegada àquilo até o momento. Lentamente, sem nem mesmo pensar no que fazia, ela começou a tocar a *Appassionata*.

OS PORTÕES estavam abertos, a tranca enferrujada pendurada e quebrada quando Luc entrou no Chateau Mirabeau. Estacionou o carro, o coração saltitando em batidas pesadas quando olhou para o caminho sombrio. Ele nem mesmo olhara para o castelo por mais de um ano; muito menos, então, entrar ali.

Dez minutos antes, a empresa de segurança telefonara, dizendo que o sistema de segurança captara um invasor no castelo.

– Está tudo bem – respondeu Luc sucintamente. – Não é uma invasão. – Afinal, ele sabia quem entrara no castelo, alguém que andou fazendo perguntas, alguém que indubitavelmente encontrou a chave que ele deixara na casa da fazenda para casos de emergência, alguém que estava xeretando e espreitando o passado que ele ansiava esquecer. Apagar.

Abby.

Ele saiu do carro num rompante e andou pelo caminho, o cascalho estalando sob os pés. E hesitou brevemente diante dos degraus de mármore da entrada; a porta estava entreaberta, deixando escapar a maldita verdade que ele encontrara nas cartas de Suzanne:

"Estou tão infeliz... Nunca pensei que seria desta maneira... Eu quero fugir..."

E ela fugiu, do modo mais extremo possível.

Ele esboçou um suspiro trêmulo e deu um passo em direção à porta. Aquele lar havia sido seu orgulho, sua alegria, sua obsessão. Agora jazia em ruínas, e por culpa dele. Proibira qualquer um de ir ao castelo, conservá-lo ou limpá-lo. Suspeitava ser este um modo de pulverizá-lo, uma forma de autopunição. Mesmo agora, olhando para os cômodos velados, sentiu uma punhalada de dor. Como ele amara aquele lugar... Doía vê-lo naquele estado.

E Abby estava em algum lugar daquele mausoléu de memórias. Ele percorreu o corredor principal, passando por diversas salas, olhando em cada uma; porém, já sabendo, pressentindo, que Abby não estaria em nenhuma delas.

Então ele ouviu: música. Não qualquer música, mas a música mais linda de todas, a *Appassionata*, tocada em um piano horrivelmente desafinado, porém identificável.

Luc andou em direção à sala de música como se estivesse em transe. Parou à porta, o coração contraído. Abby estava ao piano, iluminada pela luz de fim de tarde, a cabeça abaixada, os cabelos caídos como uma cachoeira escura e brilhante enquanto tocava. Havia um olhar de reverência no rosto dela.

Mesmo em meio à poeira e decadência, mesmo com o castelo sendo não mais que uma sombra pálida do que fora um dia, Luc gostou de ver Abby no casarão. Ela estava bem; pertencia àquele lugar. E a música começou a trazer dor para ele, uma dor que já estivera ali, que sempre estivera ali, mas que ele só conseguia reconhecer agora.

O torpor se foi, ele *sentiu*. As defesas estavam se desintegrando; Abby as afrouxava cada vez mais. Ficava mais difícil se agarrar ao torpor. Agora, ele sentia desejo e medo e, o mais assustador de tudo, algo terrivelmente próximo ao amor.

Rangendo os dentes, ele meneou a cabeça, como se pudesse se livrar fisicamente da cascata de sensações, e entrou no ambiente.

– Pelo amor de Deus, o que você está fazendo?

Abby congelou. Ela virou o rosto devagar em direção à porta em que Luc estava, o peito pesado, os olhos flamejantes num fogo azulado.

– Eu estava tocando piano – disse ela após um longo e tenso momento. Ela tentou rir, e não foi muito bem-sucedida. Nem mesmo pensara que veria Luc tão bravo. Ela se afastou do piano, os dedos vibrando com a memória, o coração cantando. Foi tão bom tocar, e aquela constatação foi um alívio maravilhoso.

Luc entrou em passos largos, sério, irradiando uma fúria mortal, silenciosa.

– Como entrou aqui?

– Você deixou a chave perto da porta da outra casa. Como me encontrou?

– Acha que um lugar como este não tem defesas? – repreendeu Luc. – Assim que você abriu a porta, um alarme disparou. O sinal conecta diretamente a empresa de segurança, e eles me ligaram para verificar se não acionei acidentalmente.

Abby arregalou os olhos.

– Eu não ouvi nada.

– E nem deveria. É silencioso. A polícia estaria aqui em cinco minutos se eu não os tivesse dispensado.

– Por que você os dispensou? Como sabia que era eu?

– Você estava fazendo perguntas sobre o castelo ontem à noite, e eu a conheço bem o suficiente para saber que não esqueceria o assunto. E eu estava certo, não estava?

– Eu estava curiosa. Poderia ser tão bonito... Por que está todo fechado?

– Eu lhe contei ontem à noite. Não quero morar aqui.

– Você já morou aqui?

Ele continuou examinando o cômodo; o sol que declinava pelas janelas criava barras empoeiradas de luz no piso encerado.

– Eu cresci aqui.

Abby voltou o olhar para o piano. Havia fantasmas naquele cômodo, pensou ela, fantasmas de recordações.

– Está bastante desafinado – disse ele secamente.

– Sim, não me lembro de ter tocado um piano tão desafinado.

– Você deve ter tocado nos melhores pianos do mundo.

– Sim. – Impulsivamente, ela tocou os primeiros compassos da *Apassionata* mais uma vez. Mesmo fora do tom, o som era adorável e assustador. A música parecia envolvê-los, sedutora e rica de lembranças. Abby se afastou do instrumento, subitamente trêmula.

– Você sente falta? – perguntou ele baixinho.

– Sinto falta da música. – Ela suspirou, decidindo ser honesta. – Da alegria. – Ela se virou para ele. – Você sente falta?

– Sinto falta do quê?

– Disto. Dela. – Abby apontou para o castelo de forma generalizada, entretanto o ângulo formado pelos braços dela abrangeram muito mais. – Nós dois tivemos um passado, Luc. Você sente falta do seu? É por isso que trancou tudo, por isso que nunca fala no assunto? – A voz dela atingiu um limite sincero de súplica. – Tudo isso é por causa da saudade?

Ele não respondeu. O silêncio pareceu se prolongar eternamente, preenchido apenas por pensamentos, arrependimentos e recordações nunca ditos. Abby se voltou para o instrumento e tocou algumas notas dissonantes. Elas caíram na poeira e no silêncio, e se extinguiram completamente antes de Luc falar:

– Não, não sinto saudade. E creio que é por isso que me arrependo.

Abby levou um momento para entender.

– Se arrepende do fato de *não* sentir saudade?

– Se você acha que não posso oferecer o que você precisa porque estou de luto pela minha esposa, Abby, então não poderia estar mais errada.

– Então, por quê? Por que você está assim, Luc? O que aconteceu que o deixou tão arrependido?

– Eu pensava que... – Luc interrompeu a fala, sacudindo a cabeça. Abby esperou. Depois de algum tempo, ele andou até as janelas e, fazendo um movimento hábil, destrancou uma janela e abriu a veneziana num impulso. O sol invadiu o espaço, fazendo Abby piscar. A vista era magnífica, o terraço levava a uma paisagem tomada pela vegetação que descia até um prado direto no curso do rio Rhône. Do outro lado do rio havia troncos retorcidos de oliveiras e, um pouco mais longe, um vinhedo.

– Eu amo este lugar. Sempre amei. Acho que está no meu sangue.

– Está na sua família há muitas gerações? – conjecturou Abby, e Luc assentiu.

– Quatrocentos anos. – Ele se entregou ao silêncio, ainda admirando os seus jardins, sua propriedade, sua herança, seu legado. Sua vida de verdade. Após um momento, Abby deixou o piano e foi em direção a ele. E parou, quando Luc voltou a falar:

– Meu pai morreu quando eu tinha 11 anos. Infarto fulminante.

– Sinto muito.

– Eu sinto falta dele. Não teve tempo de organizar a vida. Minha mãe fez o melhor que pôde, mas, com um administrador corrupto e a imensurável responsabilidade de manter um império tão vasto, as coisas degringolaram. – Ele deu de ombros sutilmente. – Estou contando isto para você conseguir entender por que sou assim, *quem* eu sou. É o que você queria, não é?

– Sim – sussurrou Abby.

– Eu vi o Chateau Mirabeau dilapidar progressivamente, nossas propriedades e investimentos encolherem e acabarem. Se meu pai estivesse vivo, teria se desesperado. Mas também, se ele estivesse vivo, isso não teria ocorrido. Quando aconteceu, eu era apenas um garoto, e impotente para fazer qualquer coisa. Minha mãe e irmãs não se preocupavam muito, contanto que tivessem o que precisavam, o que acontecia. Nunca passamos necessidade. – Ele suspirou de novo e esfregou o rosto. – Mas aquilo me consumia. Eu mal podia esperar para recuperar tudo que havíamos perdido. Só conseguia pensar nisso, só me importava com isso. – Outra pausa, e então ele emendou: – Era tudo com o que eu queria me importar, creio.

Eis uma observação importante, pensou Abby. Ainda era tudo com o que ele queria se importar? A pouca vontade de se importar com ela era uma *escolha*?

– Quando fiz 19 anos, assumi o controle da propriedade, dos vinhedos de toda a Toussaint Holdings. É claro que passei os dez anos seguintes dedicado a restabelecer a herança da minha família a sua glória anterior. Se tornou uma *obsessão*. – Ele pronunciou a palavra como se fosse uma confissão, com desprezo. – Fui bem-sucedido depois de algum tempo, mas nunca era o suficiente. Eu sempre queria... Sempre parecia que havia algo mais a ser feito, algo mais para nos dar segurança. Mais para se adquirir.

Ele se voltou para Abby, um sorriso leve misturado às feições.

– Suzanne fazia parte de todos aqueles planos. Ela era de uma família vizinha, qualificada, adequada. Eu a conhecia desde a infância. Pensei que seria a noiva perfeita.

A lista do que queria saber estava quase concluída, pensou Abby.

– E...? – perguntou ela quando ele pareceu não querer continuar.

– E era, na teoria. Mas eu não sabia... – Ele meneou a cabeça. – Não percebi o quanto custou a ela. Pensava que éramos felizes, ou pelo menos satisfeitos. Ou talvez eu não fosse, mas nunca me permiti pensar muito nisso. Ou nela.

– Você não era feliz? – murmurou Abby.

Luc balançou a cabeça em negação.

– Suzanne sofrera um aborto logo no começo do nosso casamento. Estava grávida de poucas semanas, mas aquilo quase a destruiu. Eu nem mesmo fui sensível àquilo, ela escondeu tão bem... Ou talvez não tenha me preocupado em saber. Eu fiquei chateado também, é claro, mas presumi que outros filhos viriam. – Ele olhou Abby de relance, que inadvertidamente levou a mão à barriga: *o outro filho*. Dele. Dela.

Luc deu de ombros, espalmando as mãos.

– O que posso dizer para ter meu comportamento perdoado? Eu me afundei no trabalho e a deixei aqui, para agir como uma governanta do castelo. Ela odiava tal papel. Estava solitária, oprimida... – A voz dele morreu. – Eu nem mesmo sabia, mas ela tomava antidepressivos. Ninguém me contou. Eu estava cego para tudo, voluntariamente cego, totalmente envolvido no reino que tentava construir... E para quê?

Ele retornou para a vista, as mãos enterradas nos bolsos, o corpo irradiando tensão e uma raiva pesarosa.

– Parece que ela estava tentando esconder sua doença – Abby falou baixo. – Com certeza não foi sua falta.

– Como pode dizer que não foi minha falta? – exigiu Luc. – Suzanne era minha esposa... Tinha apenas 20 anos quando nos casamos. Estava sob minha responsabilidade e eu deveria ter sido capaz de enxergar isso! Eu nem mesmo notei que ela sabia...

– Sabia o quê?

Ele sacudiu a cabeça impacientemente, cuspindo as palavras.

– Que eu não a amava. Eu gostava dela, é claro. Mas ela precisava ser amada, e eu não podia dar amor a ela. – A voz dele não era nada mais que um sussurro dolorido. – Algumas vezes, eu me pergunto se é por isso que... – Ele cessou, pressionando os lábios numa linha compacta. Abby esperou, sabendo que as palavras viriam quando Luc fosse capaz de dizê-las. – Se é por isso que ela se acidentou. Eu não sei aonde estava indo, ela nunca dirigia para lugar nenhum. A estrada era perfeitamente reta, mas ela simplesmente guinou rumo ao rio.

– Você acha que ela fez de propósito – comentou ela, e Luc assentiu de maneira sucinta.

– Foi apurado como um acidente... Mas quem sabe? Quem realmente sabe?

Não saber devia ser a pior parte, pensou Abby num ímpeto de pesar. A curiosidade eterna. No entanto, ao olhar para Luc, que tinha os ombros curvados de sofrimento e culpa, ela sabia que ele carregara todo o fardo. Não era surpresa que ele achasse não ter nada mais a oferecer. Amar alguém é difícil demais quando você se coloca totalmente responsável pela felicidade dessa pessoa.

– Você não pode se culpar por causa da vida de outra pessoa, Luc. Mesmo que não enxergasse o que Suzanne estava sentindo, ou estivesse muito obcecado pelo trabalho. Você pode se responsabilizar pelas próprias ações, mas não pelas de terceiros. – Luc meneou a cabeça, um movimento instintivo, e Abby prosseguiu. – Você sabe, há algo que eu mesma tive de perceber. Eu vivia para o meu pai, pois tocar piano profissionalmente era o sonho dele. E eu o tornei meu também para agradá-lo, agradar a todos, e me perdi no processo. Perdi a paixão que sempre tive pela música.

– Mas você toca tão lindamente.

– E eu amo tocar. Só talvez não goste de tocar em salas de concerto. Isso sem falar em todo o resto. E eu não posso fazer meu pai feliz tocando piano. Não posso entregar o sonho a ele. Acho que ele reconheceu isso também, finalmente estamos vivendo nossas vidas. – Ela tentou sorrir, mas havia muita dor e pesar para fazer algo além de segurar as lágrimas que ansiavam em derramar de ambos.

Ele deu um passo em direção a ela.

– Por que você não me odeia? – perguntou ele em voz baixa.

– Odiar você? Por que eu o odiaria? *Como* eu poderia odiá-la?

– Depois de tudo que eu disse, depois de tudo que fiz. Eu fugi de você, Abby, porque estava com medo. E fui egoísta. Não havia nada que eu quisesse fazer mais do que ficar com você naquela noite, e acordar com você de manhã. Todas as manhãs.

– Por que você foi embora, então?

– Naquela tarde, eu estava mexendo em alguns papéis aqui. Encontrei algumas cartas de Suzanne... Cartas que ela escrevera para si, um diário de coisas que revelavam a infelicidade dela, a percepção de que eu jamais conseguiria amá-la do jeito que ela precisava ser amada. Eis o que ela escreveu: "Eu percebo agora que Luc nunca vai conseguir me amar como eu queria ser amada." – Ele pronunciou cada palavra como se elas fossem um pedaço de vidro lhe ferindo a garganta, a lembrança. – E achei mais, muito mais, que revelava o quão infeliz ela estava. Suzanne odiava a vida e escreveu sobre o quanto queria fugir dela, fugir *para sempre*, apenas duas semanas antes de morrer.

– Sinto muito – sussurrou Abby, sabendo que aquelas palavras eram inadequadas.

– Eu fui embora do castelo e dirigi direto até Paris. Estava entorpecido, chocado. Não fazia ideia de que ela se sentia daquele jeito. Não tinha ideia de que era minha culpa. Pensei que fosse apenas por causa do aborto. Eu me eximi.

Abby sentiu as lágrimas se juntarem sob as pálpebras. Piscou para expulsá-las.

– Mas *não foi* sua culpa, Luc...

Ele se sobrepôs sobre a fala dela, se recusando a prestar atenção, a ouvir.

– Fechei o castelo naquele dia. Não queria morar aqui, não podia, não sabendo a penúria que foi para outra pessoa, o preço da minha ambição. Eu não havia voltado até... hoje. – Ele parou em frente a ela, erguendo uma das mãos para tocá-la, acariciá-la, mas não o fez. – Fui ao seu concerto naquela noite porque precisava fugir da minha própria cabeça. Dos meus pensamentos. E então eu a vi...

Senti que estava voltando à vida só de olhá-la, conversar com você. E então ficamos juntos... – Ele parou, engolindo em seco, e Abby sentiu um novo ímpeto de choro, de emoção. – Mas eu não podia ficar. Eu não podia arrastá-la para meus problemas, minha dor. Não podia. Então fui embora. Eu sei que pareceu um ato egoísta, mas não foi minha intenção. – Ele pausou, o olhar preso ao dela, os olhos firmes, porém também implorando por compreensão. Por absolvição. – Eu sinto muito pela dor que lhe causei.

Abby assentiu, aceitando as desculpas de Luc, concedendo redenção. A mente dela girava diante de tais revelações.

– E agora? – ela enfim conseguiu pronunciar, segurando o fôlego, aguardando, *esperando* pela resposta...

Ele levou um tempo, tempo demais, para responder.

– Eu não sei. Pensei que nunca me casaria de novo. Falhei com Suzanne de tantas formas. Não quero falhar com ninguém de novo.

– Então...? Você vai se fechar para tudo, todos, pelo restante da sua vida? Nunca dar uma chance outra vez?

– Não pensei que houvesse nem mesmo uma possibilidade – confessou Luc. – Estive tão adormecido, tão vazio por todo esse tempo. Como se não houvesse coisa alguma dentro de mim. E então eu a conheci. E eu senti. Sentimentos intensos, maravilhosos, aterradores, e não tenho certeza de mais nada.

– Eu tenho. – Era tão fácil, surpreendentemente fácil, abrir os olhos, sorrir enquanto ele era puxado lentamente até ela, os corpos colidindo, a barriguinha de grávida entre ambos. Os dedos dela correram pelos cabelos dele, trazendo o rosto para junto do dela para que os lábios se unissem no beijo mais revelador de todos.

Ela sentiu a hesitação de Luc, sentiu ambos vacilarem à beira do precipício, sabia que ele queria beijá-la, mas que sentia ter de recuar. Mas ela não deixaria. Ela aprofundou o beijo, puxando-o ainda mais para si, então pousou sobre o piano, as costas sobre as teclas, criando uma maravilhosa melodia dissonante.

A resistência de Luc se dissolveu e ele correspondeu ao beijo, indo mais fundo para que as línguas se encontrassem de novo, e de novo. Abby sentiu como se eles estivessem se comunicando, despejando o coração e a alma de um no outro. Foi um beijo eterno, um beijo ainda mais doce porque eles sabiam que não havia nada mais a ser feito. O beijo foi isso, cura, esperança e alegria, tudo reunido como se os corpos deles tirassem uma nova melodia ao piano e a luz do sol transbordasse, dourada, adocicada e pura.

CAPÍTULO 12

As coisas mudaram depois daquilo. A casa da fazenda perdeu a atmosfera de tensão silenciosa, e os dias primaveris praticamente deslizaram em direção ao verão.

Eles não queriam falar sobre o futuro, e Abby se condicionou para não se importar. Será que aquilo que possuíam era suficiente, o tempo juntos, comendo, rindo, amando? Luc nunca dissera as palavras mágicas. No entanto, Abby as sentiu, sentiu que algo de bom acontecera naquele dia no castelo, embora eles tivessem permanecido na casa da fazenda e o castelo continuasse envolvido em lençóis empoeirados, com uma nova fechadura nos portões de ferro.

Será que era só uma questão de tempo?

Ela passava os dias aprendendo a cozinhar, percorrendo os mercados das redondezas com Luc à procura de maços de manjericão, cordas fartas de alho, garrafas turvas de azeite e vinagre balsâmico.

Conforme as noites seguiam mais calorentas, eles jantavam no terraço, na parte de trás, e o Chateau Mirabeau não era mais que duas torres escuras ao horizonte, em meio às arvores. Apesar do estado dele, e de todas as suas implicações, Abby sempre pensava nele, pois se perguntava como Luc poderia superar tudo enquanto o imóvel continuasse fechado e vazio. Começara de novo, com ela. As sombras e fantasmas do passado haviam sido banidos, mas não foram embora completamente. Eles espreitavam nos cantos escuros da mente de Abby, atormentado-a durante a noite, quando ela ia dormir sozinha, ansiando pelo toque de Luc, pelo corpo dele perto do dela, quente e rijo.

Apesar de, agora, eles passarem todo início de noite juntos, Luc ainda estava distante. Ele podia não a ter abandonado fisicamente, ela admitia, mas emocionalmente ele ainda era capaz de frustrar as premissas. A conexão emocional entre eles ainda era frágil e tênue, e Abby ainda não estava pronta para testar seus novos limites.

Certa tarde, Luc a levou para um passeio pelas colinas atrás da casa da fazenda.

– Aonde nós estamos indo? – perguntou Abby, protegendo a cabeça do sol que caía sobre eles como uma bênção.

– Você vai ver. – Luc pegou a bolsa que estava pendurada no ombro.

– O que está fazendo?

Ele remexeu na bolsa de maneira atrapalhada, e então retirou o que parecia ser algumas varetas e papel. Abby levou um segundo para perceber o que era: uma pipa.

– Está um dia perfeito para empinar pipas – disse ele, e sorriu. Abby nunca o vira sorrir tão intensamente.

Se você pudesse fazer qualquer coisa... o que seria?

Ela observava agora que Luc havia montado a pipa, enganchando o tecido fino nas varetas de madeira, um diamante verde brilhante. Abby sentiu um nó de emoção na garganta diante do pensamento de que ele se lembrara, que quisera dar aquilo a ela.

Luc pegou o carretel e começou a soltar a linha. Ele lançou a pipa ao longe, bem alto no céu, e Abby não podia conter o riso enquanto a pipa pegava impulso no vento e começava a subir.

– Você quer tentar? – falou Luc com ela depois de terem observado a pipa ziguezaguear durante alguns minutos.

– Eu não conseguiria – protestou Abby, mesmo sabendo que estava louca para ter o carretel nas mãos. – Eu nunca...

– Eu sei. – Luc sorriu de novo. – Agora é a sua chance.

– O que eu devo...?

– Apenas pegue. – Luc entregou o carretel a ela, e a linha se desenrolou um pouco mais do que deveria antes que Abby pudesse detê-la. – Ande para trás!

Cuidadosamente, ela recuou sobre a grama, mantendo a linha esticada por instinto, do jeito que se lembrava de ter visto aquelas crianças felizes fazerem tantas vezes.

– Bom. Viu? Você está conseguindo.

– Estou – gritou ela de volta, orgulhosa, triunfante, e gargalhou alto, o vento assobiando em torno dela, desarrumando o rabo de cavalo. Naquele momento, o mundo de repente pareceu mais amplo; tudo era possível, tudo era livre e leve. Então a pipa mergulhou. Os dedos de Abby apertaram a linha num reflexo.

– Ah, não!

Luc ficou atrás dela, os braços em volta de Abby para pegar a sobra da linha. A pipa ondulou e deu arrancos por alguns segundos antes de se endireitar, se elevando mais uma vez. Abby estava dolorosamente consciente do peito rijo em suas costas.

– Cuidado – murmurou Luc ao ouvido dela, e Abby percebeu que a pipa começou a mergulhar mais uma vez. Ele puxou a linha, porém era tarde demais, e, em um longo e gracioso arco, a pipa caiu. Abby se afastou de Luc e da proteção do corpo dele.

– Acho que é o fim da nossa pipa – disse ela, se aproximando para inspecionar o papel de seda rasgado e as varetas quebradas.

– Parece que sim – respondeu Luc, fazendo uma careta. Ele dobrou os restos da pipa e colocou de volta na bolsa. – Ainda assim, valeu a pena, não acha?

Valeu?, Abby se perguntava. Algum momento daquela história toda valera a pena? As coisas haviam mudado desde aquela tarde no castelo; estavam maravilhosas, por um lado. Mas eram reais? Ele jamais conversaram sobre o futuro. Nunca disseram um ao outro como se sentiam. Amor era uma palavra nunca dita. O que quer que tivessem agora, valia a pena, se era tudo que eles teriam?

– Devemos voltar – disse ele depois de um instante, e Abby concordou. Estava feliz por terem empinado a pipa, mas ela sabia que nenhum dos dois esperava aquela tensão desconfortável, preenchida por todas as coisas que nenhum deles parecia pronto para encarar ou dizer.

Um mês se passara desde aquele dia no castelo, quando Luc disse a ela durante o café da manhã:

– Vamos a Paris em dois dias. Você tem um ultrassom marcado. Talvez devêssemos ficar para o fim de semana. Você precisa de um enxoval, não é? Podemos fazer compras.

Abby fez uma careta.

– Comprar roupas de grávida?

– *Bien sûr.*

A perspectiva de ter roupas novas era um pouquinho sedutora. E mais ainda era a ideia de estar em Paris com ele de novo. Eles voltariam aonde tudo começou... Porém, as coisas seriam diferentes desta vez?

ESTAVA UMA tarde perfeita e sem nuvens quando eles pousaram em Paris.

E logo Abby estava deitada na maca, com o gel frio e transparente espalhado sobre a barriga visivelmente maior, enquanto o médico iniciava o ultrassom.

A imagem do bebê se contorcendo e preenchendo a tela trouxe um sorriso a ambos.

– Que criaturinha agitada você tem aqui – disse o médico com um sorriso. – E parece que sua placenta prévia desobstruiu consideravelmente. Deixe-me ver mais de perto... – Ele estimulou a barriga de Abby um pouco mais, e ela prendeu o fôlego, esperando, rezando por boas notícias.

– Sim, está completamente resolvido – confirmou ele. – Meus parabéns. Você pode retornar às atividades normais. – Ele deu uma olhadinha bem humorada para Luc. – O que, tenho certeza, vai deixá-lo feliz.

Luc não respondeu, mas Abby sentiu uma crepitação consciente em cada nervo do corpo dele. Sexo. O médico estava falando de sexo. Agora não havia motivo para Luc se manter distante durante a noite, não havia motivo para eles não consumarem o relacionamento mais uma vez.

Que relacionamento?, disse uma voz interior. *Você só está na França, só está com Luc por causa do bebê. Ele nunca disse algo diferente disso, e você está assustada demais para perguntar a ele. Que belo relacionamento!*

Abby tentou silenciar aquele sussurro zombeteiro e malicioso, mas ele continuou assim mesmo. *Você está com medo de ser rejeitada por ele... de novo. Teme que ele escape de novo, se feche... de novo.*

Ela fechou os olhos e sentiu a mão de Luc em seu braço, morna e tranquilizadora.

– Abby? Está tudo bem?

– Sim. – Ela sorriu. – Estou tão aliviada.

Após deixar o consultório, eles almoçaram em um elegante e caro bistrô antes de seguirem para o Champs Elysées, rumo às prometidas compras. Abby não esperava apreciar as compras do enxoval, e não contava que Luc a levaria em butiques luxuosas que ela nem mesmo sabia existir.

Ela experimentou algumas roupas, adorando o caimento dos tecidos sobre a barriga. Aquilo a fez se sentir surpreendentemente confiante, sensual, de um jeito que nunca esperara.

– São lindas – admitiu Abby, e Luc sorriu.

– Estão lindas em você. – Com um movimento de pulso, ele indicou a crescente pilha de roupas que Abby experimentara. – Vamos levar todas.

– Todas?! Eu não preciso...

– Isso não tem a ver com necessidade – disse Luc a ela assim que a assistente começou a embalar as roupas. – Tem a ver com desejo. – Ele olhou o relógio. – Vou providenciar para que tudo isto seja enviado ao nosso hotel. Você tem outra consulta no andar de cima.

– Tenho?

Uma assistente se materializou diante dele.

– Srta. Summers, pode vir comigo? – Curiosa, e um pouco tensa, Abby seguiu a mulher esbelta até o andar de cima, onde havia um SPA para gestantes.

Durante as horas seguintes, Abby foi massageada com loções, óleos e aromaterapia, mimada e, quando finalmente deixou o SPA, praticamente flutuava, letárgica e relaxada.

Luc esperava no saguão. Ele sorriu quando a viu, um sorriso sincero que acendeu os olhos dele e abrandou as feições; Abby se flagrou sorrindo de volta.

– Você parece relaxada.

– Tão relaxada que poderia dormir – admitiu Abby.

– Não durma ainda. Tenho reservas para jantar no Le Cinq.

A mente de Abby zuniu diante daquelas revelações quando Luc a conduziu até o carro, um luxuoso sedã com vidros escuros e bancos de couro.

Em minutos eles passaram pelo tráfego parisiense, os carros encarando uma dúzia de caminhos diferentes em torno do Arco do Triunfo, antes de o sedã arrancar da região dos arcos até o hotel George V.

Luc reservou a suíte real, e assim que Abby adentrou o quarto luxuoso, com suas mesas douradas e piso de mármore, pinturas e antiguidades adornadas preenchendo cada centímetro do belo espaço, ela foi lembrada, com uma força pungente e repentina, da última vez em que estivera em um hotel como aquele.

Estava diferente agora, mais velha, mais astuta, mais confiante. Porém, também tinha mais medo, e, tal como antes, não sabia o que aconteceria à noite, o que *poderia* acontecer naquela noite. Poderia ser o final feliz para o conto de fadas, pensou ela quase incredulamente.

Se Luc assim o permitisse.

Ele andou em direção a ela, sorrindo abertamente agora.

– Você parece surpresa por estar aqui. – Ele parou em frente a ela, as mãos indo até os ombros, segurando-a num meio abraço.

– Estou. Surpresa e feliz. Tem sido um dia maravilhoso.

– Que bom. – Luc se abaixou e, lentamente, cheio de desejo, roçou os lábios nos dela. Abby fechou os olhos quando se inclinou para o beijo e se entregou completamente a ele, como se, através daquele simples beijo, ela pudesse comunicar a Luc o que sentia, tudo que esperava e ansiava, e até mesmo necessitava.

O beijo terminou cedo demais, e ele se afastou antes de inclinar a cabeça contra a dela. Permaneceram daquele jeito por um momento, quietos, silenciosos, esperando. Abby não queria destruir o momento frágil falando alguma coisa, ainda que palavras se fizessem necessárias.

– Eu não quero que isto acabe – sussurrou ele.

– Não precisa acabar – disse Abby simplesmente. O coração dela ficou leve, mais leve que o ar, aliviado. Então era aquilo que estava preocupando Luc?

– Não – disse ele lentamente. As mãos se erguendo para tomar o rosto dela enquanto ele absorvia aquela revelação aparentemente nova. – Não precisa acabar.

Horas depois, após uma soneca, Abby estava no closet da suíte, ajeitando o sedoso vestido de gala prateado sobre os quadris. Ela estava e se sentia linda, magnífica, sensual.

Luc estava no meio do cômodo, devastador em um terno de lã fina elegantemente cortado que enfatizava seus ombros largos e seus quadris estreitos. Os olhos azuis brilharam quando ele se virou para sorrir para ela, o olhar analisando-a de cima a baixo.

– Você está maravilhosa.

Eles se olharam por um instante, sorrindo, até que Abby confessou com uma risadinha:

– E eu estou morrendo de fome. – Ela deu um tapinha na barriga. – Esta pequenina precisa de comida.

– E o desejo da senhorita é uma ordem – respondeu Luc fazendo uma pequena reverência, e colocou os braços em volta dos ombros dela, trazendo-a para mais perto do corpo protetor enquanto a conduzia para fora da suíte e escadas abaixo, em direção ao restaurante Le Cinq.

Não parecia justo ser feliz daquele jeito, pensou Abby quando eles entraram no restaurante com seu denso tapete turco e candelabros brilhantes.

Abby deslizou na cadeira e pegou o cardápio, escrito em elegante letra cursiva.

– Você já pediu? – perguntou ela a Luc, e ele meneou a cabeça.

– Desta vez, não.

Abby sorriu, uma satisfação nova brotava, com certeza ela não era a única que havia mudado. Era algo corriqueiro, reconhecia, porém ainda importante. Ela olhou o menu, analisando as variadas opções tentadoras.

Ao fim, eles optaram por caviar de salmão com trufas negras, um delicado lombo de cordeiro e aspargos frescos e macios. Abby passou o jantar todo prestando atenção em Luc. Após a sobremesa, eles foram embora de imediato. Quando Luc entrelaçou os dedos nos dela e a guiou até o elevador, ela sentiu uma pesada expectativa nascendo dentro de si.

Eles não conversavam do mesmo modo que fizeram naquela primeira noite, há mais de um ano, quando a vida de Abby sofrera as primeiras mudanças. Agora, ela sentia como se tivesse chance de novo, e tal chance era bem-vinda, desejada, mais que qualquer coisa que ela já desejara.

Eles entraram na suíte.

– Vou trocar de roupa.

– Mas você está tão linda. Esse vestido é confortável?

– Sim, é – admitiu Abby. – Mas meus pés doem.

– Isso é fácil de resolver. – Luc gesticulou para que ela se sentasse e, quando ela o fez, ele retirou as sandálias de salto dela. Os dedos longos e fortes lhe massagearam os pés, encontrando os pontos sensíveis e doloridos sem que ela precisasse dizer uma palavra.

– Isto é muito bom – murmurou ela, e se deixou abandonar passivamente aos cuidados de Luc. Porém, por mais relaxante que fosse, ela também sentia a energia do desejo consciente; quando as mãos de Luc foram dos pés às pernas, as palmas deslizando pelo tecido escorregadio do vestido, para pousar nos quadris, pareceu a coisa mais natural do mundo. Ele ajoelhou em frente a ela, o rosto pressionado contra a barriga. O bebê chutou e ambos riram.

– Abby... – sussurrou ele suavemente, o nome dela era uma afirmativa e um apelo.

– Sim? – respondeu ela, e aquele foi o único retorno do qual ele precisava.

Ele se inclinou para a frente, as mãos agora iam dos quadris aos ombros, puxando-a para junto dele para que ambos se encontrassem de novo e de novo; desta vez, não havia hesitação, não havia dúvida, não havia medo.

Luc se afastou após um longo e fabuloso momento:

– Eu não quero machucá-la – disse ele. Abby não sabia se ele se referia fisicamente, por causa do bebê, ou emocionalmente, por causa da história entre eles. Ela ofereceu a única resposta que podia:

– Você não vai me machucar.

Então, com a lua inclinada à janela escancarada que banhava o mundo em prata, ele a levou da sala para o quarto; a cama enorme já estava desfeita e o abajur espalhava um brilho cálido pelo cômodo.

Ele se aproximou dela outra vez, beijando-a com uma paixão delicada que ainda demonstrava a urgência dele, a necessidade. Abby correspondeu, retirando o vestido, que resvalou para o chão num sussurro de seda. Luc desabotoou a camisa e, então, quando ambos estavam nus, ele a guiou até a cama. Abby o seguiu, finalmente acreditando na verdade, na realidade do momento, e esperando que durasse para sempre.

LUC ACOMODOU Abby em seus braços assim que a respiração dela desacelerou, e ela se entregou ao sono. Uma das mãos estava possessivamente pousada sobre a barriga, e, quando o bebê chutou onde estava a mão dele, sentiu um calafrio.

Isto não vai durar. Eu não posso.

Ele queria afugentar a voz furtiva da consciência, das lembranças, dos medos, que se espreitava na superfície da mente por mais que tentasse exorcizá-la. Nunca esperara viver aquele tipo de amor, profundo, permanente, tão presente, que já fazia parte dele, todo. Não conseguia imaginar a vida sem aquele amor. Sem Abby.

Mas e se tivesse de ficar sem ela? E se decepcionasse Abby de novo, exatamente como fizera com Suzanne? E se essa felicidade, esse amor, fossem nada mais que uma miragem?

Talvez eles nunca se separassem. Talvez pudessem ter esse momento para sempre, acordar juntos de novo e de novo, manhã após manhã, a fim de compartilhar outro dia juntos.

Talvez, dessa vez, fosse durar. Nada daria errado, nada destruiria a pura perfeição daquele amor.

ABBY ACORDOU com o sol invadindo as janelas e o som de uma camareira batendo à porta. Ela ficou tensa, olhou para o relógio perto da cama. Era quase meio-dia. Puxou os lençóis para cobrir os seios enquanto olhava em volta do quarto, uma sensação de estar sendo apunhalada quando viu a metade vazia da cama, as roupas ainda espalhadas no chão.

Onde Luc estava?

– *Bonjour* – chamou a camareira lá da sala. Abby fechou os olhos. Sentiu como se estivesse revivendo um dos piores momentos de sua vida.

– *Bonjour.* – Ela ouviu a voz novamente, seguida por alguns minutos de conversa antes de a camareira se despedir e a porta da suíte ser fechada.

Luc entrou no quarto, o cabelo ainda úmido do banho, a camisa abotoada só até a metade. Ele parou sob o vão da porta, sorrindo, e, assim que o próprio sorriso de Abby se abriu em um grande riso, ela sentiu o coração transbordar… e soube que aquele era o começo do "para sempre".

CAPÍTULO 13

O "PARA sempre" durou dois meses. Dois estupendos e ensolarados meses, ambos raramente saindo da casa da fazenda, passando os dias lendo, relaxando, cozinhando e fazendo amor. A pele de Abby ganhou um tom bronzeado e um brilho aveludado, e a barriga cresceu, rija e arredondada.

Em algumas noites eles deitavam na cama, que começou a ser compartilhada desde que voltaram de Paris, e sentiam o bebê se mexer e chutar. Conversavam sobre nomes, Charlotte ou Emilie, e imaginavam de quem ela puxaria os olhos. Aquilo foi o mais perto que conversaram sobre o futuro, e Abby tentou dizer a si mesma para não se importar.

Mas ela queria perguntar o que ele temia, ansiosa em pressionar por respostas, por declarações que, sabia instintivamente, ele não estava preparado para dar ou fazer. Por isso, algumas vezes, quando eles se sentavam sob a modorrenta luz do sol do fim de tarde, ela precisava morder os lábios para evitar gritar, *Por que você não diz que me ama? Por que não fala sobre o futuro?*

Ela não questionava porque tinha medo de eles não terem um futuro. Será que deveria reunir a coragem e confrontá-lo, perguntar o que ele pretendia fazer quando o bebê nascesse? Ou talvez devesse simplesmente dizer a ele o que queria. Ela queria ficar na França, viver na casa da fazenda, queria que tudo ficasse exatamente como estava.

Porém, mesmo com esse desejo abrigado na alma, Abby sabia que não seria possível. Talvez não fosse nem mesmo certo.

– Vou a Paris – disse Luc a ela em determinada manhã, enquanto ela passava manteiga no segundo croissant, o apetite claramente aumentado; então ela parou, a faca ainda na mão. Aquele tom de desprezo era só impressão dela?

– Ah, você tem negócios a tratar lá? – perguntou ela eventualmente, pois Luc voltara ao jornal como se a conversa estivesse terminada, como se nem mesmo tivesse acontecido.

– Sim. – Ele a fitou brevemente, distraído, o sorriso automático. – Só vou ficar fora por um dia. E você tem o número do meu celular.

– Sim. – Cuidadosamente, Abby recolocou a faca no prato. O apetite se fora. Luc não a chamou para acompanhá-lo a Paris, e ela não podia se oferecer para ir. Ela não queria implorar, não queria ser rejeitada. Além do mais, dissera a si mesma, sabendo que era pelo menos parcialmente mentira, não queria ir a Paris mesmo! Estava no oitavo mês de gestação e se sentia pesada, dolorida e cansada. Ficaria bem ali durante o dia, tiraria uma soneca, cozinharia algo maravilhoso para o jantar e não se preocuparia com nada.

É claro que não aconteceu desse jeito.

Aquilo era ridículo. Tinha muita coisa para fazer, podia ler, ou cozinhar, ou arrumar a casa, se realmente tivesse vontade. Poderia escrever uma carta à mãe, que desejava visitá-la quando o bebê nascesse, ou ler a última carta do pai, que viera com um pacote espesso de recortes de boas críticas a respeito da turnê dele.

Em vez disso, decidiu dar uma volta.

Abby deve ter se ludibriado ao se convencer de que sairia apenas para passear, pois sabia que, assim que as passadas começassem a diminuir, estaria chegando ao único destino em mente.

Chateau Mirabeau.

Ela parou em frente aos portões, o cadeado agora era um ferro novo e radiante. Os portões estavam trancados e o castelo inacessível mais uma vez. Luc nunca mais dissera uma palavra a respeito, e nem ela.

Covarde.

Ela meneou a cabeça lentamente, envergonhada e irritada consigo mesma e com a própria fraqueza, cheia de receios. Se tivesse algum tipo de relacionamento com Luc, algum amor ou confiança, com certeza ele conversaria sobre aqueles fatos.

– Apenas alguns fatos, como se você fosse mesmo esperar – disse ela em voz alta e ferina. Percebera, então, que não falava sozinha desde Paris. Não havia precisado disso, pois sempre tinha Luc.

E agora, com o sol batendo na cabeça, os dedos ainda tocando o cadeado, sentia que não o possuía. Não que, um dia, o tivesse possuído. Ao menos não do modo que almejava: totalmente, sem reservas, sem medo ou preocupações.

Não, ela não tinha nada daquilo. E estar ali, vendo o terreno do castelo fechado como uma órfã patética de um contos de fadas, daqueles tristes, mostrava a ela o quanto necessitava de um relacionamento. Ela deveria estar com ele em Paris, ou, se não, deveria estar confortável e segura diante do fato de ele ter ido e ela não.

Aquele pensamento magoava, embora Abby o sentisse como verdadeiro, afinal estava se torturando com a dúvida. Lentamente, desconsoladamente, ela deu as costas para os portões trancados e a tudo o que eles significavam.

O som do carro se aproximando e dos estalos nos cascalhos assim que o motorista freou fizeram Abby parar e girar o corpo, uma ridícula esperança de que talvez Luc tivesse voltado, que não tivesse viajado sem ela.

A esperança logo morreu quando uma mulher de uns 50 anos, elegantemente vestida, saiu do veículo e andou em direção a Abby, com um olhar quase desesperado. Abby congelou, subitamente tensa. E se Luc tivesse vendido o castelo? Talvez aquela mulher fosse a dona dele agora e quisesse que Abby saísse da propriedade. Instintivamente, ela colocou as mãos na barriga para protegê-la, embalando a vida dentro dela.

– Você mora aqui? – perguntou a mulher em francês, a voz crua e áspera.

Abby balançou a cabeça em negação, respondendo, também em francês:

– Não, eu só estava olhando.

A mulher pareceu fraquejar por um segundo, então ela se aprumou e sacudiu a cabeça.

– Eu esperava que... – murmurou ela meio que para si mesma.

A curiosidade de Abby foi provocada o suficiente para ela repetir:

– Esperava que...?

O olhar da outra se voltou depressa para Abby, olhando para baixo e constatando a gravidez óbvia.

– Você conhece o Comte de Gévaudan? – perguntou ela, e Abby se retesou em surpresa diante do título formal de Luc.

– Sim.

– Você não se casou com ele – concluiu a mulher, ainda falando mais para si –, ou estaria nos jornais. Eu teria ficado sabendo.

Havia algo quase possessivo no modo como ela falava, os olhos se estreitando, a cabeça pendendo para um lado, que fez Abby sentir leves comichões. A mulher não usou um tom malicioso, mas havia algo mal-contado ali.

– Você o conhece? – perguntou Abby, e a mulher deu uma risadinha infeliz.

– Ah, sim. Eu o conheço. Eu o *conhecia*. Apesar de não nos vermos há quase dois anos, desde o funeral de minha filha – falou ela de modo plano, sem emoção, mas de alguma forma propagando um amplo oceano de tristeza, incapaz de ser transposto com meras palavras. Abby sabia quem devia ser aquela mulher.

– Você é a mãe de Suzanne – disse ela suavemente.

– Mireille Roget – confirmou a mulher. – Ele falou de Suzanne com você?

– Sim, é claro. Ele... Ele lamenta muito a morte de Suzanne – disse ela finalmente.

– Eu sei que lamenta. *Mon Dieu*, o país inteiro sabe! Ele se flagelou por causa disso por tempo suficiente. Fechando o castelo, indo embora da região... Quando a vi aqui, pensei que talvez ele o tivesse reaberto, que ele estava vivendo de novo.

– Pensou? – Abby não podia esconder a surpresa na voz.

Mireille assentiu.

– Perder minha filha foi ruim o suficiente, mademoiselle. Mas ver outra vida perdida tão inutilmente só aumenta minha tristeza. Eu sei que Luc se culpou pela infelicidade de Suzanne, e talvez até pela morte dela, mas não foi culpa dele.

– Ele não vê isso – confessou Abby baixinho. – Ainda se sente culpado.

– Eu tinha esperanças... Mas ele está com você, não é? Ele está seguindo em frente, talvez?

– Talvez – consentiu Abby, e ouviu o quão vacilante estava a própria voz. De repente ela se sentiu trêmula, à beira das lágrimas, e Mireille notou.

– Aqui não é um bom lugar para conversarmos. Venha, deixe-me levá-la a Saint-Esprit. Eu estava indo para lá mesmo, e podemos tomar um café. Conversar. Acho que talvez vá ser bom para nós duas.

Apesar de a mulher ser uma estranha, Abby confiou naqueles gentis olhos azuis e se deixou conduzir até o carro.

Uma vez instalada no Café com uma xícara grande de leite, Abby ouvia enquanto Mireille falava. Finalmente, pensou ela, estava ouvindo o outro lado da história. Tinha medo de que nunca houvesse um, e era bom ouvir o que a mulher tinha a dizer.

– Suzanne adorava Luc, o venerava mesmo, como o irmão mais velho que ela nunca teve. Não era, com certeza você pode imaginar, a melhor base para um casamento.

– Não mesmo – concordou Abby, pensando que já se sentira do mesmo jeito em relação a Luc. Ela o idolatrava, o fazia o príncipe encantado dos contos de fadas. Mas a vida não era um conto de fadas, e Luc não era um príncipe. Ele era simplesmente o homem que ela amava.

– Ele gostava dela. Era atencioso, mas nunca era o suficiente para Suzanne. – Ela suspirou. – Nada nunca seria o suficiente.

Abby engoliu em seco, pensando nas palavras semelhantes ditas pelo próprio Luc. *Eu jamais conseguiria amá-la do jeito que ela precisava ser amada.* E era verdade, ele não era capaz de fazê-lo. Será que não era mesmo culpa dele?

– Ela sempre foi uma criança melancólica, e acho que piorou depois do casamento. Eu a amava tanto, e ainda fico destruída por saber o quão infeliz ela era. Pelo menos no fim... – Ela parou, balançando a cabeça, e bebeu um gole do café a fim de se recompor.

– No fim? – incitou Abby suavemente, e Mireille ergueu o olhar, as pupilas brilhantes.

– Ela decidiu se divorciar de Luc. Eu jamais contei a ele, pois sabia que ia se culpar pela falência do relacionamento, mas na verdade foi um casamento que nunca deveria ter acontecido. Suzanne estava finalmente começando a perceber. No dia em que ela morreu, estava indo me visitar. Ela me ligou, contou que decidira finalmente seguir a vida. Se matriculou num curso para formação de professores em Paris. Suzanne tinha medo de contar qualquer coisa para Luc. Ela escondeu dele até o motivo de estar tão deprimida e infeliz. Ele só ficou sabendo depois da morte dela.

– Ela ia visitar você? – repetiu Abby, precisando de esclarecimentos. Suplicando por eles. – Ela estava feliz?

– Sim. Pela primeira vez em anos, talvez. Saber disso me conforta.

Abby engoliu em seco, o coração começando a martelar, a boca seca.

– Luc sempre se perguntou se... se Suzanne teve a intenção de...

Mireille levou um segundo para entender o que Abby mal conseguia trazer à tona e pronunciar.

– Você quer dizer, tirar a própria vida na estrada? Não, não. Ela não faria isso... Finalmente tinha colocado a vida nos trilhos. Não abandonaria tudo de propósito.

– Fico feliz – disse Abby, a voz sincera. – Pela memória dela... E por Luc também.

– O relatório do acidente sugeriu que talvez algo tivesse cruzado na frente do carro, e Suzanne desviou para não atingir.

– Mireille, obrigada por ter conversado comigo. – Abby segurou a mão dela.

Ela apontou para a barriga de Abby.

– É dele?

Abby corou.

– Sim – admitiu ela, embora não houvesse necessidade de confirmar tal fato. A resposta era óbvia.

– Você o ama? – perguntou Mireille após um instante.

– Sim – sussurrou ela.

– Então vou rogar por vocês. Ele precisa seguir em frente. Precisa amar alguém do jeito certo, e se deixar amar. O que ele teve com Suzanne... Não era certo. Mas talvez com você... Vou rezar.

Abby assentiu, incapaz de falar por causa do coração que transbordava de emoção. A esperança que Mireille oferecera, tanto revelando o passado de Luc quando indicando o futuro dele, a deixou fraca e tonta de alívio.

O sentimento permaneceu quando ela deixou o Café e Mireille a levou de volta à casa da fazenda. Abby ficou cansada o suficiente para deitar a cabeça no banco e fechar os olhos, e se perguntou se realmente cochilara quando Mireille gentilmente lhe tocou o ombro.

– Abigail... chegamos.

– O quê? – Abby piscou, desorientada, a tontura ainda presente e aumentando. Ela se esforçou para sentar e abrir a porta do carro, mas teve a sensação de estar com um véu diante dos olhos, que sufocava a voz de Mireille e fazia o mundo escurecer.

– Abigail, *ça va*?

– Estou bem... – Então Abby olhou para baixo e viu o sangue escuro escorrendo pela calça jeans e pelo banco do carro. Parecia estar por toda parte; como podia haver *tanto*? Então o véu pareceu ficar ainda mais espesso e ela tombou, inconsciente.

A VIBRAÇÃO sutil do celular de Luc interrompeu a quietude da sala de conferência em Paris. Havia uma gama de papéis sobre a mesa, detalhando a venda do Chateau Mirabeau. Luc parou com a caneta na mão. Ele abriu o flip do telefone e falou de maneira sucinta:

– Luc Toussaint. *Oui?*

– Luc. Aqui é Mireille. – Ele ficou tenso ao ouvir o som da voz dela, chocado e tomado por uma crescente onda de pavor. Não falava com Mireille há meses. Percebia aflição e medo naquelas três palavrinhas, e aquilo trouxe a lembrança da última vez que ela ligara, quando também dissera a ele:

– Houve um acidente.

Por um instante ele não conseguiu realmente acreditar, as mesmas palavras de quase dois anos antes, quando ele estava em uma reunião parecida, o telefone ao ouvido enquanto o mundo dele se dissolvia em torpor, insignificância.

Estava acontecendo de novo.

– Abby. Por que você... *Como* você pode estar ligando para falar de Abby?

– Nós nos conhecemos esta manhã. Nós conversamos.

– Não. – Ele fechou os olhos, engasgou com um soluço. Não podia suportar ouvir aquilo, ver o mundo desmoronar de novo... E era tão pior desta vez, tão *pior*. – *Não*.

– Luc, não! Não é isso. Ela está viva. Mas o bebê... Ela foi levada ao hospital.

O medo agonizante deu lugar a uma determinação austera, e mais uma vez ele se sobrepôs à emoção:

– Estarei aí em duas horas.

– Sinto muito – sussurrou Mireille, mas Luc já havia desligado o telefone. Ele levantou da mesa, arremessando a caneta.

Luc piscou, colocando a sala, e a atitude que estava prestes a tomar, em foco, percebendo, com súbita clareza, o quão fora de rumo estivera. O quão estúpido estava sendo.

– *Pardonnez-moi* – murmurou ele, e saiu num rompante, o acordo de negócios completamente esquecido. Ele só conseguia pensar, e depositar as esperanças, em Abby.

Abby. A mulher que ele amava. A mulher que ele não podia perder.

ELA ACORDOU lentamente, piscando para focar no quarto do hospital, tudo ainda parecia silencioso e surreal. Artificial. As mãos dela deslizaram sobre a barriga e ela arfou alto, um choro de choque e medo... Onde antes havia uma circunferência rija e arredondada, indicando um bebê que chutava para chegar ao mundo, agora havia nada. Nada, exceto a carne murcha de um ventre vazio.

– Meu bebê... – As palavras vieram num grasnado, e ela ouviu alguém se mexer ao lado antes de perceber o familiar rosto de Luc. As mãos dela buscaram as dele, apertando gentil e calorosamente.

– Ela está bem, Abby. Está segura.

– Onde...?

– Você passou por uma cesariana de emergência. Sua placenta estava descolada, os médicos chamam de placenta abrupta, e você estava em grave perigo. Felizmente, Mireille percebeu e a trouxe direto para o setor de emergência do hospital de Pont-Saint-Esprit. Eles a operaram imediatamente e nossa filha está bem. É pequenina, mas saudável – falou Luc com firmeza, mas, mesmo no estado em que se encontrava, Abby pôde perceber o cansaço dele.

– Você voltou.

– Mireille ligou para o meu celular. Eu nunca deveria ter viajado. Pensei que seria apenas *um* dia. Graças a Deus você está a salvo. Você duas estão a salvo.

Abby assentiu, aliviada.

– Posso vê-la?

– Ela está na UTI neste momento, mas só porque é prematura, porém a enfermeira vai trazê-la assim que possível.

Ela se sentiu perigosamente perto de chorar, repleta de emoção, de medo reprimido, esperança e amor.

– Estou feliz por você estar aqui.

– Eu só queria ter chegado antes. Nunca deveria tê-la deixado sozinha.

Ambos ficaram em silêncio, e Abby desejou que ele pudesse dizer mais. Pedir mais. Precisava desesperadamente saber o que Luc queria, agora que o bebê nascera. Sabia que ele esperava que ela ficasse na casa da fazenda pelo menos até se recuperar, mas e depois? A última coisa que ela queria era ser um encargo, amar Luc mais do que ele a amava, ser infeliz e insatisfeita.

Exatamente como Suzanne fora.

Era melhor seguir a vida agora, recuperar e curar o corpo e o coração... Sozinha.

– Luc... – começou ela, a voz rouca. Não estava muito certa do que ousaria falar.

– Shhh. – Luc deu um tapinha na mão dela. – Eu deveria deixá-la descansar. Eles vão trazer o bebê logo. – Ele se levantou, dando um breve sorriso, mas, mesmo em seu estado enevoado, Abby sabia o quão distraído estava, distante, e o coração dela ficou inerte. Ela virou o rosto para que ele não visse as lágrimas que lhe encharcaram as bochechas.

– Certo.

Ele não respondeu, e, no silêncio, Abby sabia que ele tinha ido embora.

CAPÍTULO 14

LUC PAROU o carro em frente aos portões banhados pela lua. Viera diretamente do hospital, do quarto de Abby, onde ficou sentado à beira da cama, ninando-a como uma garotinha. Eles decidiram batizar a filha Emilie Charlotte. Ela era rosadinha e delicada como um botão de rosa, inteirinha, dos lábios rabugentos aos pequenos punhos perfeitamente cerrados. O coração dele doeu diante da lembrança daquela visão preciosa, e não era um sentimento totalmente agradável, no geral. Doía mais do que ele pensava: a constatação do quanto estivera inclinado, e do quanto ainda estava, a perder tudo.

Ele ficou sentado no carro por um instante, ouvindo o vento chacoalhar o cadeado, o som repetitivo e solitário. Após um tempo, finalmente saiu, a chave pesada no bolso.

O Chateau Mirabeau não era mais que uma silhueta contra o céu noturno, mas ele conhecia suas formas tão bem, tão intimamente, que nem mesmo hesitou quando cruzou o gramado da frente e foi rumo aos degraus da entrada principal.

Ele se deixou ficar na quietude, o único som era o do rangido da porta. Uma vez no hall, simplesmente parou e aspirou o perfume do lugar, a poeira, o mofo, fruto de mais de um ano de negligência, mas também um traço de lustra-móveis de lavanda e de cheiro de *lar*.

Aquele era o lar dele.

Na última vez em que estivera ali, quando Abby invadira o local, ele estava numa pressa tão intensa para encontrá-la que não conseguira captar o que o circundava. Talvez tenha se cegado de propósito, incapaz de suportar a visão de seu amado lar coberto por lençóis empoeirados... Esquecido porque ele escolhera esquecer, porque ressuscitar lembranças era tão doloroso.

Decidira ser vazio porque era mas fácil ficar sem sentir. Fora uma escolha, e agora ele via, mesmo que não tenha parecido à época. Sempre fora uma escolha, talvez antes mesmo de o pai dele morrer tão repentinamente. Ele decidira amar o castelo mais do que a família porque construções não morrem. Elas não podem magoar, e pessoas não são capazes de desapontá-las.

Exceto agora, enquanto ele via um de seus cômodos favoritos sob o pó, os ornamentos dourados que a mãe tanto amara descascados... Talvez, de fato, fosse possível machucar construções.

E ele estava cansado de decepções, fatigado da culpa, exausto pelo medo. Ele nunca, *nunca*, tivera tanto medo quanto no momento em que Mireille ligara para contar que Abby estava internada, que a vida dela, e da filha deles, estava em perigo. Luc se arrepiava só de pensar.

Ele pensava que amar Abby seria difícil, que o risco de machucá-la, falhar para com ela, era grande demais. Porém, naquele momento, quando se deu conta de que poderia não tê-la mais, percebera a verdade: perdê-la seria pior.

E agora ele tinha de decidir. Poderia escolher voltar à segurança, ao torpor, ao estado inerte no qual ninguém se machucava. Poderia manter o castelo tão trancado e sem vida quanto um túmulo. Ou poderia vendê-lo, como planejara fazer naquela tarde, certo de que o único jeito de prosseguir seria fingindo que o passado nunca havia existido.

Ou ele poderia arriscar. Poderia escolher sentir, mesmo que o sentimento prendesse sua dor num turbilhão de emoções, que tinham uma força aterrorizante.

Ele precisava escolher.

A casa rangia diante dele, o som era como um suspiro. Lentamente, Luc tocou um lençol, amassando o tecido frio. Ele puxou suavemente primeiro, e depois com mais força, até o pano cair completamente... e a vida começar.

ABBY ANDOU lentamente pela casa da fazenda com Emilie nos braços. A filha nascera há uma semana, e tudo era novo e frágil.

Incerto.

Ela olhou para o rostinho da filha, que dormia, e soube que, pelo menos, uma coisa era certa: a vida da filha era brilhante, pura, absoluta.

– Vou colocá-la no berço – disse ela a Luc, que estava apoiado à porta, a expressão distraída e cansada.

– Eu levei as coisas dela para o escritório – declarou ele. – Já que você não pode subir escadas.

Abby enrugou a testa.

– Que coisas?

Luc sorriu timidamente.

– Pedi algumas coisas de Paris. Um pouquinho de tudo em que consegui pensar.

Abby assentiu e foi até o escritório. Ela parou à porta, maravilhada com a transformação do quarto. Ele havia sido decorado em tule branco e rosa, com um enorme berço, um guarda-roupas, uma poltrona e pelo menos duas dúzias de brinquedos.

– Nós deveríamos ter feito compras antes – comentou ele.

Abby assentiu de novo.

– Nós realmente não estávamos preparados, não é? – Ambos estiveram se escondendo da realidade, do futuro e de toda sua incerteza. Porém, agora, esboçando um suspiro, ela sabia que precisava encarar. Colocou Emilie no berço, cobrindo-a com o lindo cobertor branco. Quando teve certeza de que o bebê dormira, se voltou para Luc.

Era hora de encarar a verdade. O futuro.

Então ela endireitou os ombros e se agarrou à própria resolução. Um único olhar foi o suficiente.

– Luc... – começou ela, mas ele pôs um dedos sobre os lábios dela e meneou a cabeça.

– Você vai acordar Emilie.

– Então vamos lá para fora – disse Abby com firmeza, e liderou rumo ao terraço. O ar estava seco e cálido e caiu sobre Abby como um cobertor reconfortante. Ela sentiria falta do lugar, pensou com uma pontada de dor. Sentiria falta dos meses que ela e Luc compartilharam... Mas, acima de tudo, sentiria falta de Luc.

Ela engoliu em seco, forçando o pesar a se afastar, e se virou para Luc.

– Vou precisar ficar aqui por algumas semanas para me recuperar, mas depois acho que eu deveria ir embora. – As palavras vieram com muito mais determinação do que ela realmente sentia; tudo que sentia era a dor da perda.

– Se é isso que você quer...

Que frasezinha indiferente, Abby pensou num jato de raiva. Que coisa mais horrível e *vazia* para se dizer depois de tudo que haviam compartilhado. Ela acabara de dar à luz a *filha* deles.

– É isso que você tem a dizer? – quis saber ela, a voz ferida, e Luc se retesou, a surpresa cáustica nas expressões.

– Não é isso que você quer que eu diga? – perguntou ele em voz baixa.

– O que eu quero? – repetiu Abby, engasgando nas palavras. – O que *eu quero*? – A raiva de Abby virou desespero. – O que eu tenho feito nos últimos meses, Luc... Tenho me divertido? Nenhum de nós mencionou o futuro ou falou sobre o que vai acontecer. Nós nunca... Nunca nem mesmo dissemos o que sentimos um pelo outro, e olhe lá. – Quando Luc nem mesmo respondeu, o último fio de esperança de que ele a amasse e quisesse que ela ficasse se foi. Ela suspirou de novo. – Nós dois fingimos que não vimos, mas não podemos mais. Eu não posso – emendou ela baixinho. – Eu quero mais. E já percebi que não vou conseguir isso de você.

Luc não abriu a boca, não piscou, não fez nada, e algo em Abby clamava por uma reação.

– Então? – exigiu ela de maneira rude. – Você vai dizer alguma coisa...? Um adeus, pelo menos?

– Eu deveria – respondeu Luc após um longo momento. – Eu deveria deixá-la ir. Venho me dizendo isso nesses dias todos... Que você ficaria melhor sem mim.

– Tem certeza de que não quer dizer que *você* ficaria melhor sem *mim*? Eu não vou mais deixá-lo se esconder atrás do medo, Luc. Você disse antes que fugiu porque não queria me magoar. Bem, essa desculpa não vai colar agora. Se você vai fugir desta vez, então vamos ser honestos. Você não tem medo de me machucar. Você tem medo de *se* machucar.

– O quê...? – As palavras foram um sibilo de descrença e negação.

– Porque o amor machuca, não é? Sentimentos podem machucar. Se importar abre *possibilidade* para a dor, que pode ser muito apavorante. Sabe, depois que foi embora naquela noite e minha carreira esfarelou, eu me senti dopada. Sei como pode ser reconfortante. Algumas vezes é necessário, mas só durante algum tempo. Faz parte do sofrimento. Você precisava escolher. Escolher viver, escolher amar. – Ela pausou, então deu o golpe: – Ou me escolher.

– Eu quero escolher você – disse ele, numa voz tão baixa, que Abby teve de se esforçar para ouvir. – Mas... – Ele baixou a cabeça, os ombros encolhidos, uma das mãos se erguendo para cobrir o próprio rosto. – Tenho sentido tanto *medo*.

– Ah, Luc... – A voz de Abby desabou juntamente à resolução, e ela o abraçou. Ele se rendeu ao abraço.

– Na outra noite – começou ele hesitante –, depois que deixei você no hospital, comecei a me perguntar se todas essas coisas nas quais eu acreditava... Talvez não fossem verdadeiras, afinal. Eu acreditei que você ficaria melhor sem mim. Acreditei que a despontaria ou magoaria, e também pensei que estava fazendo a coisa certa. Então eu percebi, quando fui ao Chateau Mirabeau...

– Você foi ao Chateau Mirabeau? – sussurrou Abby, sem entender muito bem por que aquilo a dava esperança.

– Sim. Eu ia vendê-lo, você sabe, naquele dia em Paris. Pensei... Pensei que me ajudaria a esquecer tudo que passou. Mas você não pode fugir do passado, apenas pode tentar curá-lo. – Ele segurou o rosto dela. – Abby, eu achei que estivesse sendo nobre. Pensei que a estava protegendo. Mas você está certa... Eu estava protegendo a mim, na verdade.

Abby aguardou, prendendo a respiração, *esperançosa*.

– Tenho tido medo de sentir... de amar. – Ele tomou fôlego tal qual um afogado ansiando por ar. – Medo de machucá-la, mas também medo de ser magoado. – Abby sabia o quanto devia estar custando a ele fazer tal confissão, ficar tão vulnerável. – Eu agi de forma egoísta ao deixá-la, ao dizer que não podia lhe dar o que você precisava. Tinha a ver com medo e autopreservação, e não com os motivos altruístas que preferi atribuir às minhas atitudes.

– Mas você está sendo honesto agora – sussurrou Abby. – Por quê?

– Porque, quando a vi no hospital, tão pálida, tão *inerte*... – Luc engasgou, e Abby viu um reflexo de lágrimas nos olhos dele. – Eu percebi que poderia perdê-la... Perdê-la de verdade. Aquilo me apavorou, Abby. Por todo esse tempo, tenho me dito que deveria deixá-la ir, e então, quando isso se tornou uma possibilidade, não uma escolha... Foi aí que fui para o Chateau Mirabeau. Andei pelos quartos e percebi que não podia vendê-lo. Não *deveria* vendê-lo. É parte de mim, e vendê-lo não iria me trazer realização. Apenas o amor por você faria isso.

– Luc, você sabe o que Mireille me contou... sobre o acidente?

– Ela me contou também enquanto você estava no hospital. E, enquanto fico feliz por saber que Suzanne não se matou, percebo que isso tinha a ver comigo, não com ela. Tem a ver com a minha coragem para correr riscos e escolher amar. Escolher você. Então, a pergunta é, você vai me escolher?

– Se eu vou escolhê-lo? – repetiu Abby, sorrindo. Aquela noite em Paris não fora bem uma escolha, ela percebia agora. Fora um conto de fadas, o despertar. E ela sabia, com toda certeza, qual escolha faria.

– Eu escolho você – disse ela simplesmente.

Ele a abraçou, fazendo-a se sentir mais confortável do que jamais se sentira.

Um choro agudo tomou o ambiente, e Luc sorriu.

– E parece que alguém está fazendo uma escolha também – murmurou ele. – Escolheu acordar.

Rindo, os dedos ainda entrelaçados aos de Luc, Abby foi cuidar da filha.

EPÍLOGO

Três meses depois

O AR estava cálido, porém com um traço frio, e as folhas tingidas de amarelo quando Luc passou pela estradinha. O Chateau Mirabeau estava jovial e dourado sob o sol de setembro, as vidraças brilhando sob a luz, as últimas flores do verão ainda preenchendo o jardim, o perfume pesado no ar.

Luc estacionou e se virou para o banco traseiro, onde Emilie dormia. Abby desceu do banco do passageiro.

– Feche os olhos – disse Luc a ela.

– Por quanto tempo?

– Até eu dizer para abrir. – Ele a pegou pela mão, guiando-a através da estrada de cascalhos até os degraus da entrada do castelo. Abby ansiava por abrir os olhos, para ver todas as mudanças que Luc fizera, porém foi obediente e manteve as pálpebras cerradas.

– Aonde está me levando?

– Você vai ver.

Um pouco desorientada, ela se deixou guiar por um labirinto de cômodos até finalmente parar.

– Pode abrir.

Ela os abriu lentamente, piscando um pouco quando se deparou com a sala de música, toda redecorada. O magnífico piano Erard estava completamente restaurado, dourado e brilhante. Alguns sofás e cadeiras estrategicamente posicionados em volta do ambiente, perfeitos para uma reunião informal ou um pequeno concerto. Abby foi em direção ao piano. Hesitou, pois não tocara adequadamente nos últimos oito meses. Os dedos doíam pela necessidade de fazer música, sentir as teclas macias sob as mãos.

Luc esperou silenciosamente, encorajando-a, com a filha nos braços. E, então, Abby tocou. A música fluiu como seda no ambiente, envolvendo-os numa melodia sedutora. A *Apassionata*. Mas ela não soava mais triste.

Soava apaixonada, até mesmo urgente, um apelo alegre para viver a vida. Para aproveitar enquanto fosse possível. Para ser grata. Ela fechou os olhos, aspirando as notas, vivenciando a música como se fosse ar, água, sustento.

Luc não falou até a última nota desfalecer, e então Abby se virou para ele, sentindo lágrimas no rosto. Lágrimas de felicidade. Ela as limpou, sem pudores, sorrindo.

– Obrigada.

– Obrigado a *você* – respondeu ele, a voz leve e sincera. Ainda sorrindo, Abby o pegou pela mão e foi até o terraço, de onde eles assistiram ao sol enviar seus raios dourados sobre os campos gramados e as parreiras do vinhedo Toussaint. A terra que, um dia, pertenceria a Emilie...

Um pássaro piou suavemente. O coração dela estava cheio, maravilhosamente cheio. Abby sabia que estava tudo bem.

Kim Lawrence

JURAS SECRETAS

Tradução
Dinah Kleve

CAPÍTULO 1

O VENTO ergueu a saia de Dervla quando o helicóptero levando seus convidados levantou voo. Seu marido – ela demorara três meses para conseguir usar o termo, mesmo em pensamento – riu com gosto ao ver seus esforços frenéticos para manter o tecido sobre suas coxas.

Ela lhe lançou um breve olhar de repreensão, evitando seu olhar jocoso, pois em meio a seu divertimento havia um brilho insolente e sensual que fez sua mão tremer levemente quando tentou ajeitar o cabelo ruivo despenteado, o que não era nada fácil em se tratando de seus cachos de estilo pré-renascentista.

Gianfranco não fez qualquer tentativa de arrumar os cabelos escuros. Também não era preciso. Não podia estar mais deslumbrante com seus belos traços de anjo, sua pele morena e seu belo corpo musculoso de 1,90 metro de altura!

Tão deslumbrante que provocou uma descarga hormonal em Dervla e fez seus músculos se contraírem ao olhar para ele; sua beleza sempre a deixava com a garganta seca, essa emoção ela não tinha dificuldade em nomear, mas decidiu não fazê-lo!

Não fora preciso incluir o fato de não se poder mencionar a palavra amor nos votos de casamento. Gianfranco já havia deixado os seus sentimentos a esse respeito bastante claros quando a pedira em casamento.

Ele a havia pedido em casamento!

Aquilo era realmente muito estranho.

Gianfranco arqueou uma sobrancelha e olhou para ela, com um ligeiro sorriso provocante.

– O que significa esse sorriso enigmático, *cara mia*?

Dervla estremeceu quando ele traçou a curva da sua boca com a ponta do seu longo dedo e baixou o rosto em direção ao dela como uma flor à procura da luz do sol. Ela encostou o rosto corado em sua mão enquanto olhava para ele, maravilhada com a simetria das maçãs de seu rosto, dos olhos aveludados e escuros e dos lábios sensuais.

– É que eu às vezes tenho que me beliscar para ver se é verdade. Tudo parece um sonho...

Suas sobrancelhas escuras e bem-delineadas se curvaram acima do nariz aquilino.

– E machucar uma pele tão perfeita? – disse ele, permitindo que o dedo descesse, deslizando sensualmente pelo pescoço até se deter na garganta.

Dervla engoliu em seco quando o calor lascivo dos olhos escuros dele provocou um frio em sua pele e fez o seu pulso acelerar.

– Eu não consigo pensar direito quando você me olha deste jeito e nós ainda temos um convidado, Gianfranco – protestou ela, sentindo o coração descompassar quando ele lhe lançou um sorriso sexy, aprofundando os vincos ao redor de seus olhos escuros e ousados.

– Carla? – disse ele, dando de ombros ao falar de sua prima distante. – Eu nem sei por que você a convidou. A ideia era passarmos um fim de semana com Angelo e Kate.

A leve repreensão fez os olhos verdes de Dervla se arregalarem de incredulidade.

– Eu a convidei?

Gianfranco não só havia convidado a estonteante morena oficialmente, como também se esquecera completamente de mencionar isso a ela!

Quando a mulher aparecera, impecável, como sempre, com uma bagagem mais apropriada para um cruzeiro de luxo de dois meses de duração do que para um fim de semana informal no campo, Dervla teve que se controlar e fingir que estava a sua espera.

Gianfranco também não havia ajudado muito quando a encontrara, ao sair pingando da piscina, observando-o do alto de suas roupas finas.

O seu "o que você está fazendo aqui, Carla?" não fora a recepção mais calorosa do mundo!

Ele, na verdade, dissera aquilo em italiano, mas o domínio de Dervla da língua estava progredindo a ponto de ela conseguir compreender o essencial de conversas rápidas como aquela. Dervla ainda estava muito preocupada com o seu sotaque, mas Gianfranco tinha lhe garantido que ele era muito sexy.

Dervla não acreditava naquilo, mas era sempre muito lisonjeiro ser chamada de sexy, especialmente por um dos homens mais cobiçados por todas as mulheres com menos de 90 anos que o conheciam!

– Eu sei que vocês duas são amigas, mas eu gostaria de ter a minha esposa para mim de vez em quando.

Amigas?

Dervla sentiu-se culpada.

Se não fosse pelas sugestões prudentes de Carla, ela poderia ter cometido uma série de gafes terríveis. Dervla, na verdade, cometera algumas mesmo assim, mas apenas porque nem sempre havia seguido seus conselhos.

Fora Carla quem lhe havia fornecido a identidade da linda jovem casadoira que se jogara para cima de Gianfranco na pista de dança quando todas as outras pessoas a quem ela perguntara haviam mudado de assunto ou alegado ignorância.

Ela lhe explicara tudo a respeito do relacionamento intermitente da loura com Gianfranco. Parecia que eles reatavam sempre que convinha a ambos.

– Trata-se mais de um hábito do que efetivamente um relacionamento – observara ela desdenhosamente.

E hábitos, pensara Dervla, observando a ex-namorada de Gianfranco deslizar as pontas de seus dedos de unhas escarlates pela lapela dele antes de beijar seus lábios, eram coisas muito difíceis de se abandonar, ainda que se quisesse, e ela não estava bem certa se era esse o caso de Gianfranco!

Carla aconselhou-a a não trazer o assunto à tona.

– Você não deve ficar insegura a esse respeito, Dervla. Tenho certeza de que ele jamais a desrespeitaria lhe sendo infiel.

Carla fora a única que não se fechara quando ela mencionou o nome de Sara, a primeira esposa de Gianfranco, mãe de seu filho.

– Ele a adorava – confidenciara-lhe Carla, ao entrar em um aposento e encontrar Dervla fitando um retrato em que Sara aparecia com o recém-nascido Alberto em seus braços, com a aparência serena de uma Madonna resplandecente.

Aquilo não era exatamente uma novidade, mas deixara o coração de Dervla apertado.

Se ela tivesse que considerar alguém aqui na Itália como seu amigo, este alguém certamente seria Carla. Apesar disso, porém, ela nunca se sentira completamente à vontade na companhia daquela italiana sofisticada.

Talvez, pensou, aquilo se devesse ao incidente ocorrido pouco depois da sua mudança para a Toscana, quando ainda estava insegura. Era perfeitamente compreensível que as pessoas tivessem suposto que Carla era a esposa de Gianfranco. Aquela italiana elegante era o tipo de mulher com quem se esperava que um bilionário italiano incrivelmente atraente estivesse casado.

Mas ele escolhera a ela, lembrou-se, erguendo o queixo numa atitude desafiadora.

– Nós devíamos voltar para casa. Carla ficou sozinha. – Ela mordeu o lábio inferior e fez uma careta. – Acho que nós a negligenciamos um pouco durante este fim de semana – refletiu ela, sentindo-se um pouco culpada.

Assim que Angelo e Kate chegaram, os dois homens haviam trocado os ternos por jeans e camisetas e tomado o caminho das colinas montados em cavalos, enquanto a esposa grávida de Angelo não conseguira, obviamente, conversar sobre outra coisa além da sua gravidez.

– Carla não é o tipo de mulher que se sente muito à vontade na companhia de outras mulheres – considerou Dervla. – E ela definitivamente não gosta de conversar sobre bebês – acrescentou ela, lembrando-se da expressão entediada de Carla e de seus bocejos.

Gianfranco enfiou os polegares nas presilhas do seu jeans e voltou a apreciar a paisagem panorâmica do vale, enquanto eles seguiam pelo caminho ladeado de árvores que conduzia à casa.

– E você? – Seus olhos com cílios cor de ébano se voltaram rapidamente na direção dela novamente, com uma expressão indecifrável. – Gostou de ficar conversando sobre bebês?

Sem se deixar enganar pelo tom casual, Dervla percebeu exatamente o que Gianfranco estava querendo saber.

Se a proximidade com a gravidez de Kate era uma lembrança dolorosa da própria infertilidade. Se aquilo fazia com que ela se lamentasse pelo filho que jamais poderia gerar para o homem que amava.

Se fosse honesta a respeito do assunto – o que ela nunca era, nem sequer para si mesma –, Dervla seria obrigada a responder afirmativamente para a sua pergunta. Ou ao menos, teria, mas as coisas tinham mudado. Uma excitação tomou conta dela, fazendo com que baixasse rapidamente os olhos como um escudo, pois teve certeza de que ele conseguiria ver a esperança que nutria, e aquele não era o momento certo.

Ela não queria ser interrompida quando contasse as novidades a Gianfranco, e a prima Carla parecia ter um instinto para aparecer no momento errado!

– É claro.

Tomando o queixo dela entre os seus dedos longos, Gianfranco baixou o seu rosto até o dela.

Ela se mexeu desconfortavelmente sob o seu escrutínio, mas não desviou o olhar. Depois assentiu, aparentemente satisfeito com o que vira em seu rosto.

Dervla ficou surpresa, mas aliviada. Normalmente era impossível deixar passar até meia verdade pelo crivo de Gianfranco.

– Pobre Carla – disse ela quando ele afastou a sua mão. – Não acredito que ela possa entender como você e Angelo passaram o fim de semana livre cozinhando. Acho que ela não se considera à altura desse tipo de coisa.

Dervla talvez tivesse suposto o mesmo quando as únicas coisas que sabia sobre o cruel e bem-sucedido financista bilionário, Gianfranco Bruni, vinham das manchetes que lia sobre ele. Não que ele não fosse o mesmo homem mencionado com respeito nas páginas sobre finanças, com admiração e, em algumas circunstâncias, até temor. Ele era muito mais.

Era um homem complexo, de muitas facetas. Um homem a quem se levaria toda uma vida para compreender e que deixaria qualquer um louco por simplesmente tentar!

– Eu não estou com a menor intenção de falar da Carla – disse o seu marido, retomando a sua arrogância masculina. O calor que ardia em seu olhar sensual fez a temperatura de Dervla se elevar em poucos segundos. – O que eu queria mesmo neste momento é que você estivesse embaixo de mim – observou ele, deslizando suas grandes mãos pelos ombros dela.

Com os olhos arregalados fixos nos dele, Dervla não resistiu quando ele a puxou para mais perto de si, sentindo um calor intenso em seu ventre e as suas pernas fraquejarem.

– Carla... – disse ela ainda, tentando se agarrar a um resto de sanidade e bom-senso.

Gianfranco apenas sorriu, inabalável em sua autoconfiança masculina. Dervla poderia até ter se zangado com a sua prepotência, não fosse pelos tremores que sentiu percorrerem o corpo dele. Podia perdoá-lo por transformá-la numa escrava enlouquecida pelo próprio desejo, pois, surpreendentemente, ela fazia o mesmo com ele, com seus cabelos ruivos e sardas. Aquele homem tinha um gosto muito peculiar, mas quem era ela para discutir sobre isso?

Com os olhos ainda fixos nos dela, Gianfranco deslizou a mão para baixo, acompanhando os contornos de seu seio pequeno e firme com a ponta dos dedos antes de tomá-lo completamente na mão, sentindo o seu calor contra a palma de sua mão.

O desejo que se apoderou dela foi instantâneo, como uma chama que a lambia por dentro. Dervla jogou a cabeça para trás, fechou os olhos, com o rosto afogueado, soltando um profundo suspiro.

Gianfranco a enlaçou pela cintura, segurando-a com força quando sentiu que ela estava perdendo o equilíbrio, e pressionou a sua boca com firmeza contra a maciez de seu pescoço.

– Você tem ideia do quanto eu a desejo? – Antes que Dervla tivesse chance de responder à pergunta áspera, como se ela, alguma vez, fosse capaz de fazer algo mais que gemer, Gianfranco tomou-lhe a mão e a pressionou contra a sua ereção, aprisionada em sua calça. – Este tanto.

Ela se sentiu dissolver internamente, tomada de um desejo selvagem. Um calor invadiu a sua intimidade, fazendo cada partícula do seu corpo latejar de prazer e avidez.

Gianfranco sentiu-a arfar e tremer. Quando ela abriu os olhos, ele pôde notar que as suas pupilas dilatadas quase haviam encoberto o verde de suas íris.

– Gianfranco, nós não deveríamos... – sussurrou ela, enquanto no fundo pensava que morreria de frustração se eles não o fizessem.

Seus hálitos quentes se misturaram quando ele mordiscou o lábio inferior de Dervla. Deslizando a língua pelo contorno dos seus lábios cheios, macios e trêmulos, Gianfranco roçou o nariz contra o dela.

– Deveríamos sim – opôs-se ele, inclinando a cabeça para colar a sua boca na de Dervla.

A língua de Gianfranco se insinuou na direção da dela, fazendo com que um gemido escapasse de seu peito.

– Você tem ideia do quanto é deliciosa? – perguntou ele, apertando as suas nádegas com uma das mãos, trazendo-a para mais junto do seu corpo. Com a outra mão, ele começou a acompanhar os contornos delicados do rosto dela. – Eu não seria capaz de passar um único dia sem sentir o cheiro da sua pele, sem ver o seu rosto, sem tocá-la...

Ela jogou a cabeça para trás e olhou diretamente para seus olhos abrasadores. Ela queria, na verdade, ansiava por dizer-lhe que o amava, mas conteve as palavras proibidas e apenas sussurrou:

– Mostre-me o quanto você me quer, Gianfranco.

Vendo a chama que ardia nos olhos dele, Dervla se ergueu na ponta dos pés e então colou a sua boca suavemente na dele. Quando ela começou a se afastar, ele xingou baixinho, agarrando a sua nuca e enterrando a boca na dela, beijando-a como estivesse drenando toda a vida que havia dentro dela.

Um silêncio pontuado pelos sons de respirações ofegantes e gemidos roucos pulsou por entre as árvores, testemunhas silenciosas, enquanto eles arrancavam febrilmente as roupas um do outro, até ficarem completamente nus, um contra o outro.

Gianfranco tomou um dos mamilos enrijecido em sua boca, fazendo-a arquear todo o corpo delgado, enlouquecida de prazer. Ele traçou uma trilha de beijos descendo por sua barriga enquanto seus dedos exploraram os cachos macios entre as suas pernas, antes de deslizar mais fundo dentro dela.

Sentindo-se como se estivesse se afogando num mar de prazer, Dervla deslizou os seus dedos pelos contornos dourados, escorregadios de suor de seus ombros e implorou:

– Agora, por favor! Meu Deus, Gianfranco, por que você é tão bom nisto? – gemeu ela quando ele atendeu de bom grado ao seu apelo.

– Olhe para mim! – ordenou ele, enquanto a penetrava, mergulhando profundamente em seu calor. – Eu quero ver o seu rosto.

Seu próprio rosto estava afogueado. Seus olhos estavam tão interligados quanto seus corpos, movendo-se num só ritmo, num silêncio entremeado de gemidos, até que um grito feroz de prazer explodiu dos lábios de Dervla, atingida pelas primeiras ondas do clímax.

Quase ao mesmo tempo, ela o sentiu pulsar ardentemente dentro de si.

ESTENDIDO PREGUIÇOSAMENTE sobre o chão de musgo, Gianfranco a observou enquanto ela começava a se vestir, com os braços cruzados atrás das suas costas, esforçando-se para fechar o sutiã.

Ele reagiu à onda de ternura que se apoderou dele com o seu mantra habitual: "É só desejo, uma coisa puramente sexual", perguntando-se por quanto tempo ainda aquela justificativa vingaria.

– Você bem que podia me ajudar.

– Meu talento reside em tirar lingeries e não colocá-las. Além do mais, você não precisa disso – disse ele. – Eu prefiro você livre, especialmente sob uma blusa de seda.

– Quer dizer que você acha os meus seios pequenos demais – disse Dervla, fingindo ter ficado ofendida ao arrancar a sua blusa das mãos de Gianfranco.

O casamento com Gianfranco a curara de qualquer insegurança que pudesse ter em relação ao corpo. Ele gostava do seu corpo e a havia ensinado a sentir o mesmo.

Gianfranco riu.

– Nada disso, *cara*! Eles cabem perfeitamente em minhas mãos – lembrou-lhe ele, estendendo a mão e flexionando os dedos insinuantemente para ilustrar o que dizia.

Dervla virou a cabeça rapidamente, mas não antes de ele ter oportunidade de ver o rubor que cobriu o seu rosto. O fato de ela ser capaz de corar quando ele ainda podia sentir o seu sabor nos próprios lábios e já conhecia cada centímetro do seu corpo melhor até que o seu o fez sorrir.

– Você está vermelha.

Ela jogou o cabelo para trás e se virou, abotoando a camisa.

– Você gosta mesmo de me atormentar.

Gianfranco se ergueu num movimento fluido. Afastou o cabelo dela do rosto e deu um beijo quente em seus lábios entreabertos.

– Isso me parece mais que justo, *cara*, já que você também me atormenta. – Aquela era a mais pura verdade. Embora tivesse saciado a urgência de seu desejo, ele nunca precisava de muito para reacender toda vez que a olhava ou pensava nela. Gianfranco jamais sentira algo sequer parecido. – No que você está pensando? – perguntou Gianfranco, avaliando o seu rosto com aquela intensidade que sempre lhe dava a impressão de que ele era capaz de ler a sua mente.

Dervla balançou a cabeça.

– Eu só estava pensando... – disse ela, observando-o enquanto ele afivelava o cinto sobre os quadris estreitos e começava a abotoar a camisa sobre o abdômen musculoso e bem-definido. – Tudo isto...

– disse ela com um gesto abarcando a bela paisagem toscana com suas colinas repletas de oliveiras e o palácio restaurado que, à exceção da época em que o pai de Gianfranco o perdera num jogo de pôquer, estava na sua família desde o século XV.

Sua vida era muito mais simples há um ano. Agora ela era a dona de uma vasta propriedade e de muitas outras casas luxuosas pela Europa, incluindo uma casa de campo com tudo o que tinha direito, e estava casada com um homem bilionário poderoso e enigmático.

– Isto tudo é muito diferente da vida que eu vivia antigamente.

Haviam ocorrido tantas mudanças no último ano que, às vezes, quando se olhava no espelho, Dervla mal reconhecia a mulher ali refletida, e isso não tinha nada a ver com as roupas que passara a usar!

As mudanças haviam sido bem mais profundas.

Dervla, porém, não tivera outra escolha senão se adaptar ao se ver mergulhada num ambiente completamente estranho e desconfortável para ela.

Há um ano, ela teria rido histericamente se alguém tivesse lhe dito que ela era capaz de tirar um hospital infantil, financiado pela iniciativa caridosa do império financeiro de Gianfranco, da mesa de projetos e transformá-lo numa realidade.

Certamente teria sucumbido a um ataque de pânico ao pensar em promover grandes eventos em que receberia políticos, a fina nata de Hollywood e príncipes europeus.

Ela franziu levemente a testa ao pensar em seu enteado, a quem adorava. Aquele poderia ter sido o maior desafio de todos, se Alberto tivesse dado mostras de qualquer tipo de apreensão em relação a ela, sua nova madrasta, ou se Gianfranco não tivesse deixado bem claro que não queria que ela interviesse na educação de seu filho.

Dervla já não se lembrava mais de qual tinha sido o motivo para aquela discussão, mas se lembrava bem das palavras que Gianfranco lhe dirigira quando ficaram finalmente a sós.

– Alberto e eu estamos sozinhos há muito tempo... Nós sabemos como lidar um com o outro.

A admiração de Dervla foi sincera.

– Sei que você é um grande pai. Eu só estava...

– Não vou permitir que você me desautorize na frente do meu filho, Dervla.

– Eu não estava tentando...

Ele interrompeu o seu protesto com um gesto impaciente.

– Crianças – disse ele, aparentemente sem se dar conta de que a insultara – precisam de continuidade.

– Você quer dizer que crianças são para sempre e esposas são temporárias.

A irritação de Gianfranco ficou estampada no olhar de aço que ele lhe lançou.

– Se você prefere colocar as coisas desta maneira...

Ela tentou disfarçar a mágoa por trás da agressividade.

– Foi você quem colocou as coisas deste modo.

A maneira negligente como ele deu de ombros fez com que ela fizesse um comentário infeliz – ela soube disso assim que o proferiu – sobre a sua primeira esposa, já falecida.

– Suponho que você não tenha dito à mãe de Alberto que não era para sempre quando a pediu em casamento, não é?

A expressão dele ficou fria e distante.

– Meu casamento com Sara não vem ao caso. Eu não me casei com você para dar uma mãe a Alberto.

– Eu às vezes me pergunto por que você se casou comigo, afinal – revidou ela infantilmente.

A chama quente que ardia em seus olhos quando ele a agarrou pelos ombros e a puxou para junto de seu corpo fez suas pernas fraquejarem.

– Eu a pedi em casamento porque você não teria aceitado ser minha amante, e porque eu não estava mais conseguindo pensar direito sem ter você na minha cama e não queria dividi-la com nenhum outro homem.

Ele não fizera nenhuma menção à palavra amor, mas a beijara ardentemente e, três segundos depois, ela já havia deixado de pensar por completo.

Dervla suspirou. Era sempre assim quando Gianfranco a tocava: seus princípios e seu orgulho simplesmente desapareciam. Fora por isso que ela acabara se casando com um homem que nem sequer fingia amá-la, embora, por uma fração de segundo, sua mente tivesse feito essa suposição quando ele a pedira em casamento.

– Mas você mal me conhece! – protestara ela então. – As pessoas levam tempo para se apaixonar, Gianfranco e...

Ela se deteve e empalideceu ao se dar conta da verdade; ao menos o que ela acreditava ser a verdade na época. O tempo não era primordial quando se tratava de paixão. Algumas pessoas não precisavam de muito tempo para se apaixonar. Ela mesma levara apenas um segundo para cair de amores por ele e, por incrível que parecesse, o mesmo havia ocorrido com Gianfranco. Ele apenas tivera o bom-senso de reconhecê-lo.

Dervla ergueu os olhos aturdidos em direção ao rosto devastadoramente bonito de Gianfranco com uma frase ecoando em sua mente: "Eu realmente o amo." Um suspiro escapou de seus lábios entreabertos e um sorriso alegre se estampou em seu rosto.

Notou que Gianfranco também estava sorrindo, mas era um sorriso cínico.

– Eu não estou à procura de amor. – O sorriso de Dervla permaneceu congelado em seu rosto, embora a luz em seus olhos tivesse desaparecido. – Se é que isso realmente existe.

– Você, pelo jeito, não acredita nisso.

Gianfranco arqueou uma sobrancelha e esboçou um sorriso irônico.

– Fora dos contos de fada? Você tem ideia de quantos casamentos atualmente duram mais que alguns poucos anos?

– Quanto tempo então você supõe que o nosso suposto casamento poderá durar?

– Não se pode estabelecer um tempo determinado quando há tantas variáveis desconhecidas.

Oh, Deus, e havia quem dissesse que não existia mais romantismo nesse mundo!

– Está me propondo então que permaneçamos juntos até que o brilho da nossa relação se apague ou algo melhor apareça?

– Você acha que é mais corajoso e nobre permanecer num casamento por obrigação? – Ele balançou a cabeça. – Isso não é nobreza. No melhor dos casos é hábito, e no pior é preguiça e temor. Eu estou sendo realista. Você preferia que eu usasse todos aqueles clichês sobre nós sermos destinados a ficar um com o outro por toda a eternidade?

– Algumas pessoas são. Meus pais estavam casados há 35 anos quando morreram.

– Um acidente?

– Um caminhão bateu no vagão em que eles estavam viajando. Dez pessoas morreram na ocasião, inclusive meus pais.

– Quantos anos tinha?

– Dezoito. Eu estava no meu primeiro ano de treinamento como enfermeira.

– Sinto muito. Bom que seus pais tiveram um casamento feliz, mas não tenho como prever o futuro. Eu não faço ideia de como vou estar me sentindo daqui a cinco, dez anos, mas sei como estou em sentindo agora. E agora – disse ele num tom de voz que fez com que todos os nervos do corpo de Dervla despertassem – eu a quero.

AQUILO JÁ acontecera há um ano, e ele ainda a queria e a incluía em todos os seus planos.

O que você vai fazer quando isso não acontecer mais?

Ela sentiu um aperto de temor no peito, soltou um gritinho e enterrou a cabeça no peito de Gianfranco.

– Eu estou feliz! – declarou ela desafiadoramente.

Atordoado com a sua atitude, Gianfranco olhou para sua cabeça por um momento antes de brincar com um de seus cachos, esticando-o e depois deixando-o retomar a antiga forma.

– Feliz?

Dervla sentiu as mãos dele sobre seus ombros e enterrou o rosto mais fundo em seu peito, fechando os olhos e sentindo o calor do corpo firme e masculino invadi-la quando ele a envolveu em seus braços.

– Sim, eu estou feliz.

Todos tinham a própria receita de felicidade, mas a de Dervla tinha um ingrediente vital: Gianfranco.

As coisas podiam não ser perfeitas entre eles, mas a alternativa era ficar sem Gianfranco, e esta era uma opção que ela nem sequer ousava contemplar; por isso dissera sim a sua proposta.

Gianfranco tomou o rosto dela em uma das mãos, enquanto enterrava a outra em sua nuca, sentindo os cachos sedosos dela contra seus dedos, enquanto observava seu rosto.

Ele se lembrou da expressão de Dervla quando lhe disse que não poderia se casar com ele porque não podia ter filhos.

"*Dio mio*, eu sou quase tão sensível quanto aquela pedra", pensou ele, chutando uma pedrinha com a ponta do sapato.

Como ele queria que ela se sentisse depois de passar um fim de semana inteiro com uma mulher grávida que não tinha outro assunto além de bebês? Era claro que ela se importava mais com aquilo do que queria admitir.

Dervla fora direta sobre o assunto desde o início.

Ele é que não havia sido tão sincero em sua resposta.

Vira a gratidão em seus olhos quando lhe garantiu que a sua incapacidade de gerar filhos não fazia diferença para ele. Dervla obviamente não tinha acreditado numa palavra, mas ele não fizera nenhum esforço para dissuadi-la da ideia de que ele estava sendo gentil.

Ao contrário do que ela acreditava, não havia qualquer sacrifício de sua parte naquela atitude. Sua reação, na verdade, fora de alívio!

– Feliz? Quer dizer então – disse ele limpando provocadoramente uma lágrima que rolava por sua face – que esta é uma lágrima de alegria?

Dervla não respondeu. Em vez disso, perguntou:

– Você está feliz, Gianfranco?

– E o que é felicidade? – Ela notou o vestígio de irritação em seu rosto com aquela pergunta e pensou que ele não precisaria fazê-la se estivesse feliz. – Eu estaria mais feliz – disse ele, tomando a mão dela na sua – se Carla decidisse ir para casa esta noite.

CAPÍTULO 2

O DESEJO de Gianfranco não foi atendido.

Ao voltarem para casa, encontraram Carla usando um maiô incrustado de lantejoulas feito obviamente mais para exibir o corpo perfeito ao lado de uma piscina do que para nadar. Ela perguntou a Gianfranco se poderia ter um lugar em seu helicóptero na manhã seguinte.

– Achei que tinha compromissos hoje.

– Não, sou toda sua – respondeu ela, aparentemente sem se dar conta da insinuação contida na fala de Gianfranco. – Além disso, os empregados já estão de volta, de modo que vocês não vão precisar se enfiar na cozinha. Vocês são tão excêntricos – murmurou ela, balançando a cabeça antes de pedir com um belo sorriso para que Gianfranco passasse protetor em suas costas.

Dervla enrijeceu, cerrando os punhos instintivamente ao imaginar as mãos de Gianfranco deslizando sobre a pele quente e macia de Carla.

– Não creio que você esteja correndo o risco de se queimar, Carla. Já são 18h30 – respondeu Gianfranco.

Dervla lançou um sorriso rápido para Carla e o seguiu.

– Não seja tão rude com a Carla.

Ele arqueou uma sobrancelha.

– Você queria que eu passasse protetor em outras mulheres? Acho que não. Eu vi a sua cara. Você a teria empurrado na piscina se eu tivesse tentado.

Gianfranco não parecia incomodado com a descoberta.

Dervla enrubesceu.

– Não, eu teria jogado você na piscina, mas Carla é assim. – "Seja tolerante, Dervla. Tolerante", ordenou a si mesma. – Ela age assim com todos os homens.

Ele fez uma careta.

– Você quer dizer que ela dá em cima de todos os homens.

Dervla arregalou os olhos.

– Ela nunca... se engraçou com você, não é?

Gianfranco jogou a cabeça para trás e riu.

– Ela realmente não é o meu tipo, *cara* – garantiu-lhe, acariciando seu rosto. – Você não precisa se preocupar com os sentimentos dela. Carla tem a pele grossa. Não lhe mostramos a porta da rua e agora precisaremos aguentá-la até amanhã. O melhor que temos a fazer é colocar um sorriso no rosto.

DURANTE O jantar, porém, Gianfranco se mostrou pouco inclinado a seguir o próprio conselho, tendo os sorrisos extras ficado a cargo da própria Dervla.

Quando Carla estava no meio de uma longa descrição de todas as pessoas famosas que conhecia, os músculos do rosto de Dervla já estavam doendo.

– Qual era a finalidade do baile de caridade? – perguntou ela quando Carla fez uma pausa para respirar.

A mulher ficou olhando para ela sem expressão alguma por um momento.

– Para que o evento estava angariando fundos?

– Eu realmente não consigo me lembrar.

Dervla mordiscou o lábio e não ousou olhar para Gianfranco, pois sabia que ele a faria cair na gargalhada.

– Eu já lhe falei sobre o príncipe? Um homem realmente encantador.

Antes que Dervla tivesse chance de adotar uma expressão gentil e apropriada, Gianfranco interrompeu com um comentário cortante.

– Sim, Carla, várias vezes.

Dervla olhou reprovadoramente para o marido e disse, tentando dar fim àquele incômodo silêncio.

– Tem certeza de que não quer um pouco desta torta de limão, Carla?

– Não, nada de doces. Eu preciso cuidar do meu peso – disse ela, lançando um olhar para a segunda fatia no prato de Dervla, como que sugerindo que ela deveria fazer o mesmo. – Mas você poderia me emprestar o seu marido por alguns minutos. Eu preciso tratar de alguns problemas financeiros enfadonhos. – Ela olhou inquiridoramente para Gianfranco. – Se não for muito incômodo, é claro.

Houve uma pausa e por um momento Dervla achou que Gianfranco diria que era muito incômodo sim. Ele, porém, se levantou numa atitude mais resignada que disposta.

– Se for urgente.

– Bem, você provavelmente não vai achar que é, mas eu estou muito preocupada.

– Você gostaria de ir comigo até o estúdio? – disse ele olhando para Dervla.

– Eu vou esperar por vocês aqui.

Carla alisou a saia sobre os quadris delgados e deu um tapinha na mão de Dervla.

– Não se preocupe, eu só vou retê-lo por alguns minutos.

Os minutos se transformaram em horas enquanto Dervla esperava sozinha, tomando café. Quando a empregada entrou oferecendo mais uma xícara, ela a recusou e disse-lhe, com um sorriso, que tirasse a mesa.

Cinco minutos depois, ela concluiu que poderia ir se deitar. Ao passar pela porta do estúdio para avisar que ia se recolher, Dervla ouviu o som de gargalhadas que não pareciam nem um pouco relacionadas a qualquer assunto ligado a finanças.

– Eu subirei num minuto! – gritou Gianfranco.

SUA NOÇÃO de tempo acabou se mostrando tão pouco precisa quanto a de Carla. Já era meia-noite quando Gianfranco finalmente veio se juntar a ela no quarto. Ao ouvir os seus passos no corredor, Dervla se enfiou na cama com uma revista.

– O que ela queria?

Ciente de que aquela era uma daquelas situações em que seria muito fácil soar como uma esposa ciumenta, Dervla teve o cuidado de fingir pouco interesse na resposta de Gianfranco. Ela, na verdade, passara a última hora andando de um lado para o outro, de olho no relógio. Não é que tivesse ciúmes de Carla como mulher. Tinha certeza de que Gianfranco não pensava nela desse modo, mas o fato é que eles tinham uma história em comum, uma história da qual ela não fazia parte.

Carla fora amiga íntima de Sara, a mãe de Alberto. Será que a conversa na biblioteca havia tomado aquele rumo?

Embora todas as informações que ela tivesse obtido de Carla só confirmassem a sua suspeita de que Sara havia sido o grande amor da vida de Gianfranco, um até então insuspeitado traço masoquista fazia com que Dervla ansiasse pelos detalhes.

– Tratamos de ações, nada muito urgente.

O mesmo não podia ser dito a respeito do seu desejo de se unir à sua esposa na cama. A luz do abajur sobre o criado-mudo ressaltava os fios dourados de seu cabelo e deixava a camisola quase transparente. O corpo dele enrijeceu ao olhar para ela. Suas curvas delgadas jamais deixavam de excitá-lo.

– Finalmente – disse ele, aproximando-se da cama onde ela estava sentada abraçando os joelhos – eu a tenho inteirinha só para mim.

Ela inclinou a cabeça.

– Este fim de semana foi ideia sua.

– Foi uma má ideia.

Gianfranco sentou-se ao lado de Dervla na cama desabotoando a camisa. Tirou então a revista das mãos dela, dando uma olhada na capa, enquanto Dervla tentava pegá-la de volta.

– O que você está lendo?

– Não é nada. Devolva-me a revista, Gianfranco.

A ansiedade na voz dela fez com que Gianfranco franzisse a testa. Seu sorriso provocador desapareceu ao olhar mais atentamente para a revista e descobrir que se tratava de uma publicação médica.

Dervla suspirou.

– Oh, está bem. Eu não queria lhe contar as coisas desta maneira, mas o médico me sugeriu que lesse este artigo...

– Artigo?

Gianfranco voltou a olhar para a revista. A capa trazia o anúncio a respeito da mais recente pesquisa sobre uma nova droga para tratar do câncer de mama.

Ele sentiu um aperto no peito.

– Qual é o problema? – perguntou ele, dizendo a si mesmo que os seus sentimentos não importavam nesse momento. Ele teria que ser forte para manter uma atitude positiva e ajudá-la.

Ela desviou o olhar e enrubesceu.

– Não há nenhum problema.

Gianfranco tomou o rosto dela em sua mão, erguendo-o suavemente na sua direção enquanto se aproximava dela.

– Você é uma péssima mentirosa. – "Por favor, Deus, não permita que isto esteja acontecendo", implorou mentalmente. – O que quer que seja, nós podemos enfrentar juntos. Sempre há uma esperança. Todo dia são descobertas novas curas para... – Ele se deteve e respirou fundo. – Câncer é apenas uma palavra.

Dervla soltou uma exclamação em negativa, horrorizada, com os olhos arregalados.

– Não é nada disso. Eu juro que não estou doente.

– Não está?

Dervla balançou a cabeça. Gianfranco soltou um suspiro, profundamente aliviado.

Havia, afinal, uma verdade naquele antigo provérbio que dizia que nunca era possível saber o quanto gostávamos de algo, ou alguém, até sermos confrontados com a possibilidade de perdê-lo!

– Tem certeza?

Tomando as mãos dele nas suas, ela se ajoelhou a sua frente e esfregou o seu nariz contra o dele.

– Absoluta.

Ele puxou o rosto dela na sua direção e beijou-a ferozmente nos lábios.

– Se você fizer isso comigo novamente – advertiu ele quando a soltou –, eu sou capaz de estrangulá-la. – Olhou então para o seu pescoço e tomado de desejo acrescentou. – Você entendeu?

Dervla sentou nos calcanhares, ruborizada e deliciosamente despenteada, não parecendo propriamente preocupada com a ameaça.

– Entendi.

– Bem, se nós já estabelecemos que você não vai morrer antes de mim – disse ele tentando usar um tom casual, embora tivesse que enfiar as mãos nos bolsos para esconder o seu tremor –, por que você estava lendo isto?

Os olhos verdes de Dervla brilhavam de excitação ao fitá-lo.

– Veja você mesmo – sugeriu ela, indicando-lhe a página que estava lendo.

Gianfranco não precisou de muito tempo para terminar de ler o artigo. Depois fechou a revista e a colocou de lado, na cama. Tratava-se de um estudo sobre os resultados de um tratamento recém-descoberto para a infertilidade que prometia uma esperança para mulheres que antes não podiam contar com nenhum outro recurso.

– E então? – perguntou ela, ansiosa. – O que você acha? Eles estão procurando mulheres com o perfil adequado para uma nova experiência. Sei que não há muita garantia, mas...

Ele a interrompeu.

– Você está apostando nisso? – perguntou ele, estendendo-lhe os braços.

Ela se aconchegou prontamente ao seu corpo quente e macio.

Gianfranco a segurou num abraço apertado e afagou os seus cabelos.

– Dervla, eu lhe disse que não queria ter mais filhos.

– Eu sei disso. Você foi muito delicado...

– Não foi delicadeza. Era verdade.

Ela se afastou dele com uma expressão chocada, secando impacientemente uma lágrima solitária que rolava pela face.

As lágrimas femininas costumavam irritar Gianfranco profundamente, mas Dervla nunca as usara para manipulá-lo.

Ela era mais intensa que qualquer outra pessoa que ele já havia conhecido.

– Você *realmente* não quer ter filhos. – Ela balançou a cabeça, franziu a testa e então prosseguiu como se estivesse falando consigo mesma. – Não, isso não pode ser verdade. Eu já o vi com Alberto e com as outras crianças. Você lida muito bem com eles e...

– Um bebê dá muito trabalho. Eles acabam com a sua vida social, *cara*. Pode me chamar de egoísta, mas eu não quero voltar para casa e encontrar uma esposa exausta que não é capaz de fazer outra coisa a não ser cair dura na cama.

Ela olhou para Gianfranco como se ele tivesse se transformado num perfeito estranho, não muito atraente, por sinal.

– Você não pode estar falando sério.

– Não fui eu quem mudou de ideia – lembrou ele, asperamente. – Foi você.

– Achei que você ficaria feliz por saber que havia uma possibilidade – disse ela com a voz embargada de lágrimas e desilusão. – Kate vai dar um bebê a Angelo. Eu queria...

– Nós não somos Kate e Angelo. Não é a mesma coisa.

– Você acha que eu não sei disso? – perguntou ela com os lábios trêmulos.

– Eu já tenho um filho.

Um filho por quem ele daria a sua vida, assim como sua mãe havia feito.

Foi isso que lhe deu forças para resistir ao apelo contido nos olhos de Dervla. Gianfranco sabia que ninguém o culpava pela morte de Sara. Ele mesmo sabia racionalmente que nada daquilo tinha sido sua culpa, mas o fato é que se ele não tivesse sido irresponsável para engravidá-la e a convencido a se casar com ele com promessas de uma vida luxuosa, ela ainda estaria viva.

O lábio e a voz de Dervla tremiam ao dizer desoladamente:

– Mas *nós* poderíamos ter um bebê juntos. Eu não tenho um filho. Eu não tenho um filho. O médico me disse que houve muitos avanços no tratamento com inseminação artificial nos últimos anos.

– Você foi ao médico sem me dizer nada... – disse ele, tentando conter o seu crescente sentimento de culpa com a raiva.

– Não me olhe assim, Gianfranco.

– Assim como? – perguntou ele friamente.

Ela lhe lançou um olhar exasperado.

– Acho que você teria ficado mais feliz se eu tivesse lhe dito que estava tendo um caso! – acusou ela.

Outro homem. Aquilo chegava mesmo a ser engraçado... Um riso quase histérico escapou de seus lábios, suavizando por um breve momento as linhas de tensão e de ansiedade ao redor de sua boca.

A expressão de Gianfranco estava dura como pedra. A ideia de Dervla ser tocada por outro homem deixara-o louco.

Dervla suspirou e balançou a cabeça num movimento lento. Teve que fazer muito esforço para conter o seu antagonismo crescente.

– Eu não tive a intenção de esconder coisa alguma. Só queria ter algo concreto para dizer a você. Achei que não devia alimentar falsas esperanças. O médico disse que...

Gianfranco não queria saber o que o médico dissera. Tinha sido da boca de um médico que ele ouvira que o diabetes que Sara havia desenvolvido durante a gravidez não era nada de muito grave.

O diabetes gestacional, explicara ele, era uma coisa muito comum, mas raramente causava maiores problemas depois do parto. E ele, como um tolo, havia acreditado.

Longe de desaparecer depois do parto, a doença de Sara havia progredido até se transformar num diabetes que a deixou dependente de injeções diárias de insulina. E mais uma vez ele fora convencido pela afirmação confiante do médico de que não existia razão alguma para que Sara não vivesse uma vida normal e plena.

Três meses mais tarde enterrou Sara, que morrera de uma overdose acidental de insulina.

– Achei que o nosso casamento fosse baseado na transparência.

– Não o nosso casamento – retrucou ela, saindo da cama para não o estrangular.

– E o que você me diz daquilo que eu quero, Gianfranco? Daquilo que eu preciso?

Ela se enfiou num robe e lhe lançou um olhar de desafio.

– Sempre achei que eu lhe dava o que você queria e necessitava.

– Eu quero este bebê.

– Não existe bebê algum, Dervla.

– Mas pode haver, pode haver! – disse ela numa voz chorosa, frustrada com a sua recusa de sequer considerar o que ela estava dizendo.

– Eu conheço casais que se decidiram pela inseminação artificial. Isso toma conta da vida da pessoa, sem falar no desgaste físico e emocional a que a mulher é submetida.

– Algumas pessoas acham que vale a pena... Se eu nem tentar, vou passar o resto da vida me perguntando como poderia ter sido.

– Esse é um caminho que eu decididamente não pretendo trilhar. Além do mais, de acordo com o que você me disse, as possibilidades de você engravidar são muito remotas.

Se ele tinha que ser bruto para fazer valer a sua palavra, assim seria.

Dervla pressionou os seus punhos cerrados contra o estômago, sentindo-se enjoada.

– Mas há uma possibilidade.

Como Gianfranco não conseguia entender que ela não podia deixar de tentar? Ela sentiu um aperto ainda maior dentro do peito ao vê-lo balançar lentamente a cabeça.

– Não adianta implorar, Dervla. Eu não vou lhe dar um filho.

Ela sentiu os efeitos de uma intensa descarga de adrenalina em sua corrente sanguínea. Talvez não fosse exatamente um filho o que ele não queria, mas sim um filho *dela*.

– Então talvez eu deva procurar alguém que queira fazê-lo.

Se ao menos ele tivesse se enfurecido, se tivesse feito qualquer outra coisa que não jogado a cabeça para trás e rido, ela talvez tivesse se acalmado... Mas ele riu.

– Você acha que eu não seria capaz disso?

Ele parou de rir.

Dervla estremeceu quando seus olhares se cruzaram. Ela nunca vira os olhos dele tão frios.

– Eu sei que não faria.

Se ele pegasse qualquer homem se engraçando com Dervla, faria com que ambos perdessem toda e qualquer graça definitivamente!

– Ah, é assim? – disse ela num tom casual. – O infalível Gianfranco Bruni, afinal, não sabe de tudo!

– O que você está fazendo? – perguntou ele quando Dervla começou a andar de um lado para o outro abrindo as portas e as gavetas, jogando todas as coisas numa bolsa.

– Estou fazendo as minhas malas.

– Não seja ridícula.

Ela pegou o seu passaporte.

– Não, eu finalmente não estou sendo ridícula. Eu devia estar louca quando me casei com você! É o homem mais egoísta que já conheci. Vou usar um dos carros e o deixarei no aeroporto.

CAPÍTULO 3

NÃO HAVIA dúvida quanto ao seu paradeiro.

Sempre que tinha um problema era a Sue, sua melhor amiga, que ela recorria. Uma amiga que jamais exigia qualquer explicação antes que ela estivesse pronta para dá-la.

Suas ações eram tão previsíveis que ela não podia tentar se convencer de que o silêncio de Gianfranco se devia à dificuldade de localizá-la.

Ela nem sequer conseguia imaginá-lo procurando desesperadamente por ela.

A única coisa que ele estava fazendo desesperadamente era ignorar a sua existência e o fato de que ele tinha uma esposa.

Dervla estava pensando na aparente indiferença do marido com a sua viagem quando o telefone tocou.

Ela congelou por um momento e ficou olhando para o aparelho como se ele fosse uma cobra prestes a dar o bote.

Gianfranco bem que merecia que ela o ignorasse.

Antes mesmo de a ideia se formar em seu pensamento, Dervla se lançou sobre ele. Sua mão tremeu ao levantar o fone do gancho.

– Alô – disse ela, mal conseguindo falar por conta do nó em sua garganta.

O sorriso pateticamente ávido em seu rosto desapareceu assim que a voz do outro lado da linha lhe garantiu que não estava vendendo nada antes de começar a usar a sua lábia de vendedor.

Dervla afundou desolada no sofá da casa de Sue, sem coragem de desligar, contendo-se para não perguntar ao seu interlocutor se o aparelho que ele estava promovendo era capaz de fazer um homem se apaixonar por você.

Ou, pelo menos, fazer com que ela deixasse de amá-lo.

Dervla despertou de seus devaneios e disse educadamente:

– Sinto muito, eu não sou a proprietária da casa. Só estou acampada no sofá da minha amiga porque o meu casamento acabou.

E o seu marido parecia não estar dando a mínima. Talvez estivesse mesmo celebrando a sua liberdade, e quem sabe, acompanhado.

A respiração atordoada do outro lado da linha quase a fez sorrir ao colocar o fone no gancho. Olhou para o relógio e mal pôde acreditar quando viu que não passava das 15h.

Cada minuto agonizante daquele dia interminável lhe pareceu durar uma hora. A melancolia se transformou numa dor intensa quando ela permitiu que as lembranças de Gianfranco invadissem a sua mente.

"Lembre-se de que foi você quem foi embora. E ele não veio atrás", disse a si mesma. Ela jamais o perdoaria por isso. O que faria? Passaria a vida inteira junto ao telefone para o caso de ele decidir se lembrar da esposa? Já estava mais que claro que Gianfranco resolveu tocar a própria vida. Não era hora de ela fazer o mesmo?

Uma coisa era certa. Se quisesse manter um mínimo de respeito por si mesma, ela não poderia permanecer naquela posição patética. Teria que começar a fazer planos para o seu futuro como solteira. Felizmente tinha uma boa formação e não teria muita dificuldade em conseguir um emprego, ainda que fosse um trabalho temporário numa agência de empregos. Pegou o controle remoto e ligou a TV sem muito entusiasmo. O rosto que surgiu na tela era o de uma apresentadora lindamente vestida. Alguém cuja vida não parecia um desastre total, como a sua.

– No primeiro aniversário da tragédia...

Dervla arregalou os olhos quando a imagem serena da apresentadora foi substituída pela de uma região devastada pela guerra. Metal retorcido, sirenes tocando e um homem aturdido com sangue escorrendo pelo rosto, elogiando os serviços de emergência.

Como sobrevivente, Gianfranco fora convidado para fazer aquele tipo de serviço, mas como acreditava que se deveria viver o presente e olhar para o futuro e não para o passado, uma atitude levemente irônica para alguém que nunca tinha se recuperado da morte da primeira mulher, ele havia gentilmente recusado.

Como ela podia ter se esquecido de um dia que havia transformado tantas vidas?

Aquele, oficialmente, era o seu dia de folga, mas o hospital em que Dervla trabalhava estava em estado de alerta por causa de uma bomba detonada numa rua muito movimentada e ela, assim como vários outros, foram chamados para trabalhar.

Ao chegar ao hospital, a equipe de plantão na sua unidade já havia liberado tantos leitos quanto possível, transferindo aqueles que estavam em melhor estado para a enfermaria geral para dar lugar às emergências.

O jovem Alberto Bruni fora uma dessas emergências e Dervla havia sido designada para ser sua enfermeira. Assim que as portas foram abertas para deixar passar a maca que carregava a criança vinda do Centro Cirúrgico, ela deu uma rápida olhada no relógio e ficou chocada ao perceber que já estava de plantão há oito horas.

– Dervla, qual foi a última vez que você fez uma pausa?

Ela se voltou sorrindo para John Stewart, o enfermeiro-chefe, que a olhava com uma expressão preocupada. As olheiras abaixo de seus olhos azuis haviam dobrado de tamanho desde o dia anterior. Dervla se perguntou se estava com a mesma aparência.

– Meu paciente acaba de chegar da cirurgia, John. Eu vou esperar até ele estar definitivamente instalado. – Olhou então para os seus dados. – Bruni – leu ela em voz alta. Será que se trata de mais um turista?

– Talvez. Parece um nome italiano.

Dervla franziu a testa e mordiscou pensativamente o lábio inferior.

– Será que ele fala inglês? – pensou ela em voz alta, tentando se antecipar a qualquer problema.

– Bem, talvez ele fale – disse John, baixando a voz e fazendo um meneio de cabeça na direção da porta aberta. – Acha que ele é o pai?

– Quem...?

Dervla se virou e então se deteve, arregalando os olhos ao ver o motivo dos comentários do enfermeiro.

Era impossível não prestar atenção nele. O homem se destacava na multidão e se movimentava com uma graça e destreza que Dervla costumava associar a atletas ou bailarinos.

O pó e a sujeira em seu rosto e cabelos denotavam que ele era um dos pedestres feridos no atentado, e embora suas roupas estivessem imundas e manchadas de sangue, ele as usava com tamanha segurança que só se notava isso depois de muito tempo de observação.

Ela o observou boquiaberta por um momento, e não foi a única no lugar a se esquecer de sua objetividade clínica! Ele era, de longe, o homem mais deslumbrante que Dervla já vira. Ela só havia lido sobre homens deste tipo. Na verdade, ela lera sobre aquele homem em particular. Seu jovem paciente era nada mais, nada menos que o filho de Gianfranco Bruni.

Quase todo mundo no Ocidente lera a seu respeito!

Não era difícil perceber por que ele fascinava os meios de comunicação. Havia com certeza muitos aristocratas italianos oriundos de famílias tradicionais, mas muito poucos construíram um império financeiro praticamente do nada.

Um número menor ainda deles tinha a aparência que um homem desse tipo deveria ter.

Mas Gianfranco Bruni tinha.

Era arrogante, com olhos brilhantes, belos traços e uma boca muito sensual. Seu corpo alto, musculoso e de ombros largos era estonteante.

Tinha também qualidades indefiníveis, como um incrível poder de atração. Relutando em admitir, ainda que para si mesma, que fora aquela a qualidade que mais chamara a sua atenção e fizera o seu cérebro parar momentaneamente de funcionar, Dervla atribuiu sua exaltação ao seu esgotamento físico e mental.

– Esse é o Gianfranco Bruni mesmo?

Era a primeira vez que a mídia não exagerava ao exaltar a aparência de uma celebridade.

O homem a seu lado riu.

– Bem, se não for ele, é seu irmão gêmeo. Tome cuidado com a imprensa, Dervla. Assim que souberem que ele está aqui, vão cair em cima de nós. Avise-me se ele lhe causar qualquer problema.

– Não se preocupe, John. Eu posso lidar com ele.

E o pior é que ela realmente acreditava nisso na época! Mas Dervla não era a primeira a cometer esse erro fatal.

– Atenha-se a seu trabalho e deixe a política para os homens de terno. Falando nisso... eu vou tratar desses dois – disse ele, fazendo um meneio de cabeça pouco entusiasmado na direção de dois administradores de alto nível do hospital que conversavam com o italiano.

– Eles devem estar tentando arrancar uma doação para a unidade de nefrologia – disse ela, brincando apenas em parte.

– Não enquanto eu for o encarregado.

Ele se deteve quando a enfermeira que acompanhara o rapaz se aproximou e exigiu irritado.

– Por que você não disse para o pai esperar lá fora?

– Eu disse – protestou ela. – Pelo menos, tentei. – Mas ele... – Ela olhou na direção do italiano alto e deu de ombros, revirando os olhos. – O que eu podia fazer quando ele me ignorou solenemente? Sentar em cima dele?

Dervla tinha certeza de que não faltariam mulheres dispostas a aproveitar uma chance dessas!

O pai do seu paciente estava imóvel ao lado da maca, avaliando o lugar. Era óbvio que não estava acostumado a ficar assim inativo.

Dervla olhou para a colega de trabalho com compaixão.

– Ela tem razão, John.

Aquele não era um homem que cedesse a qualquer exigência, a menos que quisesse fazê-lo. Era como se trouxesse uma mensagem gravada na testa: "macho dominante".

Os olhos duros como diamantes daquele italiano eram cortantes como uma navalha. Aquilo era impressionante, considerando-se que ele havia passado por uma experiência que teria deixado a maioria das pessoas sedadas sobre uma cama de hospital!

Ela o observava com curiosidade quando o seu escrutínio implacável a alcançou. O corpo e a mente de Dervla reagiram àqueles olhos escuros em simetria perfeita com o rosto de belos traços e pele dourada como a uma descarga elétrica.

Uma onda de calor escaldante percorreu toda a sua pele clara para depois deixá-la trêmula e desamparada diante do magnetismo sexual que exalava daquele homem deslumbrante.

Teria sido apenas sua imaginação, ou o seu olhar realmente se demorara mais sobre ela que o necessário? Se bem que uma fração de segundo podia parecer uma eternidade quando se estava contendo a respiração como ela estava fazendo!

Assim que ele desviou o olhar, o cérebro de Dervla voltou a funcionar. Aquilo certamente tinha mais a ver com a sua fadiga do que com os seus hormônios. Ele nem sequer era o tipo de homem que ela costumava achar atraente.

Nunca se interessara por tipos arrogantes do estilo latino. Em outra situação, ela teria ficado preocupada com suas reações à proximidade daquele homem, como pulso acelerado e tremores.

Ao se aproximar, ela concluiu que a enfermeira do centro cirúrgico não deveria ter sido a única pessoa que ele ignorara no hospital. Era muito pouco provável que ninguém tivesse tentado costurar a ferida em sua testa.

Quem poderia saber o que se escondia por baixo daquela pele sobre músculos firmes sob aquelas roupas rasgadas e manchadas de sangue. Bastaria um puxão naquela camisa para descobrir, pensou Dervla, notando o único botão que impedia a peça de se abrir por inteiro até a cintura. Aquilo estava deixando realmente muito pouco espaço para a sua imaginação!

Se alguém tivesse que adivinhar a profissão daquele bilionário italiano tendo por base apenas o seu corpo, poderia supor que se tratava de um atleta profissional.

Era de se esperar que um homem que passava a vida ganhando dinheiro tivesse um certo acúmulo de gordura ao redor da cintura, mas o abdômen dele era firme e bem-delineado.

Ela ergueu a cabeça, com as faces levemente coradas, e sentiu a tensão crescer entre eles ao olhar para aqueles olhos assustadoramente escuros de longos cílios negros e duros como diamantes.

Sentindo-se culpada, ela ficou imaginando se ele a flagrara comendo-o com os olhos. Aquela, decididamente, não seria uma primeira impressão ideal.

– Olá, eu sou Dervla Smith – disse ela, com um sorriso que não teve nenhuma resposta. – Sou a enfermeira que tomará conta de Alberto. Se puder esperar lá fora, alguém irá chamá-lo quando Alberto estiver devidamente acomodado.

– Não.

Dervla piscou.

– Perdão...?

– Você por acaso está surda? – perguntou ele ironicamente.

Dervla tentou se conter, lembrando-se que as pessoas reagiam aos traumas de várias maneiras diferentes.

Alguns ficavam agressivos, outros apáticos e outros ainda combinavam as duas características. Ou talvez aquele fosse mesmo o comportamento normal daquele bilionário?

Não que isso fizesse alguma diferença na maneira de tratá-lo. Tudo o que lhe interessava naquela situação era que ele era o pai do seu paciente.

– Eu disse que não, eu não gostaria de esperar lá fora.

Ele a deixou plantada lá e seguiu os maqueiros.

Bem, Dervla, você realmente mostrou quem era o chefe.

Depois de ter expulsado os homens de terno, John passou por ela arqueando as sobrancelhas.

– Está tudo bem, Dervla?

– Tudo.

Sua irritação com o italiano desapareceu assim que ela o viu se aproximar da cama do filho inconsciente.

Ela foi tomada por uma empatia por Gianfranco Bruni. Afinal, ele estava vivendo um verdadeiro pesadelo.

CAPÍTULO 4

Os olhos escuros de Gianfranco se dirigiram para Dervla enquanto ela desemaranhava um catéter de intravenosa antes de voltar novamente a sua atenção para o rapaz.

– Vai demorar muito até ele recuperar a consciência? – Sua voz grave com um leve sotaque pareceu tocá-la. Dervla sentiu um tremor percorrer todos os seus já suscetíveis terminais nervosos.

Ela estava acostumada a lidar com familiares transtornados e chorosos, mas aquele homem não estava em nenhuma daquelas categorias, se é que havia alguma para defini-lo!

Dervla poderia até tê-lo considerado uma pessoa fria, não fosse pelo breve olhar que ele lhe dera por trás de sua máscara de serenidade clínica. Ela não pôde ver o seu rosto quando Gianfranco se inclinou para afastar o cabelo da testa do filho, mas notou o tremor revelador de seus dedos longos e finos.

– É difícil prever uma coisa dessas.

– Tente – recomendou ele laconicamente. – E, por favor, tire essa expressão do seu rosto – disse ele, sem olhá-la. – Eu não preciso da sua compaixão. Preciso de respostas. E não preciso que você simplifique as coisas para mim. Posso não ser formado em medicina, mas não sou nenhum retardado!

Ela não ficou ofendida. Já lidara com pais ansiosos antes, embora nenhum deles parecesse um verdadeiro anjo.

Tinha certeza de que se tivesse cruzado com Gianfranco fora dos limites do hospital, numa situação não profissional, uma possibilidade bastante remota, já que eles pertenciam a mundos tão diferentes, ela o teria achado simplesmente deslumbrante.

Mas esse não era o caso.

E ainda que fosse, ela poderia esconder qualquer sentimento inapropriado por trás de sua máscara de profissional, uma vez que ali não importava quanto dinheiro ele tinha, nem quantos políticos ou estrelas cinematográficas faziam parte de seu círculo de amizades. Nesse momento ele era apenas um pai desesperado por causa do filho e a função dela era a de assegurar que o rapaz se recuperasse e o pai se tranquilizasse.

Dervla era boa no que fazia.

– Tenho certeza de que os médicos já lhe explicaram a situação.

Seu tom de voz suave que já havia tranquilizado tantos pacientes não tivera nenhum efeito visível sobre aquele homem.

Ele a silenciou com um movimento imperioso de cabeça.

– Os médicos falam, falam e não dizem nada!

– E o senhor achou que seria mais fácil intimidar a mim. Sinto muito, mas as coisas não funcionam desse jeito.

Gianfranco ergueu uma sobrancelha e resmungou algo em italiano.

Dervla se esforçou para manter o sorriso sereno enquanto o olhar dele percorria o seu rosto como se a estivesse vendo pela primeira vez.

Ela teve a nítida impressão de que ele não ficara nem um pouco abalado com o que vira.

– Acha que eu estou tentando intimidá-la?

Era óbvio que Gianfranco não dava a mínima para o que ela pensava, mas parecia genuinamente curioso.

– Tudo o que sei é que o senhor é um pai preocupado. – Depois olhou suavemente para o rosto da criança inconsciente. – Ele está no lugar certo, eu garanto.

Ela se virou a tempo de ainda ver uma centelha de emoção no fundo daqueles olhos. Um segundo depois, porém, quando ele voltou a fitá-la, não havia mais qualquer resquício de suavidade naquela superfície escura.

– É uma pena, enfermeira, que ele não estivesse no lugar certo às 14h, esta tarde.

Gianfranco respirou fundo e passou a mão no rosto, como se quisesse afastar as imagens daquele pesadelo que voltavam a sua mente.

– Existe alguém com quem o senhor queira que nós entremos em contato?

Aquela não era uma situação que se deveria enfrentar sozinho.

– Eu estou em perfeitas condições de dar um telefonema, caso isso seja necessário.

Ficou claro também que ele poderia ser muito mais rude se achasse que ela havia invadido a sua privacidade.

– Está bem – disse ela, aceitando o último ataque com um sorriso, mas arriscando-se a receber outro ao acrescentar. – A mãe de Alberto ou...?

Gianfranco olhou para ela friamente, condensando o que deveria ter sido um acontecimento terrível em sua vida numa única e breve frase.

– A mãe do Alberto está morta.

– Eu sinto muito.

– E para poupar o seu trabalho, devo lhe dizer que isso não é nenhum furo de reportagem. A imprensa já explorou essa história à exaustão.

Dervla precisou de alguns segundos para entender a sua insinuação.

– Eu posso lhe assegurar, sr. Bruni – disse ela com o rosto vermelho de raiva e um sorriso forçado –, que eu, assim como toda a equipe deste hospital, levo o sigilo de nossos pacientes muito a sério.

– Você ficou zangada.

Ele parecia surpreso...

O que ele esperava?

Aquele homem havia praticamente dito que ela seria capaz de vender a sua alma se a quantia oferecida fosse atraente!

Ela comprimiu os lábios fartos.

– Eu não estou zangada – mentiu ela.

Sua negativa pareceu diverti-lo, se é que se podia chamar a curva cínica do canto de sua boca sensual de sorriso.

– A voz estava boa, mas os olhos ainda precisam de um pouco mais de treino... São muito expressivos. – O olhar dele se demorou algum tempo nos grandes olhos verde-esmeralda de Dervla. – Eu não pretendia insultá-la, enfermeira... – Ele baixou os olhos até encontrar o crachá sobre o seu peito arfante. – ... Smith.

Sua fala mansa e o seu tom cínico penetraram em Dervla de tal maneira que ela teve de se esforçar muito para se lembrar que aquele homem estava emocionalmente bastante vulnerável e precisava ser tratado com muito tato.

– Não é nada pessoal – acrescentou ele. – Todo mundo tem seu preço.

– Se eu acreditasse nisso, ficaria deprimida demais para sair da cama pela manhã, sr. Bruni. Há uma máquina de café na sala de espera dos familiares – acrescentou ela, esperando que aquele fosse um assunto impessoal para aquele homem cínico obviamente alérgico a qualquer sinal de compaixão. – Se importaria de ir até lá enquanto eu acomodo o Alberto?

– Creio que seja praticamente impossível deixá-lo mais confortável com todos esses tubos.

– A máquina faz chá e chocolate quente também, embora seja muito difícil perceber a diferença – admitiu ela.

– Chá... *Per amor di Dio!* – repetiu Gianfranco olhando para Dervla como se ela fosse uma louca delirante. – Vocês britânicos acham que o chá cura todos os males. Tem certeza de que não é isso o que vocês estão injetando nele? – disse ele olhando para o soro. – Eu não quero beber nada. Para dizer a verdade, prefiro que você brigue comigo, mas não use esse tom maternal.

– Eu não estava querendo brigar com o senhor! – protestou ela, para depois acrescentar: – Nem ser maternal. Só estava querendo ser delicada. Será bem mais fácil tratar do seu filho se o senhor não estiver aqui.

Ela mal conseguiu conter um tremor ao imaginar aqueles olhos escuros observando cada movimento seu.

Gianfranco virou a cabeça. O sorriso em seus lábios não alcançava os seus olhos.

– Admiro a sua franqueza – disse ele, sem, no entanto, parecer nem um pouco admirado. – Vou honrar a sua franqueza com a minha. Eu não estou nem um pouco preocupado em facilitar a sua vida, nem com o protocolo hospitalar.

Era impossível não ficar comovido com a sua devoção ao filho, mas ele era um osso duro de roer.

– Os parentes normalmente ficam muito aflitos ao verem os seus entes queridos...

Ele a interrompeu, impaciente.

– Aflitivo foi ter que retirar meu filho dos escombros.

A lembrança da provação que ele acabara de passar deixou Dervla envergonhada por perder a objetividade. Permitir que sentimentos pessoais influenciassem o seu comportamento no local de trabalho era imperdoável.

– Deve ter sido terrível – disse ela suavemente.

Parecendo não ter ouvido o seu comentário, Gianfranco estendeu as mãos e ficou olhando para os dedos sujos de poeira e sangue durante algum tempo antes de balançar a cabeça.

– Creio que posso ver você tirar a pressão dele – disse Gianfranco, mudando o seu foco de atenção tão rapidamente que chegou a assustá-la – sem desmaiar.

Dervla gostaria de ter a mesma autoconfiança. Ele estava agindo claramente sob o efeito da adrenalina e de sua determinação.

Ele se empertigou.

Forçada a inclinar a cabeça para trás para olhá-lo nos olhos, Dervla foi atingida em cheio pela intensidade da presença física daquele italiano.

Ele pousou os olhos pensativos nos dela, mantendo-os assim por vários e desconfortáveis minutos, como atestavam as palmas suadas de Dervla, para então, sem uma palavra, afastar a cadeira que estava junto à cama de seu filho, facilitando o seu acesso.

– Eu não vou ficar no seu caminho, mas não vou sair daqui.

Aquela parecia ser uma grande concessão nos padrões dele e Dervla achou que não valeria a pena continuar pressionando-o. Aquele homem tinha a flexibilidade de uma pedra de granito.

Antes que ela pudesse evitar, uma imagem se formou em sua mente: seus dedos percorrendo os contornos perfeitos daquele peito dourado.

Completamente atordoada – meu Deus, ela era uma profissional! –, Dervla resmungou alguma coisa e passou por ele.

Foi um alívio, quando, assim que começou a fazer o seu trabalho e focar a atenção no que realmente deveria fazer, todas aquelas imagens desapareceram de sua mente.

Dervla ficou feliz em saber que as observações a respeito do jovem não inspiravam maiores preocupações.

Depois de lançar um último olhar atento ao rosto pálido de Alberto e afastar uma mecha de cabelo escuro de sua testa, ela murmurou:

– Isto é tudo por enquanto, Alberto.

Foi até a ponta da cama e lavou as mãos com gel, antes de voltar a se dar conta da presença do pai.

– Ele está...

– Deixe-me adivinhar... progredindo conforme o esperado. *Dio*, vocês não sabem fazer outra coisa a não ser repetir esses chavões sem sentido?

– Seu filho é jovem e forte e a cirurgia foi bem-sucedida, sr. Bruni. O senhor realmente não deveria se antecipar aos problemas antes de eles acontecerem – aconselhou ela tranquilamente.

– Você estava falando com ele?

– Sim, eu sempre explico o que estou fazendo aos pacientes.

Ele franziu a testa e se contorceu levemente ao sentir o corte, ainda aberto, repuxar.

– Isso os acalma.

Ela o fitou perplexa.

– A sua voz.

Antes que ela pudesse decidir como responder àquele comentário, ele voltou a sua atenção novamente para o filho.

– Se ele não tivesse voltado por causa daquele maldito jogo... Um jogo de computador!

Ele fechou os olhos, respirou fundo e se levantou.

Ficou ali, olhando para o rosto machucado de seu filho, com os dentes cerrados e as narinas dilatadas.

– Meu filho pode morrer porque eu quis lhe transmitir valores. Ele voltou para pegar o seu jogo porque sabia que eu não compraria um novo no lugar de um perdido por negligência. Foi uma lição que acabou custando muito caro para Alberto.

Dervla fechou os olhos, comovida.

Gianfranco engoliu em seco, num esforço visível para conter as suas emoções.

Dervla enrijeceu quando seus olhos escuros levantaram.

– O quê? Você não vai dizer nada como "Não foi culpa sua, sr. Bruni"? – questionou ele sarcasticamente.

– Tenho certeza de que o senhor não precisa que eu lhe diga isso – declarou ela calmamente.

– Você com certeza não tem filhos.

Dervla se contorceu como se ele tivesse tocado inadvertidamente num nervo exposto.

– Não. Eu não tenho filhos.

E nunca teria.

– Um jogo que não custa mais que algumas libras, e eu, ainda por cima, sou o dono da empresa...

Dervla olhou para os punhos cerrados dele e agiu sem pensar, cobrindo-os com a própria mão.

– Não foi sua culpa – interrompeu ela ferozmente –, e sim dos monstros que planejaram essa atrocidade. Punir-se deste jeito ou mesmo ficar imaginando como poderia ter sido diferente não vai ajudar em nada.

Gianfranco Bruni congelou, com os olhos fixos na pequena mão sobre as suas.

– Você realmente não deve se culpar – insistiu ela sinceramente.

Houve uma breve pausa desconfortável.

– A única coisa com que deve se preocupar, enfermeira, é o bem-estar do meu filho. Pensei que já tinha deixado claro que não precisava de ninguém segurando a minha mão, nem afagando a minha testa como um anjo! Estamos entendidos?

Dervla ficou com o rosto vermelho. Sabia que ele estava sofrendo, mas será que ele precisava ser tão desagradável?

– Sim – disse ela, sem alterar a voz.

– Meu Deus – grunhiu ele, aproximando a cadeira da cama e sentando-se nela. – Tenho certeza de que você deve ter sido a aluna mais simpática da sua turma, mas poupe-a para quem prefere sentimentalismo a profissionalismo.

– Creio que uma coisa não exclui a outra, sr. Bruni.

– Algum problema, Dervla?

Ela teve um sobressalto. Não se dera conta da aproximação do enfermeiro-chefe. Respirou então profundamente e tentou fazer o pulso desacelerar.

– Não, nenhum.

John assentiu, mas não pareceu convencido.

– Sr. Bruni, eu providenciei uma cadeira de rodas para levá-lo até a Emergência. O cirurgião plástico está de prontidão.

Gianfranco Bruni olhou sem expressão alguma no rosto.

– Você acha que eu estou inválido?

– É a política do hospital, sr. Bruni. Quanto mais cedo essa ferida na sua cabeça for suturada, melhor.

– Minha cabeça?

Dervla não ficou surpresa ao ver a expressão apreensiva de John. O italiano soara tão espantado com o seu comentário que ela chegou a suspeitar que ele havia esquecido que estava ferido, ou que nem mesmo o notara.

– O senhor está com um talho fundo na cabeça – explicou John. – Não chegou a perder a consciência, chegou?

Gianfranco Bruni fez um gesto de desprezo.

– É só um arranhão – retrucou ele irritado.

A exasperação de Dervla chegou a seu limite.

– O sangue está pingando no chão.

O italiano se virou para ela.

– Com quem você acha que está falando, enfermeira?

– Acho que estou falando com um homem que prefere deferência à verdade, um homem teimoso que não seria capaz de abrir mão do controle das coisas nem mesmo se sua vida dependesse disso.

Era difícil saber qual dos dois homens estava mais espantado com a sua explosão.

– Dervla – disse John –, talvez seja melhor você...

– Está sangrando.

Ambos se viraram ao mesmo tempo e viram Gianfranco Bruni olhar para o sangue em seus dedos com estranheza.

– Não precisa se preocupar – advertiu ela, receosa.

Ele não parecia a pessoa mais propícia para isso, mas Dervla já vira muita gente grande e forte desmaiar ao ver sangue, principalmente o próprio.

A sua cabeça surgiu com um estalo.

– Eu não estou alarmado. Só preciso de um pano ou gaze para cobrir a cabeça.

– Isto aqui não é um hospital do tipo faça-você-mesmo, senhor – interveio John calmamente.

– Ela pode fazê-lo – disse o italiano repentinamente, apontando para Dervla.

Ela ficou boquiaberta.

– Eu?

Dervla torceu para que ele não estivesse querendo dizer o que ela havia compreendido.

– A enfermeira Smith é...

– Ela não é capaz de fazê-lo?

– É claro que sim, mas o cirurgião plástico poderá fazê-lo sem deixar nenhuma cicatriz.

O italiano olhou para John com desprezo.

– E você acha que eu estou me importando com a minha cara? – disse ele com um gesto zangado, como se os estivesse convidando para olhar para o objeto em questão. Um convite que Dervla achou muito difícil de recusar.

– Seus cirurgiões certamente têm coisas mais importantes para fazer do que cuidar de um arranhão? Meu filho não é a única pessoa lutando pela vida aqui. Quero que ela cuide disto – disse ele, sem olhar para Dervla. – A enfermeira Smith.

Dervla sentiu um frio na espinha.

John deu de ombros e lançou um olhar interrogativo na sua direção.

– Tudo bem para você, Dervla?

Praticamente tão disposta a aceitar aquilo quanto estaria a colocar a sua mão numa tomada, Dervla teve de se esforçar para disfarçar o seu horror.

– Não se preocupe. Eu não sou adepto a litígios – disse o italiano ao ver que ela hesitava.

Ela virou a cabeça e encarou os olhos cínicos do bilionário.

– Eu não estou com medo de o senhor me processar. – Também não tinha nenhuma dúvida quanto a sua capacidade de tratar daquele assunto. Já havia feito aquele procedimento centenas de vezes antes. Seu temor estava mais ligado a uma aversão irracional de tocar aquele homem. – Um cirurgião plástico faria um trabalho muito melhor. Eu não costumo fazer isso.

Ele deu de ombros.

– Então seja flexível.

– Já que o senhor não vai ser?

Aquela sugestão fez com que ele injetasse os olhos nela, avaliando todo o seu rosto. Dervla mal se deu conta do olhar espantado e não muito feliz de John, a seu lado.

– Você descobriu isso mais rápido que a maioria das outras pessoas.

Aquilo, por acaso, era um elogio? A elevação do canto de seus lábios carnudos poderia ser considerada como a versão de um sorriso?

Ela fez um gesto para que ele se sentasse e direcionou a luz sobre o seu rosto antes de lavar as mãos e colocar as luvas esterilizadas.

Ao se inclinar sobre ele para limpar a ferida, suas narinas se dilataram ao sentir o cheiro másculo do seu corpo.

– Sinto muito.

Havia um matiz cinzento sob a sujeira e o sangue acumulados que não lhe pareceu normal.

– Pelo quê?

– Por machucá-lo.

– Acho que está doendo mais em você que em mim – disse ele com um certo divertimento nos olhos. – Está certa de que tem o temperamento certo para ser enfermeira?

– Nem todo mundo – replicou ela – considera a simpatia uma qualidade ruim. Tem certeza de que não prefere que um dos médicos cuide disto? A ferida está muito profunda.

– Siga em frente.

– Se é isso o que quer. Eu só vou aplicar uma anestesia local e...

Ele balançou a cabeça, irritado.

– Deixe isso para lá. Apenas costure isto e pronto.

– Você não precisa provar que é machão. Não há ninguém aqui além de mim.

Ele a olhou com um sorriso de desprezo.

– Pensei que você estivesse gostando de me ter a sua disposição – disse ele zombeteiramente.

Como a maioria das enfermeiras, Dervla já passara por poucas e boas na Emergência, mas nenhum paciente a havia deixado tão vulnerável, nem zangada quanto aquele homem.

É claro que ela era humana e acabava estabelecendo alguma conexão mais forte com alguns pacientes, mas estava parecendo impossível estabelecer qualquer tipo de conexão com ele!

– Muito bem.

Dervla trabalhou o mais rápido que pôde.

Ele não esboçou nenhuma reação, o que poderia significar que ela era muito eficiente, embora que mais provavelmente quisesse dizer que ele era teimoso demais para admitir que estava sentindo dor.

– Pronto – disse ela, dando um passo para trás para apreciar o seu trabalho. Vá devagar. Você pode sentir algum...

Antes que ela pudesse terminar de falar, ele retirou a toalha esterilizada que ela havia colocado ao redor de seus ombros e se levantou.

Depois afastou a cortina e olhou para ela, arqueando uma sobrancelha.

– Sentir o quê, enfermeira?

– Pode desmaiar se levantar muito rápido.

Seus dentes brancos reluziram por um momento, fazendo-o parecer bem mais jovem, e, o que parecia impossível, mais atraente.

– Sinto muito decepcioná-la.

UM CASACO molhado sendo jogado no sofá a seu lado trouxe Dervla bruscamente de volta ao presente.

– Você andou chorando! – disse Sue ao ver o rosto de Dervla.

– Não... – Dervla levou a mão até o rosto e sentiu a umidade salgada sobre a sua pele. – Bem, talvez eu tenha sim – admitiu ela.

– Isto – disse a amiga arrancando os sapatos – já está me deixando louca. Eu respeitei a sua privacidade até agora, mas sou apenas humana. Eu preciso saber. Por que você deixou o maravilhoso Gianfranco, que obviamente beija o chão que você pisa. – Ela se jogou no sofá ao lado de Dervla e atirou o casaco no chão. – Desembuche. Eu quero todos os detalhes sórdidos.

– Ele não beija o chão que eu piso. A única coisa que Gianfranco venera é o seu filho e a memória da sua esposa morta. – Dervla ergueu a cabeça vazia. – Aos novos começos!

– O quê? – perguntou Sue, fitando o rosto amargurado da amiga com interesse.

– Esse foi o brinde que Carla fez quando me levou para almoçar na minha primeira semana de casada. Disse que era maravilhoso que Gianfranco tivesse me encontrado e descoberto uma maneira de levar um relacionamento adiante sem a sensação de que estava sendo infiel à memória de Sara.

– Bem, eu gostaria mais dela se tivesse ao menos uma única mancha na pele, mas ela tem razão, Sue.

– Não, ela estava errada – interrompeu Dervla decididamente. – Ele não levou relacionamento algum adiante e ele não me ama.

– Ora, não seja estúpida. É claro…

– Não – disse Dervla balançando a cabeça lentamente. – E ele nunca fingiu me amar. Ele ainda a ama. Minha vida não acabou por causa disso, é só uma sensação – pensou ela. – Não é que ele não queira ter um filho. Ele não quer ter um filho comigo.

Sue fitou-a com os olhos arregalados.

– Mas eu achei que você não podia ter filhos. Lembro que até achou que isso seria um impedimento para o casamento – lembrou-lhe a amiga. – Você não cabia em si quando ele lhe disse que não era problema para ele.

Dervla assentiu tristemente.

– Ele me disse que já tinha o Alberto e não queria mais filhos. Que nós tínhamos uma família pré-fabricada.

– Mas você quer ter o próprio filho. Há alguma chance de…

Dervla assentiu. Sue era um das poucas pessoas que sabia de todas as complicações que ela sofrera depois de ter seu apêndice perfurado e a peritonite subsequente.

– Pode ser que eu possa ter um filho, mas não – acrescentou ela, enquanto as lágrimas começavam a inundar os seus belos e trágicos olhos cor de esmeralda – com Gianfranco. – Tenho que fazer uma escolha. Ou ele ou o bebê.

Sue a tomou em seus braços e deixou que ela desse vazão a seu pranto.

CAPÍTULO 5

– BEM, O que vocês acham? – perguntou o homem à cabeceira da mesa, erguendo a cabeça depois de avaliar cuidadosamente os cálculos espalhados em sua mesa.

Houve um silêncio no recinto enquanto ele olhava para um rosto de cada vez. Pôde ver o pânico no rosto de cada um dos executivos enquanto tentavam freneticamente descobrir o que ele queria ouvir.

Gianfranco sentiu um lampejo de irritação. Ele não queria vaquinhas de presépio a seu redor.

– Ninguém tem opinião aqui?

PARECIA QUE ninguém realmente tinha uma, ou que, ao menos, não estava disposto a expressá-la.

– Talvez desejem estar em algum outro lugar? – sugeriu ele sarcasticamente.

O problema, pensou ele, era que as pessoas não sabiam separar a vida pessoal da vida profissional. Aquele era um erro fatal que ele não conseguia compreender. Sempre soubera compartimentalisar a sua vida. Era tudo uma questão de disciplina.

Ele olhou para o relógio em seu pulso, perguntando-se se a sua assistente, que não parecia tão eficiente hoje como era o habitual, havia se lembrado de avisar a todos os interessados que as ligações pessoais deveriam ser transferidas para lá.

O som de um celular quebrou o silêncio prolongado. Gianfranco começou a contar até dez com os punhos cerrados, contendo a vontade de tirar o aparelho do bolso imediatamente.

Ninguém mais pensou em checar o próprio celular. O desagrado de Gianfranco com esse tipo de interrupção era bastante conhecido para que alguém ousasse esquecer de desligar o seu aparelho ao entrar para uma reunião presidida por ele.

Ele viu o número exposto na tela e levantou abruptamente, desculpando-se.

– A ESPOSA – disse a única mulher presente na reunião, dando voz ao primeiro pensamento de Gianfranco.

– Bem, espero que ela lhe diga algo que melhore um pouco o seu humor.

Houve um burburinho de aprovação ao redor da mesa.

– Alguém a conhece? – perguntou um dos executivos curiosamente.

Outra pessoa disse:

– Minha mãe foi à inauguração de um novo hospital para crianças. Parece que a ideia foi da esposa dele.

– Ela rolou na grama descalça com as crianças.

– Ela não combina com a imagem de namorada de Gianfranco Bruni.

– E não é. Ela é a sua esposa. Talvez seja essa a diferença.

– Mas ela não é feia, é?

– Ela é muito bonita. Ruiva, de olhos verdes, sardenta e com uma risada muito sexy.

– Eu nunca vi sequer uma foto dela.

Aquele era outro efeito de seu casamento repentino. Gianfranco, que outrora frequentava assiduamente as colunas sociais, havia se retraído e se cercado de todo tipo de segurança com que alguém tão rico como ele podia contar.

– Não é bem uma ruiva festeira...

– É verdade que ela é inglesa? – perguntou outra pessoa, não sem antes checar se a porta estava fechada. Ser flagrado fofocando a respeito do chefe não ajudaria em nada suas chances de promoção.

– Eu não tenho certeza. Seu nome não parece inglês... É Der...?

– Dervla – disse a única mulher presente mais uma vez.

– Ela não era modelo?

– Duvido. Ela não é suficientemente alta para isso – disse uma pessoa que já a havia conhecido.

– Bem, segundo eu sei...

Os homens se debruçaram para ouvir a mulher que começara a sussurrar num tom confidencial.

– Eu não sei se é mesmo verdade, mas o primo de uma amiga minha trabalha num hospital em Londres e disse que eles se conheceram lá.

– Ela é médica?

– Não, enfermeira. Ela cuidou do filho de Gianfranco quando ele se feriu naquele ataque terrorista. Eu acho isso *tão* romântico – acrescentou ela sonhadoramente.

O mais jovem executivo presente, que lutara para defender sua posição diante do chefe excessivamente crítico, riu e disse com desdém:

– Gianfranco Bruni não tem um grama de romantismo em seu corpo. Daqui a dois anos, no máximo, ele a trocará por uma nova modelo.

AO OLHAR para a tela do celular e não encontrar o nome de Dervla, Gianfranco teve que usar de todo o seu autocontrole para manter a compostura.

Pelo menos até sair da sala de reuniões.

Já no corredor, ele cerrou os dentes e os punhos.

Quarenta e oito horas já haviam se passado desde que ela fora embora e nem uma única palavra!

Lutando contra a ansiedade crescente, ele passou a mão pelos cabelos de ébano e respirou fundo, expirando num profundo e tempestuoso suspiro.

Segure a sua onda, disse ele a si mesmo, ajustando o laço da gravata.

Maldita mulher!

– Gianfranco!

Ele virou a cabeça ao ouvir aquela voz familiar e se forçou a esboçar um sorriso. *Normalmente* ele ficaria genuinamente feliz em ver Angelo Martinos, seu amigo mais próximo desde a época em que ambos eram apenas os "estrangeiros" da escola secundária particular inglesa para a qual haviam sido enviados aos 9 e 10 anos de idade, respectivamente.

– Angelo, o que o traz aqui? – perguntou ele sem entusiasmo.

– Resolvi arriscar. Disseram-me que você estava numa reunião. – Ele ergueu uma sobrancelha, avaliando a expressão do amigo. – E pelo jeito não foi das melhores.

Aquela era uma das razões pelas quais Angelo era a última pessoa que Gianfranco gostaria de encontrar nesse momento. Ninguém conseguia afastar o véu que pairava constantemente sobre os seus olhos, mas como seu melhor amigo, Angelo tinha o direito de espiar.

– Sabe como é – respondeu ele, duvidando que seu amigo bem-casado tivesse ideia do que era passar por uma crise matrimonial.

A esposa de Angelo parecia considerar cada palavra sua uma verdadeira pérola de sabedoria, enquanto que a sua jamais perdia uma oportunidade de desafiá-lo.

– Gostaria de ir tomar um café? – perguntou Angelo, percebendo a tensão no maxilar do amigo.

Gianfranco balançou a cabeça e disse:

– Não – disse ele tentando dissuadi-lo com um tom que faria 99% das pessoas desistirem, mas não Angelo.

– Estou com tempo livre. Kate foi fazer compras para o bebê com a mãe dela. Eu estava atrapalhando.

– Sinto muito, mas estou bastante atrapalhado hoje. Eu acabei de sair da reunião por causa de uma chamada de Alberto. Tenho que retornar a ligação.

– Eu mal reconheci Alberto quando o vi. Apenas 13 anos e já com quase 1,80m. Se continuar nesse ritmo, você vai acabar tendo de olhar para cima para falar com ele.

– Talvez – disse Gianfranco, que raramente tinha de olhar para cima para falar com quem quer que fosse.

– Eu não invejo a sua puberdade. A minha foi um inferno.

Gianfranco riu amargamente.

– A sua? Só se inferno agora significar ter todas as adolescentes que você desejou e...

– Eu só ficava com as que você desprezava, Gianfranco – interrompeu o sempre pragmático Angelo. – Você colocava as mulheres num pedestal.

Gianfranco estava quase completando 20 anos quando encontrou uma mulher digna de ser colocada num pedestal. Quando descobriu que a mulher de rosto perfeito e olhar inocente que satisfazia todas as suas fantasias românticas – uma garçonete que trabalhava no hotel local – realmente não era nada inocente e só estava interessada na sua potência sexual e não nas suas reflexões filosóficas, ou poesia patética, já era tarde demais. Ela havia engravidado, e para o horror de sua família, ele se casara com ela e fora pai aos 20 anos.

– Eu era intenso – corrigiu Gianfranco, lembrando-se do jovem que ele havia sido. – E muito idiota.

– Você era romântico – retrucou Angelo – e eu superficial, mas isso tudo mudou. Nós estamos mais velhos, mais sábios e bem-casados. O fim de semana foi maravilhoso. Aliás, é por isso que eu estou aqui. Nós gostaríamos muito de retribuir a sua hospitalidade. Kate quer saber se vocês estão livres no dia 18, sempre com a ressalva de que o bebê não queira nos pregar uma peça.

– Dia 18... Provavelmente, sim... Não... Eu não estou certo.

Angelo fitou o amigo. Naqueles 25 anos de amizade, ele jamais vira Gianfranco dizer que *não estava certo* a respeito de alguma coisa.

– Bem, peça a Dervla para dar uma ligada para Kate. Aliás, como está ela? – perguntou Angelo casualmente.

Gianfranco cruzou o olhar com o do amigo e mentiu deslavadamente.

– Ela está bem.

Aquilo não era exatamente uma mentira. Ela poderia estar bem. Podia estar até muito bem depois de ter abandonado o seu marido.

Gianfranco reviveu a sensação de ultraje ao lembrar de Dervla em frente à porta de sua casa.

– Você está sendo ridícula, Dervla.

Ela ergueu o queixo e olhou para ele enfurecida, com os olhos cor de esmeralda marejados de lágrimas.

– Você não se importa mesmo com o que eu faço.

– Do que você está falando?

– Eu sei que não sou importante para você. E não me venha com essa história de família pré-fabricada porque você me deixou completamente de fora dela. No balanço final, eu sou boa para o sexo, mas não para ser a mãe do seu filho!

– Isso é absurdo. Não há nada de temporário no nosso casamento.

Ela apertou os olhos e ergueu o queixo desafiadoramente.

– Quer dizer que você quer ter um filho comigo?

Ele cerrou os dentes e lembrou a ela:

– Foi você quem me disse que não precisava de filhos para ter uma vida plena.

Ela o olhou com desprezo.

– Isso, seu estúpido, foi quando eu ainda pensava que não tinha nenhuma chance de engravidar!

– Você sabia que eu não queria ter filhos quando se casou comigo. Não fui eu que mudei.

– Esse é o problema!

– Não jogue comigo, Dervla.

– Eu não vou fazer mais nada com você. Estou indo embora.

Ele viu as suas costas delgadas sacudirem quando Dervla se virou e abriu a grande porta de carvalho.

Gianfranco focou a sua atenção na raiva que estava sentindo para não ceder à tentação de tomá-la em seus braços. Foi até ela e colocou a mão sobre o seu ombro.

– Admito que você tem talento para as artes dramáticas, mas agora já chega, Dervla.

Ela não se virou.

– Adeus, Gianfranco – sussurrou ela.

E se foi.

Ele ficou ali, parado, olhando, sem acreditar que ela realmente iria embora... esperando que ela voltasse correndo e admitisse que estava enganada.

Mas nada de Dervla aparecer.

Ela abandonara a ele e a sua casa. A casa na qual ela havia imprimido a sua marca para sempre.

Gianfranco tentou afastar a perturbadora ideia que lhe ocorrera de que a marca que ela deixara nele era muito mais permanente.

O fato, porém, era que ele tinha se casado porque a mulher que escolhera não havia aceitado menos que isso.

E você, por acaso, tentou dissuadi-la?

Gianfranco franziu as sobrancelhas, irritado com aquela interrupção mental. Sua decisão de se casar com ela não fora baseada em algo tão incerto quanto emoções.

Como todas as decisões que ele tomava, havia pesado todos os prós e contras e chegara à conclusão de que poderia lidar com aquele casamento.

Ele não queria viver sem Dervla, ao menos nesse momento, embora não duvidasse que a compulsão que tinha por fazer amor com ela jamais arrefeceria. Os problemas começavam quando se acreditava nisso.

O casamento era basicamente um contrato legal. E ele estava decidido a cumprir a sua parte naquele contrato até o fim, um contrato que poderia ser dissolvido se o equilíbrio entre aqueles prós e contras viesse a mudar.

Era como o Natal: as pessoas esperavam muito e acabavam inevitavelmente decepcionadas.

Suas expectativas tinham sido mais realistas dessa vez, embora ele não tivesse esperado que a sua esposa mudasse as regras depois de um ano de casados.

Não era exatamente verdade, pensou ele, ao se lembrar de um incidente ao qual nunca dera muita importância. Ele estava fazendo uma excursão com ela pela casa nova.

– Este era o meu quarto quando eu era bebê. Achei que você poderia usá-lo como estúdio. A vista é magnífica.

Ele fingiu não ver a dor e a tristeza em seu rosto ao tocar no berço de madeira esculpida guardado num canto. Tomado pela culpa, ele não quisera enxergar.

– É uma boa ideia – concordou ela calmamente.

– Você pode redecorá-lo como quiser. Eu tenho o nome de vários decoradores de interiores muito bons.

– E por que eu ia querer um decorador? – perguntou ela.

Gianfranco ficou aliviado ao ver que não havia mais nenhum vestígio de tristeza nos olhos de Dervla quando ela o fitou com aquele seu olhar provocador tão característico.

– Somos nós que vamos morar aqui, não o decorador. Uma casa tem de ir evoluindo aos poucos, ir se enchendo de pequenas lembranças.

Gianfranco teve certeza de que ela estava se referindo a todos os objetos curiosos e sem valor que Dervla tinha prazer em descobrir e produzir para a sua total admiração, e não às memórias que o estavam torturando.

Naquela época, fazer amor com a sua esposa em todos os cômodos daquela casa enorme lhe parecera uma ótima ideia, mas aquilo agora só fazia assombrá-lo.

Literalmente!

Ele não conseguia entrar num quarto sem ser assaltado por doces e eróticas recordações.

– Nós achamos que ela estava um pouco... *quieta*...?

Gianfranco balançou a cabeça, tentando afastar aquelas imagens de sua mente.

Ele deu de ombros negligentemente e fingiu não perceber a pergunta contida em seus olhos.

Se decidisse desabafar com alguém, esta pessoa certamente seria Angelo, mas ele não tinha o hábito de despejar seus problemas nos outros.

– Ela estava um pouco cansada.

Angelo sorriu.

– Há nove meses, Kate teve sintomas semelhantes.

Gianfranco cerrou os dentes.

– Dervla não está grávida.

Angelo entrou no elevador com uma expressão inquiridora.

– Eu sinto muito. Só penso nisso no momento.

Gianfranco tentou relaxar e se comportar adequadamente.

– Como está Kate?

– Bem. Mande um beijo para Dervla. Espero que ela fique menos... cansada logo.

Gianfranco assentiu com a cabeça longe, pensando que aquele recado viria em último lugar, depois de muitas outras coisas que ele diria à mulher quando a visse novamente.

Estava pensando nisso ao entrar no escritório e teclar o número do seu filho. Como não estava concentrado no que Alberto dizia, ele supôs que havia entendido mal.

– O que você disse, Alberto?

– Eu disse que estou indo embora.

CAPÍTULO 6

É CLARO que está.

Gianfranco passou a mão pelo cabelo e olhou para o seu reflexo na superfície espelhada da parede do seu escritório.

– Isto, por acaso, é uma piada?

Tendo quebrado com a tradição da família, ele havia enviado o filho para estudar numa escola em Florença. Alberto fora a Bruxelas numa viagem com a sua turma para ver o Parlamento europeu em ação, sob a supervisão de seus professores.

– Eu estou em Calais, mas a barca vai partir daqui a alguns minutos.

Olhando pela vidraça para o trânsito lá embaixo, ele balançou a cabeça, sentindo ainda mais irritação que interesse.

– Você está em Bruxelas.

– Não, em Calais.

– Calais?

– Já lhe disse. Eu fugi.

Gianfranco sentiu um calafrio ao perceber que aquilo não era apenas uma brincadeira adolescente, mas uma situação de perigo genuína.

– Você está realmente em Calais...? – perguntou ele mais uma vez, tentando colocar os pensamentos em ordem.

Ele pensou logo em sequestro, mas a voz de Alberto não parecia a de uma vítima apavorada.

Como alguém saindo de um transe, ele passou a mão pelo seu maxilar e suspirou.

– Você fugiu? De mim?

Por que não? Afinal aquilo estava virando moda no momento.

– Foi o que eu acabei de dizer. Se o pessoal da escola entrar em contato com você, diga a eles que estou bem. A esta altura, eles já devem ter dado pela minha falta.

– Devem ter dado pela sua falta?

Gianfranco engasgou, tentando não pensar no que diria aos professores de Alberto que haviam sido tão negligentes no cumprimento do seu dever. Ele tinha coisas mais importantes em que pensar.

– Como você chegou a Calais? Está sozinho?

– Eu peguei carona.

A explicação que o filho adolescente lhe deu fez o seu sangue gelar.

– Você pegou carona?

Sem ligar para o horror na voz do pai, o jovem ainda acrescentou:

– O caminhoneiro foi muito gentil. Não era nenhum pervertido ou coisa do gênero. Eu disse a ele que tinha 17 anos e ele acreditou.

Gianfranco conteve um palavrão e revirou os olhos. Aquilo só podia ser um pesadelo.

Todos os pais sabiam que havia uma linha muito tênue entre manter os próprios filhos numa bolha e deixá-los correr todo tipo de perigo.

Como qualquer outro pai, também, ele sempre quis garantir a segurança do filho, sem asfixiar o seu espírito de aventura.

– Agora ouça com muita atenção – disse Gianfranco lentamente.

– Eu não posso. Minha bateria está acabando. Não se preocupe, eu sei cuidar de mim mesmo. Você sabe disso, pai.

– Acha que seria demais de minha parte perguntar por que você fugiu?

– Você pode estar se divorciando da Dervla, mas eu não.

– Divorciando! – gritou Gianfranco. – Não vai haver nenhum divórcio.

– Você acabou de perfurar o meu tímpano. E se alguém perguntar a minha opinião, direi que prefiro viver com ela.

– Muito obrigado. Eu já lhe disse e repito. Ninguém falou em divórcio.

Nem vai falar.

– Ainda não – disse seu filho num tom grave. – Mas não é preciso ser nenhum gênio para ver que as coisas entre vocês estão mal. Foi por isso que eu decidi dar uma mãozinha para vocês.

– E esta *ajuda* inclui uma fuga?

Gianfranco tentou se controlar e calcular quanto tempo levaria para chegar à Inglaterra antes de o filho se meter em alguma confusão.

– Mas para onde, ou melhor, para *quem* eu estou fugindo? Como um pai responsável, é mais do que legítimo que você venha atrás de mim. Tenho certeza de que vocês vão se acertar assim que se virem novamente.

Não havia muitas coisas que conseguiam deixar Gianfranco sem palavras, mas aquela previsão despreocupada certamente fora capaz disso.

"Não acredito que estou sendo manipulado por um garoto de 13 anos", refletiu. Se ele já era assim agora, como seria aos 18 anos?

Ao ouvir a risada do pai, o rapaz deu um suspiro de alívio.

– Sabia que você gostaria do meu plano. Poderia ligar para Dervla e pedir que venha me apanhar no terminal das barcas? Acho que vou chegar por volta das 18h. Olhe, minha bateria está realmente acabando. Eu ligo mais tarde...

A linha caiu.

Pouco depois, Gianfranco teclou um número.

* * *

DERVLA PEGOU mais uma rosquinha da sacola que Sue trouxera.

– Eu não costumo gostar muito destas – disse ela, dando uma grande mordida.

– Você está precisando de açúcar. Confie em mim, eu sou enfermeira – disse Sue, pegando uma também. – Olhe, Dervla, eu acho que vocês pertencem um ao outro. Eu tenho certeza de que Gianfranco vai mudar de ideia a respeito do bebê. Ele a ama.

– Você está enganada. Ele não me ama, nem nunca fingiu me amar – admitiu ela com a voz embargada.

Sue não pareceu surpresa.

– Alguns homens têm muita dificuldade em expressar seus sentimentos.

Dervla revirou os olhos e riu.

– Não Gianfranco – garantiu ela.

Gianfranco não tinha nenhuma dificuldade de expor seus sentimentos com clareza. Seu marido não era um homem de sentimentos insuspeitados.

– Ele simplesmente não tem nenhum sentimento para expressar... Pelo menos não por mim.

Dervla suspeitara desde cedo que não era no amor que Gianfranco não acreditava, mas sim na possibilidade de algum dia vir a sentir o amor que havia compartilhado com a primeira esposa.

Apaixonada, porém, ela resolvera ignorar todos os sinais de alarme e decidira ensiná-lo a amar novamente.

Sentindo a frustração crescer dentro de si, ela pegou mais uma rosquinha.

– Ele me disse que não estava apaixonado por mim quando me pediu em casamento.

Sua amiga balançou a cabeça sem acreditar no que estava ouvindo.

– E eu que pensei que os homens italianos eram românticos – exclamou ela, desiludida.

– Ele ainda ama a mãe de Alberto. Ela era bonita, perfeita... Você já tentou competir com um fantasma?

– É assim que você se sente?

– Ela era bonita.

– Você também é! – protestou Sue.

Dervla balançou a cabeça exasperada.

– Bonita não, ela era linda.

– Ele fala muito dela?

Dervla fungou e balançou a cabeça novamente.

– Nunca. O que também é um mau sinal.

– Não necessariamente.

– Carla me disse que ele acha doloroso demais falar dela. Disse que Sara era a sua cara metade, que eles nunca discutiam...

– Por que você precisava se casar, Dervla? Não podia simplesmente fazer sexo com ele?

– Era o que ele queria.

Sue arregalou os olhos.

– E você disse...?

– Nós obviamente já... – disse Dervla corando. – Ele fez um escarcéu quando soube que eu ainda era virgem aos 26 anos.

– Você era virgem?! – exclamou Sue espantada. – Gianfranco foi o primeiro homem da sua vida?

Dervla assentiu.

– Uau!

Ambas estenderam a mão ao mesmo tempo para pegar mais uma rosquinha quando o telefone começou a tocar.

Sue foi atender, mas Dervla gritou com urgência:

– Não, deixe!

Sue deu de ombros e voltou para o seu assento.

Com os dentes cerrados, Dervla ainda esperou mais dez segundos antes de atender.

– Alô.

– Dervla.

Ela soltou o ar que estava preso em seus pulmões e secou a palma de sua mão na coxa.

– Olá, Gianfranco. Como você está?

Como você está? Por que parar por aí, afinal? Por que não perguntar como está o tempo por lá ou coisa parecida?

– Como você acha que eu estou, *cara*?

Ela estremeceu com o tom ácido da resposta. Como se ele fosse o único que estivesse sofrendo ali.

– Como eu poderia saber? É muito difícil interpretar o silêncio. Eu não podia sequer ler nas entrelinhas, porque não havia nada para ser lido. Na verdade, estou me sentindo honrada por você ter encontrado tempo para me ligar.

O silêncio se prolongou por algum tempo, fazendo com que Dervla se arrependesse de seus comentários apressados.

– Quer dizer que você sentiu a minha falta.

Ele parecia tão afetado que se eles não estivessem a milhas de distância, ela teria batido nele.

– Eu, na verdade, estive muito ocupada para sentir a sua falta. Não tive tempo para isso. Tenho saído para almoçar e fazer compras com meus amigos. Nós já estávamos saindo. Você só nos pegou aqui por acaso.

Gianfranco quebrou o lápis que estava segurando entre os dedos.

– Quer dizer então que vou ver fotos suas cambaleando na saída de boates em todos os jornais? – perguntou ele num tom abaixo de zero.

– Não seja ridículo! – esbravejou ela.

– Bem, se você pudesse me conceder um momento da sua agenda tão intensa...

Dervla mordiscou o lábio inferior. O que ela diria se ele a tivesse procurado para lhe pedir para voltar? É claro que ele também podia ter ligado para dar aquele assunto como encerrado. A segunda hipótese deixou-a à beira de um ataque de nervos.

– Se tem algo a me dizer, Gianfranco, diga logo.

– Nós temos um problema, Dervla.

Ela fechou os olhos, certa de que sabia o que estava por vir: a segunda hipótese. Ele diria que estava tudo acabado, que aquele relacionamento não valia mais a pena para ele.

– Bem, poderia ser pior. Você podia ter me enviado um e-mail.

– Talvez um dia fosse possível terminar um casamento dessa maneira, sem ter nem mesmo que olhar para o antigo parceiro.

A raiva tomou conta de Dervla. Ela teve vontade de estar frente a frente com ele para jogar na sua cara tudo o que ele estava perdendo. Que tivera muita sorte por ela o amar e que era ele quem sairia perdendo naquela história.

Ela sentiu seu peito se apertar... Oh, Deus, e eu também, disse a si mesma, pensando nos dias que viriam sem que pudesse ouvir a voz de Gianfranco, nem ver o seu rosto.

– E-mail? Do que você está falando? Não importa. Nós não podemos perder tempo. Tenho que lhe falar sobre Alberto.

– Alberto? – repetiu ela. – Não sobre o divórcio?

– Divórcio? – Uma explosão de palavras em italiano que não eram ensinadas numa escola de respeito se fez ouvir do outro lado da linha. – Você andou falando com Alberto?

– Não – disse ela, dando as costas para Sue que fazia gestos desesperados para poder se concentrar no que ele estava dizendo.

– Alberto fugiu.

Ela levou algum tempo para cair em si e logo então empalidecer.

– Oh, meu Deus, ele não... Há quanto tempo? A polícia...

Dervla afundou na cadeira que Sue colocou atrás dela e sussurrou:

– Estou passando mal.

Sue tirou o fone da mão dela e disse com um ar de marechal:

– O que você disse a ela? Não, ela não está nada bem!

– Eu estou bem, Sue. Pode me passar...

– Você não está bem coisa alguma. Ela quase desmaiou, seu idiota.

Apesar de estar com a melhor das intenções, Sue só estava piorando as coisas.

Ela não podia sequer imaginar como Gianfranco reagiria se algo acontecesse a Alberto. Ele adorava o rapaz. Assim como ela.

Consumida pela culpa de não estar ao lado de Gianfranco no momento em que ele mais precisava dela, Dervla levantou hesitante. Aquela não era hora para desmaios.

Foi então que ela percebeu que Sue se deteve, dizendo:

– Oh, Deus, eu sinto muito. Quando... Como...? – Depois de um momento ouvindo, ela disse: – Ele está bem, Dervla. Ligou para o pai de Calais.

Com um suspiro de alívio, Dervla arrancou o fone da mão da amiga.

– É verdade? Alberto está em segurança?

– Sim, *cara*, embora não por muito tempo, depois de eu colocar as mãos nele. Alberto se desviou da excursão da escola e acabou em Calais. Você tem que admitir que o rapaz tem talento. Ele nem ligou da barca. Aparentemente está a caminho da Inglaterra.

– Aqui! Bem, ao menos você sabe que ele está seguro. Por que ele fez uma coisa dessas? – Alberto era um dos adolescentes mais tranquilos que ela já conhecera. – Isso não tem nada a ver com ele.

– Quem pode saber os motivos que levam um jovem a fazer alguma coisa?

Algo na voz de Gianfranco fez com que ela suspeitasse de que Gianfranco não estava lhe dizendo tudo o que sabia. Era doloroso perceber que ele a estava excluindo de sua vida outra vez.

– Há algo que eu possa fazer?

– Sim, foi por isso que eu telefonei.

"E não porque precisava ouvir a minha voz", por um momento, ela desejou com todas as suas forças que Gianfranco a desejasse e precisasse dela tanto quanto ela precisava dele. Queria que ele sentisse o mesmo vazio que ela neste momento. Queria que ele a amasse.

Depois então foi tomada de culpa. Gianfranco já estava suficientemente mal. Alberto era a única coisa que ele ainda tinha de sua falecida esposa que ele tanto amava.

– O que você quiser.

As palavras emergiram com mais força do que ela pretendera.

– Essa é uma oferta um tanto imprudente.

– Mas genuína, Gianfranco. Eu também amo Alberto, e você sabe disso.

– Eu sei. Ele também a tem em alta conta.

– Tente não ficar muito preocupado – disse ela, sem conseguir pensar em outra coisa para dizer a não ser "eu te amo".

– Estou mandando o Eduardo para aí com o carro. Ele chegará daqui a uma meia hora. Você poderia apanhar Alberto nas barcas e levá-lo para sua casa?

– Claro.

– Irei para aí assim que puder.

– Nós nos encontraremos depois, então – disse ela, tentando usar um tom eficiente, embora suspeitasse que não havia conseguido.

Ela colocou o fone no gancho e se virou para Sue.

– Você pegou o essencial?

Sue assentiu.

– Você vai vigiar o menino até o pai dele chegar.

Dervla assentiu.

– E depois

– Depois, eu suponho... Eu realmente não sei – admitiu ela. – Alberto chegará daqui a meia hora. Acho melhor recolher as minhas coisas.

– Sua mala está no meu quarto.

– Obrigada.

Sue a seguiu, observando a amiga enquanto ela abria a mala e verificava o conteúdo.

– Quer dizer que você não vai voltar?

– Isso vai depender.

– Da escolha que você vai fazer entre Gianfranco e o bebê? Eu nem sabia que você queria ter um bebê. Achei que estava resolvida quanto a isso.

– Estava, ou ao menos foi o que pensei. Talvez eu nunca tivesse encontrado um homem com quem eu quisesse ter um filho.

– Você realmente o ama, não é?

Dervla riu, tirou um cachecol da mala e o enrolou em volta do seu pescoço.

– Ele é o único que parece não perceber isso, o que, considerando a sua perspicácia em todas as outras áreas, chega a ser irônico.

– Você não poderia contar a ele?

Dervla se virou e lançou um olhar incrédulo para a amiga.

– Essa é a última coisa que ele quer ouvir.

– Mas talvez devesse. O que você decidiu fazer quanto ao tratamento de fertilidade?

– Acho que vou ter que esquecer isso.

– E você vai conseguir?

Dervla franziu a testa, angustiada.

– Vai ser bem difícil. Quando não havia nenhuma esperança era mais fácil, mas agora...

Dervla se deteve, com a voz embargada pelas lágrimas.

Sua consulta ao especialista em infertilidade abrira toda uma série de possibilidades sobre as quais ela não havia se permitido pensar até agora.

Antes de conhecer Gianfranco, ela acreditara que havia aceitado a sua infertilidade. Afinal, existiam outras coisas na vida além de crianças.

Aquilo não a tornava menos mulher.

Ou será que tornava, aos olhos de Gianfranco?

Ela, na verdade, jamais conseguira afastar aquela pergunta da sua mente.

Gianfranco era um pai tão bom para Alberto que parecia praticamente impossível que ele não quisesse ter mais filhos.

Seus temores, porém, acabaram por se provar infundados. Gianfranco não queria saber de bebês.

– Minhas chances de engravidar naturalmente são quase zero, a não ser, segundo as palavras do especialista, que aconteça algum milagre.

– *Você* já consultou um especialista?

Dervla podia compreender a surpresa da amiga. Aquela era uma virada e tanto para quem sempre mostrara incompreensão para com mulheres que se expunham a repetidas experiências de fertilização quando as chances de engravidar eram tão baixas.

– Sei que sempre disse que jamais me sujeitaria a esse tipo de coisa, mas, na época, não havia nenhuma opção para mim. O médico foi cauteloso, mas otimista. Eles estão procurando pacientes dispostas a experimentar uma nova técnica que ainda está sendo avaliada. O risco é não dar certo e eu ficar na mesma – explicou ela, fechando a mala. – O casamento é uma espécie de acordo – disse ela, mais para si mesma do que para Sue.

A meio caminho da porta, ela se virou, com os olhos cheios de lágrimas que ela se recusava a deixar cair.

– Cada vez que tento me aproximar, ele me afasta. Ele não sente por mim o mesmo que eu... – Ela se deteve bruscamente, profundamente embaraçada com a confissão. Ergueu então o queixo e sorriu mecanicamente para Sue. – É melhor eu descer para esperar pelo Eduardo.

Ela já estava nas escadas quando ouviu a voz de Sue ecoando contra as paredes de concreto.

– Talvez ele goste demais de você, Dervla, e esteja assustado. Só um palpite...

As intenções de Sue eram boas, mas ela não conhecia Gianfranco.

* * *

A LIMUSINE estava esperando por ela.

O motorista deu a partida e Dervla se pôs a lembrar da primeira vez em que entrara naquele carro.

Aquele havia sido um dia de duas estreias – fora a primeira vez que andara de limusine e também a primeira vez que fizera amor com um homem.

E ela não havia planejado nenhuma das duas.

CAPÍTULO 7

AQUELE DIA, na verdade, começara muito mal. Um dos pacientes de Dervla, um senhor que lutara com todas as forças após uma cirurgia cardíaca, falecera repentinamente.

Sem vontade de participar das conversas no vestiário, ela havia se apressado para pegar logo o ônibus para casa. Logo depois de atravessar as portas principais do hospital, ela se deteve para colocar o seu capuz, por causa da chuva.

Estava se preparando para ir até o ponto de ônibus quando sentiu alguém segurar seu ombro.

Todo o cansaço desapareceu como que por encanto quando seus olhos cruzaram com os olhos escuros de Gianfranco.

Ela mal conseguia respirar direito. Teria sido mais fácil se ele tivesse afastado a mão, mas ela ainda permanecia em seu ombro e Gianfranco não mostrava a menor intenção de tirá-la de lá.

Dervla esboçou um sorriso.

Ela o vira diariamente na última semana. Pudera observar de perto o progresso da ferida que ela havia suturado, além da sua devoção ao filho e de sua capacidade de dormir pouco.

Passara 36 horas à cabeceira do filho antes de finalmente deixá-la por tempo suficientemente para tomar uma ducha, mudar de roupas e retornar com a barba feita. Despenteado e sujo de sangue, ele já era mais bonito que qualquer mortal, limpo e arrumado então, ele era simplesmente deslumbrante!

Dervla tentava não pensar muito nele para não se distrair de seus afazeres.

– Sr. Bruni.

Seu cabelo molhado fazia supor que ele já estava ali há algum tempo.

– Meu nome é Gianfranco.

Ele ergueu uma sobrancelha, mas Dervla estava excitada demais com a sua proximidade para responder à provocação.

– Alberto a chama de Dervla?

Ela assentiu, percebendo, surpresa, que não conseguia tirar os olhos daquele belo rosto.

– Sim.

– É um nome raro.

– Minha avó era irlandesa. Fui batizada assim em homenagem a ela.

– Está indo para casa?

Ela assentiu novamente.

– E está cansada e com fome porque trabalhou durante a sua pausa para o jantar – acrescentou ele com um sorriso.

– E como você sabe disso?

– Estive observando-a.

Aquelas palavras a tiraram completamente do eixo.

A ideia de que aqueles olhos escuros a seguiram fez com que um calor subisse por todo o seu corpo.

Era muito difícil manter a naturalidade enquanto aqueles olhos escuros avaliavam seu rosto e seu corpo.

Os músculos do ventre de Dervla se contraíram involuntariamente enquanto ela tentava com desespero se recompor.

– Observar uma bela mulher nunca é um esforço.

– Eu!

Sua exclamação assustada arrancou uma gargalhada dele.

– É muito melhor ficar olhando para você do que para o seu chefe musculoso. Você dois têm um caso?

– Eu e John?! – disse ela assustada com a sugestão. – É claro que não.

– Mas ele também fica olhando para você.

– Não seja ridículo – retrucou ela.

– Pobre John – disse ele suavemente. – E agora que eu a fiz parar para pensar nisso, você percebeu que eu tenho razão. Não adianta negar. Você tem o rosto mais transparente que já vi.

Gianfranco fazia com que aquilo soasse como um defeito e talvez Dervla estivesse inclinada a concordar com ele. Seria horrível se ele pudesse ler os pensamentos dela agora.

– Sr. Bruni, o senhor está confundindo a vida real com um enredo de novela. Sua imaginação deve estar descontrolada.

Um sorriso lento curvou os lábios sensuais dele.

– Talvez você esteja certa. Viver na fantasia pode acabar se tornando dolorosamente frustrante.

– Eu acho que a realidade raramente chega aos pés da fantasia.

Ela se perdeu por um momento pela boca dele. Será que Gianfranco beijava mesmo tão bem quanto aqueles lábios sensuais pareciam sugerir?

– Isso me faz ter uma opinião muito ruim a respeito dos homens da sua vida.

Dervla levou alguns segundos para entender o significado daquelas palavras.

– Eu não estava falando de sexo! – disse ela ruborizada.

– É claro que não – brincou ele, parecendo se divertir por ela ter se sentido ultrajada. – Comida é um assunto bem mais confortável. Achei que você poderia gostar de comer alguma coisa.

Ela piscou repetidamente, perplexa.

– Está me convidando para jantar?

– Nós dois estamos com fome, eu estou sozinho aqui...

Ele quase a fez rir ao dizer aquilo, como se não tivesse um único amigo no mundo.

– E você não podia ter dado um telefonema, ou simplesmente estalado os dedos para conseguir uma companhia agradável e inteligente?

Ele sorriu.

– Achei que você se sensibilizaria se eu fizesse o tipo solitário. Você é uma companhia agradável e inteligente.

– Esta bajulação não vai levá-lo a parte alguma.

– E então? – perguntou ele, arqueando a sobrancelha. – Você vem?

– Isso está fora de cogitação.

– Por quê?

– Porque eu estou de uniforme e você...

Ela se deteve para avaliá-lo dos pés à cabeça.

Meu Deus, ele realmente era o homem mais bonito que ela já vira.

– Eu o quê, Dervla?

A maneira aveludada e sedutora com que ele disse seu nome a fez corar e baixar os olhos, encabulada.

– Pessoas como você não saem para jantar com pessoas como eu.

Homens como ele costumavam sair com belas louras de estilo de vida bem mais interessantes que o dela.

– Há alguma lei a este respeito? Do jeito que você fala, parece que nós pertencemos a espécies diferentes.

– Isso não deixa de ser verdade, sr. Bruni.

– Gianfranco.

– É realmente muito gentil da sua parte, mas o senhor não precisa me convidar para jantar só porque cruzou comigo na rua. A maioria dos familiares dos pacientes expressa a sua gratidão com chocolates.

– Eu sou todo feito de chocolate – disse ele estendendo as palmas de suas mãos.

Dervla olhou para aqueles dedos longos estendidos na sua direção.

– E eu não a encontrei por acaso. Estava esperando por você.

Os olhos dela se voltaram rapidamente para o rosto de Gianfranco.

– E por que você faria uma coisa dessas? – perguntou ela, sentindo um frio na barriga.

– Por que os homens costumam esperar por você, Dervla?

– Eles não costumam fazer isso. Pode parar de me chamar assim?

– Mas esse não é o seu nome?

– Sim, mas a maneira com que você o pronuncia faz parecer que está se referindo a outra pessoa.

– Está bem, então vamos parar com isto e entrar no carro.

Ela virou a cabeça na direção indicada por ele.

– Que carro?

Como ela pudera deixar de ver aquilo?

A limusine estacionada no meio-fio era imensa.

– Você precisa de um pouco de animação.

Seus olhos se cruzaram e Dervla sentiu a sua resistência ceder.

– Eu não estou precisando me animar – protestou ela, afastando o braço.

– Mas eu estou.

Algo em sua voz a deteve. Foi só então que ela percebeu o vinco em sua testa, as olheiras sob os olhos e as marcas de tensão ao redor da boca.

– Você deve estar muito cansado.

Aquele homem não precisava de ninguém que tomasse conta dele, disse uma voz em seu interior, tentando fazê-la voltar à razão.

– Eu pensei em mudar um pouco de ares. Não foi isso o que você pediu que o enfermeiro-chefe me dissesse diversas vezes? – perguntou ele inocentemente. – Um homem mais sensível poderia até supor que você estava evitando falar comigo.

– Achei que você aceitaria o conselho mais facilmente se ele viesse de um homem.

– Acha que eu tenho algum problema com mulheres fortes? Eu gosto de mulheres que sabem o que querem e que não têm medo de dizer isso a um homem.

A insinuação sexual podia ser apenas imaginação sua.

– Ser instruído por uma mulher nas circunstâncias corretas pode ser muito agradável.

Definitivamente, não era sua imaginação!

Ela ignorou o calor que a consumia por dentro e tentou manter um olhar impassível.

– Não me olhe assim!

Dentro do hospital Dervla tinha o controle, mas fora dele, não havia nenhum crachá atrás do qual se esconder.

– Por quê?

– Porque eu não gosto.

Aquela não era exatamente uma mentira. Gostar não era a melhor palavra para definir os tremores que percorriam a sua espinha.

– Jante comigo.

– Eu não seria boa companhia.

– Eu aceito correr o risco. Relaxe.

Aquele conselho quase a fez rir. Relaxar perto de um homem daqueles era praticamente impossível.

– Você está com fome, eu também... Qual é o problema?

Gianfranco disse algo em italiano para o motorista e abriu a porta de trás para ela.

Dervla acabou entrando. Afinal, era apenas um jantar e às vezes era preciso viver um pouco perigosamente.

– Mas isto aqui é maior que a minha cozinha!– exclamou ela, muito impressionada com aquela extravagância. – É assim que os gênios implacáveis das finanças transitam por aí?

– Eu não sou nenhum gênio e geralmente prefiro usar helicópteros.

Ela riu.

– E quanto a implacável? – perguntou ela curiosamente.

Gianfranco sorriu carismaticamente.

– Isso depende de que está se referindo.

– Estou me referindo a você.

– O que acha?

– Acho que você não responde nunca diretamente. Devia entrar para a política.

– Então você quer saber como é o homem por trás das manchetes de jornal?

Dervla balançou a cabeça.

– Eu não tenho tanto tempo. Isto é só um jantar.

Ele a encarou com seus olhos escuros e disse:

– Não precisa ser apenas isso.

O calor do seu olhar a deixou desconcertada. Ela tentou rir para amenizar a tensão, mas suas cordas vocais ficaram paralisadas.

– Você deve estar certa em não se comprometer. Vamos ver como a noite vai se desenrolar.

CAPÍTULO 8

DERVLA QUIS lhe dizer que a noite não chegaria a parte alguma, mas a excitação em sua corrente sanguínea resistiu a todos os seus esforços.

Pouco depois, a limusine parou abruptamente e Dervla foi lançada para a frente, quase se chocando contra o painel de vidro que os separava do motorista.

No último momento, porém, ela foi puxada para trás pelo braço forte de Gianfranco, ao redor de sua cintura.

O motorista baixou o vidro, ansioso.

– Eu sinto muito. Um cachorro atravessou a pista – disse ele, num inglês fluente, apesar do sotaque italiano.

– Você conseguiu desviar?

O motorista assentiu.

– Ainda bem que vocês estavam usando cinto de segurança.

– Ainda bem – concordou Gianfranco, com um olhar irônico para Dervla.

O motorista fechou novamente o vidro e abriu a porta para que eles saíssem do carro.

Ela ainda podia sentir o seu calor e o cheiro do seu xampu. Dervla teve de lutar para não enterrar os dedos naqueles cabelos sedosos.

– Eu sempre uso o cinto de segurança – disse ela, defendendo-se.

– Sempre não...

Dervla conseguiu respirar um pouco mais livremente quando ele se afastou, mas seus nervos continuavam em estado de alerta.

– Bem, até hoje.

Ela se virou e o olhou nos olhos.

Gianfranco parecia tomado de raiva.

– Você é louca?

Seu primeiro instinto foi se defender do desprezo dele, mas era muito difícil conseguir se defender do indefensável.

– Quantas pessoas você já atendeu no hospital que haviam batido a cabeça no para-brisa?

Pela sua expressão, Dervla pôde deduzir que ele testemunhara ou mesmo vivera algo do gênero e por isso havia reagido tão intensamente ao incidente.

– Bem, eu devia ter me prevenido – admitiu ela, envergonhada.

– Esse seu belo rosto poderia ter...

Seu peito se ergueu quando ele respirou fundo antes de levantar a mão e acariciar a sua face com uma expressão distraída.

Hipnotizada, Dervla fitou-o com os olhos semicerrados, sentindo o calor em sua pelve crescer à medida que ele prosseguia com o movimento circular de seu polegar.

– Eu posso não estar por perto da próxima vez. Prometa-me – exigiu ele – que nunca mais fará isso.

Dervla quis prometê-lo, mas não conseguiu emitir uma única palavra. Estava sentindo um enorme nó na garganta por conta de uma emoção que ela não sabia nomear.

Estava tão excitada que nem notou que não havia nenhum restaurante nos arredores daquele bairro residencial.

– Isto não é um restaurante – disse ela, lançando-lhe um olhar de reprovação quando eles se aproximaram da casa de Gianfranco.

– Esta é minha casa.

– Qual parte?

– Toda ela.

Dervla revirou os olhos.

– É claro que é.

Uma governanta abriu a porta sorrindo amigavelmente para Dervla, que, impelida pela mão firme em suas costas, entrou no elegante corredor iluminado por belos lustres e dominado por uma imensa escada sob a qual se poderia facilmente acomodar toda uma orquestra.

Deslumbrada com todo aquele esplendor, ela não conseguiu guardar o nome da governanta. Depois de uma breve troca de palavras em italiano entre os dois, a mulher lhes desejou uma boa noite e desapareceu por uma das muitas portas que davam para a sala de estar.

– Venha.

Sem muita alternativa, Dervla fez o que ele lhe disse, embora seus modos autoritários realmente a incomodassem. Ele a conduziu por uma série de portas até chegar à cozinha.

O único lugar em que ela havia visto algo parecido fora nas páginas das revistas de celebridades.

– Você gosta de risoto?

Dervla observou-o enquanto ele abria as portas de uma geladeira imensa e tirava alguns ingredientes de lá.

– Você cozinha?

– Isto a surpreende?

– Para falar a verdade, eu estou surpresa de você sequer saber onde fica a cozinha.

Ele riu, fazendo as linhas ao redor dos seus olhos se aprofundarem.

Parecia bem mais relaxado, mas levando em conta as condições em que ela o vira até agora, isso talvez não fosse de admirar.

– Você não tem uma cozinheira?

– Várias. Eu também tenho um motorista, mas isso não quer dizer eu não saiba dirigir. Por que isso a diverte tanto assim? Não acredita que eu sei cozinhar?

– Oh, não é isso. – Ela estava preparada para acreditar que ele era capaz de fazer qualquer coisa. – Você tem várias cozinheiras e acha isso normal... Você é tão incrivelmente rico... É como se você vivesse em outro planeta.

Ele deu de ombros.

– Nós vivemos no mesmo planeta, Dervla. As coisas importantes da vida não vêm com etiqueta.

– Ao contrário desse kit – observou ela, com um meneio de cabeça em direção ao equipamento da cozinha.

– Um bom cozinheiro gosta desse tipo de coisa. Eu gosto mais de uma coisa... manual. Mas nada substitui uma boa faca – disse ele, tomando uma delas em sua mão.

Quanto menos ela pensasse nas mãos dele, melhor, decidiu Dervla, respirando fundo, antes de admitir:

– Vou acreditar na sua palavra. Eu faço mais o gênero micro-ondas.

– Eu não costumo passar muito tempo na cozinha, mas acho bastante relaxante quando o faço – disse ele, arregaçando as mangas.

– Posso ajudar em alguma coisa? – perguntou ela tentando desviar a atenção dos braços dele.

"Como me jogar a seus pés, por exemplo", sugeriu a voz sarcástica em sua mente.

– Você pode tirar seu casaco, e nos servir um pouco de vinho. A adega fica a sua esquerda.

Ele puxou uma cadeira para que ela pudesse pendurar o casaco. Dervla então se agachou e vasculhou a adega.

– Que vinho? – perguntou ela, sem entender nada do assunto.

– Feche os olhos e pegue uma garrafa na sorte – sugeriu ele, antes de voltar a cortar uma cebola com a destreza de um profissional. – Saca-rolhas – tirando-o da gaveta e arremessando-o na direção dela. – Boa pegada.

Dervla abriu a garrafa depois de uma breve luta e encheu duas taças. Depois se sentou na cadeira e se pôs a observá-lo.

Em pouco tempo a cozinha foi inundada por um aroma delicioso.

– Isso parece bom.

Ele ergueu os olhos na direção dela.

– Está com fome?

Ela assentiu, embora o vazio que estivesse sentindo no estômago não tivesse nada a ver com fome.

– Bom. – Ele levou uma colher aos lábios, com um sorriso de aprovação. – Está quase pronto. Se você mexer para mim, eu posso pôr a mesa.

Os dedos dele roçaram os dela ao lhe passar a colher e o contato fez o desejo se acender por todo o seu corpo.

"O que estou fazendo aqui? Eu não pertenço a este mundo", afirmava sua voz interior.

– Sente-se – disse ele, depois de puxar uma cadeira, enquanto acendia uma vela tirada sabe Deus de onde.

Só faltava agora ele colocar uma música suave e a cena clássica de sedução estaria montada.

Até mesmo a possibilidade mais remota deveria tê-la feito sair correndo, mas ela não o fez. Seu coração bateu mais rápido, e ela começou a respirar com dificuldade.

Qualquer um pensaria que ela queria ser seduzida.

Ela rejeitou aquele pensamento, balançando levemente a cabeça. Jamais tivera relacionamentos casuais. A ideia de ter relações íntimas com alguém sem amor lhe dava calafrios.

Então por que sua pele estava crepitando de calor?

– Você não precisava se incomodar por minha causa – disse ela.

– Foi um prazer.

Dervla virou a cabeça e viu que Gianfranco a observava, e teve medo de que ele soubesse o que ela estava pensando.

– Mas seria uma pena você não experimentar a minha comida depois de eu ter me empenhado tanto – repreendeu ele suavemente.

Ela evitou olhá-lo diretamente nos olhos, sentindo-se estremecer. Lançou-lhe um meio-sorriso e tomou assento.

Ela comeria e depois iria embora.

Estava correndo o risco de dar importância demais a um olhar casual ou um comentário ambíguo. Tinha que parar de enxergar coisas que não existiam.

Gianfranco sentou-se em frente a ela. Inclinou-se para lhe servir mais vinho, mas ela balançou a cabeça e murmurou rapidamente:

– Para mim não.

Dervla percebeu que ele também não encheu a própria taça, nem fez menção de pegar o seu garfo, esperando que ela experimentasse a comida.

– E então?

– Está delicioso – admitiu ela, sinceramente. – Ainda vai voltar para o hospital esta noite?

Ele balançou a cabeça.

– Não. Alberto já declarou a sua independência e me expulsou.

– Ele tem mais coragem que nós dois juntos.

Eles conversaram sobre assuntos mais seguros durante o jantar, de modo que Dervla começou não exatamente a relaxar, mas ao menos a baixar a guarda.

Dervla respirou fundo e se levantou tão rápido que quase tropeçou.

– Isto foi muito gentil de sua parte, mas já está tarde. – Tarde para fingir que ela não se sentira atraída desde o primeiro momento em que havia colocado os olhos nele. – Eu realmente tenho de ir.

Nunca deveria ter ido, na verdade.

Gianfranco colocou o guardanapo de lado e se levantou com a mesma graça e fluidez que caracterizou todos os seus movimentos.

– Ainda é cedo – protestou ele, dando a volta na mesa.

Dervla ficou parada, com o coração batendo descompassado, torcendo o guardanapo de linho em suas mãos e os pés pregados no chão enquanto ele chegava tão perto que ela podia sentir o calor que irradiava de seu corpo.

– Eu realmente preciso...

Gianfranco passou o polegar pelo contorno do seu lábio inferior e ela começou a tremer violentamente.

– A sua boca parece tão macia e deliciosa.

O calor e a avidez que Dervla viu refletidos nos olhos escuros dele fez com que uma onda sensual de desejo se apoderasse de todas as suas terminações nervosas.

– Esta noite não vai acabar como você está pensando – exclamou ela, colocando a mão sobre o próprio peito.

Ele arqueou uma sobrancelha com ironia.

– E onde seria isso?

Ela balançou a cabeça, respirando com dificuldade.

– Eu não sou o tipo de pessoa que estabelece relações de apenas uma noite.

– Uma noite só não seria suficiente.

Aquela observação feita em voz rouca provocou um pequeno gemido nela que Dervla tentou encobrir com uma risada.

– Eu realmente não acredito que ser visto comigo ajudaria a sua reputação.

– Eu não estou interessado na minha reputação. A única coisa em que estou interessado é ter você na minha cama. – Ele então inclinou a cabeça e avaliou o seu rosto em chamas. – Você ficou chocada? Não se sente à vontade para falar de sexo?

– Eu acho esta conversa toda muito desconfortável.

– Você preferiria que falássemos a respeito do tempo? Podíamos fazê-lo, mas ambos estaríamos o tempo todo pensando em sexo.

Ela ergueu o queixo e o fitou com um olhar desafiador.

– Fale por você.

– Está me decepcionando. Não achei que fosse hipócrita.

Aquilo enfureceu Dervla.

– Eu não sou hipócrita, nem maníaca por sexo.

A verdade era exatamente o contrário. Pelo menos até agora.

Ela teve que cerrar os punhos para não correr o risco de arrancar as roupas ali mesmo.

Ele inclinou a cabeça, aproximando seu rosto do dela a ponto de Dervla poder sentir a sua respiração.

– Você me quer – disse ele, com uma voz grave. – Sabe que eu a quero também e está gostando disto. Isto a excita. Eu a excito.

Ela balançou a cabeça, sabendo que se falasse alguma coisa, poderia dar a impressão de que desejava que ele continuasse dizendo aquelas coisas, que ele fizesse muitas coisas com ela.

E não era isso mesmo o que ela queria?

– Eu passei a semana inteira querendo beijá-la, e vou fazer isto agora, se você não se importar...

A voz sedutora de Gianfranco mexeu com algo de muito profundo no ser de Dervla. Ele não estava pedindo permissão. Estava habilmente lançando faíscas e ateando cada vez mais fogo à chama de desejo que ardia dentro dela com sua voz de mel.

Aquilo, na visão de Gianfranco, não passava de sexo sem compromisso.

Reconhecer isso, porém, não arrefeceu em nada o seu desejo desesperado por ele. Dervla ainda fez uma última tentativa de ir embora.

– Está realmente muito tarde.

– Por que a pressa? Você não vai trabalhar amanhã.

– Como você sabe?

– Eu verifiquei.

– E por que você faria isso?

Gianfranco sorriu languidamente ao acariciar o seu rosto com a ponta do indicador.

– Informação é poder, Dervla.

Ele afastou a mão, mas a forte sensação sob a pele de Dervla persistiu.

Queria que ele a tocasse.

Ergueu então o queixo e fingiu se divertir com o comentário.

– Você não tem nenhum poder sobre mim.

Infelizmente, seus hormônios não podiam dizer o mesmo.

– É uma pena, pois você me tem na palma de sua mão tão delicada. – Ele tomou o seu pulso e abriu os dedos de seu punho cerrado, um a um, como as pétalas de uma flor. – Uma mão muito bonita.

O toque de Gianfranco estava causando danos irreparáveis a seu sistema nervoso. Com os olhos arregalados, num misto de temor e desejo, ela soltou um longo suspiro e admitiu, com a voz trêmula:

– Eu realmente não quero ir.

Uma satisfação masculina primitiva junto a algo menos facilmente identificável chamuscou nos olhos dele.

– Então fique, *cara*.

– Mas eu nem sei se gosto de você.

Ele riu, jogando a cabeça para trás, permitindo que ela admirasse o seu forte pescoço bronzeado.

– Se isso a faz sentir melhor, eu não gostei nem um pouco de você nas primeiras 24 horas em que nos conhecemos.

– Você não disfarçou muito bem – respondeu ela, tentando sorrir, mas sem conseguir por causa do nó em sua garganta.

– Eu quis fazer sexo com você mesmo quando antipatizei com você. – Ele sorriu. – Parece chocada novamente.

Ela baixou os olhos. Estava excitada, o que era muito mais perturbador.

– Estou chocada por estar fazendo isto.

Dervla começou a arfar quando ele se inclinou sobre ela, chegando tão perto que ela pôde ver as pontas de seus longos cílios escuros e a textura de sua pele dourada.

Quando ele se aproximou ainda mais, tudo saiu de foco, transformando-se num verdadeiro caleidoscópio e seu coração bateu ainda mais alto e mais rápido.

Seus lábios se entreabriram sob a suave pressão dos dele.

Gianfranco, então, deslizou a língua por entre eles e Dervla soltou um gemido, agarrando-se a seus ombros e colando seu corpo ao dele, enquanto retribuía ao beijo com uma avidez que beirava o desespero.

– *Dio Mio!* – disse ele, inclinando a cabeça e olhando para o rosto dela quando eles finalmente interromperam o beijo. – Você é tudo o que eu imaginei e muito, muito mais.

O brilho de intenso desejo que ela viu nos olhos dele lhe tirou o fôlego, fez a sua cabeça girar mesmo antes de os lábios dele retomarem a sensual persuasão sobre a sua boca macia. Ele levou a mão à curva suave do seu seio e Dervla sentiu os joelhos fraquejarem.

– Isto não é o bastante?! – gemeu ela, após alguns minutos daquela tortura.

Gianfranco afastou a boca da de Dervla por um momento e, respirando com dificuldade, avaliou o seu rosto afogueado de excitação.

– Não é o bastante de quê? – perguntou ele com a voz rouca.

Dervla suspirou e passou a ponta da língua pela curva sensual de seu lábio superior.

– De você.

– Você quer mais de mim?

Com as pupilas dilatadas, ela inclinou a cabeça para trás para vê-lo melhor e disse:

– Não, eu quero você por inteiro.

Gianfranco respirou fundo e enterrou os dedos no cabelo dela, puxando sua cabeça para trás e expondo a curva graciosa de seu pescoço longo.

Dervla fechou os olhos quando ele beijou ali e foi subindo lenta e eroticamente até alcançar a sua boca.

Ela soltou um gritinho assustado quando ele repentinamente a tomou em seus braços.

– O que você está fazendo?

Ele caminhou a passos largos em direção à porta e a abriu com o pé.

– Não quero que a nossa primeira vez aconteça na mesa de uma cozinha.

– Eu não me importo onde seja, contanto que ela aconteça.

"Eu disse mesmo isso?", indagou-se Dervla.

CAPÍTULO 9

RESPIRANDO COM dificuldade, mas aparentemente não pelo esforço de tê-la carregado por dois lances de escadas, Gianfranco abriu a porta do quarto onde havia uma cama enorme em meio a quatro colunas imponentes.

O restante dos móveis devia ser igualmente impressionante, mas Dervla não estava nem um pouco interessada na decoração do ambiente. Toda a sua atenção se voltava para o homem que a pousara cuidadosamente sobre aquela cama imensa, antes de ligar o abajur.

Ainda arfante, ele se ajoelhou na cama e puxou a camisa para fora da calça, lutando para se livrar dela.

Dervla arfava alto.

O desejo tomava conta dela enquanto o admirava em silêncio.

Gianfranco tinha um corpo dourado e rígido, sem um grama sequer a mais para macular aquela perfeição do seu peito e abdômen bem-definidos.

Queria tocá-lo, sentir a pele nua dele contra a sua, queria sentir o seu sabor, sentir as mãos dele passeando pelo seu corpo. Não teve consciência de que dissera tudo aquilo em voz alta até vê-lo desafivelar o cinto e prometer, com a voz mansa e rouca:

– Já, já, *cara*, já, já...

Ele não desviou os olhos dela nem por um segundo enquanto baixava a calça pelos quadris estreitos até a atirar longe. Permaneceu então imóvel, usando apenas uma cueca que não disfarçava em nada o seu grau de excitação.

Deitou-se então a seu lado, apoiado sobre um cotovelo para beijar o seu maxilar enquanto alcançava a base de sua blusa.

Dervla se contorceu levemente para ajudá-lo a tirá-la quando ele a puxou por cima de sua cabeça e a arremessou longe.

Ela colocou as palmas de suas mãos sobre a barriga dele e sentiu seus músculos se contraírem sob aquela pele dourada.

– Você está com algumas marcas roxas – sussurrou ela. – Deve ter sido angústia! – disse Dervla, pensando na sua vigília silenciosa junto ao filho.

– Não – negou ele, tomando a mão dela na sua e levando-a mais para baixo. – A angústia era esta – murmurou ele numa voz rouca e gutural, pulsando com força contra a mão dela fechada em torno de sua ereção.

Ele preenchera não apenas a sua mão, mas também a sua mente e a sua alma.

– Você é o único remédio de que preciso. Eu sabia que encontraria o conforto de que necessitava no seu corpo.

Gianfranco se deitou sobre ela, admirando, com olhos famintos, o movimento arfante do seu peito, fazendo os seios subirem e descerem, encobertos apenas por uma delicada camada de renda.

– Eles são de um branco virginal – murmurou ele com um sorriso cúmplice enquanto abria o fecho frontal.

Que ironia!

O lembrete involuntário deixou Dervla tensa, mas quando ele tomou os seios nus em suas mãos, a sensação foi tão deliciosa que deixou pouco espaço em seu cérebro para apreensões.

Seus olhos se fecharam ao ouvi-lo dizer que ela era perfeita, soando lisonjeiramente aturdida com a descoberta.

Qualquer dúvida que ela ainda pudesse ter desapareceu por completo quando ele começou a acariciar, primeiro um, depois outro mamilo enrijecido com o polegar, antes de fazer o mesmo com os lábios e a língua.

Contorcendo-se de prazer, reagindo com todo o seu corpo ao mais leve toque ou carícia de Gianfranco, ela mal se deu conta de que ele estava tirando o seu jeans e então a sua calcinha rendada até sentir os dedos deslizarem pelos cachos úmidos entre as suas pernas, procurando o seu centro quente e úmido.

Dervla tremeu, tomada de um desejo desconhecido quando ele beijou suavemente as suas pálpebras cerradas e tocou o botão latejante. A invasão chocantemente íntima arrancou um grito assustado de prazer de sua garganta. Suas carícias a levaram à beira de algo que ela jamais havia experimentado quando ele se deteve pouco antes de ela atingir o clímax.

– Oh, Deus, eu…

– Você é perfeita, nós somos perfeitos juntos – disse-lhe ele, antes de deslizar pelo seu corpo abaixo, beijando a curva suave da sua barriga. – Isto – acrescentou ele, ajoelhando-se entre as suas coxas entreabertas – será perfeito também.

Dervla suspirou avidamente ao olhar para o seu magnífico corpo desnudo. Ela não duvidava nem por um momento da sua capacidade de tornar as coisas perfeitas. Foram apenas as dúvidas em relação à sua capacidade de satisfazer as expectativas aparentemente altas dele que a fizeram franzir a testa.

– Eu preciso tê-la para mim… Dervla, você está me tirando do sério.

Ela passou os braços ao redor do seu pescoço, arqueando as costas e pressionando os seios nus provocantemente contra o peito dele.

Dervla sentiu o calor da respiração de Gianfranco em seu pescoço enquanto ele pressionava, tentando penetrá-la, e então arqueou todo o seu corpo num suspiro de assombro.

– *Per amor di Dio!*

Mal tomando ciência da sua exclamação, Dervla enroscou as suas pernas em torno dos quadris dele e se agarrou a seus ombros escorregadios de suor.

– Isto é incrível, você é... oh, meu Deus! – disse ele, com a respiração ofegante, penetrando-a um pouco mais fundo.

Dervla gritou o nome dele repetidas vezes, como numa ladainha, enquanto ele preenchia um vazio que ela sequer sabia que existia, entrando cada vez mais fundo dentro dela, encorajando-a a alcançar o prazer total, enquanto o próprio corpo tremia pela força que fazia para se conter.

Ao perceber que ela estava quase lá, ele se deixou levar e mergulhou dentro dela com um grito até ambos alcançarem o clímax juntos.

Ela se entregou a ele sem reservas.

– Oh, Gianfranco! – disse Dervla ofegante, tomando o seu rosto entre as mãos e beijando sua boca fervorosamente. – Você não tem ideia de como eu estou feliz. Foi perfeito.

Ele parecia ter sido atingido por um raio, mas aquilo provavelmente era normal. Com um suspiro sonolento, ela se aninhou em seus braços e suspirou contente.

– CHEGAMOS – DISSE o chofer, consultando o relógio. – A barca chegará em cinco minutos. Gostaria que eu fosse recebê-lo?

Esforçando-se para voltar ao presente e afastar todas aquelas lembranças eróticas, ela sorriu, um tanto culpada, e balançou a cabeça, antes de pigarrear e finalmente responder:

– Obrigada, Eduardo. Eu mesma o farei.

Já que não podia tomar uma ducha fria, o melhor a fazer era tomar um pouco de ar fresco!

ENQUANTO ISSO, Gianfranco consultava o relógio. Chegara à Inglaterra em seu jato particular antes do filho, e pelos seus cálculos, salvo qualquer engarrafamento maior, estaria em Londres pelo menos meia hora antes de sua esposa e seu filho fujões chegarem em casa.

Sua expressão enrijeceu ao pensar na inevitável confrontação que tinha diante de si.

Dervla se comportara muito mal com ele.

Gianfranco consumia-se pela raiva cada vez que pensava na sua conduta, ainda que, lá no fundo da mente, soubesse que as próprias atitudes também não resistiriam a uma avaliação mais profunda.

Casara-se com Dervla sabendo muito bem que ela queria mais que aquilo que ele estava disposto a dar. O que acontecera, portanto, era praticamente inevitável.

Mas ela sabia quais eram as regras... e ele se recusava a reconhecer que o que sentia por ela era bem mais que simples desejo.

Egoísta? Ele lhe dera tudo o que ela havia lhe pedido, ainda que isso não tenha jamais passado do seu apoio e alguns conselhos para conseguir erguer o hospital.

"E se ela quiser a sua liberdade de volta, você a deixará ir embora? Deixe que ela encontre um homem que a mereça, pois ela merece um homem melhor que você! O quê? E deixá-la à mercê do primeiro inescrupuloso com uma boa lábia?", sua mente não parava.

Ao menos com ele, Dervla estava segura.

O problema é que ela era muito generosa e se entregara por inteiro a ele, sem reservas.

ELE NUNCA se esqueceria do momento em que se dera conta de que havia seduzido uma virgem.

"Sei, você ficou tão traumatizado que só teve tempo de recuperar o fôlego para começar tudo outra vez!", a voz interior o lembrou.

Ignorando o tom irônico de sua consciência, Gianfranco se lembrou da profunda satisfação masculina mesclada a uma espécie de ternura que o tomara de assalto então, depois do choque inicial.

Quando ele a tomou em seus braços e lhe disse que a possibilidade de ela ser virgem nem sequer passara pela sua cabeça, ela confirmou sua ingenuidade, dizendo com um ar pesaroso:

– Então você notou.

– Como isso é possível? Você já tem 26 anos. E eu que pensei que havia começado tarde – murmurou ele.

Com uma graça felina que o deixou fascinada, Dervla se aninhou a ele sem nenhum ar virginal. Brincou então com os pelos de seu peito suado, insinuando a sua coxa por entre as pernas dele.

– Quantos anos tinha na sua primeira vez? – perguntou ela, com um suspiro de prazer ao aconchegar as suas curvas macias ao corpo dele.

– Meu Deus, isto é tão bom e você é tão incrivelmente bonita!

– Você vai adormecer?

– Não, eu não vou adormecer – prometeu ele, rindo.

Gianfranco jamais associara o riso ao sexo antes, mas também jamais ficara aninhado a nenhuma parceira daquela forma terna depois de ter feito sexo com ela.

O rapaz romântico que ele fora no passado já estava morto há muito tempo. O sexo para ele se resumia em satisfazer uma necessidade primária mútua.

– E então, quantos anos tinha? – insistiu ela.

– Você parece fascinada pela minha trajetória sexual.

Dervla mordiscou a língua e deslizou o dedo pelo peito dele com seu olhos verdes semicerrados, provocando-o. Gianfranco divertiu-se ao vê-la descobrir o poder de sua sexualidade feminina.

Desceu ainda mais com a mão e riu deliciosamente quando ele estremeceu.

– Eu estou fascinada por muitas coisas a seu respeito – admitiu ela. – Mas você parece ter começado muito *cedo*.

Muito consciente da pequena mão que agora pousava estendida sobre a sua barriga, ele respondeu:

– Eu não tinha 26 anos.

Gianfranco sempre evitava pensar em como ele havia sido aos 19 anos.

– Como é possível que uma mulher tão bonita como você nunca tenha tido um amante?

– Obrigada. Você é muito gentil.

– *Dio*, você diz cada coisa. Isso não tem nada a ver com *gentileza*. É um fato. Você é linda.

Ele pegou o queixo de Dervla e ergueu o seu rosto para olhar no fundo daqueles olhos cor de esmeralda.

Dervla não desviou o olhar, embora estivesse um pouco tímida.

Fechou os olhos apenas quando ele levou o polegar aos lábios dela, ainda inchados pelos beijos, e traçou o contorno de sua boca.

Ele beijou suas pálpebras delicadas e murmurou:

– *Muito* linda *e* muito desejável. Achei isso desde o primeiro momento em que a vi.

Ela abriu novamente os olhos com um brilho malicioso nos olhos.

– Quer saber o que eu pensei quando o vi pela primeira vez? – Antes que ele pudesse responder, ela balançou a cabeça e disse: – Melhor não. Não foi nada muito profissional.

Ela assumiu uma expressão mais sóbria ao avaliar o sulco da sutura que fizera junto à raiz dos cabelos dele.

Gianfranco pegou a mão dela e a levou até os lábios.

– Pensando bem, *isto* também não é nada profissional – disse ela passando os dedos pelo seu maxilar.

Seus olhos verdes se enevoaram ao começar a afagar distraidamente o rosto dele.

– Mas o que não tinha de experiência, você compensou com entusiasmo.

Ela arregalou os olhos, indignada, ao compreender o que ele dissera:

– Você entendeu muito bem! – afirmou ela, atirando um travesseiro em seu peito.

Gianfranco estava absorvido demais pelo suave e incrivelmente erótico balançar dos pequenos seios rosados para se esquivar.

Feliz por ter conseguido tirar a expressão autorrecriminadora de seu rosto, ele a deitou novamente sobre o colchão. Sustentando o seu peso sobre a mão, ele usou a outra para acariciar o belo traseiro.

Ela respirou fundo quando ele a puxou para si e gemeu baixinho.

Ao olhar para os olhos dela, percebeu que suas pupilas haviam se dilatado a ponto de restar apenas um fino anel de cor verde em torno delas. Ela provocava um desejo nele que ameaçava o autocontrole de que ele tanto se orgulhava.

– O que você precisa, *cara*, é de muita prática.

– E você vai me proporcionar isso?

Antes que ele pudesse lhe garantir a sua total disponibilidade para tanto, ela o interrompeu:

– Não, isto está errado!

– *Errado?*

– Os pacientes são muito vulneráveis – explicou ela. – Muitas vezes se aproximam das pessoas que cuidam deles, acreditando nutrir algum sentimento por elas. É desprezível tirar proveito de uma situação destas.

– Você acha que tirou proveito de mim? – perguntou Gianfranco, esforçando-se para conter uma gargalhada. – Fui eu quem seduziu uma virgem. Além disso, você estava desnorteada porque perdeu o seu paciente.

– Eu sou uma enfermeira e trabalho numa unidade onde as pessoas estão muito doentes. Às vezes elas morrem.

– E você quer que eu acredite que consegue manter essa objetividade o tempo todo? Eu a tenho observado. Você exala compaixão.

Ela fez uma careta.

– E isso por acaso é uma coisa ruim?

– Não para o velho senhor solitário que você visitou em seu dia de folga.

– O sr. Chambers não tinha ninguém da família por perto. Sua filha emigrou e...

– Você não precisa me explicar nada, Dervla. Eu não sou seu paciente.

– Não, mas seu filho é.

– Mas não por muito tempo.

Se conseguisse debelar a infecção que atrasara um pouco a sua recuperação, Alberto poderia ser transferido para um hospital que ficava a meia hora de sua casa em Florença.

Ela assentiu.

– Vocês voltarão para casa em breve.

Gianfranco viu as lágrimas que começaram a rolar sem nenhum aviso dos belos olhos de Dervla.

– Meu Deus – disse ela, envergonhada, tentando secá-las desesperadamente. – Eu sinto muito.

– Por que você está chorando, Dervla? – perguntou ele, sentando reto na cama.

Gianfranco costumava manter uma atitude cínica em relação às lágrimas femininas, acreditando que elas não passavam de uma maneira de manipular os sentimentos dos homens.

Estava ficando cada vez mais claro para ele, porém, que aquela ruiva não tinha a menor ideia do que vinha a ser manipulação, muito menos autopreservação, no que dizia respeito a ele.

Tentou afastar o mal-estar lembrando que um homem apenas tirava proveito de uma mulher quando fingia sentir por ela algo que não sentia, e ele não fazia esse tipo de joguinho.

– Eu não estou chorando. Oh, meu Deus! Uma garota não pode chorar sem ser importunada?

– Você está triste e eu quero saber por quê.

Tudo o que ele julgara importante saber em seus relacionamentos anteriores fora a preferência das mulheres de sua vida quanto a roupas de grife.

– Você está arrependida?

– *Arrependida?* – repetiu ela, parecendo assustada. – De jeito nenhum.

Ele ficou aliviado, mas ainda continuava perplexo com a inflexão triste em sua voz.

– Então por quê...?

Ela balançou a cabeça sem dizer nada e se afastou virando as costas nuas e delgadas para ele. Gianfranco colocou a mão em seu ombro e a puxou de volta.

– Olhe para mim! – ordenou ele.

Seus olhos se cruzaram. Ela se levantou e ficou de pé, ao lado da cama, com os cabelos ruivos caindo sobre os ombros e a pele alva, tremendo, aparentemente esquecida de sua nudez.

Gianfranco soube naquele exato momento que guardaria aquela imagem em sua memória para sempre.

– Eu estava tentando ser adulta, mas, se você insiste, está bem. – Ela lançou os braços no ar fazendo seus pequenos seios rosados pularem de uma maneira que atiçou novamente o desejo de Gianfranco. – Eu estava chorando porque vou sentir a sua falta. E antes que você o diga, *sim*, eu sei que isso é totalmente estúpido. Eu mal o conheço. Nós não temos nada em comum e...

– Você vai sentir a minha *falta*?

Dervla se enrolou numa coberta que caíra no chão.

– Eu realmente não sei o que estou dizendo. Foi um dia muito intenso.

Ela estava se referindo ao paciente que morrera ou ao fato de ter perdido a virgindade?

Gianfranco deu um tapinha na cama, convidando-a a se sentar a seu lado.

– Venha comigo – ele se ouviu dizer.

A expressão dela espelhava a mesma incompreensão pela qual ele estava passando.

– *Ir com...?*

– Venha conosco para a Itália.

– Isto é muito gentil, mas eu não tenho mais férias para tirar este ano.

– Fique sabendo que eu não sou um homem gentil e não estou falando de férias. Você vai gostar da Itália.

– Você está propondo que eu vá viver lá?

– E por que não?

– Por uma *centena* de motivos – retrucou ela. – Eu trabalho aqui, Gianfranco.

– Há hospitais na Itália também.

– Mas eu não falo italiano e é preciso muito tempo para aprender uma língua. Eu preciso trabalhar para me sustentar e... Oh, meu Deus! – disse ela colocando a mão na cabeça e revirando os olhos. – Eu estou falando como se realmente estivesse considerando a possibilidade.

– Você não precisa se preocupar com o seu sustento. Eu não sou exatamente pobre.

Ela enrijeceu.

– Está sugerindo que eu deixe o meu trabalho e os meus amigos e vá viver na Itália como sua *amante*?

– Não exatamente – admitiu ele, embora a ideia tivesse lhe parecido interessante até ver a expressão de Dervla e perceber que ela não estava gostando nada da sugestão.

– Bem, e como você chamaria uma mulher que aceita que um homem pague as suas contas em troca, é claro, de certos *favores*? Eu nunca fui tão insultada em toda a minha vida!

Sua raiva parecia totalmente inexplicável para Gianfranco.

– *Você* foi insultada?

Ele ficou se perguntando se deveria dizer a ela que muitas mulheres dariam qualquer coisa por aquela oportunidade.

– Isso mesmo – disse ela entredentes. – Eu, por acaso, pareço uma mulher que aceitaria ser dependente de um homem? Ter esperado até os 26 anos para perder a virgindade pode fazer com que eu pareça uma tonta, mas eu definitivamente não sou.

– Quer dizer que agora que descobriu o sexo, você ficou ávida para experimentar tudo o que tem direito?

A imagem de outros homens terminando de lhe ensinar o que ele começara fez suas têmporas latejarem.

Depois de fitá-lo longamente ela jogou a cabeça para trás, riu e disse:

– Devo agradecer a você pela minha libertação sexual.

– Não confunda liberdade com promiscuidade – aconselhou ele severamente.

– *Você* está acusando a *mim* de promiscuidade? Esta é boa! Pelo que sei, você troca de mulher como quem troca de roupa.

– *Dio mio!*

As mulheres com quem ele costumava compartilhar a sua cama eram especialistas em agradar um homem, e não em insultá-lo.

– Você parece o tipo de homem que acha que falar dos seus sentimentos é sinal de fraqueza.

– De repente você virou uma profunda conhecedora de homens – observou ele severamente.

– Eu sei o suficiente sobre você para saber que não quero vê-lo nunca mais – disse ela catando as suas roupas e saindo do quarto.

Gianfranco disse a si mesmo que aquele seria o melhor desfecho para aquela história. Dervla Smith era uma mulher muito difícil de se manter. Jogou as cobertas que estavam a seus pés para o lado, e seu dedo enroscou-se no rendado do sutiã de Dervla.

Devolveu-o uma semana mais tarde quando a pediu em casamento.

CAPÍTULO 10

A APREENSÃO de Dervla só fez aumentar quando a limusine estacionou em frente à casa de Londres. Alberto abriu o cinto de segurança, não parecendo compartilhar dos mesmos temores. Dervla não podia acreditar que ele estivesse tão relaxado como parecia.

Gianfranco podia ser um pai liberal, mas certamente seria muito duro com o filho depois de ele ter ultrapassado o limite como fizera.

Ela esperou que o motorista se afastasse para então fazer a pergunta que não saía de sua mente.

– Por que você fez isso?

Alberto deu de ombros.

Dervla respirou fundo. Ele jamais estivera tão parecido com o pai como agora.

– Um impulso, acho.

Dervla revirou os olhos e implorou:

– Por favor, não diga isso a seu pai, Alberto.

– Não se preocupe com papai, Dervla. Eu sei lidar com ele.

Ela ficou boquiaberta.

– Você sabe lidar com ele…

Ela começou a rir. Ainda não havia nascido quem soubesse lidar com Gianfranco.

O rapaz não pareceu ofendido.

– Está tudo bem, Dervla. Eu tenho tudo sob controle.

– Você por acaso bateu a cabeça? Há uma linha muito tênue entre a autoconfiança e a estupidez!

Dessa vez foi Alberto quem riu.

– Alberto! – protestou ela. – Isto não é uma piada. Você não pode simplesmente fugir.

– Por que não, Dervla? Você fez a mesma coisa.

A lembrança a fez corar até a raiz dos cabelos.

– Uma coisa não tem nada a ver com a outra. Eu sou adulta...

– E é casada com ele, e eu não.

– Seu pai deve ter ficado fora de si.

– Quando você foi embora, ele passou a noite inteira andando de um lado para o outro.

– Verdade? – perguntou ela, detendo-se logo em seguida. Agora era ela que estava bancando a adolescente. – Isto é um assunto particular entre mim e seu pai – disse ela, repreendendo-o.

– É claro. Coisa de adulto.

Dervla olhou para ele desconfiada, achando que Alberto estava fazendo pouco dela.

O rapaz olhou-a inocentemente.

– Você só tem 13 anos. O que fez foi muito perigoso. Podia ter lhe acontecido alguma coisa – disse ela, tentando chamar a sua atenção para a gravidade da situação sem bancar a madrasta chata.

– Mas não aconteceu – salientou ele com uma lógica contra a qual ela não pôde discutir. – Portanto não há por que se preocupar, não é?

– Sei que seu pai pode parecer um pouco inacessível, mas se está com algum problema, deve contar a ele, Alberto.

– Não se preocupe, Dervla. Eu sei que meu pai é o tipo de pessoa com quem se pode contar num momento de crise.

Aquilo a deixou sem fala.

– É verdade – admitiu ela finalmente.

– Você parece um pouco estranha, Dervla. Está tudo bem? – perguntou seu enteado.

– Eu só estou com um pouco de febre alérgica. – Ela segurou o seu braço. – Por favor, não banque o engraçadinho quando seu pai chegar.

– Pode deixar.

Alberto saiu correndo em direção à casa. Ela o chamou e tentou correr atrás dele, mas não conseguiu alcançá-lo.

Dervla se deteve ao ver Alberto trocar algumas palavras com o homem que estava de pé, na porta, antes de desaparecer.

"Fuja", disse a sua voz interior, quando o viu caminhar em sua direção. Seus pés, porém, não lhe obedeceram.

– Olá, Gianfranco.

O desejo se apoderou de Dervla assim que olhou para ele.

Ela nem pensou em lhe perguntar como ele conseguira chegar até lá. Depois de um ano vivendo a seu lado, ela aprendera que determinação e recursos financeiros quase ilimitados faziam milagres.

Gianfranco se deteve um degrau acima dela, deixando a diferença de alturas entre eles ainda mais evidente, sem responder a sua saudação.

Os seus olhos estavam injetados nela.

– Alberto está muito arrependido.

Dervla pensou ter visto uma centelha de divertimento em seus olhos escuros.

– Ele lhe disse isso?

– Não exatamente com estas palavras, mas…

Gianfranco a interrompeu com um gesto.

– *Dio mio*, eu não estou com a menor vontade de discutir a respeito do meu filho agora.

– Não comigo, você quer dizer. Foi bobagem minha, mas quando nós nos casamos, eu fiquei apreensiva quanto a me tornar uma madrasta.

Ele pareceu chocado.

– Isso nunca lhe passou pela cabeça? Você nunca pensou que eu pudesse ter medo de decepcioná-lo?

– Você não me decepcionou.

– É claro que não. E como poderia? Você sempre cuidou de tudo sozinho. Para alguém que se recusou a ser a sua amante, a minha posição agora não é muito diferente.

– Por que você não me disse que se sentia assim? Achei que queria fazer parte da família.

– Será que você não ouviu uma palavra do que eu disse? Eu queria fazer parte da família, mas fiquei de fora, olhando, do lugar em que você me colocou.

Gianfranco pareceu chocado com aquela reivindicação.

– Não foi a minha intenção.

– Você nunca faz nada sem querer, Gianfranco. Você manipula as pessoas.

– *Per amor di Dio*, você está agindo como se eu tivesse planejado tudo… – Ele riu duramente, passando a mão pelo cabelo, e balançou a cabeça. – A minha vida virou do avesso desde que eu a conheci!

Eles estavam andando em círculos. Ele não a amava e isso não mudaria, então de que adiantava tudo aquilo?

– Está bem, isso não importa mais – disse ela. – Eu vou deixar você com seu filho. Estou na casa de Sue, você tem o número.

Gianfranco olhou atônito para ela.

– Acha que eu vou ficar parado aqui e deixar você ir embora desse jeito?

Ela deu de ombros, fingindo não se interessar.

– E por que não?

Ele franziu as sobrancelhas.

– Você é minha esposa, embora pareça ter se esquecido disso.

Dervla sabia que era sua esposa apenas no papel. Só havia lugar para uma em seu coração e não era ela.

– Eu era a sua esposa há dois dias – observou ela. – E você não teve o menor interesse em saber como eu estava.

– Quer dizer que eu deveria ter ido atrás de você?

Com os olhos em chamas, ele desceu até ela e a segurou possessivamente na altura das costelas, puxando-a na sua direção até eles ficarem a menos de um centímetro de distância.

– Você não parece bem – disse ele, preocupado com a sua aparência frágil.

– Eu não tive muito tempo para ficar apresentável. Você disse que era urgente, de modo que eu supus que uma visita ao cabeleireiro estava fora de cogitação.

A réplica azeda fez os seus olhos escuros brilharem.

– Seu cabelo está sempre bonito.

Ela teve vontade de se jogar em seus braços.

Gianfranco afastou um dos cachos do seu rosto.

– A sua pele é tão macia!

Ele respirou fundo, pensando que todo o corpo dela era assim.

– Eu só quis dizer que você parece cansada – disse ele, passando o polegar pelas olheiras sob os olhos dela.

Dervla, que estava usando toda a sua energia para não ceder ao desejo, não teve forças para mentir.

– Eu não tenho conseguido dormir.

Não sem o calor do seu corpo e o cheiro masculino da sua pele sedosa. Um sofá e um saco de dormir não eram bons substitutos.

– Nem eu.

Então Alberto não mentira.

– Por quê?

– Porque estava zangado com você.

– Zangado? Achei que você podia ter sentido a minha falta... – disse ela, odiando o tom suplicante que percebera em sua voz. – Oh, Deus, a culpa é toda minha! – recriminou-se ela, balançando a cabeça. – Se eu tivesse concordado em ser a sua amante, as coisas não teriam sido tão complicadas! Você só queria mesmo fazer sexo comigo e isso não tem nada de complicado.

– Não tinha, antes de eu conhecer você – disse Gianfranco num tom sério.

Nada mais em sua vida fora simples desde que ele a havia conhecido.

– Você preferia que nós não tivéssemos nos casado?

Um silêncio se seguiu a suas palavras. Tão longo que ela teve vontade de cavar um buraco e sumir.

– Quando você foi embora daquele jeito, eu fiquei muito zangado, fiquei preocupado, fiquei...

Ele se deteve e praguejou em italiano antes de enterrar o rosto em suas mãos, permanecendo assim por algum tempo.

Depois ergueu a cabeça e passou a mão pela barba cerrada, tão atordoado que enterneceu o coração de Dervla.

Ela ficara tão confusa por encontrá-lo, que nem havia notado como ele estava esgotado.

Mais que isso, ele parecia ter ido ao inferno e voltado, certamente por causa do desaparecimento do filho.

O mesmo filho com quem ele não falara por mais de trinta segundos.

Aquilo a deixou confusa. Esperara uma verdadeira explosão de sua parte.

– Eu senti a sua falta.

– *Verdade?* – Ela olhou nos olhos dele e suas defesas caíram por terra. – Eu senti tantas saudades, Gianfranco.

– Minha cama, assim como o resto da casa, ficaram vazios sem você – disse ele numa voz grave e intensa.

Dervla soltou um grito e se atirou em seus braços, vendo o brilho de triunfo masculino nos olhos de Gianfranco, que, por um momento, mais lhe pareceu de alívio, antes de colar a boca dele à sua e abraçá-la com força.

Ela estava onde queria estar, no lugar ao qual pertencia.

– Pode me soltar. Eu não vou desaparecer – disse Gianfranco mais descontraído quando eles finalmente se afastaram.

Dervla balançou a cabeça, segurando a camisa dele com força.

– Eu acabei com a sua camisa.

– Eu vou tirá-la mesmo.

Dervla adorou a ideia.

– Embora talvez fosse melhor fazê-lo num lugar um pouco mais reservado.

Dervla corou e Gianfranco riu com vontade do seu embaraço. Tomou-a então pelo braço, para entrar na casa, mas ela se deteve.

– Antes eu tenho que falar com você sobre o bebê.

Ela ficou perturbada. Jamais haveria um bebê em sua vida. Tomara a sua decisão, mas ainda estava sofrendo com aquilo.

Percebeu que ele ficara tenso com a menção daquele assunto.

– Eu tive tempo para pensar melhor e cheguei à conclusão de que você estava certo.

Gianfranco pareceu receoso.

– Você não quer mais ter um filho?

Dervla desviou os olhos.

– Eu tenho você e Alberto. Se ele não precisa de uma mãe, talvez precise de uma amiga...

– *Dio!* – disse ele, batendo na cabeça. – Você está tentando me envergonhar?

Dervla olhou-o sem compreender.

– Eu não sei o que você está querendo dizer.

– Acha que eu não sei disso?

Ele tomou o rosto dela em suas mãos e acariciou o seu rosto.

– Alberto tem amigos, o que ele não tem é uma mãe. Quero dizer, não tinha.

Ele secou uma lágrima que começou a rolar do canto do olho de Dervla.

– Você tem certeza disso?

Dervla assentiu.

– Sim. Decidi que não quero passar por todo esse estresse sem ter qualquer garantia de que o tratamento vai funcionar. Eu quero que o nosso casamento funcione.

– Não acha que vai me culpar por ter parado de tentar daqui a alguns anos, quando olhar para trás?

– Esta decisão é minha, Gianfranco.

Ela se esforçou para não desviar o olhar do escrutínio de Gianfranco. Esperava que ele parecesse aliviado, mas não era o que parecia. Bem, ao menos ele nunca mais precisaria se perguntar se a amava, pois um homem apaixonado jamais pediria que sua mulher fizesse a escolha que ele forçara Dervla a fazer.

Ele assentiu, sentindo-se um verdadeiro canalha, e a conduziu para dentro de casa.

Supondo que sua prioridade fosse resolver os problemas com o seu filho, Dervla ficou surpresa quando Gianfranco decidiu conversar com Alberto apenas na manhã seguinte, dizendo que seria bom ter uma noite de sono para refletir melhor sobre o assunto.

Ele a levou imediatamente para a privacidade do quarto e tirou a sua camisa e tudo o mais.

Eles fizeram amor mais intensamente que nunca, de uma maneira terna e feroz ao mesmo tempo que a levou às lágrimas.

Gianfranco estava deitado de bruços enquanto ela acariciava as suas costas musculosas.

– *Dio mio*, eu estou acabado – disse ele, virando-se e tomando-a em seus braços.

Dervla deitou a cabeça em seu peito, sentindo a vibração tranquilizadora da batida de seu coração.

Um homem não poderia ter feito amor daquela forma se não sentisse nada por ela.

Pensando nisso, ela adormeceu, abraçada a ele.

CAPÍTULO 11

JÁ ESTAVA escuro quando Dervla acordou, embora não como a escuridão da noite toscana.

Uma escuridão que ela, típica menina da cidade, havia inicialmente achado assustadora quando morara com ele lá. Era óbvio que ele sentia uma forte ligação com aquela casa.

Ela chegara mesmo a estranhar que ele não parecesse se indignar com o fato de o pai ter perdido aquela casa num jogo de pôquer!

– Gianfranco...

Ela estendeu a mão à procura dele na cama, mas não o encontrou. Sentou-se então e chamou por ele em voz alta.

Desta vez houve uma resposta. A porta do banheiro se abriu e Gianfranco surgiu, iluminado pela luz por trás dele.

– Olá, Bela Adormecida – disse ele, entrando no quarto usando apenas uma pequena toalha em torno dos quadris estreitos.

Ela lhe deu um sorriso sonolento de boas-vindas quando ele se sentou na borda da cama, beijando-a ardentemente nos lábios.

– Você está todo molhado – disse ela, brincando com seus cabelos.

– Você está tão quentinha – respondeu ele arrancando o lençol que cobria os seus seios e inalando o seu perfume.

– Humm... Você cheira bem também.

– Que horas são?

– Uma e meia.

Os seus olhos se arregalaram.

– Verdade?

– Não, eu estou mentindo. – Ele esfregou a toalha nos seus cabelos. – É claro que é verdade.

– Eu dormi muito. Por que você não me acordou? O que as pessoas vão pensar?

– Eu tenho certeza de que todos vão pensar que fizemos um amor selvagem, impetuoso e um tanto quanto excêntrico a noite inteira. E que nós poderíamos continuar fazendo, não fosse o seu estado de coma, há meia hora atrás.

Ela voltou para os travesseiros.

– E Alberto?

– O que tem Alberto?

– Não se preocupe demais com ele, Gianfranco – aconselhou ela, certa de que ele estava muito mais preocupado com a travessura do filho do que queria demonstrar. – Acredito que ele tem uma boa explicação para lhe dar.

– Tenho certeza que sim.

– Não seja duro demais com ele. Tente se lembrar de que é apenas um rapaz às voltas com seus hormônios.

– Sim, acho que eu me lembro como é o efeito desses hormônios.

– Você acha que ele pode estar preocupado com os exames? Afinal você é um exemplo muito forte para ele.

– Duvido muito – disse Gianfranco secamente. – Quanto a alcançar os meus méritos escolares, isso não é tão difícil. Eu não tenho nenhuma escolaridade.

– Como assim?

– Eu nunca fiz faculdade.

– Não?

Ele pareceu se divertir com o seu assombro.

– Eu estava a poucos meses de fazer as minhas provas quando fui convidado a deixar escola.

– Você foi expulso?

– Não foi nada muito fascinante.

Dervla levou a mão dele aos lábios, mas não sorriu de volta, e suspirou. Ouviu-o então respirar profundamente e notou que seus olhos haviam escurecido.

Eles se olharam por um momento até que Gianfranco desviou o olhar em direção aos lábios dela.

Ela sentiu o desejo começar a crescer dentro de si, mas buscou sua reserva de força e se conteve quando ele tentou puxá-la para perto de si.

– Por que você foi embora, então?

Ele nunca falava do seu passado e ela não podia deixar aquela oportunidade escapar.

– Você está em busca de algum mistério, mas não há nenhum – disse ele apoiando a cabeça no travesseiro.

Dervla desviou o olhar dos músculos rígidos do abdômen dourado dele e ficou indignada quando percebeu que ele estava se divertindo com o seu esforço.

– Está bem, você é irresistível – confirmou ela –, mas poderia facilitar a minha vida colocando uma roupa.

Seu sorriso se intensificou ainda mais.

– Eu não tenho problemas com o meu corpo.

– Você é um exibicionista – acusou ela, retomando o assunto antes que ele a distraísse novamente. – Então, por que você deixou a escola?

– As mensalidades estavam em atraso.

Ela arregalou os olhos.

– E por isso eles o mandaram embora? Isso é terrível.

– Eles até que foram muito pacientes. Não fique assim. A educação formal não era tão importante para mim. Eles, na verdade, me fizeram um favor. Um mês depois eu já estava abrindo a minha empresa, e o resto, como se diz, é história.

– Você não se importa do seu pai agir como se o *palazzo* ainda fosse dele?

– Para que cutucar antigas feridas? Ele hoje é um homem recuperado, tanto quanto um jogador compulsivo pode se considerar recuperado.

– Eu acho que você é um homem incrivelmente generoso – disse ela num impulso.

– Todos nós temos nossas fraquezas, Dervla.

– Até mesmo você?

– Até eu – confirmou ele.

– Eu não acredito.

– Mas devia. Minha fraqueza é uma feiticeira ruiva da altura do meu ombro.

Ela o fitou, surpresa com a declaração.

– Isto é um elogio?

Ele deu de ombros e jogou a toalha longe.

– É a verdade. E quanto a esse seu calor, *cara mia*, você se importaria de compartilhá-lo comigo?

Ela lhe lançou um olhar quase tímido.

– Eu adoraria.

Quando Dervla despertou novamente havia luz no quarto e a cama estava vazia e fria.

Ela estava prestes a chamar por Gianfranco quando viu as horas no relógio de cabeceira.

Já era hora do almoço!

Ela saltou da cama.

Gianfranco devia tê-la despertado.

Foi o que ela lhe disse quando o encontrou na cozinha.

– Eu tentei acordá-la com beijos, mas você virava para o lado e voltava a dormir.

– Não pode ter sido um beijo muito intenso – provocou ela.

Ele lhe lançou um sorriso incrivelmente sexy, tomou o rosto dela entre as mãos e cobriu a boca de Dervla com a sua.

– Isto sim – disse ela enquanto recuperava o fôlego – teria me despertado.

– Eu ficaria na cama lhe fazendo companhia, mas tinha que dar alguns telefonemas.

Ela olhou para ele, cética.

– Você nunca fica na cama.

A única vez em que o fizera fora na sua lua de mel na Córsega, quando eles haviam passado praticamente o tempo todo na cama.

– O que eu vou dizer quando as pessoas me perguntarem como era a ilha – dissera ela na época.

– Recomende-lhes um livro.

– Não seja tão petulante. Eu estou falando sério.

– Isso é ridículo. Caso você tenha esquecido, esta é a nossa lua de mel, *cara*. Ninguém vai perguntar coisa alguma.

Novamente no presente, Gianfranco perguntou:

– No que você está pensando? Seu olhar está tão distante.

– Eu estava longe. Na Córsega.

Os seus olhos escureceram.

– Então você sabe muito bem que eu fico na cama quando tenho um bom estímulo. Você, por acaso, está disposta a me dar algum?

Lembrando-se de sua consulta de última hora na clínica de fertilidade, ela desviou os olhos.

– Eu gostaria muito, mas tenho um compromisso…

– Aonde você vai?

Dervla se inclinou sobre a mesa para se servir de um pouco de café, deixando o cabelo cair sobre o rosto para encobrir o seu olhar.

– Tenho uma consulta no dentista.

A mentira ensaiada soou tão falsa que ela temeu que Gianfranco tivesse percebido alguma coisa, mas ele pareceu preocupado.

– Por que não me disse nada, *cara*? Está sentindo alguma dor?

– Não, só estou com um pouco de sensibilidade ao calor e ao frio – mentiu ela, sentindo-se profundamente culpada.

– Espere, eu irei com você.

– Não... não! Quero dizer, acho melhor você aproveitar a oportunidade para conversar com Alberto – disse ela em voz baixa, olhando para o rapaz, na mesa de café com seus fones de ouvido. – Nós ainda não sabemos por que ele fugiu. Você estava certo. Acho que Alberto ficou ressentido com a minha interferência.

– Alberto jamais ficaria ressentido com você. Eu estava errado. Você não é uma intrusa nesta família, Dervla, não precisa arranjar desculpas para nos dar tempo para ficarmos a sós.

Dervla sentiu um nó na garganta de emoção e se sentiu ainda mais culpada por estar mentindo para ele.

Depois de hoje, nunca mais haveria segredos entre eles.

O MÉDICO escutou educadamente quando ela lhe explicou que discutira a questão com o seu marido e que ambos tinham decidido não participar da experiência.

– Bem, eu tenho que lhe dizer, sra. Bruni, que a senhora realmente não se adequa ao perfil que estamos procurando.

Dervla ouviu a notícia em silêncio, chocada.

– Quer dizer então que não existe nenhuma possibilidade de eu engravidar?

Ela não sabia se estava decepcionada ou aliviada.

– Parece bastante claro para mim que a senhora já está grávida, sra. Bruni.

CAPÍTULO 12

DERVLA OLHOU para o copo d'água em sua mão e não se lembrava de como ele havia ido parar ali.

O zumbido em seus ouvidos diminuiu levemente.

– Sinto muito por tudo isto – disse ela, forçando-se a sorrir –, mas eu pensei ter ouvido o senhor dizer que eu estava grávida.

– A senhora não suspeitou de nada?

– *Suspeitar?* – repetiu ela, pensando nas mudanças bruscas de humor, sua aversão repentina ao café e seus seios sensíveis. – Como eu poderia ter suspeitado? O senhor me disse que seria um verdadeiro milagre se eu engravidasse naturalmente – protestou ela. – Eu não teria como saber...

– Muitas mulheres só percebem que estão grávidas depois de algum tempo de gestação. Isso não é tão raro quanto você imagina. Em meu trabalho eu vejo milagres todos os dias. O próprio nascimento é um milagre.

Dervla suspirou profundamente e colocou a mão protetora sobre a barriga. Cobriu então a boca e percebeu que estava tremendo muito.

Fora ali para fechar de vez a porta para a última possibilidade de ter o próprio bebê, e agora o médico lhe dizia que ela teria um filho.

– Você não confundiu os meus exames com os de outra pessoa?

– De jeito nenhum. – O médico parecia mais divertido que ofendido com a sua pergunta. – Você está grávida.

– Oh, meu Deus!

O que Gianfranco diria? Ela afastou aquele pensamento de sua mente. Já tinha bastante com o que lidar no momento.

– Há quanto tempo?

Seus pensamentos corriam acelerados. Há quanto tempo ela andava por aí sem saber que estava carregando uma nova vida dentro dela?

– Pelo exame clínico, diria 12 semanas, mas poderei dizer com certeza depois da ultrassonografia.

Meu bebê... Pela primeira vez ela se permitiu acreditar naquilo.

– Eu vou fazer um ultrassom? – Se visse o próprio bebê, talvez tudo lhe parecesse mais real. – Quando?

– Agora mesmo, se quiser.

– Eu quero.

O médico riu de sua determinação e saiu do consultório para tomar as providências necessárias.

DERVLA NÃO conseguia tirar os olhos fascinados da tela.

– É um bebê de verdade – sussurrou ela, secando as lágrimas com as costas da mão. – Isto é um milagre. Ele está bem? Há algum...?

– Seu bebê é perfeito e, de acordo com as medidas, você está com 14 semanas de gestação.

– Eu não estou conseguindo acreditar. Eu sei que deveria estar fazendo muitas perguntas, mas simplesmente não sei... Eu nunca pensei que estaria nesta situação... – disse ela com a voz embargada.

O médico sorriu e lhe passou um lenço.

– Ficarei feliz em responder a todas as suas perguntas. Por que você não marca para voltar aqui com seu marido quando as coisas se assentarem? Tenho certeza de que ele vai querer participar.

Dervla, que tinha certeza de que ele não o faria, sentiu uma pontada no peito.

– O senhor é realmente muito gentil. Muito obrigada.

Ela deixou a clínica ainda aturdida e tomou um desvio pelo parque. Andou a esmo por algum tempo com a mente vagando, alternando entre a euforia e o temor.

Não se permitira sequer sonhar em ter um filho até há pouco tempo. Havia mesmo feito uma escolha consciente de abandonar aquele sonho para sempre para preservar o seu casamento.

Dervla queria o filho de Gianfranco e queria Gianfranco também. E não podia ter ambos.

Sentou-se pesadamente num banco e enterrou o rosto nas mãos. Quando o ergueu novamente, seu rosto estava pálido, mas determinado. Por que ela não podia ter ambos?

Gianfranco tinha um filho e era ótimo com crianças. Seria ótimo com o filho *deles* também, assim que se acostumasse à ideia. Lembrou-se então da expressão no rosto de Gianfranco ao lhe dizer que não queria ter filhos em *hipótese alguma*.

Cerrou os dentes e afastou aquela imagem da mente. As coisas haviam mudado e esse não era o momento para pensamentos negativos.

"Pense com clareza, Dervla!", ordenou sua mente. Parecia tão fácil. Ela balançou a cabeça tentando colocar as ideias em ordem.

Não podia chegar de repente e contar isso a ele, não ainda. Ela não podia dizer a Gianfranco que desistira de ter um bebê, para então aparecer no outro dia e lhe dizer simplesmente que estava grávida.

Seria mais sensato ir lhe dando algumas pistas para que ele fosse se acostumando lentamente com a ideia.

Dervla respirou fundo e ajeitou os ombros.

Ele ia querer aquele bebê tanto quanto ela.

TINHAM VOLTADO há uma semana e a vida estava perfeita. Ou pelo menos seria, não fosse pelo segredo que pairava sobre a sua cabeça.

Precisava contar a verdade a Gianfranco. Ela não tinha escolha e o tempo estava correndo. Logo a gravidez ficaria evidente.

Seu corpo já passara por algumas modificações sutis – ele interpretara erradamente o seu rubor então –, mas tão determinantes que ela mal acreditava que Gianfranco não tivesse notado nada.

Parecia cada vez mais evidente que o momento pelo qual ela estava esperando em que Gianfranco se deteria em frente a um carrinho de bebê e diria melancolicamente "A vida seria perfeita se nós pudéssemos ter o nosso próprio filho", dando-lhe a oportunidade de dizer "Nós realmente temos", simplesmente não aconteceria fora de suas fantasias.

Talvez ela estivesse se torturando por nada. Não havia nenhuma razão para supor que ele odiaria a ideia, e muito possivelmente a ela também. Quando confrontado com a realidade de ter um bebê, Gianfranco talvez mudasse de opinião e ficasse tão encantado com a ideia quanto ela.

Mas também poderia não ficar, e essa era uma possibilidade para a qual ela precisava se preparar, embora não soubesse como.

Cada vez que tentava prever a reação dele, Dervla começava a suar frio. Só havia uma maneira de descobrir.

Tinha de contar tudo a ele.

O que poderia acontecer, afinal?

DEPOIS DE ter passado a manhã no hospital, porém, Dervla se deu conta de que a vida não era nem um pouco justa.

Se havia algo que podia ajudar uma pessoa a relativizar os próprios problemas, era passar uma manhã com as crianças e seus pais naquele lugar.

As pessoas que o visitavam pela primeira vez esperavam encontrar um lugar deprimente, mas saíam de lá muito mais confiantes depois de conhecer seus bravos pacientes.

As coisas estavam mais claras para ela agora do que estiveram nas últimas semanas.

Ela contaria tudo a Gianfranco naquela mesma noite.

Estava prestes a ligar o carro, quando a irmã Agnes, uma das várias freiras que trabalhavam no hospital, se aproximou da janela, sorrindo.

– Olá, irmã. O que posso fazer pela senhora?

– Eu só queria dar uma palavrinha com você em particular.

Dervla sorriu.

– Claro – disse Dervla, preparando-se para sair do carro.

– Não precisa sair, eu não vou me demorar. Só queria lhe dizer o quanto estou feliz por você.

Dervla balançou a cabeça, confusa.

– Sinto muito, eu não estou...

– Você vai ser uma ótima mãe.

Dervla levou a mão involuntariamente à barriga e enrubesceu violentamente.

– Como...

– Não, ainda não dá para notar – acalmou-a a freira. – Minha mãe era assim também. Ela sempre sabia antes do médico. Acho que foi um dom que eu herdei.

– Bem, muito obrigada, mas eu realmente não...

A freira levou um dedo aos lábios.

– Mamãe – disse ela com uma piscadela.

Dervla deu um sorriso vago.

– Até breve, irmã.

A conversa com a freira tornou a conversa com Gianfranco ainda mais urgente. Se ele descobrisse sobre o bebê por outra pessoa seria muito pior.

Ela não teria esperado até a noite se não tivesse combinado de almoçar com Carla.

Encontrou-a esperando já à mesa, tomando uma água mineral.

– Sinto muito pelo atraso – disse Dervla, sentindo um forte enjoo ao inalar o perfume forte de Carla.

– Você está linda – disse Carla enquanto Dervla se acomodava e pedia uma água para si também. – Seus sapatos são tão confortáveis – prosseguiu ela. – Como eu gostaria de não ser uma escrava da moda. Antes de mais nada, quero lhe garantir que disse a todos que tudo não passava de um boato ridículo.

Dervla baixou o cardápio.

– Do que você está falando?

– As pessoas comentaram quando você foi embora daquele jeito...

– Houve comentários?

– Disseram qualquer coisa sobre divórcio, mas não se preocupe, eu disse a todos que Gianfranco jamais seria capaz de traí-la.

– É claro que não!

– Foi o que eu lhes disse. Fiz com que se lembrassem de como havíamos ficado preocupados com Gianfranco quando Sara morreu e como ele parecia feliz agora. Foi uma época terrível. Se não fosse por Alberto, ele até poderia ter cometido uma loucura.

– Nunca! – disse Dervla do fundo do coração.

Carla pareceu visivelmente desconcertada com a veemência de Dervla.

– Você tem razão. A lagosta daqui é muito boa – disse ela, desconversando.

Dervla escolheu um prato mais leve. Mal começou a comer, porém, ela teve que correr para o banheiro.

Ela sempre se sentia mal-arrumada ao lado daquela mulher impecavelmente elegante, mas ao voltar para a mesa, pouco depois, aquela sensação parecia ainda mais forte.

Carla a encarou.

– Você está grávida, não é?

Dervla ficou atordoada demais por ter o seu segredo descoberto pela segunda vez naquele dia para notar alguma má intenção no tom de voz de Carla.

– Estou.

A mulher sorriu secamente.

– Meus parabéns.

– Obrigada. Eu lhe agradeceria se você não contasse nada a ninguém ainda. Nós ainda não tornamos a coisa pública.

– Muito sábio de sua parte. Tanta coisa pode acontecer nesses primeiros dias. Grande parte das gestações...

– Nada disso! O meu bebê está muito bem – exclamou ela, pálida.

Carla arqueou uma sobrancelha.

– É claro que está. Eu não quis sugerir o contrário. Gianfranco deve estar encantado.

Dervla sentiu o seu rosto corar.

– Bem, na verdade, eu ainda não contei nada a ele.

– Sério?

– Você deve estar estranhando.

– Tenho certeza de que você tem as suas razões. Não se preocupe. Eu sou um túmulo.

DUAS HORAS depois, Carla estava na calçada da entrada dos fundos do Bruni Building, a mesma que Gianfranco utilizava.

Ao vê-lo se aproximar, ela seguiu na sua direção, de modo a se chocar acidentalmente com Gianfranco.

– Sinto muito. Você está bem?

Ele ergueu a sobrancelha ao reconhecê-la.

– Que pressa é essa, Carla?

– Eu estou um pouco atrasada – admitiu ela, dando uma olhada proposital para as suas sacolas.

– Foi às compras?

Ela era uma mulher muito fútil. Sua vida se resumia a compras e visitas a salões de beleza.

Dervla jamais poderia viver daquela maneira. Ele estava muito orgulhoso do que ela fizera pelo hospital em tão pouco tempo, mas preocupava-se por achar que ela estava exigindo demais de si mesma.

Sabia que muitas pessoas achavam que ele era o responsável pelo projeto, mas nada poderia estar mais longe da verdade.

Ele franziu a testa ao lembrar do seu aspecto cansado esta manhã quando ele saíra para trabalhar.

– Ai!

O grito agudo trouxe Gianfranco de volta ao presente e à mulher que tentava recolher as suas compras. Seus esforços estavam sendo consideravelmente dificultados pela saia excessivamente justa e os saltos altos.

Gianfranco se agachou a seu lado.

– Deixe que eu faça isto.

A primeira coisa que ele pegou foi uma roupinha de bebê.

Carla riu e a arrancou de sua mão.

– Você vai ter de fingir que não viu nada quando Dervla abrir o pacote. Acha que ela vai gostar? Oh, não me diga que ela já comprou uma igual?

– Tenho certeza absoluta que não.

Carla simulou um suspiro de alívio.

– Ainda bem. Eu não resisti quando vi esta coisinha.

Gianfranco colocou o restante das compras nas sacolas e se levantou.

– Obrigada – disse Carla, beijando-o na bochecha e pegando as sacolas de sua mão. – Você deve estar muito feliz!

Fingindo não notar que ele estava duro como um poste, ela o beijou outra vez antes de seguir cambaleando nos saltos altos em direção ao café do lado oposto.

CAPÍTULO 13

DEVERIA HAVER algum engano.

Dervla não podia ter filhos. Por que Carla estava achando que aquilo seria possível?

Gianfranco lembrou do seu rosto pálido, seu cansaço e de suas idas constantes ao banheiro.

Dio mio! Ele respirou fundo e abriu a porta do carro.

DERVLA COLOCOU o vestido de noite sobre a cama e se sentou em frente ao espelho, usando apenas um conjunto de calcinha e sutiã tomara que caia de renda cor-de-rosa.

O colar de diamante que ela já colocara no pescoço brilhava contra a sua pele lisa enquanto ela colocava os respectivos brincos.

O conjunto fora um presente de Gianfranco logo depois que ela havia voltado para casa. Ele lhe pedira que o usasse esta noite.

Ela admirou o efeito das joias com um sorriso sonhador nos lábios que logo desapareceu quando se lembrou que ele poderia lhe dizer para fazer as malas e ir embora depois do que ela lhe contaria.

Sabia que ele não faria isso, pois era um homem ciente de seus deveres, mas poderia desejar fazê-lo, o que podia ser bem pior.

Ela teria que enfrentar a realidade, por mais difícil e desconfortável que fosse.

Sua única esperança era que ele acabasse gostando da ideia.

Estava pensando nisso quando notou um movimento no espelho que a fez virar a cabeça.

Gianfranco estava lá, com uma expressão ameaçadora.

Ela sentiu um aperto no peito.

– Você já sabe.

Ele respirou fundo.

– Então é verdade? – perguntou ele asperamente.

Como…

Ele desfez da pergunta com um movimento brusco de cabeça.

– Não importa.

– Sente-se – pediu ela. – Eu não posso conversar com você assim…

– Fale! – esbravejou ele. – Acho que já está mais do que na hora para isso.

– Eu sei que já deveria ter lhe contado – admitiu ela, envergonhada.

– Contar o quê? Um monte de mentiras?

Ela recuou diante da hostilidade em sua voz.

– Eu nunca menti para você, exceto pela consulta no dentista.

Ele olhou para ela sem entender.

– No dia em que Alberto voltou para casa.

Gianfranco ficou ainda mais indignado.

– Você já sabia desde então?

Ela assentiu.

– Foi um choque enorme para mim. Eu nem sequer suspeitava e…

– Foi um choque enorme para você. *Madre di Dio!* E o que você acha que foi para mim? Você me disse que não podia ter filhos. Que outras mentiras me contou?

Ela ficou irada. Por que ele não podia ver que aquilo era uma coisa boa, uma verdadeira bênção?

– Isto não é uma conspiração. O médico havia me dito que as minhas possibilidades de engravidar naturalmente beiravam o impossível e eu acreditei nele!

– Quer dizer então que esta gravidez é um milagre?

O seu sarcasmo a atingiu em cheio.

– Para mim, sim.

A dignidade da sua réplica pareceu fazê-lo recuar momentaneamente.

– Você quer este filho?

– O nosso filho – corrigiu ela.

– Eu não tenho voz nisso?

Dervla começou a suar frio.

– Está sugerindo que eu faça um aborto?

Gianfranco pareceu chocado com a sugestão, mas Dervla estava zangada demais para perceber.

– O quê? Não! É claro que eu não...

– Mas você não derramaria uma lágrima sequer se eu perdesse o bebê. Oh, como você é egoísta. Eu não sei como não percebi isso antes – disse ela, olhando para ele completamente desiludida.

– Você não vai me fazer sentir culpado por algo que eu não fiz.

Tentando desesperadamente arrancar o colar, ela começou a chorar.

– Droga, esta coisa não abre!

– *Dio mio*, você vai acabar se machucando deste jeito – disse ele, afastando as mãos dela do pescoço.

Dervla ficou parada enquanto os dedos dele roçavam o seu pescoço, profundamente envergonhada com a pontada de desejo que sentiu em reação a seu toque.

– Pronto – disse ele, colocando o colar na palma de sua mão.

– Eu fiquei grávida sem planejar, e caso você tenha esquecido, tive o seu auxílio para isso. Eu não assaltei nenhum banco, embora você pareça mais inclinado a aceitar isso em vez de uma gravidez!

– Você me disse que não podia ter filhos. Se soubesse que havia uma possibilidade eu teria usado preservativos.

– Acha que eu inventei tudo? Eu não planejei isto, mas estou muito feliz que tenha acontecido. É algo que eu nunca pensei que pudesse acontecer comigo, mas aconteceu, e eu não vou abrir mão deste milagre – disse ela, antes de irrromper em lágrimas.

Ele ficou olhando desolado para ela, pensando em todas as acusações que lhe fizera. Quis lhe dizer o quanto estava errado, mas não podia fazê-lo sem revelar a sua culpa e o seu temor.

Como ele poderia lhe explicar que uma gravidez não era sinônimo de felicidade para ele? Que uma gestação, em sua mente, estava ligada a doença e perigo? Ele não tinha o direito de afligi-la com seus medos.

– Eu sinto muito, Dervla, mas não consigo sentir o mesmo.

Ela ergueu os olhos cheios de lágrimas em direção ao rosto de Gianfranco. Estava física e emocionalmente esgotada, sentindo dificuldade até mesmo para falar.

– É o nosso bebê – disse ela, com a mão sobre a barriga.

Ele assentiu.

– Eu sei. Foi um choque. E você o escondeu tão bem. Nós vamos resolver tudo.

Ele jamais poderia viver com a própria culpa se alguma coisa acontecesse a ela por sua causa.

Jamais poderia viver longe dela porque – como podia ter fingido o contrário durante tanto tempo? – ele a amava.

– Não há nada para resolver. Eu vou ter este bebê, e se você alguma vez o fizer se sentir indesejado, eu nunca o perdoarei.

Ele foi até o estúdio, se serviu de um conhaque, mas depois olhou para o copo e jogou o conteúdo num vaso de planta.

Além de jogar, seu pai também bebia excessivamente quando tinha que enfrentar um problema. Ele jamais fora um modelo que Gianfranco quisesse copiar, então por que começar agora?

Sofrera uma perda no seu primeiro casamento, mas isso não significava que a história se repetiria.

A verdade era que ele deveria ser grato por ter uma esposa maravilhosa a quem podia amar.

Ele podia ficar obcecado, imaginando todas as coisas terríveis que poderiam acontecer, ou assegurar que Dervla e o bebê gozassem de toda a segurança possível.

Estava ainda planejando a sua estratégia quando Dervla entrou sem bater, usando uma longa camisola transparente.

Ela viu a garrafa aberta sobre a mesa.

– Andou bebendo?

– Não, eu mudei de ideia.

– Você não vem para a cama?

– Sou bem-vindo lá?

Dervla desviou os olhos e deu de ombros.

– Amanhã contratarei uma enfermeira para dormir aqui e contatarei um médico aqui, mais perto. Angelo deve ter uma boa indicação.

– Isso não é necessário.

Mas para ele era, pensou Dervla. Cercá-la de cuidados profissionais o ajudaria a manter a devida distância.

Aquilo lhe causou uma profunda tristeza.

CAPÍTULO 14

– Dervla!

Gianfranco seguiu o som dos saltos altos no chão de mármore do corredor em resposta a seu chamado. Dervla raramente usava sandálias de salto alto ultimamente. Ela já estava no último mês de gravidez e seus pés tinham começado a inchar.

Aquilo o havia alarmado, mas o médico o tranquilizara.

– Sua esposa não tem pré-eclâmpsia. Este sintoma isolado não apresenta perigo algum.

– Gianfranco!

Ele se virou, mas encontrou Carla no lugar da esposa. Sua decepção foi tão grande que ele não teve como disfarçar.

– Carla – disse ele, olhando para além dela. – Onde está Dervla?

A morena levou a mão ao peito e apoiou a outra no braço dele.

– Eu sinto muito, Gianfranco. – Sua pausa dramática só fez irritá-lo ainda mais. – Temo que ela tenha ido embora novamente.

Ele cerrou os dentes num sorriso furioso. Dervla teria o que merecia quando ele a encontrasse. Ela certamente olharia para ele com aquele brilho em seus olhos verdes, mandando-o para o inferno, ou bancaria a frágil e vulnerável, fazendo com que ele se sentisse um perfeito canalha.

Seja como for, ela faria com que ele quisesse beijá-la, e não fazê-lo nos últimos meses o estava levando à loucura.

Ele acabaria implodindo!

Quando será que ela finalmente o perdoaria e deixaria de mantê-lo à distância daquela maneira?

O que ela estava fazendo na rua em suas condições quando havia uma tempestade a caminho?

– Para onde ela foi?

Ele sentiu nojo do perfume de Carla quando ela se aproximou. O de Dervla era bem mais sutil e sedutor.

– Dervla – disse ele.

Gianfranco passou a mão no rosto e foi até a janela. As árvores do lado de fora oscilavam ao sabor do vento forte que poderia ser considerado uma verdadeira brisa se comparado ao que estava por vir. As tempestades de verão podiam ser muito intensas ali nas colinas, e a ideia de Dervla vivenciando a primeira delas sozinha o fizera cancelar suas reuniões da parte da tarde e ir diretamente para casa enquanto ainda podia fazê-lo com tranquilidade.

– Ela disse quando voltaria?

Gianfranco olhou no relógio. Esperaria dez minutos. Se Dervla não voltasse até lá, ele iria atrás dela.

– Eu vou lhe preparar uma bebida – disse Carla.

Ele se virou para a mulher que caminhava com um rebolado excessivo em direção ao bar.

– Eu não quero beber nada – disse ele secamente ao vê-la pegar uma garrafa e dois copos. – Quero saber quando a minha esposa disse que voltaria.

– Ela não vai voltar, Gianfranco.

Ele olhou para Carla com uma expressão feroz.

– Onde está a minha esposa?

Carla deu um passo para trás. A fúria nos olhos de Gianfranco estava sendo dirigida a ela... Não fora isso que ela planejara.

– É o que eu estou tentando lhe dizer. – Esforçando-se para recuperar a sua serenidade, ela passou a língua pelos lábios secos. – Ela o deixou. E eu estou aqui para confortá-lo.

Gianfranco olhou para ela por um momento e então sorriu.

Aquilo a confundiu. Ele não parecia um homem que estivesse precisando de conforto, mas como alguém que seria capaz de fazer qualquer coisa para conseguir o que queria.

– Eu sei que você está mentindo, Carla.

Ele notou que Carla empalidecera, mas não se compadeceu. Tinha certeza de que Dervla não iria embora sem dizer nada.

E se tivesse, de quem seria a culpa? Se ele tivesse tido a coragem de parar de mentir, até para si mesmo e revelar os seus sentimentos, nada disso estaria acontecendo.

Ele a amava.

Tudo aquilo que Gianfranco sempre dissera desprezar havia acontecido com ele. Negar a existência de um sentimento não fazia com que ele desaparecesse, apenas o deixava menos preparado para lidar com ele quando finalmente tomava conta de você.

Ele não era mais o dono do seu coração.

Seu coração agora pertencia a Dervla.

– Eu só não sei ainda por quê, mas vou descobrir – prometeu ele –, e caso você tenha alguma dúvida, sim, isto foi uma ameaça.

Carla ficou olhando para Gianfranco como se nunca o tivesse visto antes, completamente pálida.

– Você está louco, Gianfranco.

Ele teve que fazer muito esforço para não voar na jugular dela.

– E vou ficar muito mais se você não parar de mentir para mim.

– Eu não estou mentindo. Ela já o deixou antes. Por que não o faria outra vez? Isso era inevitável. – Depois acrescentou maliciosamente. – Ela nunca foi uma de nós. – Carla sorriu indulgentemente. – Você precisa admitir que tem um gosto terrível para mulheres. Primeiro a garçonete, depois esta. Nunca se perguntou como a sua vida poderia ter sido diferente se tivesse se casado comigo como nós planejamos?

– Como nós planejamos?

– Quando eu tinha 20 anos, você disse que queria se casar comigo.

Gianfranco levou um segundo para compreender que ela estava se referindo a uma brincadeira de adolescente. Só que ela havia levado a brincadeira a sério.

– Eu tinha 16 anos.

– E tão lindo. Você precisa de uma esposa que goste de você, que entenda as necessidades de um homem na sua posição. Alguém que o apoie e não que o critique.

O frio na espinha de Gianfranco ficou ainda mais intenso. Sua esposa grávida desaparecera e ele estava ficando cada vez mais convencido de que aquela mulher enlouquecida tinha alguma coisa a ver com isso.

Uma mulher demente dentro de sua própria casa!

– Alguém que concordaria com tudo o que eu dissesse, você quer dizer? *Dio!* – esbravejou ele. – Eu ficaria entediado em cinco minutos. Preferiria brigar com a minha esposa por toda a vida a fazer amor com qualquer outra mulher do planeta.

– Você não a ama... Você não pode amá-la.

– Minha esposa lhe diria sem pestanejar que me dizer para não fazer alguma coisa só me encoraja ainda mais a fazê-lo. Já basta. Eu não sei que fantasias doentes você andou alimentando, nem quero saber. Minha única prioridade no momento é trazer a minha esposa grávida de volta para casa sã e salva.

– Como você pode ter certeza de que esse bebê é seu?

Assim que proferiu aquelas palavras malévolas, Carla soube que tinha ido longe demais. Ela começou a balançar a cabeça, recuando, enquanto Gianfranco avançava na sua direção com os olhos escuros injetados nela.

– O que você fez com ela?

Carla estendeu as mãos para a frente para se proteger.

– Eu não fiz nada. Ela já estava pronta para sair quando eu cheguei.

Gianfranco se deteve.

– Para onde ela foi?

– Ela disse que você e Alberto tinham ido acampar nas montanhas. Que vocês não sabiam que havia uma tempestade a caminho e que Alberto lhe dissera que o celular não pegava lá.

– Mas nós cancelamos esse acampamento há semanas.

Seu temor de que o bebê resolvesse vir mais cedo o fizera decidir trabalhar em casa depois daquele fim de semana, mas Dervla não sabia disso porque ele não lhe havia contado.

Carla fez um beicinho petulante.

– Bem, ela pareceu achar que vocês tinham ido. E ela foi muito rude comigo.

– Como rude, se você não tentou detê-la?

Apesar de acusá-la, Gianfranco sabia que se algo acontecesse a Dervla ou ao bebê, a culpa seria toda sua, e não de Carla.

Sua porque ele mal falara com a esposa durante semanas, só porque sabia que corria o risco de ouvir as palavras "eu te amo" saltarem da própria boca se o fizesse!

Ele afastou aqueles pensamentos.

Teria tempo suficiente para se recriminar depois. Agora precisava encontrar Dervla antes da tempestade. Ela não sabia onde ficava a cabana, mas conhecia a estrada que ia até lá.

Lembrava-se de ter passado por ela com Dervla, logo depois do casamento, e de ter ficado irritado por não ter tempo de seguir até a cabana na ocasião, por causa de um convite para jantar.

– *Madre di Dio!* – Olhou então para Carla e disse-lhe num tom severo. – Não ouse estar aqui quando eu voltar, pois eu não vou responder pelos meus atos se um fio de cabelo de Dervla tiver sofrido alguma coisa. – E saiu em disparada.

DERVLA JÁ estava na metade do caminho quando ficou óbvio que o seu carro não aguentaria continuar subindo. Ela soltou o cinto de segurança e lembrou dos comentários de Gianfranco a respeito daquela estrada. "Só um completo idiota tentaria passar por aqui sem um veículo com tração nas quatro rodas."

Talvez tivesse sido mais útil lembrar disso antes, mas ela fora até ali movida a adrenalina, pânico e a ideia de que Gianfranco, o homem mais autossuficiente e cheio de recursos do planeta, estava precisando da sua ajuda.

Ela apoiou os cotovelos no painel do carro, com o nariz próximo ao para-brisas, olhando para a chuva que batia com força contra o vidro e para a enorme pedra que provavelmente caíra do despenhadeiro.

Não havia espaço para passar nem mesmo uma bicicleta.

Se tivesse conseguido alcançá-los antes de a chuva começar, aquilo não teria passado de um agradável passeio.

A chuva, porém, não dava sinal de que pararia tão cedo. Suas opções eram bastante limitadas. Podia esperar no carro ou seguir a pé até a cabana.

Ela não podia estar muito longe.

Dervla desligou o motor e disse a si mesma que não podia se acovardar. Um pouco de chuva não fazia mal a ninguém.

Pouco, obviamente, era força de expressão. O som da chuva torrencial era ensurdecedor.

Como um nadador que já tivesse cruzado metade do rio, ela achou mais fácil seguir adiante do que voltar.

Poderia também permanecer seca e segura dentro do carro até que uma nova pedra imensa rolasse e atingisse o seu pequeno veículo.

Aquela possibilidade a fez sair do carro tão rápido quanto a sua cintura aumentada e o seu centro de gravidade alterado lhe permitiam.

Ela ficou encharcada antes mesmo de fechar a porta do carro. O vento soprava com muito mais força do que ela havia esperado. Com a cabeça baixa e os dentes cerrados, ela seguiu cambaleante, sem pensar em nada além do próximo passo, até que, cerca de dez exaustivos minutos depois, não houve mais próximo passo.

Lutando para recuperar o fôlego, ela limpou o rosto e ouviu um barulho distante de trovão.

– *Ótimo!* Só me faltava esta! – gritou ela, olhando para o céu.

Ela não podia reconhecer o temor que se alojava em seu peito.

Sabia que se o fizesse, ela acabaria sucumbindo ao pânico.

Fechou os olhos e balançou a cabeça.

O que achou que poderia fazer? Gianfranco não fazia exatamente o tipo indefeso e desamparado.

Eles provavelmente estavam na cabana, de frente para uma lareira acolhedora.

"Oh, como eu gostaria de estar com eles", respirou fundo, ergueu o queixo e disse em voz alta:

– Bem, você não vai encontrá-los sentindo pena de si mesma.

O bebê deu um chute em sua barriga, como se tivesse ouvido as suas palavras.

Ela levou a mão à barriga, censurando-se, desolada.

Que espécie de mãe era ela que arriscava a vida do seu bebê desta maneira?

– Fui eu que nos meti nesta enrascada, portanto cabe a mim tirar a nós dois dela.

Onde ficava aquela cabana, afinal?

CAPÍTULO 15

GIANFRANCO ENCONTROU o carro.

Vasculhou o interior metodicamente. A bolsa e a capa de Dervla ainda estavam no banco de trás. A chave continuava na ignição, mas não havia nenhum sinal de que ela havia se ferido. Ele soltou o ar de seus pulmões, dando-se conta de que prendera a respiração até então.

Tirou as chaves da ignição. Aquele não era o carro que ele lhe dera de presente. Um sorriso suavizou momentaneamente a sua expressão ao lembrar da reação dela.

– É muito bonito. A cor é linda.

– Você não gostou.

– Ele é muito bonito – apressara-se ela em garantir.

– *Mas...?*

– Ele não tem realmente a minha cara. Eu ficaria péssima se o arranhasse. Um carro usado me serviria muito bem.

– Minha esposa não vai sair por aí num carro usado.

Mas é claro que ela saiu, pois ele acabou cedendo, como de costume, e aí estava o resultado. Bem, isso não voltaria a acontecer.

Ele não tinha a menor intenção de permitir que ela saísse do seu campo de visão tão cedo!

A tempestade estava no auge quando ele se pôs a caminhar pela estrada bloqueada.

O que ela estava tentando fazer? Quando ele a encontrasse... *se* a encontrasse...

Baniu a imagem terrível do corpo de Dervla jazendo torcido e quebrado em algum lugar. Aquele não era o momento de permitir que a sua imaginação lhe tirasse a concentração.

Ele a encontraria *viva* e então a estrangularia por tê-lo feito passar por isso.

Dez minutos depois, ele descobriu que ela estava viva e bem, mas não teve tempo de estrangulá-la. Dervla estava caminhando pelo antigo leito de um rio. Ele se aproximou e disse o seu nome, bem alto, para ser ouvido apesar do vento.

Ela não percebera a sua aproximação e começara a se debater descontroladamente antes de reconhecê-lo. Assim que o fez, porém, ela começou a chorar e a dizer o seu nome repetidas vezes, tremendo convulsivamente.

Dervla enterrou a cabeça no ombro dele e enlaçou o seu pescoço com tanta força que ele teve que soltá-los para conseguir respirar.

Gianfranco fechou os olhos e inalou o perfume do seu cabelo. Estava atordoado de alívio. Sabia que tinha em seus braços a única pessoa que dava sentido à sua vida.

Queria lhe dizer o quanto ela significava para ele. As palavras estavam na ponta da língua quando ele inclinou o rosto pálido e molhado de chuva e lágrimas na sua direção.

A lembrança do pavor que sentira ao pensar que *quase a perdera* invadiu a sua mente pouco antes de ele se ouvir gritar:

– Eu não tive um minuto de paz desde o momento em que nós nos conhecemos. Você não consegue parar de fazer coisas idiotas?

Ele viu a expressão magoada do rosto dela se transformar em raiva.

– Eu estava querendo poupá-lo. Você me disse que iria para a cabana com Alberto. Achei que se me apressasse conseguiria encontrá-los antes de a tempestade começar.

– E então você entrou no carro e veio atrás de nós. Quantas mulheres teriam a coragem de fazer uma coisa dessas? Mas você está no oitavo mês de gravidez! Sempre me recrimina por não delegar funções. Não lhe ocorreu contatar os serviços de emergência?

Ela enrubesceu.

– Eu entrei em pânico – admitiu ela tristemente, lutando para conter as lágrimas. – Alberto está bem?

– Sim. Eu já tinha cancelado a viagem há semanas.

Dervla sabia como ele prezava o tempo que passava com seu filho. Devia ter acontecido alguma coisa muito importante para fazê-lo cancelar a viagem.

E Gianfranco estava perdendo a tal coisa importante por sua causa.

Ela abriu a boca para se desculpar, mas desistiu.

Era difícil falar quando se estava emocionada daquela maneira sem correr o risco de cometer alguma indiscrição.

Gianfranco a viu morder o lábio trêmulo e quis beijá-la, mas sabia o quanto esses antigos leitos de rio podiam se tornar perigosos depois de uma chuva como essa.

– O que você...? – gritou Dervla quando ele a pegou no colo.

– Você já viu uma enchente? – perguntou ele, colocando-a pouco depois de pé, num lugar mais protegido do vento por uma grande pedra. – Pois bem, eu já vi.

Os olhos de Dervla seguiram em direção ao leito seco.

– Você não está sendo um pouco dramático? Nem está chovendo mais tanto assim.

– Dramático?!

Gianfranco cerrou o punho e esmurrou a pedra.

Dervla olhou-o com admiração. Tinha a beleza de uma estátua grega clássica, porém era muito mais vivo. Ele exalava masculinidade.

– Você sempre tem que ter a última palavra, não é?

Dervla podia compreender a sua raiva. Ela ainda não lhe agradecera até agora por tê-la salvado, e ele certamente deveria estar pensando em todas as coisas que preferiria fazer a ir atrás de sua mulher louca e grávida no meio da tempestade.

– Como você soube onde eu estaria?

– Carla estava em casa.

– Ela estava muito preocupada?

Ele riu.

– Não que eu notasse. O seu rosto... – Ele praguejou ao ver um arranhão na bochecha dela. Inclinou então o rosto de Dervla para avaliá-lo melhor e constatou, aliviado, que era apenas superficial. – Como você fez isto?

– O quê? – perguntou ela, levando a mão até o seu rosto. – Eu não tinha me dado conta.

– Você se machucou em algum outro lugar? – perguntou ele tateando o seu corpo.

O toque dele era clínico, mas a reação dela não, o que naquelas circunstâncias, pensou Dervla, era ridículo. Ela estava tão sensual quanto um filhote de elefante.

Ele já não dividia a cama com ela há semanas, desde que ficara sabendo da gravidez.

– Não, eu estou bem.

– Você não está bem. Está tremendo como vara verde.

Dervla se contorceu quando ele tirou a capa para colocá-la ao redor de seus ombros. O que ela podia dizer? "Estou tremendo porque você está me tocando"?

– Você vai pegar um resfriado – protestou ele, juntando as lapelas ao queixo dela.

– Eu vou sobreviver. Você deve achar que eu sou uma completa idiota.

Dervla não conseguiu desgrudar os olhos dele.

– Não, eu acho que *eu* é que sou um idiota.

Antes, ele teria chamado qualquer homem apaixonado de idiota, mas estava finalmente reconhecendo que se apaixonar havia sido a coisa mais sensata que ele fizera em toda a sua vida.

Era a sua recusa obstinada em aceitar o fato que fazia dele um idiota.

A resposta foi uma bofetada para Dervla. Ele nunca dissera claramente que se arrependera de ter se casado com ela.

– Nós não podemos ficar aqui. Precisamos encontrar um abrigo.

– Você não me pode carregar! – protestou ela.

– Não pode andar na sua condição.

– Mas eu estou muito pesada.

– Eu faço exercícios.

– Já tinha notado.

Ela e todas as mulheres com sangue nas veias!

ELES DEMORARAM apenas cinco minutos para achar a cabana. Lá dentro, encontraram o básico: um cômodo com uma lareira de pedra de um lado e beliches do outro. Os outros móveis eram uma mesa de madeira e duas cadeiras.

Gianfranco sentou em uma das cadeiras, colocando-se em frente à lareira de pedra, fazendo-lhe um gesto para que se sentasse a seu lado.

– Não há muito conforto por aqui, mas ao menos é seco.

Dervla esperou a dor em suas costas passar, olhando pela janela antes de se sentar cautelosamente na cadeira.

Recusava-se a pensar no que aquela dor nas costas significava. Seu bebê ia nascer num hospital limpo e seguro.

– Você acha que a tempestade ainda vai durar muito?

– Quem sabe? – disse ele, abrindo um armário e tirando de lá uma caixa de fósforos e um fardo de gravetos secos.

– Mas não vai ficar escuro logo?

Ter um bebê era a coisa mais natural do mundo... Os partos em casa estavam ficando cada vez mais comuns, se bem que em casas com telefone e água corrente.

Gianfranco lançou-lhe um olhar desconfiado antes de se ajoelhar em frente ao fogo.

– Você está com medo do escuro... Achei que não tinha medo de nada.

Dervla não percebeu a admiração que havia naquele comentário e achou que ele a estava provocando por não ter nenhuma das fragilidades femininas que ele certamente considerava tão atraentes e se levantou, zangada.

– Eu tenho medo de tudo!

Levando a mão à cabeça num gesto de cansaço, ela afundou de volta na cadeira muito ciente do olhar de Gianfranco.

– Você não tem medo de mim. – Para um homem que raramente encontrava pessoas que tinham coragem de olhá-lo nos olhos e dizer "Você está errado", aquilo era raro. – Você não parou de tentar me colocar no meu lugar desde que nós nos conhecemos.

Ciente de que tivera uma reação excessivamente dramática, Dervla desviou os olhos dos dele.

– Sem qualquer êxito, porém – replicou ela asperamente.

– Isso depende de onde você acha que é o meu lugar.

Se alguém tivesse lhe dito há um ano que ele estaria procurando uma maneira de dizer a uma mulher que este lugar era o seu coração, ele teria enviado a pessoa a um psiquiatra.

E agora, lá estava ele, um homem que nunca ficava sem saber o que dizer, lutando para encontrar as palavras certas.

– Não se preocupe, deve haver uma tocha em algum lugar.

– Uma tocha! – repetiu ela. – Por que você não disse isso antes? Nossos problemas estão resolvidos.

Seu principal problema no momento era manter a boca fechada e não fazer mais nenhuma gracinha. Estava aterrorizada, mas Gianfranco poderia achar que ela estava sendo apenas mal-agradecida.

– Olhe – disse ela. – Eu sinto muito por tê-lo colocado nesta situação.

O graveto que ele estava usando para alimentar o fogo caiu de sua mão.

– *Colocar a mim nesta situação?* – repetiu ele com a voz mais estranha que ela já ouvira.

Ela assentiu e decidiu que já estava mais que na hora de lhe pedir desculpas.

– Eu sei que fui um estorvo e sei que um pedido de desculpas não adianta muita coisa depois de ter arruinado o seu dia e prendê-lo aqui, mas eu... eu sinto muito.

Ele esfregou o sulco entre as suas sobrancelhas e murmurou:

– E é você que diz isso para mim... *Madre di Dio!*

Balançando a cabeça, ele fechou os olhos e passou a mão no rosto.

O silêncio se prolongou, interrompido apenas pelo som da chuva lá fora e da madeira estalando na lareira.

– Eu realmente sinto muito, Gianfranco.

Ao ouvir o tom triste de sua voz, ele ergueu os olhos e a fitou intensamente.

– Eu passei o diabo hoje, pensando que você estava ferida em algum lugar, precisando de mim, ou em situação ainda pior. – Ele passou então a mão pelos olhos como se quisesse extinguir aquelas imagens. – Eu teria dado a minha vida de bom grado se isso garantisse a sua segurança. – Estendeu então a sua mão para tomar a dela. – A sua e a do nosso filho.

Dervla parecia estar sonhando ao olhar para os dedos dele.

Seu coração batia com força dentro do peito. Ela balançou a cabeça, incapaz de se permitir acreditar no que ele estava lhe dizendo.

Ele não estava falando sério, disse ela a si mesma. Mas Gianfranco não costumava dizer o que quer que fosse para impressionar.

Por que então estava lhe dizendo todas aquelas coisas?

Ele era jovem demais para estar na crise da meia-idade.

Talvez viver comigo o tenha deixado desequilibrado.

"Antes que você saia dizendo qualquer bobagem", disse ela a si mesma, "lembre-se de que ele queria uma amante e acabou com uma esposa e um filho, sendo que nenhum desses dois itens constava na sua lista."

Dervla sentiu um nó na garganta e ficou com os olhos cheios de lágrimas.

Ela teve medo de se mexer e estragar aquele momento perfeito.

– Você não quer um filho – lembrou ela. – Eu entendo. Você tem a sensação de estar sendo infiel à memória da mãe de Alberto.

A surpresa brilhou nos olhos dele.

– Os sentimentos que eu tinha por Sara não se assemelham em nada ao que eu sinto por você.

Dervla tentou sorrir enquanto chorava por dentro.

– Eu compreendo – disse ela, calmamente. – Sei que ela foi o grande amor da sua vida e jamais tentaria competir com isso.

Gianfranco deu uma gargalhada inesperada.

– A maneira como a sua mente funciona não para de me assombrar, *cara*. Você elaborou isso tudo sozinha? Ou talvez – especulou ele – tenha tido uma ajudinha de Carla...

Dervla sentiu-se obrigada a defender a mulher.

– Carla não me disse nada que todo mundo já não soubesse. Eu sei que é doloroso para você falar sobre isso.

– Você não sabe de nada – retrucou ele.

– E por que eu não seria capaz de compreender uma grande paixão? Você não é o único que tem sentimentos por aqui, sabia? – gritou ela, pressionando a mão contra o peito, deixando um soluço escapar de sua garganta.

– O motivo pelo qual eu não falo sobre Sara, nem sobre o nosso casamento, é o fato de essa experiência ter sido muito dolorosa para mim. Ninguém gosta de se lembrar dos erros cometidos no passado, e ainda há Alberto.

– Erro? – repetiu ela, achando que ouvira mal.

– Não Alberto – garantiu-lhe Gianfranco. – Se bem que se Sara tivesse feito as coisas à maneira dela, Alberto não existiria.

– Ela não queria filhos?

Dervla tentou não parecer chocada, mas aquilo lhe parecia inexplicável. O que poderia haver de mais gratificante que ter um filho do homem que se amava?

– Eu a convenci a não fazer o aborto e me casei com ela em vez disso. – Ele virou a cabeça, impedindo que Dervla visse o seu rosto desolado. – E acho que isso me tornou diretamente responsável pela morte dela.

– Do que você está falando?

Ela pôs a mão em seu ombro e sentiu imediatamente a tensão dos seus músculos.

– Sara desenvolveu diabetes durante a gravidez. Os médicos disseram que desapareceria depois do parto.

– E não foi o que aconteceu? – perguntou Dervla suavemente.

Ele balançou a cabeça.

– Ela passou a precisar de injeções de insulina duas vezes por dia. Passou alguns meses bem, mas depois teve um ataque de hipoglicemia enquanto fazia compras. As pessoas acharam que ela estava bêbada. Quando alguém se deu conta de que ela estava doente, já era tarde. Ela morreu antes de chegar ao hospital.

Dervla ficou com os olhos cheios d'água ao ouvir aquela história pungente, sabendo que o tom monocórdio dele só encobria os seus verdadeiros sentimentos.

– Isso é terrível, mas não foi sua culpa.

Ele se levantou e foi sentar a seu lado, no banco de madeira.

– Eu tinha 19 anos e estava abrindo a minha primeira empresa quando conheci Sara. Era cheio de ideias românticas e de hormônios, uma combinação perigosa. Eu era muito intenso naquela época e me levava muito a sério. Escrevia até poemas – disse ele, fazendo a admissão parecer a confissão de algum vício terrível.

– Você escrevia poemas? Eram bons?

– Péssimos. Eu devia ser muito chato, mas ela era uma menina legal, bonita e mais interessada em sexo do que no significado da vida, o que fazia dela uma pessoa muito mais inteligente que eu. Sara jamais teria se casado comigo se eu não tivesse ganhado o meu primeiro milhão. Não que ela fosse interesseira, ou algo do tipo, apenas apaixonada por esse estilo de vida.

– Você a amava – protestou Dervla.

Ele sorriu sarcasticamente.

– *Amava!* Talvez haja jovens de 19 anos que conhecem o significado dessa palavra, mas eu não estava entre eles. Só aprendi o significado desta palavra muito recentemente...

Os olhos verdes de Dervla voaram para o seu rosto, incrédula.

– Você me ama, Gianfranco?

– E como não poderia? – perguntou ele com a voz rouca. – Mesmo quando ainda não aceitava os meus sentimentos, eu a amava. – Ele tomou as mãos dela nas suas como se não quisesse deixá-la ir embora. – Espero que você possa me perdoar... eu mesmo não posso me perdoar, mas era o meu medo que me dominava. Sara morreu porque gerou um filho meu. Se eu a perdesse...

Ele se virou para ela e a desolação em seus olhos atingiu o coração de Dervla como uma lança.

– Você não vai me perder, Gianfranco – prometeu ela.

– Se eu perdesse... – Ele fechou os olhos e estremeceu. – Desde o momento em que coloquei os olhos em você, eu comecei a sentir coisas que não queria sentir, coisas que eu temia me permitir sentir. Fui covarde demais para admitir, até para mim mesmo, que o que eu sentia por você era amor. Você era, você é a minha alma gêmea que eu dizia não existir.

As lágrimas começaram a rolar silenciosamente pelo rosto dele quando ela o tomou entre as mãos e pressionou os seus lábios contra os dele.

Ambos estavam arfando quando se separaram.

– Você deixou a nossa cama – disse ela, entre rindo e chorando.

Sua mente ainda estava se esforçando para lidar com todos aqueles choques.

– Achei – confessou ele – que era isso o que você queria. Estava tentando ser delicado. – Ele balançou a cabeça e fez uma careta. – Foi um verdadeiro inferno.

Aquela admissão arrancou uma gargalhada dela.

– Não tente bancar o delicado. Isso realmente não combina com você. Faz o tipo arrogante-incapaz-de-expressar-os-seus-sentimentos. Esse, na verdade, é o meu tipo. Você só... – ela se deteve, estremecendo.

– O que foi?

– Não é nada. Eu espero.

– Então...

Ela deu um tapinha na mão dele.

– Não se apavore, mas eu tenho certeza de que o seu bebê está chegando.

– Não, o bebê só está previsto para daqui a quatro semanas.

– Diga isso a ele – sugeriu ela, dando um tapinha em sua barriga ao sentir outra contração.

Gianfranco observou-a ansiosamente enquanto ela sentia a contração.

– Você está bem? – perguntou ele depois que passou.

O seu cérebro voltou a funcionar. Ele se ajoelhou na frente dela, e tomou as suas mãos nas dele.

– Tudo bem. Eu vou ser pai. E estou aterrorizado – disse ele com um sorriso, tentando lhe transmitir segurança.

– Eu também.

– Não pode ser tão difícil. As pessoas fazem isso todos os dias.

– Pessoas não – retrucou ela, fingindo indignação. – Mulheres. Quer trocar de lugar comigo?

Gianfranco não teria hesitado em fazê-lo se isso fosse possível.

– Suponho que você não aguente ser carregada até o carro.

Ela balançou a cabeça.

– Está bem. Você é enfermeira.

– Uma enfermeira, não uma parteira. Eu nunca fiz um parto.

– Não vamos nos preocupar. Nós vamos nos sair bem nisto. Eu não sou tão inexperiente.

Sua pesquisa na internet se resumia a partos normais, de modo que nenhuma das informações que ele recolhera servia nesse momento.

– Você já fez algum parto?

– O de um potro, mas o conceito básico é o mesmo.

A gargalhada de Dervla foi um pouco forçada, mas pareceu descontraída.

– Talvez eu possa caminhar. Pelo menos eu fico em movimento.

Gianfranco não sabia ao certo se seria bom ter tanto movimento assim, mas resolveu ajudá-la a se levantar e lhe deu o braço para ela se apoiar. Dervla começou a caminhar lentamente de um lado para o outro, parando de tempo em tempo e respirando fundo a cada contração.

Ele estava começando a achar que aquilo não era tão difícil assim quando ela gritou em alto e bom som no seu ouvido.

Madre di Dio!

– O que vem depois da parte da caminhada, *cara*?

Ele só esperava que o que quer que fosse não envolvesse tantos gritos assim, mas pelo jeito... Sabendo que deveria lhe dar apoio, ele sorriu encorajadoramente.

– Acho que faltei a essa aula, mas pode ser divertido – disse ela sorrindo, tentando conter o pânico.

A última coisa que ela queria fazer agora era traumatizá-lo ainda mais.

Gianfranco arrastou os colchões dos beliches e os colocou no chão. Depois de deitá-la sobre eles, procurou algum tipo de vasilha. Água fervida era o fator comum a todos os filmes que ele vira.

– Deixe-me lhe dizer algumas coisas antes de... Bem, antes de eu não estar mais em condições de lhe dar alguma instrução.

– Boa ideia.

Ele prestou atenção em tudo e entendeu cerca de metade do que ela disse, suspeitando que esqueceria o principal quando chegasse a hora.

– Muito bem. Agora relaxe e poupe a sua energia.

O conselho não parecia adiantar muito, já que as contrações vinham em intervalos cada vez menores. Vê-la sofrer e ser totalmente incapaz de fazer algo era uma das coisas mais frustrantes que ele já sentira.

– Não vai demorar muito agora – disse ele acariciando o rosto dela molhado de suor.

– Agora não vai demorar – declarou ela. – Eu vou empurrar.

– Você deve fazer isso?

– Eu tenho que fazer isso!

Aquela etapa foi relativamente rápida. Não pareceu demorar muito até ele estar se debulhando em lágrimas quando a cabeça do bebê coroou e, momentos mais tarde, sua filha deslizou para as suas mãos, chorando a plenos pulmões.

– Ela está bem? – gritou Dervla, tentando se erguer.

– Ela é perfeita. – Olhando para a filha maravilhado. Gianfranco beijou Dervla, afastando o cabelo de sua testa molhada de suor e lhe disse com total sinceridade: – Você foi incrível... brilhante. – Antes de colocar o bebê junto a seu peito.

A expressão dela ao ver a filha pela primeira vez era de puro deslumbramento. Aquela imagem permaneceria com ele para sempre.

GIANFRANCO MAL tivera tempo de voltar a atenção para o próximo problema – como eles conseguiriam sair de lá – quando a porta se abriu.

O paramédico entrou, sorriu ao ver aquela cena e disse:

– Não restou muito para eu fazer.

Eles conversaram rapidamente em italiano. Na situação em que estava, Dervla não conseguiu entender nada, mas Gianfranco traduziu tudo para ela quando o homem saiu por um instante.

– Pelo jeito, Alberto chamou a cavalaria. Há um helicóptero lá fora pronto para levar você e a nossa pequenininha para o hospital.

Ela pegou na mão dele.

– Eu não vou a lugar algum sem você.

– É preciso, *cara mia*, mas eu lhe prometo que nós não vamos ficar separados por muito tempo. Nós nunca vamos nos separar. Não até você ficar tão cansada de mim que vai querer me expulsar da sua vida.

– Eu nunca vou me cansar de você – prometeu ela, olhando para ele, com os olhos flamejando de amor. – Eu o amo, Gianfranco. Muito obrigada por ter me dado o meu milagre. Você foi incrível. Eu não teria conseguido sem você aqui.

– O nosso milagre – corrigiu ele. – Eu só quero deixar uma coisa bem clara agora mesmo. Se nós tivermos a sorte de ter mais algum milagre, você vai ficar num raio de dois quilômetros de distância do hospital, pelo menos nos dois últimos meses.

– Nada de parto em casa? – provocou ela.

– Estou aprendendo que é melhor não dizer "nunca" a você. Acaba considerando um desafio. Por enquanto, cuidarei de você e da nossa família.

Dervla aninhou o bebê em seu peito. Aquele plano era perfeito. Qualquer futuro que envolvesse Gianfranco era perfeito!

EPÍLOGO

GIANFRANCO PASSOU a mão pelo cabelo escuro.

– Eu não acredito nisto!

O chofer sorriu timidamente.

– Parece que um caminhão atravessou a estrada de ferro...

Gianfranco ficou furioso.

– Não lhe ocorreu verificar isso antes de partirmos? Não há nenhum atalho por aqui!

– Gianfranco, não adianta gritar. Não é culpa dele. Eu sinto muito, Eduardo, não ligue para ele.

O chofer inclinou a cabeça e procurou não olhar diretamente para o seu patrão.

Assim que a porta se fechou, Gianfranco virou-se para a esposa com uma expressão ultrajada.

– Você não está preocupada?

Ela sorriu serenamente para ele.

– E por que deveria? Tenho um parteiro muito capaz aqui no carro comigo. O papai foi suficientemente bom para você, não foi, querida? – disse ela à garotinha.

Valeria estava com um ano e meio. Tinha o mesmo cabelo da mãe, os olhos do pai e um sorriso que lhe era peculiar. Seu meio-irmão era seu escravo fiel e seu pai estava na palma de sua mão rechonchuda.

– Este bebê vai nascer num hospital com médicos e lençóis de linho.

– Se ele tiver alguma coisa do pai, vai nascer onde bem entender.

A última ultrassonografia revelara que se tratava de um menino.

– Eu não creio que um raio possa cair duas vezes no mesmo lugar.

– No mesmo lugar, não. Nós não estamos numa montanha na Toscana – disse a sua esposa, contendo um sorriso.

– Não, estamos numa rodovia, o que não é muito melhor. Oh, *cara*, eu sinto muito. Queria que tudo fosse perfeito para você desta vez, depois do que teve que passar, e aí, acontece isto!

Dervla olhou apaixonadamente para o rosto do seu belo marido.

– Oh, Gianfranco, a última vez foi perfeita para mim. Eu sempre soube que nada superaria isso. Não fique tão nervoso. Eu poderia ter ficado por horas ainda em casa. Estou nos estágios iniciais. Posso esperar tanto aqui quanto no saguão do hospital

Gianfranco pareceu um pouco mais tranquilo.

– Acho que você tem razão. Mas como pode dizer que foi tudo perfeito da última vez? Foram as horas mais terríveis da minha vida. Sua vida e a de Val estavam em minhas mãos.

– Eu não poderia estar em melhores mãos – disse ela, pressionando amorosamente a mão dele contra o rosto.

– O fato é que foi assustador, mas também um dos momentos mais maravilhosos da minha vida. Você disse que me amava e trouxe o meu milagre ao mundo. O que poderia ser melhor que isso? – perguntou ela. – Eu sei que este bebê está bem. Posso sentir isso. – Ela colocou a mão de Gianfranco sobre a sua barriga.

– Você pode sentir isso? – perguntou ele.

Dervla riu.

– É difícil não sentir.

– Bem, acho que a nossa família agora está completa. Três filhos já é o suficiente para qualquer homem. Eu não quero ser ganancioso.

Por mais sexy que você fique quando está grávida, eu estou louco para tê-la só para mim outra vez.

– O tráfego está melhorando.

Gianfranco soltou um grito que Valeria acompanhou entusiasmadamente, batendo palmas.

– Graças a Deus!

– Na verdade, Gianfranco, acho que seria melhor pedir a Eduardo para dar meia-volta.

– Outro alarme falso?

Ela assentiu.

– Eu sinto muito.

– Sabe – observou ele –, estou com um pressentimento de que este bebê vai chegar quando menos esperarmos. Está tentando nos dar uma falsa sensação de segurança.

– Gianfranco, você às vezes é muito ridículo – observou Dervla.

ROMAN ANTONIO nasceu pesando 3,700kg, às 2h do dia seguinte, depois que seus pais haviam chegado à conclusão de que se tratava de outro alarme falso. Ele caiu nas mãos do seu pai, que chorava.

Sara Craven

LUXO E SEDUÇÃO

Tradução
Marconi Leal

CAPÍTULO 1

ENQUANTO o trem de Londres se aproximava de Tamar, Rhianna sentia o frio no estômago se transformar em uma queimação de pânico.

Eu não devia estar fazendo isso, pensou ela em desespero. Não tinha direito de ir a esse casamento. De estar dentro da igreja Polkernick, observando Carrie se casar com Simon. Eu devia ter me mantido distante. Sabia disso, antes mesmo de receber o convite. E mesmo antes de se tornar absolutamente claro que eu não seria bem-vinda. Que deveria me manter distante.

Então, como podia estar naquele trem, fazendo aquela viagem?

Desde que o casamento fora anunciado, ela temia a chegada do cartão elegante em alto-relevo, e já rabiscara a polida carta com a mesma desculpa – o cronograma de filmagem da nova série – que usara para se livrar de ser dama de honra.

Então Carrie lhe ligara sem que esperasse para dizer que estava vindo a Londres fazer compras para o enxoval e perguntando se Rhianna poderia almoçar com ela.

– Você tem que vir, querida. – A voz dela era ansiosa, risonha. – Porque pode ser a última vez que fazemos isso, agora que Simon conseguiu um emprego na Cidade do Cabo. Sabe Deus quando voltaremos à Grã-Bretanha.

– Cidade do Cabo? – Rhianna ouviu a nota áspera na própria voz e fez uma careta. – Não tinha a mínima ideia de que ele… de que vocês estavam planejando viver no exterior. Nada fora dito…

– Ah, já estava planejado – dissera Carrie com alegria. – Alguém que Diaz conhece tinha uma vaga na empresa e fez a Simon uma oferta muito boa para ser desprezada.

Diaz...

Rhianna repetira esse nome entre dentes cerrados, a tensão que sentiu era como um soco em seu estômago. Sim, pensou ela lentamente. Dolorosamente. Tinha que ser Diaz. Garantia assim que Simon estivesse a uma distância segura. Sem que pudesse causar prejuízo. Apesar de que o dano já fora feito e seria deixado para trás.

Diaz: mexendo as cordinhas através de continentes e oceanos para garantir que suas marionetes dançassem de acordo com a sua música e que Carrie, a amada prima mais nova, entrasse pelo corredor da igreja do século XII na vila para se unir ao homem que adorara desde a infância.

O par perfeito, pensou ela, com a garganta apertada. E nada poderia impedir aquilo. Ela deveria ter dado alguma desculpa para não comparecer ao almoço, mas ficara dividida entre o prazer de ver Carrie de novo e a angústia de se manter em silêncio enquanto a outra garota falava de Simon e dos planos para o casamento. De fazer com que nenhuma palavra, olhar ou pista escapasse dela.

Mas, meu Deus, fora tão difícil se sentar diante de Carrie e ver seu belo rosto radiante de felicidade. Ver o sonho nos olhos dela, saber o quanto seria terrivelmente simples transformar aquela visão interior em um pesadelo.

Tão simples, e totalmente impossível.

– E então, você vem para o casamento? Você jurou – pediu Carrie. – Vai adicionar uma nota de sanidade aos preparativos, querida. Será uma tábua em que poderei me segurar, porque eu vou precisar de uma – acrescentara, dando de ombros. – Com as respectivas mães já medindo uma à outra em um estado de neutralidade bélica. Acredito que pode haver sangue no tapete antes do grande dia.

E Rhianna concordara. Porque os únicos motivos que ela teria para justificar sua ausência eram os que ela não poderia jamais falar.

Mas sobretudo porque Carrie era amiga dela. Fora sua primeira amiga de verdade e lhe mostrara a única gentileza genuína que ela jamais conhecera em Penvarnon. Ela e Simon, claro. Que foi como o problema realmente começou...

E agora Carrie, que a amava, estava ali para garantir inocentemente que nada impediria Rhianna de comparecer ao casamento.

Mas não se tratava de "nada". Elas estavam enfrentando o arrogante poder de Diaz Penvarnon.

Contra o desejo expresso de quem ela estava viajando para a Cornualha. Desafiando sua ordem.

A raiva dele fora como uma nuvem escura, esperando em um canto da mente de Rhianna para se transformar num temporal. Algo tangível, como se ele ainda estivesse diante dela com o fino rosto inamistoso.

– *Não diga que você não foi avisada...*

Ao se lembrar, a boca de Rhianna ficou repentinamente seca, e ela abriu a garrafa de água mineral que estava na mesa à sua frente e bebeu sem ligar para o copo que o funcionário trouxera.

Acalme-se, pensou ela. Você ficará três dias na Cornualha. E assim que acabar o casamento de Carrie, vai embora: para sempre, desta vez.

Além disso, Diaz provavelmente nem ao menos estará lá. Estará de volta à América do Sul, confiante de que suas ordens serão obedecidas em sua ausência.

Os outros ocupantes da casa de pedra cinza na ponta de terra podem não gostar da presença dela, porém não havia mais nenhum que pudesse machucá-la de verdade, pensou ela, a boca apertada. Nenhum que a olhasse com superioridade ou como a uma intrusa. Aquele tempo de sua vida ficara no passado e ela faria de tudo para que permanecesse lá.

Porque ela não era mais a sobrinha indesejada da empregada doméstica, a sem-teto que a filha dos donos da casa, Caroline Seymour, inexplicável e inadequadamente resolvera transformar em amiga e se recusara a desistir em face da oposição de toda a família.

Ela era Rhianna Carlow, atriz de televisão e atual estrela da série *Castelo do Orgulho*. Uma mulher independente, com uma vida própria e um apartamento seu, que não precisava se vestir com roupas de caridade ou de brechós, nem agradecer a ninguém, a não ser a ela mesma.

Era um sucesso, um rosto conhecido. Poucas horas atrás ela vira alguns passageiros da primeira classe se cutucando e sussurrando quando ela se sentara na poltrona do avião em Paddington.

Ela sabia, por experiência, que seria apenas uma questão de tempo antes de virem pedir autógrafo ou permissão para tirar uma foto com ela no celular, porque era geralmente o que acontecia. Ela sorriria e permitiria, de maneira que a pessoa que pedira o favor se afastaria dizendo que ela era muito amável e encantadora.

E outra breve atuação teria ocorrido.

Mas aquela era a parte fácil de ser Rhianna Carlow. Porque ela sabia que precisaria de toda a sua habilidade como atriz para permanecer em silêncio dois dias depois, observando Carrie se tornar esposa de Simon. Ouvi-lo dizer:

– Pelo resto da vida… – Quando ele sabia que ela estaria lá na plateia, escutando o que ele falava, com raiva, magoada e, acima de tudo, ansiosa por Carrie.

Quando tudo estaria exigindo que ela gritasse:

– Não, isso não pode acontecer, não posso permitir. Precisa parar agora, neste momento. Pelo bem de todos.

A pessoa não devia ser cruel para ser gentil?, perguntou ela a si mesma. Não era esse um dos lugares-comuns incansáveis que as pessoas costumavam repetir, geralmente para justificar alguma deliberada malícia?

Mas Rhianna seria capaz de se levantar e dizer a verdade, e ver a luz morrer lentamente no rosto radiante de Carrie quando percebesse o quanto Simon a traíra?

Seria como observar um eclipse solar, pensou ela calmamente, sabendo que seria permanente e não teria a luz de volta.

Carrie sempre fora uma garota alegre, tinha alegria interior. De cabelo claro e rosto feliz, trazia Rhianna, a marginalizada, a lua negra, para sua órbita.

Carrie compensava a eterna frieza de sua tia Kezia e a indiferença do restante da família em Penvarnon House, que chegava quase à hostilidade.

Fora assim desde o primeiro dia, pensou Rhianna. Quando ela, uma infeliz garota de 12 anos, tremia ao vento frio no topo da escada que levava ao gramado, sabendo que quebrara a principal regra de sua tia, que dizia que ela nunca, nunca mesmo, passeasse pelas redondezas da casa e seu terreno.

Sabendo que a casa dela agora era um apartamento friorento, um antigo estábulo reformado, e que se ela quisesse brincar só poderia na área exterior do estábulo, do lado de fora.

– Permitir que você fique aqui é uma grande concessão da sra. Seymour, e deve sempre se mostrar agradecida por isso – dissera tia Kezia repressivamente. – E isso sob a condição de que suas atividades estejam confinadas aos seus próprios aposentos e não além deles. Você está me entendendo?

Não, pensara Rhianna com uma espécie de rebelião desolada, eu não entendo. Não sei por que mamãe morreu nem por que eu não podia ficar em Londres com o sr. e a sra. Jessop, porque eles se ofereceram para ficar comigo. Eu não sei por que você foi me buscar e me trazer a um lugar onde ninguém gosta de mim, muito menos você. Um lugar rodeado pelo mar, que me separa de tudo o que eu conheço. Um lugar onde não quero estar.

Ela não quisera ser desobediente, mas as mínimas atrações do terreno do estábulo, com seus paralelepípedos e fileiras de cocheiras há muito em desuso a cansaram em questão de minutos, e um portão semiaberto acenara para ela de um jeito impossível de resistir. Apenas uma rápida olhadela no lugar onde passaria os próximos anos de sua vida, prometera a si mesma, depois voltaria, fecharia o portão e ninguém saberia de nada.

Então ela seguira o caminho de brita que rodeava a parte principal do gigantesco complexo que era a Penvarnon House e se viu nos fundos dela, diante de campos que se estendiam até o final do cabo. E correndo pelo gramado na direção dela havia duas crianças.

A garota alcançara o primeiro degrau da escada primeiro e olhara para cima, rindo.

– Oi, eu sou Carrie Seymour e este é Simon. Sua mãe a trouxe para tomar chá? Que triste e deprimente. A gente estava indo para a enseada, então por que não vem com a gente?

– Não posso. – Rhianna engolira em seco, percebendo com melancolia o problema que se apresentava a ela. – Não deveria nem estar aqui. Minha tia me disse que deveria ficar no estábulo.

– Sua tia? – perguntou a garota, e fez uma pausa. – Ah, você deve ser a sobrinha da srta. Trewint – continuou ela mais lentamente, acrescentando, desconfiada:

– Ouvi papai e mamãe falando de você. – Houve outro silêncio, então o rosto dela se abriu novamente. – Mas você não pode ficar no pátio o dia todo sem nada para fazer. É uma bobagem. Venha comigo e com Simon. Eu vou ajeitar as coisas com minha mãe e a srta. Trewint, você vai ver.

E, não se sabe como, por milagre, fora exatamente o que ela fizera: à força de sorrir seraficamente e se recusar a desistir, pensou Rhianna secamente. Como sempre.

Rhianna, insistira ela graciosamente, viera morar em Penvarnon House e portanto elas seriam amigas. Ponto final.

Era o começo de outra narrativa muito diferente, pensou Rhianna. Embora nenhum de nós soubesse disso naquela época. Uma história de segredos do passado, infelicidade e traição. E dessa vez não haveria final feliz.

Eu deveria ter ficado no estábulo, pensou Rhianna com ironia. Era mais seguro lá. Jamais deveria ter seguido o caminho até a enseada e passado a tarde subindo em pedras, admirando piscininhas, disputando corridas sobre a areia e espalhando a água do raso com os pés descalços. Redescobrindo a infância. Sentindo-se feliz pela primeira vez em semanas.

Ela pensara que Simon – alto, também de cabelo louro e olhos azuis, e certamente mais velho que Carrie dois anos ou mais – parecia irmão de Carrie, mas se enganara.

– Meu irmão? Meu Deus, não. Nós dois somos "solitários", como você – falara Carrie alegremente. – Ele é só um forasteiro: uma formiga. – E ela se afastou, rindo, enquanto Simon soltava um grunhido ameaçador para ela.

– O que é um forasteiro? – perguntou Rhianna.

– Um turista – informou Simon, fazendo uma careta. – Alguém que não vive na Cornualha, mas vem sempre nas férias – acrescentou ele, olhando com raiva para Carrie. – Eles nos chamam de "formigas", porque no verão é como os turistas se comportam: ocupam todos os lugares, em bandos. Mas não somos nem uma coisa nem outra, porque temos uma casa nos arredores da vila e passamos metade de nossas vidas aqui.

– Então, temos de aturá-lo durante semanas quando ele vem – falou Carrie, melancólica. – Uma droga!

Mas mesmo naquela época, apesar de eles serem muito novos, um instinto dizia a Rhianna que Carrie não falava sério e que Simon, o lindo, o maravilhoso, já era o centro do pequeno universo dela.

Os dois, descobrira Rhianna, iriam para os seus respectivos colégios internos no final do feriado de Páscoa, enquanto ela iria para a escola de ensino médio local, em Lanzion.

– Mas temos as férias do meio do ano – disse Carrie, ávida. – E então teremos quase oito semanas durante o verão. O mar é calmo na enseada, assim poderemos nadar todos os dias, fazer piqueniques e, se o clima estiver chuvoso, podemos usar A Cabana.

Ela estava se referindo a uma grande construção de madeira que ficava enfiada sob um penhasco, o qual, como Rhianna descobriria, não apenas continha cadeiras de praia e espreguiçadeiras, mas também uma espaçosa sala de estar com uma pequena cozinha, um antigo sofá destruído e uma mesa, grande o suficiente para permitir que comessem ou jogassem sobre ela. O falecido Ben Penvarnon, pai de Diaz, colocara até mesmo eletricidade no local.

– Vai ser ótimo – acrescentou Carrie, seu sorriso iluminando o mundo. – Eu estou muito contente por você ter vindo morar aqui.

E nem mesmo a aberta desaprovação de tia Kezia, nem o fato de Moira Seymour, a mãe de Carrie, havê-la examinado detidamente durante seus raros encontros, conseguiram desfazer a alegria crescente de Rhianna. O sentimento de que ela podia relaxar e se permitir sentir-se mais centrada.

Ela ainda chorava pela mãe, ainda mais quando tia Kezia deixara claro que qualquer menção ao nome de Grace Carlow era proibida. Ao mesmo tempo, Rhianna percebera não haver uma única fotografia de sua mãe, nem de qualquer flagrante da família, em nenhum lugar do sombrio e pequeno apartamento. Pior, a foto que tinha do casamento dos pais e que deixava em um porta-retrato sobre a mesa ao lado de sua estreita cama, fora retirada e colocada no gaveteiro.

– Já tenho muito trabalho na casa – dissera tia Kezia, bruscamente, quando Rhianna, chateada, tentara protestar. – Quando volto para cá, não quero ter de limpar o pó de suas porcarias.

No lado positivo, ela gostara da escola nova e voltara para casa nas férias de verão entusiasmada por ter conseguido um papel na peça que encenariam no colégio, a qual seria ensaiada durante o outono e levada ao palco no Natal.

Mas, para choque e decepção dela, tia Kezia a contrariara:

– Você não vai fazer nada disso – declarou ela, apertando os lábios. – Não quero que você se mostre, se sinta importante, porque isso só traz problemas. E isso já aconteceu antes, muito, no passado – acrescentou ela com raiva e rancor. – Para não falar dessa loucura com a srta. Caroline. E depois de tudo o que eu lhe disse!

Ela puxou o ar com aspereza.

– Faça a gentileza de lembrar que está aqui de favor, mocinha, e aprenda a se manter em seu lugar, mais do que tem feito, enquanto estiver morando na casa da sra. Seymour.

– Mas a casa não é dela – objetou Rhianna. – Carrie me disse que pertence na verdade ao primo dela, Diaz, mas ele passa a maior parte do tempo longe, ou em suas outras propriedades na América do Sul, ou viajando pelo mundo como consultor de mineração. Então os pais de Carrie tomam conta da casa para ele. Carrie falou que, quando ele se casar, eles terão de encontrar outro lugar para morar.

– A srta. Caroline fala demais – disse a tia de Rhianna, descontente. – E eu vou conversar com seu professor para acabar com essa história de teatro de uma vez por todas.

E, apesar dos protestos e das lágrimas de Rhianna, fora exatamente o que a tia fizera.

– Coitadinha – dissera Carrie, a testa cheia de rugas de preocupação quando Rhianna lhe contara o que acontecera. – Ela é tão dura com você, o tempo todo. Sempre foi assim?

Rhianna abanou a cabeça.

– Não sei – falou ela, infeliz. – Só a conheci quando veio ao enterro de mamãe e me disse que tinha sido designada como minha tutora pela lei e que eu iria morar com ela. Antes disso, nunca falou comigo, nem mesmo em meu aniversário ou no Natal. E dava para perceber que ela estava com raiva por ter de ficar comigo. – Rhianna suspirou. – Eu também não sou bem-vinda aqui. Só queria que alguém me dissesse o que fiz de tão errado.

– A culpa não é sua – disse Carrie, hesitante. – Eu... eu tenho certeza.

Rhianna mordeu o lábio.

– Você disse uma vez que tinha escutado seus pais falarem de mim. Pode me contar o que eles disseram?

O rosto de Carrie ficou rosado de pavor. Depois de uma pausa, ela falou:

– Faz muito tempo, não sei se me lembro direito. Além disso, não devia estar escutando – acrescentou ela com tristeza. – E tenho certeza de que seria melhor que você ouvisse isso dito por sua tia.

– Ela não vai falar sobre o assunto – disse Rhianna amargamente. – Ela não fala sobre nada. – Rhianna olhou para a outra garota, suplicando. – Ah, por favor, Carrie. Eu preciso saber por que eles me odeiam tanto.

Carrie suspirou.

– Bem... Eu estava sentada num banco sob a janela do salão, lendo, e meus pais entraram. Eles não perceberam que eu estava ali e mamãe dizia: "Eu mal posso acreditar que Kezia Trewint fez isso. Concordar em ficar com a filha daquela mulher... e ter coragem de pedir para trazê-la para cá." Papai comentou que achava que ela não tivera outra opção e pediu a mamãe para não fazer nada precipitadamente, porque nunca encontrariam ninguém para administrar a casa e a cozinha tão bem quanto sua tia Kezia.

Ela engoliu em seco.

– Então ele disse: "E não é culpa da criança. Você não pode culpá-la pelas coisas que a mãe fez, anos antes de ela nascer. E foi isso o que aconteceu, então não comece a pensar em coisas que não fazem sentido." Então mamãe ficou com raiva e falou que sua mãe não... era uma pessoa boa – acrescentou Carrie com vergonha, apressada. – E que, filho de peixe, peixinho é, e o que Diaz acharia quando soubesse? Papai disse: "Só Deus sabe", e ele pensava que todo mundo devia evitar julgamentos e dar uma chance a você. Depois ele saiu e foi ao clube de golfe.

Ela acrescentou, chorosa:

– Desculpe, Rhianna. Eu não devia ter escutado, mas quando eu a conheci, fiquei muito feliz, porque você parecia tão triste e perdida, e eu disse a mim mesma que papai estava certo. Só que agora eu estou com medo de ter tornado as coisas mil vezes piores.

– Não – disse Rhianna lentamente. – Não, você não fez isso, eu juro. Porque eu... eu realmente queria saber. – Ela atirou a cabeça para trás. – Além do mais, nada disso é verdade. Mamãe não era assim, nem um pouco. Era uma mulher maravilhosa.

E muito bonita também, pensou Rhianna, com o cabelo castanho-avermelhado que papai dizia ser da cor do mogno e os olhos verdes que corriam para os cantos quando ela ria. Já meu cabelo é só... ruivo.

Ela engoliu em seco.

– Depois que papai morreu, ela trabalhou no serviço social e as pessoas que ela visitava a amavam. Todas diziam isso. E a sra. Jessop contou para alguém que se mamãe não se envolvesse tanto com o trabalho de tentar ajudar os outros, poderia ter pensado mais nela mesma e percebido que havia algo errado. Poderia ter ido a um médico antes que fosse... tarde demais. – A voz dela fraquejou. – Então, como você vê, deve estar havendo algum engano. *Tem* que estar.

Carrie lhe deu um tapinha confortador no ombro.

– Tenho certeza que sim – falou ela, mas os olhos ansiosos de Carrie diziam que, mesmo que seus pais estivessem enganados, isso não explicava a atitude estranha e nada amorosa de Kezia Trewint em relação a sua única parente viva.

Lembrando que aquilo ainda se arrastaria por longos anos no futuro, Rhianna pensou, cansada, se inclinando na poltrona e fechando os olhos. Entretanto, aquilo permanecera em um canto de sua vida, uma nuvem não maior que a mão de um homem e que, no entanto, às vezes anunciava a tempestade adiante.

Como no dia em que se encontrara com Diaz Penvarnon pela primeira vez.

Ela se lembrava de que fora um daqueles dias quentes, sem vento, de agosto, quando o sol parecia tão próximo que se podia tocar.

Eles passaram o dia inteiro na praia, entrando e saindo do mar quieto como focas, Rhianna àquela altura já era uma nadadora tão competente e segura quanto os outros dois. Fora Simon quem as fizera parar, explicando que ele precisava voltar, porque alguns amigos dos pais viriam jantar com eles.

Apesar do calor, sempre fora questão de honra ver quem podia chegar ao topo do penhasco antes dos outros. As garotas raramente ganhavam das pernas longas de Simon, mas naquela tarde específica, ele abandonara os tênis novos na areia ao pé do penhasco e parou para pegá-los, de modo que Carrie e Rhianna se viram inesperadamente na dianteira, correndo cabeça a cabeça pelo caminho pedregoso.

E quando Carrie tropeçou, Rhianna chegou em primeiro lugar, rindo e sem fôlego, baixando a cabeça como se passasse por uma linha de chegada imaginária.

Dessa forma, se chocou com algo alto, sólido e bastante real, encontrando, ao recuar com um arfar de susto, mãos fortes que seguravam seus ombros para equilibrá-la, enquanto a voz tranquila do homem dizia:

– Então... o que temos aqui? Uma invasora tentando fugir? Estas terras são particulares, sabia?

Confusa, ela olhou para o rosto magro e moreno, com zigomas altos e viu a leveza desaparecer da boca firme e os olhos cinza se tornarem gelados como nuvens de neve em janeiro. Ele a examinou, o olhar passando com uma espécie de incredulidade do cabelo assanhado para os olhos de cílios longos e a boca aberta, surpresa, dela.

Ela disse:

– Sou Rhianna Carlow. Eu... eu moro aqui.

Ele respirou fundo, retirando as mãos dos ombros dela e dando um passo para trás com repúdio.

Ele disse, em parte para si mesmo:

– Claro... a criança. Eu quase esqueci.

– Diaz! – Carrie estava lá, correndo para ele. – Que fantástico! Ninguém disse que você vinha.

– Eu pretendia fazer uma surpresa – falou ele, abraçando-a também, mais contido, antes de olhar de novo para Rhianna. Diaz acrescentou, sem sorrir:

– Parece que é o dia delas.

E ela pensou, com uma desolação inexplicável: mais um que não me quer por aqui...

A chegada resfolegante de Simon propiciou uma distração momentânea, mas os cumprimentos mal tinham acabado quando Moira Seymour veio em um passo frouxo pelo gramado na direção deles, sóbria em um vestido de algodão azul e se abanando languidamente com um chapéu de palha de amplas abas.

Ela disse:

– Simon, meu querido, sua mãe telefonou perguntando onde você estava. Carrie, meu amor, arrume-se para o chá, por favor. – O olhar dela piscou com desprezo para Rhianna. – Tenho certeza de que sua tia pode achar algo para você fazer, mocinha.

Foi o primeiro comentário direto que a sra. Seymour já fizera para ela, percebeu Rhianna. E que deixava sua posição de inferioridade na casa bastante explícita. A invasora, como Diaz Penvarnon acabara de chamá-la. Um nome que pode ter começado como brincadeira, mas que agora, de repente, era algo bem diferente.

Meu primeiro papel como atriz, pensou Rhianna amargamente, e que provavelmente vai me perseguir, por uma série de motivos, até o final de minha vida, aonde quer que eu vá, aconteça o que acontecer.

Diaz. Diaz Penvarnon...

Ele era uma cadeia, falou ela para si mesma, ligando-a ao passado, que devia ser quebrada agora que estava fora de sua vida para sempre.

Preciso começar a pensar nele como um estranho, pensou ela, quase fervorosa. Eu devo...

Mas, desde aquele primeiro encontro, ele imprimira uma marca indelével na consciência de Rhianna e ela vira sua vida mudar mais uma vez – e, como antes, não para melhor.

Porque ela havia sido mais uma vez relegada estritamente ao antigo estábulo e seus arredores, praticamente reduzida ao status de não pessoa de novo, enquanto Carrie, protestando, tinha sido arrastada e absorvida pela onda de atividades na casa, ficando fora de alcance durante o tempo que durasse a visita do dono.

O dono...

Mesmo à distância, Rhianna sentira que todo o lugar parecia ter perdido a atmosfera lânguida, quase melancólica, e se tornado reenergizado.

E isso ocorrera mesmo sem o constante fluxo de visitantes que preenchiam o lugar nos finais de semana, se reunindo na enseada para nadar e tomar banho de sol, ou jogar tênis na quadra recém-pintada ao lado da casa. Sem esquecer dos jantares que entravam pelas altas horas da madrugada, com a música escorrendo das janelas abertas para a noite quente e as pessoas dançando no terraço.

Com Diaz Penvarnon à frente de tudo.

Nas raras ocasiões em que Rhianna ousara se aventurar e ir além do pátio do estábulo, vira tudo isso. Percebera que aquela figura alta parecia estar em toda parte, exercendo um domínio sem esforço sobre os arredores, como se nunca estivera ausente, com a voz calma e incisiva que ela lembrava muito bem, dando ordens que eram imediatamente obedecidas.

– E eu me pergunto se a senhora está gostando? – Rhianna ouviu a sra. Welling, a diarista, comentar com uma risada para Jacky Besant, que trabalhava nos jardins, enquanto fumavam quietamente no pátio.

– Não muito, eu acho. – Jack também parecia se divertir. – Mas ela não precisa ter medo. Ele vai embora logo e ela poderá voltar a viver tranquila de novo.

Talvez todos nós voltemos, pensara Rhianna, abafando um suspiro.

Ocorrera a ela que Diaz não era nada como ela imaginara quando Carrie lhe contara a respeito dele.

Para começo de conversa, pensara que ele era bem mais velho. Mais pesado também. Não magro, alto e dono de um dinamismo que ela fora capaz de reconhecer, apesar da idade imatura.

– Ele é o que chamam de ímã de mulher – comentara Simon, ressentido, pois também fora colocado de lado no novo regime, quando Rhianna o encontrara no posto dos correios. – Alto, moreno e megamilionário. Meus pais dizem que todas as mulheres da Cornualha com menos de 30 anos tentam fisgá-lo.

– Bem, eu o acho desprezível – disse Rhianna com veemência, lembrando-se de como aqueles olhos extraordinários, quase cinza sob a franja de cílios negros, a paralisaram.

Lembrou-se também de que o vira em um canto do terraço certa noite, quando ela saíra para escutar a música. De como percebera um movimento no escuro e notara que ele estava lá, abraçado a uma garota loura de um jeito que a fez ficar vermelha de vergonha, juntamente com outras sensações menos fáceis de definir.

E de como, quando ele tirara o vestido dos ombros da companheira, ela se virara e correra de volta para os seus domínios e não saíra mais dali de novo.

Agora, ela acrescentava com renovada ênfase:

– Asqueroso.

Simon sorriu de leve.

– Continue pensando assim. – Ele fez uma pausa. – Quer ir até o porto tomar um sorvete ou uma Coca-Cola no Café Rollo?

Ela abanou a cabeça.

– Eu... eu tenho que voltar. – Era uma meia-verdade. Ela não queria admitir que saíra com dinheiro suficiente apenas para pagar o que sua tia pedira e mais nada.

– Com certeza você pode se atrasar uns dez minutos, não pode? – disse Simon, sendo razoável. – E você precisa tomar algo gelado antes de voltar de bicicleta para Penvarnon ou vai ficar torrada. – Ele fez uma pausa. – Eu pago.

Ela ficou vermelha de prazer. Simon, o maioral, o lindo, estava se oferecendo para lhe pagar um sorvete. Normalmente ele não a notava muito quando Carrie estava por perto. Eles eram amigos muito antes de ela aparecer e Rhianna sempre aceitara isso, dizia a si mesma que era horrível da parte dela sentir a menor inveja.

Mas agora Carrie estava ocupada e ela teria aquela chance de passar um tempinho sozinha ao lado de Simon. Sem ter de dividi-lo com ninguém, pensou ela. E imediatamente sentiu vergonha de si mesma.

Então viu Simon sorrindo para ela e inspirou um pouco de ar, com alegria.

– Não posso demorar muito – contemporizou ela.

Ele comprou os sorvetes e eles se sentaram na amurada do porto, sob o sol, observando os barcos e conversando sobre tudo, até que Rhianna disse com tristeza que precisava mesmo voltar e Simon a ergueu de cima das pedras ásperas.

– Ei – disse ele. – Isto foi ótimo. Deveríamos fazer mais vezes.

Enquanto voltava de bicicleta para Penvarnon, o coração dela cantava de alegria. Pode ter sido apenas meia hora, mas para Rhianna foram trinta minutos que valeram ouro. Um momento especialíssimo para uma garota solitária na fronteira da adolescência. Embriagante.

Mas com certeza não o suficiente para alicerçar qualquer tipo de sonho em relação ao futuro.

Eu não o conhecia naquela época, pensou Rhianna, infeliz. E só foi muito, muito depois que percebi que, quando você está segura do seu sonho e deseja que se torne realidade, ele pode estar completamente fora de alcance.

Ela despertou desses pensamentos assustada, com a voz do condutor do trem anunciando a chegada iminente do expresso à estação.

Rhianna se levantou, procurando os óculos escuros, pegando as bagagens com relutância, enquanto se preparava para descer.

Você não precisa fazer isso, uma voz interior lhe disse. Você pode ficar aqui mesmo, estender a viagem até Penzance e de lá pegar o próximo trem de volta a Londres. Depois dar uma desculpa, dizer que foi pega por algum vírus. Gripe de verão. Qualquer coisa...

Carrie vai ficar decepcionada se você não aparecer, mas isso sem dúvida terá pouca importância quando ela tem tanto com que se alegrar.

E se você não suporta a ideia de voltar a Londres, então vá até o aeroporto mais próximo. Você está com o passaporte na mala, mais cartões de crédito, então compre uma passagem para algum lugar – qualquer lugar – e tire umas férias para relaxar.

E pare – pare de se lamentar pelo passado. Porque não há nada que possa fazer – não sem que arruíne a felicidade de Carrie. E isso está fora de cogitação.

Mas ela já ficara presa no pequeno fluxo de pessoas que deixavam o trem. A porta a sua frente se abriu e Rhianna saiu para a luz do sol.

Fazia calor, mas Rhianna sentiu os finos pelos dos braços se arrepiarem como se um vento frio os tocasse.

Ela fez uma pausa, todos os sentidos em estado de alerta, e o viu.

Ele estava esperando nos fundos da plataforma, maior e mais escuro que qualquer outra pessoa no meio da multidão. Uma sombra ao sol. Sua raiva era como um punho erguido. Esperava-a, como Rhianna, de alguma maneira, sabia que estaria. Como ela o sentia no fundo do coração, nos próprios ossos, ainda que tentasse se convencer de que já o esquecera e não tinha nada mais a temer.

Então, quando seus olhos se encontraram, Diaz Penvarnon começou a caminhar na direção dela.

CAPÍTULO 2

VOLTAR SERIA impossível, claro. Havia gente atrás dela e estava sendo empurrada para a frente. Na direção dele.

Então uma voz a seu lado disse:

– Aquela é Rhianna Carlow, não é? A madame Ariadne do *Castelo do Orgulho*. Que sorte! Posso tomar um pouco do seu tempo?

Rhianna se virou rapidamente para o recém-chegado, jovem e de rosto fino, o cabelo castanho penteado para trás, o sorriso confiante, mas o seu alívio teve vida curta.

– Sou Jason Tully – continuou ele. – Do *Duchy Herald*. Posso lhe perguntar o que você está fazendo tão longe de Londres? Eles não estão pensando em mudar a série *Castelo do Orgulho* para a Cornualha, estão?

– Não que eu saiba. – Ela se sairia bem, pensou Rhianna, fazendo um esforço para sorrir, os nervos do seu corpo doendo com a consciência da presença de Diaz Penvarnon apenas a alguns metros de distância. – Ainda que fosse uma boa ideia. *Mas*, na verdade, eu estou aqui por motivos pessoais.

Ela teve o cuidado de não mencionar que era um casamento, para que ele não despertasse o interesse do restante da imprensa, causando tumulto na igreja Polkernick.

O que sem dúvida seria interpretado como uma tentativa intencional de roubar o momento da noiva, pensou Rhianna, amarga.

– Entendo. – Ele fez um sinal para um homem mais velho, corpulento, que carregava uma câmera, depois olhou para além dela, na direção do trem. – Então você está viajando sozinha, Rhianna? Não tem um acompanhante?

– Vim ver uns amigos – respondeu ela, sem ousar olhar para Diaz e ver sua reação.

– Claro. – Jason Tully sorriu de novo. – Acho que você sabe que estão dizendo que seu parceiro nas telas, Rob Winters, se separou da mulher. Gostaria de saber como você se sente quanto a isso?

Ah, então era ele que você estava esperando ver comigo no trem, malandrinho.

Rhianna suprimiu um grunhido.

– Não, eu não estava sabendo – respondeu ela, firme, percebendo que Diaz absorvia cada palavra do diálogo, sobrancelhas cinicamente erguidas, e que outras pessoas paravam para olhar e escutar. – E se for verdade, eu sinto muito. Porém, tenho certeza de que é uma dificuldade temporária que logo será resolvida.

– Mas você e Bob Winters são muito próximos – insistiu ele. – Atuaram em cenas de amor muito quentes nos últimos programas da série.

– Sim – falou Rhianna. – *Atuamos.* Porque somos atores, sr. Tully, e é para isso que somos pagos.

E você nunca saberá o quanto isso é verdade, pensou Rhianna – para mim, pelo menos.

Ela acrescentou:

– E agora... se não tem nada mais a perguntar...

– Só uma foto, se não se importar. – Ele olhou para Diaz, em pé e em silêncio, as mãos postas sobre o jeans que cobria os quadris. – E você, quem é?

– O motorista da srta. Carlow. – Diaz se adiantou e pegou as malas das mãos inquietas dela. Todas, percebeu Rhianna tarde demais, inclusive a bolsa de mão, com o dinheiro, a passagem de volta e tudo mais.

– Vou esperar no carro, senhorita – acrescentou ele, virando-se e se encaminhando para a saída. Deixando-a a olhar para ele.

– Viemos aqui apenas para fazer uma matéria sobre o atraso nas obras de reparação dos trilhos – informou Jason Tully, muito alegre, enquanto Rhianna voltava a si, posando obedientemente para a câmera. – Isto foi um verdadeiro achado.

Achado para você, pensou Rhianna. Para mim, foi uma dor de cabeça.

– Tenha uma boa estada – desejou ele quando Rhianna começou a se afastar. – Espero que se divirta com seus... amigos. Quando se encontrar com eles.

A insinuação era evidente, e Rhianna respondeu com outro sorriso de espanto, desejando pular no pescoço do homem.

Ele vai entrar em contato com os jornais de cobertura nacional assim que conseguir tirar o celular do bolso, pensou Rhianna chateada, deixando a estação. Só espero que Rob esteja com os pais em Norfolk e não tenha inventado de se esconder em algum canto. Pelo menos não ali por perto.

Mas ela não podia se preocupar com aquilo naquele momento. Tinha que lidar com os próprios problemas. O maior de todos estava ao lado do jipe, o rosto sombrio e hostil, os olhos claros acompanhando os passos de Rhianna, que se aproximava.

Rhianna sentia a boca seca e as mãos úmidas. Se pudesse fugir, simplesmente viraria as costas e correria. Mas isso não era possível, então ela teria de usar técnicas de atriz.

Tratar a coisa como se fosse o medo que sentia antes das atuações, pensou. Depois seguir em frente e atuar.

– Sr. Penvarnon – disse ela com voz fria e desinteressada. – Que surpresa. Pensei que estaria do outro lado do mundo.

– Isso é o que você queria – disse ele, abrindo a porta do carona para ela. – Foi por isso que decidiu ignorar o meu conselho?

As sobrancelhas dela se ergueram.

– Aquilo foi um conselho? – perguntou Rhianna com ironia. Ela entrou no veículo, concentrando-se em alisar a saia de linho marrom de seu vestido sobre os joelhos. – Pensei que estava sendo ameaçada. E não reajo bem a ameaças.

– Mas lida muito bem com perguntas inconvenientes de repórteres, pelo que percebi – disse Diaz, suave. – Que bom que você não usou aquele velho clichê ingênuo: "Nós somos apenas bons amigos", quando ele lhe perguntou sobre seu envolvimento com Robert Winters. – Ele fez uma pausa. – Então, é o que ele é? Seu prêmio de consolação por ter perdido o homem que você ama?

O coração dela pareceu parar, mas Rhianna conseguiu manter a voz firme.

– Não – falou ela. – Bob e a esposa são mesmo meus amigos, mas Daisy e eu somos mais próximas porque nos conhecemos na faculdade de arte dramática. E o motivo por que eles estão enfrentando problemas é ela querer parar de trabalhar para ter um filho, enquanto ele acha que os dois são estrelas em plena escalada para o sucesso. Não vi motivo para dizer isso para a imprensa, local ou nacional.

Rhianna fez uma pausa, puxando o ar rapidamente, tentando manter a respiração estável.

– E só estou lhe dizendo isso, apenas porque estou cansada de acharem que me interesso por todos os homens casados do mundo.

– Sua revolta é comovente – falou ele, partindo com o jipe. – Mas as evidências estão contra você. – A boca do homem se entortou. – Talvez seja genético.

– Se você quer dizer: "Tal mãe, tal filha" – provocou Rhianna – por que não fala logo de uma vez? Eu não me oponho. Porque sei que tudo o que minha mãe fez foi por amor, e eu *sou* do mesmo jeito.

– Fecham-se as cortinas e explodem os aplausos – falou ele sardonicamente. – Adorei o autêntico tremor de sinceridade na voz, querida. Você podia atuar em algo sério, sem precisar tirar a roupa na televisão. Mas talvez você goste disso.

Ele fez uma pausa.

– Por falar nisso, como essa *grande amiga* sua reagiu ao vê-la nua com o marido?

Rhianna deu de ombros.

– Ela achou engraçado.

Rhianna se lembrava de estar na cozinha de Daisy, as duas gargalhando enquanto esperavam que Rob voltasse com a comida indiana que fora buscar no restaurante.

– Você sabe quanto tempo passei maquiando as costas dele porque ele achava que tinha uma mancha aparecendo? – perguntara Daisy, às lágrimas.

– Ele não contou isso. – Rhianna abanara a cabeça. – Só ficava reclamando da corrente de ar no estúdio.

– Ele faz isso quando estamos na cama – falara Daisy, enxugando os olhos. – Sempre no momento errado. Ele morre de medo de pegar um resfriado. Algumas pessoas têm champanhe na geladeira. Nós temos água para gargarejo, graças a ele.

Meu Deus, mas como eles eram perfeitos um para o outro, pensou Rhianna. Rob, ambicioso e talentoso, cheio de ansiedade. Daisy, serena e centrada.

O amor dos dois jamais fora questionado, até que o relógio biológico de Daisy começou a gritar.

Se eles *estivessem* separados agora, seria um pequeno acidente, porque o destino deles era ficarem juntos, e isso era tão forte, que Rhianna admirava. E, para ser honesta, até invejava.

– Então, o que você está fazendo aqui, Rhianna? – A voz de Diaz interrompeu asperamente seus pensamentos. As mãos dele seguravam o volante com tanta força que os nós dos dedos estavam pronunciados. – Ninguém quer ver você em Penvarnon. A não ser Carrie, eu acho. No caso dela, o amor é mesmo cego ou já teria visto há muito tempo que você é uma egoísta, traiçoeira e esnobe.

– Nossa – falou ela. – Que grande frase. Se algum dia estiverem precisando de roteirista para o *Castelo do Orgulho*, vou recomendar você. A não ser, claro, que esteja planejando seguir carreira como motorista.

– Você acha que eu correria o risco de deixar Simon vir pegá-la na estação? – perguntou ele com leveza. – Porque minha pobre Carrie ingenuamente teria permitido que ele fizesse isso, se eu não tivesse evitado.

– Puxa – falou Rhianna, leve. – Ele vale tão pouco que não merece a mínima confiança?

– Não. – A voz dele endureceu. – Você é que vale pouco. Você é sorrateira. E não pense que vou me esquecer disso nem um minuto.

Eles estavam fora da cidade àquela altura e ele virou a direção brusca e rapidamente, trazendo o jipe para o canto da estrada e o parando de repente.

– E isto não é mais um conselho – prosseguiu ele. – É um aviso que deve ser levado a sério.

Ele puxou o ar com força.

– Você deve ter todos os homens da Inglaterra a seus pés, mas isso não é suficiente para você, não é? Porque não aprendeu sua lição cinco anos atrás. Tinha que fazer outra tentativa com Simon, e daquela vez funcionou.

Ele fez uma pausa.

– Mas, infelizmente para você, a coisa não durou. Deve ter ficado decepcionada quando ele caiu em si a tempo e percebeu o que era valioso e útil na vida dele e como poderia ter perdido isso facilmente. Afinal de contas, você é irresistível... de acordo com a máquina publicitária da televisão.

A voz dele ficou áspera.

– Você traiu a melhor e mais leal amiga que já teve para dormir com Simon, só para provar que podia. Mas no sábado é com ela que ele vai se casar. E você não vai dizer nem fazer nada que possa pôr em risco o casamento deles. Está me entendendo?

– Como cristal. – Ela olhou para a frente, através do para-brisa. – Diga uma coisa: Simon recebeu este mesmo sermão ou esta fala fascinante foi concebida apenas para mim?

– Eu não precisava falar com ele de novo – declarou ele. – Simon já está bem dominado. E deixou claro que se arrepende amargamente da estupidez criminosa que foi ter arriscado o futuro, mesmo que a tentação fosse forte. Recomendo que você se mantenha afastada dele – acrescentou ele, sombrio.

– Sem problema – falou Rhianna. – Não me parece que nós vamos dormir sob o mesmo teto nas próximas duas noites, afinal de contas. E se você está preocupado com as tardes e manhãs, por que não pergunta aos Henderson se eles não podem deixar o apartamento e me colocar no estábulo, o aposento dos empregados, que é o meu lugar?

– Quando foi que você teve *um* lugar em Penvarnon? – perguntou ele, áspero.

Rhianna devia estar preparada para aquilo, mas, por um momento, chocada, sentiu um nó se formar na garganta.

Mas eu jamais quis ir para lá. Ela queria dizer em voz alta. Gritar. *Não tinha a mínima vontade. E fui embora assim que pude. Se não fosse por Carrie, não estaria ali agora. E quando esses dias pavorosos passarem, você nunca – jamais – vai me ver de novo.*

Mas permaneceu em silêncio. Porque ele não acreditaria nela agora, como não acreditara no passado, então não havia por que ter esperança.

Precisava lidar com a dor do presente e encarar a incerteza do futuro. Duas coisas que teria de fazer sozinha.

Então a mão dele se mexeu. O motor soltou um ruído e o jipe arrancou.

Levando-os para Penvarnon.

– ENFIM, SÓS. – A risada de Carrie tinha certa rispidez. – Ai, Rhianna, agradeço tanto por você ter vindo. Não estava um clima apavorante lá embaixo agora? Você deve ter notado.

– Dava para cortar o ar com uma faca – falou Rhianna, seca, abraçando a amiga. – Mas eu atribuo isso à minha chegada.

– Não acredite nisso – falou Carrie. – Além do mais, ninguém liga para as bobagens que aconteceram anos atrás. Não mais.

Não? Ah, meu Deus, será que não? O que a faz ter tanta certeza? Porque eu sei de ao menos uma pessoa que não esqueceu de absolutamente nada do que aconteceu. Nem perdoou...

Ela ainda tremia por dentro, pensou Rhianna, ao se lembrar da agressiva e silenciosa vinda de carro até a casa. Sentada ao lado dele, mãos sobre o colo. Olhando para o nada.

Ainda tremia ao levar a mão ao trinco, antes de o carro parar no pátio em frente da entrada principal, e sair desatinada, desesperada, caminhando sobre as britas.

Ela pensara, imaginara, por um minuto que Diaz dissera seu nome bem baixinho, e naquele instante ficara tentada a se virar e olhar para ele.

Então viu Carrie quase dançando de entusiasmo no topo da escada de pedra, enquanto Henderson, vestido com aprumo numa calça escura e paletó de linho, desceu para apanhar a bagagem. E ela caminhou na direção da casa.

Ao entrarem, ela ouvira o carro arrancar, disparando.

Engolindo em seco, Rhianna agora se aplicava à tarefa de abrir sua mala.

– Então, qual é o problema?

Carrie soltou um suspiro.

– É que a briga entre as mães parece ter entrado agora no quinquagésimo assalto. Papai diz que parece a Segunda Guerra Mundial, e foge para o clube de golfe. É o que mais tem feito nos últimos dias – acrescentou ela, com um incomum traço de amargura.

– Bom, você não pode esperar que ele se interesse apaixonadamente por discussões sobre barras de saia, arranjos de flores e camadas de bolo. – Rhianna tentou acalmá-la. – Ele provavelmente acha que o dever dele é ficar quieto e assinar cheques. Além do mais – acrescentou Rhianna –, saber que você vai embora logo, logo, para a Cidade do Cabo, não deve ser nada fácil. Talvez ele precise de um tempo, de ficar só, para lidar com essa ideia.

– Vai ser difícil para mim também – admitiu Carrie, triste. – Ai, Rhianna, Simon e eu... nós estamos fazendo a coisa certa, não estamos?

Rhianna sentiu um aperto no coração.

– Em que sentido? – Ela tentou soar natural.

– O trabalho novo. Eu às vezes acho que Simon está meio inseguro. Ele anda muito calado há algumas semanas. E no entanto, quando pergunto a ele, diz que está tudo bem.

Rhianna se debruçou sobre a mala, deixando uma mecha de cabelo da cor do mogno esconder o rubor do seu rosto.

– Então deve estar tudo bem – disse ela, sufocando. – E não se esqueça que é só um trabalho, Carrie, não é uma pena de morte. Se não der certo, vocês voltam.

– Pode ser. Mas Diaz não ficaria muito contente com isso.

– E fazer a vontade dele é tão importante assim? – Rhianna tentou falar com leveza. – Ou é apenas um hábito?

– Bem, ele tem sido extremamente gentil – disse Carrie. – Afinal de contas, meus pais jamais poderiam pagar por um lugar como este. E Diaz deixou a gente viver aqui esse tempo todo. – Ela suspirou. – Embora isso vá acabar em breve, como acho que ele lhe contou.

– Não. – Rhianna endireitou o corpo. – Não, ele não falou nada. Mas nós não nos falamos direito.

– Ah. – Carrie olhou para ela com tristeza. – Pensei que as coisas tivessem melhorado um pouco entre vocês... Principalmente quando ele se ofereceu para apanhá-la na estação. Simon queria ir, claro, mas Diaz lhe lembrou que precisava cortar o cabelo, e disse que ia em seu lugar.

– Mais um de seus inúmeros atos gentis – comentou Rhianna sem sorrir. – Então, o que vai acontecer com a casa?

Carrie deu de ombros.

– Parece que Diaz vai voltar para cá. Para morar, você acredita? Mamãe pensou, por algo que ele disse de passagem, que ele iria se casar, mas não há nada que indique isso. Não houve anúncio e ele não vem acompanhado para o casamento. Na verdade, talvez nem venha, agora que comprou um brinquedo novo.

– Brinquedo?

– Um barco. – Carrie revirou os olhos. – *Windhover*, o Iate Maravilha. É assim que papai o descreve, pelo menos. É uma espécie de hotel flutuante, o melhor da categoria, e ainda conta com um motor poderosíssimo. Está atracado em Polkernick. Ele o trouxe de Falmouth anteontem e está dormindo no barco, o que evitou que mamãe ficasse histérica com os preparativos do quarto, porque geralmente tudo muda quando Diaz vem para ficar, e como ele não estava sendo esperado, haveria um furor.

– Claro – disse Rhianna. – O mestre deve ter o quarto principal, por mais que isso cause inconvenientes aos outros.

Mas ao menos esse barco o manteria a distância, pensou ela. Talvez fosse para onde ele estivesse se dirigindo naquele exato momento? Ela queria muito que sim.

– Bem – disse Carrie com tolerância –, você não pode culpá-lo por querer um espaço que pertence a ele mesmo. A casa é dele, afinal de contas, mesmo que não tenha passado muito tempo nela no passado. E agora, para desespero de mamãe, ele a quer de volta, e ela vai ter de deixar de ser a madame do casarão. – Carrie fez uma careta. – O que ela vai odiar.

Mas ela vai continuar lutando, pensou Rhianna, lembrando do olhar sombrio de Moira Seymour ao se encontrar com o dela, minutos antes, quando passava pelo salão, onde ela estava sentada no sofá, com a pose e a frieza de sempre, em um silêncio quase tangível.

– Ah, srta. Carlow. – A voz cortante não mudara nada. – Espero que tenha tido uma viagem agradável. – Ela acrescentara friamente: – Caroline me disse que a alojou no quarto amarelo-claro.

Ué, todos os sótãos estavam lotados?, perguntou Rhianna mentalmente. A masmorra já estava cheia?

No entanto, sorrira e dissera, com o melhor jeito de madame Ariadne:

– A mim, me parece maravilhoso, sra. Seymour. Estou muito feliz por estar aqui.

Então se virara, ainda sorrindo, para a mulher que estava sentada à frente dela:

– Sra. Rawlins, que adorável vê-la de novo. A senhora está ótima.

Não que fosse verdade. A viuvez a envelhecera e deixara a mãe de Simon mais gorda, dando um ar azedo a sua boca.

– Ouvi dizer que você está se tornando famosa na televisão, Rhianna. – Em vez de pedir esmola na rua, era o que sugeria o tom dela. – Mas, claro, hoje há tão poucos programas de alguma substância que assisto cada vez menos à televisão.

– Claro – repetiu Rhianna gentilmente.

– O chá será servido em meia hora, Caroline – disse a mãe dela. – Por favor, traga sua convidada para se juntar a nós – acrescentou, depois de uma breve hesitação.

Rhianna ficara feliz quando subira as escadas para o anunciado "quarto amarelo-claro", que no final das contas era tão charmoso quanto o nome sugeria, com papel de parede creme, cortinas com estampas de brotos de primavera e cobertas da cama em um tom bonito de verde.

Moira Seymour talvez não fosse a pessoa mais agradável do mundo, mas Rhianna não podia negar que tinha bom gosto.

Agora, ela dizia lentamente:

– Sua mãe deve achar que ter que sair daqui é terrível. Mas a casa é muito grande para duas pessoas.

– É verdade – concordou Carrie. – Mas é ainda maior para alguém determinado a ficar solteiro como Diaz. A não ser, claro, que ele esteja decidido a se assentar e constituir família. – Ela fez uma pausa. – Você já o viu com alguém em particular? Quando se encontrou por acaso com ele em Londres, eu digo.

Rhianna a fitou. E disse, raivosa:

– Ele lhe disse que nos encontramos em Londres?

– Ele mencionou que vocês estiveram em uma festa juntos. – Carrie deu de ombros. – Algo a ver com plano de saúde?

– Apex, a empresa que patrocina o *Castelo do Orgulho* – disse Rhianna. – Mas era uma sala muito lotada, então não pude perceber se ele estava acompanhado. – *Minha primeira mentira.*

– E vocês estiveram em uma festa em homenagem a uma nova peça, não estiveram?

– Talvez. Não me lembro. – Rhianna parecia indiferente ao colocar no armário a última peça de suas coisas. Olhou para o relógio. – Agora, eu acho que é melhor nós irmos ao tal chá. Mas você precisa explicar primeiro por que a briga. Eu pensava que Margaret Rawlins e sua mãe eram amigas.

Carrie suspirou.

– Elas nunca foram muito próximas – admitiu Carrie. – Sabe, a casinha dos Rawlins era a princípio uma casa para férias e mamãe não admite esse tipo de coisa. Cornualha para os córnicos, é o que ela acha, ainda que ela e tia Esther sejam ambas londrinas. E o fato de a sra. Rawlins ter se mudado agora permanentemente para cá não alterou as coisas.

– Mas não é só por isso, é?

– Não. – Carrie fez uma careta. – Quando nós começamos a discutir os planos para o casamento, Margaret ficou completamente de fora. Disse que o que quer que decidíssemos, ela aprovaria. Então... seguimos em frente.

– Mas ela mudou de ideia? – adivinhou Rhianna.

– E como – falou Carrie, calorosa. Ela começou a tamborilar com os dedos. – Nós concordamos com a lista de convidados há muito tempo, mas toda vez que fechávamos o número, ela vinha com outra pessoa que precisava ser convidada. É provavelmente por isso que ela está aqui hoje, com outro nome para a lista. E não é tudo. Ela achou o preço do caramanchão muito caro e insistiu que nós fizéssemos outro orçamento com uma firma conhecida dela, como resultado alguém contratou o que eu queria. Então, na semana passada, Margaret perguntou com um sorriso triste se podíamos tocar um dos hinos que era um dos favoritos de seu querido Clive. – Ela abanou a cabeça. – O hino é bonito, mas não é adequado para um casamento. Além disso, todas as músicas da cerimônia estão impressas no livreto há milênios.

Carrie respirou fundo.

– Pronto, tirei um peso do meu peito. Até o próximo problema, seja como for. E eu sei que haverá outro. Eu pressinto.

– Ai, meu Deus. – Rhianna olhou para ela aterrorizada. – Simon não poderia falar com ela?

Carrie soltou outro suspiro.

– Eu pedi, mas Simon sempre defende a mãe. Diz que ela ainda está triste com a morte do pai dele, o que tenho certeza de que é verdade, e que nós devemos fazer concessões... especialmente porque vamos nos mudar para tão longe. – Ela fez uma pausa. – Seja como for, como eu disse, ele parece estar vivendo em um mundo próprio ultimamente.

– É? – Rhianna pegou uma escova e a passou com cuidado em seu cabelo, observando o próprio olhar observador no espelho. – Em que sentido?

– Por exemplo, quase perdeu a hora no salão para cortar o cabelo hoje – disse Carrie, melancólica. – E algumas vezes liguei para o apartamento dele e ele não estava lá. Diz que se esqueceu e que tem coisas dele para cuidar.

– Ele provavelmente estava de ressaca depois de sua despedida de solteiro e não quis admitir – falou Rhianna com leveza.

Carrie a mirou.

– Mas a despedida de solteiro dele aconteceu há muito tempo. Ele foi para Nassau com uns colegas do trabalho. Eles conseguiram uma promoção e ficaram por mais alguns dias extras. Eu lhe contei, com certeza.

– Sim – falou Rhianna. – Sim, claro que sim. Eu sou uma louca.

Como podia me esquecer? Como podia me esquecer da viagem para Nassau, se ela aconteceu apenas alguns dias antes de eu descobrir sobre a criança?

Ela deixou a escova de lado, consciente de estar um pouco mais vermelha, sentindo-se culpada de novo.

– Eu fico me dizendo que não tem importância – continuou Carrie. – Que tudo vai terminar logo e Simon e eu vamos ficar sozinhos, construindo uma vida nova juntos. Que eu vou pensar neste tempo e rir de tudo isso. Mas...

– Mas por agora você queria dar um jeito na sra. Rawlins – completou Rhianna de repente. – É perfeitamente compreensível, até recomendável.

– Ai, Rhianna. – Sorrindo, Carrie passou um braço entre os dela. – Graças a Deus, você está aqui. Tudo vai parecer melhor de agora em diante.

Ai, Deus, pensou Rhianna, sentindo um frio no estômago quando elas desciam a escada. Só rezo para que isso seja verdade.

O DESCONFORTO dela cresceu quando a primeira pessoa que viu no salão foi Diaz, estendido em uma cadeira, próximo às portas francesas, lendo uma revista. O novo brinquedo, aparentemente, não era tão atraente quanto ela esperara.

Quando elas entraram, ele se levantou polidamente e sorriu, mas olhando de lado para Rhianna com um cinza de granito. Ela passou por Diaz calmamente, escolhendo uma cadeira confortável onde ficasse fora do alcance do olhar dele.

Mas não o eliminou, infelizmente, de sua consciência. Ela ainda se incomodava com ele, com o silêncio, a presença hostil, como se ele tivesse vindo se sentar ao lado dela, a mão em seu ombro.

Rhianna também se colocou a uma discreta e deliberada distância dos sofás, onde as duas mães estavam postadas, uma de frente para a outra, percebendo tacitamente sua posição como a de uma estranha para a família reunida, mas não tão distante que não pudesse perceber que havia agora uma grande caixa plana ao lado de Margaret Rawlins e ficou curiosa. Mas não por muito tempo.

– Caroline, querida – disse a sra. Rawlins, quando sua futura nora se sentou obedientemente ao lado da mãe. – Eu estava pensando outro dia em algo que usei em meu casamento e mantive comigo desde então, pensando, eu acho, que um dia teria uma filha. Mas isso não aconteceu, você sabe. Então eu queria que você levasse a tradição adiante.

Ela levantou a tampa da caixa e tirou cuidadosamente de dentro das dobras do papel de seda uma massa branca de tule, camadas e mais camadas, e uma peça para usar na cabeça que se parecia com uma elaborada grinalda, com cada um de seus ramos ornamentais coroados com uma grande pérola artificial.

Rhianna pensou friamente que se parecia com algo que a Rainha Má usaria em uma nova versão da Disney para *Branca de Neve*. Com qualidade inferior.

Durante o terrível silêncio que se seguiu, ela não ousou olhar para Carrie.

Por fim, Carrie disse lentamente:

– Bem, foi uma lembrança adorável, mas eu não pretendia usar um véu, apenas algumas flores naturais em meu cabelo. Eu não havia explicado isso?

– Ah, mas uma roupa de noiva fica incompleta sem um véu – disse a sra. Rawlins alegremente. – E embora eu tenha certeza de que seu vestido é sofisticado e moderno, sei que Simon tem um coração à moda antiga e que ele gostaria de vê-la usando algo mais convencional também.

Ela fez uma pausa.

– Você vai precisar ter muito cuidado com a grinalda, claro. É muito delicada e um dos ramos já está um pouco frouxo.

Rhianna se viu olhando para Margaret Rawlins com fascinação e alguma surpresa. Ela se lembrava da mãe de Simon como uma mulher bastante agradável, uma boa cozinheira e devotada a sua família, que participava de todas as atividades com um franco gosto. Então como era possível que ela tivesse se transformado naquele monstro controlador?

Quanto a seus comentários a respeito de Simon...

Era algo feito "à moda antiga" e "convencional" que um noivo estivesse dormindo com outra mulher nos últimos três meses? Dizendo a essa outra mulher que ele a amava? Inventando aquela promoção nas Bahamas para ficar com ela sozinho por alguns dias? E, por fim, cometendo o imperdoável erro de engravidá-la?

Meu Deus, pensou Rhianna, sentindo um bolha de histeria crescer dentro dela. Que grande tradição a ser mantida!

Ela olhou para Carrie e viu um olhar angustiado, enquanto a boca de Moira Seymour estava rígida com o ultraje.

E então a porta se abriu e a sra. Henderson entrou empurrando o carrinho com as peças do chá. A tensão diminuiu por força, ainda que só temporariamente.

Era um chá soberbo, com pratos de pequenos sanduíches sem borda, bandejas com bolinhos recém-saídos do forno, acompanhados de uma grande tigela de nata e um prato de geleia de morango caseira e um grande bolo de frutas.

A sra. Rawlins lutou interminavelmente para colocar o véu de volta na caixa antes de todos se servirem, para desagrado de Rhianna.

Quando ela se voltou para as coisas no carrinho, pegou a grinalda casualmente e a levou até as portas francesas, como se para examiná-la mais de perto.

– Ah, tenha cuidado. – A voz da sra. Rawlins a acompanhou. – Como eu já disse, um de seus talos está frágil.

– Está, mas acho que posso consertar – falou Rhianna alegremente. Ela era a convidada menos querida, o que poderia perder? E ela deu um puxão forte no material, arfando profundamente em desespero e se virando contrita para a dona da peça.

– Ai, meu Deus, está todo destruído agora. Sinto muito, sra. Rawlins. Não acredito que possa ter sido tão desastrada.

– Deixe-me ver de uma vez! Talvez possa ser consertado – falou Margaret Rawlins.

– Duvido muito – disse Diaz, que se levantara inesperadamente e, indo até onde Rhianna estava, pegou o objeto destruído. – Parece bastante estragado. Mas foi melhor ter acontecido agora do que durante a cerimônia. Teria sido vergonhoso. – O sorriso que ele abriu para a sra. Rawlins foi extremamente charmoso. – A senhora não concorda?

– Acho que sim, mas não sei o que Simon dirá quando souber. – Apressada, a sra. Rawlins pegou a caixa com o véu. – É melhor você levá-la para cima, Caroline, antes que ocorra outro acidente – falou, fulminando Rhianna com os olhos.

– Sim – concordou Carrie com entusiasmo. – Sim, claro. – Ela olhou para Rhianna como quem faz um apelo, e Rhianna a seguiu imediatamente.

– Você é uma estrela – disse Carrie, atirando a caixa na cama. – Mas o que vou fazer com quilômetros de tule branco se vou usar cetim?

– Que flores vai usar na cabeça?

– Rosas – disse Carrie. – Douradas e creme, como as de meu buquê. – Ela tirou o véu da caixa e o levantou. – Mas não conseguirão segurar um peso deste.

– Então eu vou ter que ajeitá-lo. Tem uma tesoura afiada à mão?

– Ai, meu Deus – falou Carrie. – O que você vai fazer?

– Cimentar minha reputação como uma vândala – falou Rhianna, rindo. – A mãe de Simon nunca vai falar comigo de novo, mas não será um grande sacrifício.

Além disso, ela teria muito mais razões para me odiar... se soubesse que...

Com o kit de costura na mão, Rhianna ficou sozinha no quarto. Cortaria o véu de maneira que ele ficasse bastante curto e não atrapalhasse os outros ornamentos que Carrie usaria.

Mas então parou, como se pensasse no que fazia.

Por que teria aquele trabalho, se aquele casamento não deveria nem acontecer? Como podia estar ajudando a amiga a se casar com um homem que já a traíra de forma tão terrível? E não havia garantia alguma de que não aconteceria de novo.

Mas Simon era o marido que Carrie sempre quisera desde a adolescência. Esperara por ele. E o casamento seria a coroação de seus sonhos mais sublimes.

Rhianna ergueu a mão e enxugou rapidamente as lágrimas. Pensou ter ouvido passos do lado de fora e não queria correr o risco de Carrie a ver chorando.

Nem poderia destruir o sonho de toda a vida da amiga. Teria de guardar segredo. Fingir não ter ideia de que ocorrera um caso secreto de amor. Nem um filho, que fora eliminado da equação.

E nem que houvera sonhos da parte dela também, falou Rhianna para si mesma, sentindo uma profunda dor.

De tudo o que acontecera, aquela era a coisa mais difícil de aguentar. Saber que ela não tinha mais esperança alguma.

E teria que viver sabendo disso, pelo resto da vida.

CAPÍTULO 3

OCORREU A Rhianna que uma desculpa para ficar fora de qualquer confusão, em seu quarto, era tudo o que ela precisava para manter o equilíbrio.

Trabalhando com muita cautela, ela reduziu a quantidade de tule para dois terços e os restos descartados de tecido foram recolocados dentro da caixa.

Carrie estava convencida de que seria melhor uma versão menor e, quando a mãe de Simon descobrisse tudo o que fora feito, seria tarde demais.

O fato de o véu poder ser refeito naquela gloriosa noite as tranquilizou um pouco.

O que tiver de ser, será, pensou Rhianna. Carrie e eu estaremos longe e ela terá que explodir sozinha.

Mas agora estava chegando a hora do próximo evento, um jantar em casa com toda a família, incluindo o chefe da casa.

– A festa é amanhã à noite – disse Carrie, feliz. – No Polkernick Arms.

A expressão dela se alterou.

– Mas Simon não poderá estar conosco esta noite. Seu padrinho e a esposa foram para Worcestershire no dia anterior e Margaret insistiu para que passassem o dia com ela.

Rhianna suspirou de alívio. De qualquer maneira, ela e Simon teriam que se encarar mais cedo ou mais tarde. Entretanto, ela preferia que fosse o mais tarde possível.

No entanto, essa ausência não tornaria as coisas mais fáceis para ela, porque ele não era o seu único problema, infelizmente. Ela teria que se confrontar mais uma vez com Diaz, com quem tivera antes, na sala, um momento de cumplicidade e nada mais do que isso.

Ele ainda estava de olho nela. Observando-a. Aguardando que fizesse um movimento em falso.

Por isso, Rhianna pensava com seus botões que Diaz estaria muito desapontado.

E ela estava pronta para o desafio.

Tomou um banho e vestiu uma camiseta índigo, coberta por uma blusa branca em estilo vitoriano.

Penteou o cabelo todo para trás e o prendeu na nuca com um fecho prateado.

Usou uma maquiagem muito simples, dando realce aos seus belos cílios, combinando-os com a cor dos lábios.

Acentuou o aroma da loção pós-banho com umas gotinhas da mesma fragrância no pescoço e nos pulsos e colocou um singelo par de brincos.

Elegante, mas sem exagero, pensou ela, olhando-se no espelho.

Dirigiu-se até a cadeira próxima à janela para refazer as malas e repor o cesto de costura de Carrie. Parou por um momento na frente da janela, observando o gramado que se estendia lá fora e o movimento das ondas azuis do mar.

Era a última vez que iria saborear aquela vista, porque no dia seguinte montariam o caramanchão da festa. Então ela aproveitou para dar uma última olhada naquela paisagem, tão familiar e ao mesmo tempo tão estranha.

Tantas lembranças, pensou ela, e tão pouco para ser guardado. Poderia contar nos dedos esses momentos. Sentir a grama rala e a umidade gostosa enquanto corria pela relva.

A aspereza suave da areia nos dedos dos pés quando corria no vale e o abençoado choque do mar batendo em sua pele. Maravilhosos fins de tarde desaparecendo lentamente nas sombras.

Tudo pura nostalgia.

Mas também lágrimas escorrendo pelo seu rosto, como sal na sua garganta. E uma voz de homem dizendo gentilmente:

– O que há de errado? Deve haver alguma coisa...

Ela relaxou por um instante e não se deixou mais levar pelas recordações. Não havia em seu cérebro mais espaço para aquelas lembranças.

Talvez fosse somente para isso que ela estava naquele lugar, pensou. Para limpar da sua memória todo o passado, para um futuro bem melhor. O tipo de carreira que qualquer atriz teria sonhado na vida.

Só que seus sonhos eram bem diferentes e ela teria que saber como lidar com isso.

Para aceitar que ela chorou muito sob a luz do luar todos esses anos e o homem que ela sempre desejou tinha outras prioridades na vida, criando uma barreira impossível de ser superada entre eles.

Rhianna se afastou abruptamente da janela. Tomou um ar, respirou fundo, indo buscar todas as reservas em seu diafragma, como sempre fazia antes de protagonizar qualquer cena. Abriu a porta, parou no corredor e correu para o encontro de Simon.

– Então você está aí! – Ele a segurou forte pelos braços e a levou de volta ao quarto. – O que está acontecendo, Rhianna? Eu pensei que você não estaria aqui! Foi o que você me fez acreditar!

Ela se defendeu, dizendo:

– Eu disse que não tinha tomado uma decisão ainda – falou, tirando os braços dos dele, perdendo realmente a paciência. – O que foi, Simon? Não vá me dizer que está com problema de consciência?

– Pelo amor de Deus. – Sua voz era emocionada, pungente. – Está bem! Eu cometi um erro, e isso é tudo. Não sou o primeiro nem o último homem que se apavorou com a ideia de casamento e pensou em se divertir, até que um dia as chances terminaram.

– Apavorou-se? – gritou ela para quem quisesse ouvir. – É assim que você resume tudo? É bem mais do que dizer que ama alguém... Fazê-la acreditar em felicidade antes de dispensá-la, deixando-a grávida, com uma criança que ela pensava que você também desejava ter.

– É por isso que você está aqui? – disse ele, desconcertado. – Para dizer que o término do nosso caso está cancelado? Ou para criar algum problema?

– Não e não – disse ela. – Mas entenda uma coisa, Simon. Eu estou quieta somente por causa da Carrie e não por sua causa. Você não a merece, mas ela o deseja e isso é tudo.

– Bem, ela não é a única no mundo, não é mesmo, docinho? – Ele sorrateiramente colocou a mão no rosto dela.

Rhianna reagiu com violência, como se tivesse sido queimada pela mão dele.

– Desapareça daqui – disse, alterada. – Trate de fazer Carrie feliz. Não arruíne a vida dela. É o mínimo que você tem a fazer.

– Não – falou ele com voz soberba. – Não vou arruinar, porque eu realmente a amo e o meu relacionamento com ela me ensinou muito. Não posso nem pensar em perdê-la. Você entende isso?

– Eu nunca vou entendê-lo, Simon. – Sua voz era grave e tensa. – Nem se eu vivesse mil anos. – Ela fez uma pausa e disse com tristeza: – A minha perda, na realidade, não interessa a ninguém.

– O que é isso, Rhianna? – O escárnio continuava, misturado a um ar de triunfo. – Como você poderia perder o que nunca teve? Enxergue a realidade. – Fez uma pausa e continuou. – E agora, infelizmente, eu tenho que ir, mas voltarei amanhã, então se lembre de que vou me casar com a sua melhor amiga e seja agradável, sim? – Ele fez um gracejo final de despedida e partiu.

Largada ali, solitária, Rhianna afundou na cama, sentindo um tremor passar por seu corpo todo, em cada nervo, em cada músculo.

Calma, disse para si mesma. Você viu Simon. Falou com ele. Você não precisa fazer isso novamente.

Por enquanto, ele se foi. Amanhã, haverá uma tremenda correria para colocar tudo em ordem para o evento e evitá-lo deverá ser mais fácil.

O truque é não tornar tudo muito óbvio para que Carrie não desconfie de nada.

Hoje à noite você deverá ser muito recatada, falando somente quando for solicitada. Você sabe como fazer. Deus sabe quanta experiência acumulou durante esses anos aqui mesmo nesta casa, onde foi sempre uma intrusa, a hóspede indesejável.

E depois do jantar você pode se retirar, alegando cansaço pela viagem e tudo mais; uma desculpa para abreviar a noite.

Mas antes de tudo não chore. Certamente agora você não irá fazê-lo. Mas durante a noite, quando estiver na solidão do quarto, pensando nele, será mais difícil. Tentando não desejá-lo e falhando completamente. Como já fez durante muitas noites no passado. Como você ainda deverá fazer, por muitas noites, no futuro.

RHIANNA SE recompôs antes de se aventurar a descer de novo. Houve uma sensação de anticlímax ao encontrar o salão vazio.

Mas o restante da festa era de pura expectativa, porque alguns drinques, incluindo taças de champanhe, limonada e um cooler com vinho branco, estavam à disposição em uma mesa.

As portas francesas permaneceram abertas e o sol da tarde penetrava límpido no quarto como ouro aquecido, acompanhado do sussurro do mar, como se fosse um chamado de uma sereia.

Rhianna deu dois passos em direção à área externa e, de repente, parou. Apesar de todo o desejo de escapar, não estava pronta para se arrastar por pedras e areia ou para remar na maré baixa. O negócio era torcer para que a noite passasse o mais rápido possível.

Ela recuou, parou em frente à lareira e começou a apreciar os quadros ladeados de Tamsin Penvarnon e seu marido espanhol.

Carrie contara a ela a respeito deles certa tarde, quando Simon tivera de viajar contra a vontade para Truro, para fazer compras com a mãe dele.

Ela dissera ter havido uma invasão espanhola na Cornualha. Queimaram Mousehole e Newlyn, mas quando se retiravam nas suas galeras, houve uma batalha e um dos seus capitães, Jorge Diaz, foi ferido e arrastado para o mar. Ele foi encontrado encharcado numa enseada e Tamsin Penvarnon o encontrou quase afogado. Ela o trouxe para casa e cuidou dele até que se recuperasse totalmente.

Pouco depois, Tamsin descobrira estar grávida. Ela e o capitão Diaz se casaram e a família combinou de dizer que eram na realidade primos, um dos Black Penvarnon das proximidades de St. Just, no caso de alguém perguntar alguma coisa.

Jorge ficou com o nome da família, mas ele e Tamsin deram o nome de Diaz a um dos filhos e a tradição continuou dali em diante.

Ela suspirou, era uma história maravilhosa, especialmente pelo fato de o pai de Jorge Diaz ter sido um conquistador que foi para a América do Sul, ganhou muitas terras e quantidades enormes de ouro, que acabou doando para o irmão mais velho, que se chamava Juan.

Mas Juan foi acometido de febre e morreu, então tudo caiu nas mãos de Jorge e Tamsin, o que explica como a fortuna dos Penvarnon teve início. E, para completar, eles encontraram também depósitos de recursos minerais em suas propriedades no Chile.

– Esse é o motivo por que meu primo Diaz é um multimilionário e nós somos seus primos pobres – acrescentara Carrie, sorridente. – Só minha mãe não gosta que eu fale assim.

Rhianna teve que fazer esta pergunta:

– A sra. Penvarnon, sua tia, também está morta?

– Ah, não – disse ela abanando a cabeça. – Ela ainda é viva, só que mora em outro lugar e nunca vem aqui!

– Por que não, se aqui é um local tão lindo?

Carrie encolheu os ombros.

– Eu perguntei ao meu pai uma vez e ele me disse que pensava que mamãe e tia Ester fossem londrinas e não se bicavam. Embora Jorge Diaz sempre tenha tentado fazer com que elas se entendessem – acrescentou Carrie. – Ele e Tamsin tiveram seus quadros pintados depois de ricos e ela usava o colar Penvarnon, todo de ouro e turquesa, que ele mandara fazer especialmente para ela. Seus quadros estão no salão. Um dia, quando ninguém estiver por perto, vou mostrá-los a você.

Carrie escolheu muito bem as palavras, lembrou Rhianna, que ficou encantada com os dois amantes, ele com um motivo melancólico para morrer de amor e ela, uma beleza vermelho-dourada e dois vivos olhos azuis.

Agora, depois de um olhar mais apurado, percebeu a semelhança entre Diaz Penvarnon e seu ancestral espanhol. Era realmente incrível, ela reconheceu mais uma vez, relutante. Era só cortar a barba negra, recolocar gola na camisa sem colarinho e substituir o telefone celular pela espada de *Don* Jorge e eles poderiam ser gêmeos.

Os dois eram aventureiros também, pensou ela. Seus olhos desafiadores sempre olhando à distância, procurando novos mundos para serem conquistados e fortunas para serem construídas.

Tamsin sabia o que queria naquele dia na enseada?, ela se perguntava. Ou ansiava por uma experiência de mudança?

Não tinha a expressão de uma mulher que sofreu com as próprias dúvidas. Uma das mãos se agitando com um leque de penas, enquanto os dedos longos e finos tocavam um colar de turquesa incrustada em ouro, a pedra pendente cercada por pérolas.

– Ele costumava ser guardado naquela caixa em cima da mesa – disse Carrie da primeira vez que viram o quadro juntas. – Mas houve problemas de segurança, então tio Ben decidiu que eu deveria deixar no banco. As noivas dos Penvarnon o usavam sempre nos seus casamentos, por isso desconfio que teremos de esperar Diaz se casar para podermos vê-lo novamente. – Ela se dirigiu até a mesa e falou:

– Mas o leque ainda está aqui, se você quiser ver.

Eu deveria apenas ficar parada admirando, lembrou Rhianna com tristeza, mas a tentação de pegar aquele objeto da embalagem de cetim era muito forte.

E, assim que ela tocara nele, uma sensação estranha tomou conta dela, como se simplesmente tocar e abanar o leque a transformasse numa mulher madura, ciente de sua própria beleza. Rhianna se movimentara pelo quarto como se estivesse patinando, com suavidade, movimentando-se da esquerda para a direita, consciente da admiração que despertava.

Aquele deve ter sido o momento em que ela tivera certeza de que seguiria a carreira de atriz. Mas precisaria saber conviver com sua própria solidão antes de viver a vida de outras pessoas.

Parara por um momento, rindo envergonhada das próprias fantasias, e viu Moira Seymour parada à porta, com Diaz Penvarnon bem atrás dela.

– Como você ousa? – A voz da velha senhora deixava transparecer toda a sua raiva. – Como você ousa tocar em qualquer objeto desta casa, sua...

– Ela não tem culpa – interferira Carrie. – Eu disse que ela podia tocar.

– Você não tinha esse direito, Caroline – retrucara a mãe, furiosa. – Este é um patrimônio da família Penvarnon e não um brinquedinho para qualquer um se divertir. A caixa será trancada daqui para a frente. E esta moça não deveria estar nesta casa, de todo modo. – Ela se aproximara e, com cara de poucos amigos, esticara as mãos e dissera: – Devolva-me isto e se retire já. Espero que seja a última vez que isto acontece.

– Eu não fiz por mal. – As palavras certas não vinham à sua mente. Elas soavam como desculpas esfarrapadas. – Eu não sabia. – Por fim, admitiu. – Eu só quis usá-lo porque era dela e é uma coisa linda.

Nesse momento, Diaz interferira com calma, mas com autoridade:

– Está tudo bem, tia Moira, deixe que eu lide com a situação. – Ele tomara com jeito o leque da mão de Rhianna e dissera:

– Você pode até ter cuidado, mas considere que esta peça é muito antiga e muito frágil, podendo se quebrar com facilidade.

Em seguida, encarou a sra. Seymour e falou:

– Da última vez que estive aqui, disse que o local mais apropriado para guardar esta peça era num museu, e vou pensar melhor sobre isso.

Fez-se um silêncio, que foi quebrado com a frase contrariada de Moira Seymour.

– É claro, se esse é o seu desejo.

– Sim – disse ele. – É isso mesmo. – Diaz recolocou o leque na caixa e fechou com jeito.

– Nada foi quebrado. Está tudo em ordem. Agora, um recado para vocês duas. Nenhuma palavra a mais sobre o assunto.

Ele fora muito claro, pensou Rhianna. As palavras ferinas de tia Kezia nunca se materializaram e a caixa com o leque fora tirada do quarto e colocada numa van dias depois.

– Mamãe não sabe como lidar com essa situação. Ela adorava mostrar aquela peça, que é uma verdadeira relíquia, para os visitantes, e agora não pode mais – falara Carrie. – E, para deixá-la ainda mais sem ação, papai disse: "Esse leque pertenceu aos ancestrais de Diaz e não aos nossos, e eles podem dispor da peça como quiserem."

Agora, depois de tanto tempo, nada mudara, admitiu ela num profundo suspiro. Permitiu-se dar uma última olhada para Tamsin, uma mulher que lutou muito pelo homem que amava sem ser amada, pensou ela. Em seguida, virou-se de costas, muito ofegante.

Diaz estava em frente à porta francesa, com um dos ombros apoiado na armação, observando-a em silêncio.

Então ela disse, emocionalmente desequilibrada:

– Você me assustou.

– Não tanto quanto pretendia – disse ele. – Ou você teria ido embora.

Rhianna tapou a boca e em seguida disse, com muito tato:

– Eu quis dizer que não sabia que você estava aqui.

– Você estava perdida em seus pensamentos – respondeu ele. – Esses retratos fascinaram você a ponto de fazê-la voltar à infância.

Ela encolheu os ombros.

– Eles contam uma história impressionante. – Ela fez uma pausa e continuou:

– Esse colar é maravilhoso. Eu não entendo por que ele resolveu dar a ela turquesas.

– A turquesa serve para representar a conexão entre o céu e o mar – disse ele. – O que o torna mais apropriado para uma mulher da Cornualha.

Ela disse:

– Bem, então eu espero que você a empreste para Carrie no casamento, para que eu possa vê-la de verdade.

– Sinto muito – disse ele, sem um pingo de peso na consciência. – É para ser usada somente por noivas da família Penvarnon, como símbolo de constância e fé no casamento. – E ele completou com um sorriso sarcástico:

– O que a coloca fora do páreo, não é mesmo?

– Eu acho que Carrie seria uma noiva leal e encantadora para qualquer homem – disse Rhianna.

– É claro – afirmou ele. – Acontece que eu estava me referindo ao noivo, e nisso creio que todo mundo concorda.

Ela não olhou para ele.

– Acima de tudo, a decisão é sua, naturalmente. E, como não me imagino na lista de convidados de seu casamento, estou ciente de que só vou poder ver o colar num quadro pintado a óleo. – Ela fez mais uma pausa e prosseguiu:

– Espero que o leque tenha encontrado um bom lar, no final das contas.

– Ah, sim – disse ele. – Com tanta coisa acontecendo, eu quase me esqueci daquele pequeno incidente. Mas posso lhe assegurar que, desde então, o assunto foi tratado com a atenção devida.

Ele entrou no salão e falou:

– Eu estou me esquecendo de minhas obrigações como anfitrião, o que não é meu hábito. Posso lhe oferecer um drinque?

Rhianna estava com vontade de dizer sim, mas o bom-senso fez com que se mantivesse prevenida contra os efeitos do álcool.

Ela disse:

– Muito obrigada, mas acho que vou preferir uma limonada.

Fez-se uma breve pausa. Então ele olhou para ela, seus lábios estavam um pouco rígidos quando ele falou:

– Sim, claro. – E voltou abruptamente com a bandeja.

As pedras de gelo se agitaram no copo enquanto ele colocava a limonada para servi-la.

– Então, vamos brindar? – Ele levantou o copo simulando um brinde. – À nossa feliz dupla? Ou à sua constante boa saúde? Mais necessário que nunca, não acha?

As sobrancelhas de Rhianna se levantaram e ela disparou:

– Por que você diz isso?

Ele deu de ombros:

– Sua agenda deve ser bem agitada. Você não pode se dar o luxo de se ausentar quando muitas pessoas queriam estar no seu lugar.

– Obrigada por me lembrar. Espero que haja centenas de pessoas. – A limonada gelada afiava sua língua. – Mas vou tentar ser bem razoável. Por enquanto, não vai ser necessária uma substituição.

– Mas vai chegar a hora em que isso fatalmente irá acontecer – comentou Diaz. – A opinião pública é muito volúvel nesse aspecto. Então, haverá vida após o *Castelo do Orgulho*?

– Fico emocionada com sua preocupação. Mas não estou preocupada com o futuro. A não ser que tenha comprado a empresa produtora. E, ainda assim, teria uma longa luta contra mim pela frente.

– Não, você não é do tipo de aguentar tudo calada, Rhianna. Você gosta das coisas muito claras.

Havia alguma coisa na voz dele que a deixava muito ligada na conversa, mas quando o diálogo estava no ponto mais interessante, a porta se abriu e Carrie entrou, com as bochechas rosadas e os olhos aguçados. Mas não feliz.

– Eu não acredito – disse, furiosa. – Eu não acredito mesmo. Depois de tudo, mais essa!

– O que aconteceu? – perguntou Rhianna, virando-se em sua direção.

– A sra. Rawlins – disse Carrie, com uma voz carregada de raiva e desespero. – Ela aprontou de novo.

– Não diga – falou Rhianna rapidamente, com um sorriso de cumplicidade. – Ela descobriu tudo sobre o véu e quer abrir um processo.

Mas Carrie não achou a menor graça.

– Ela me disse que convidou os padrinhos de Simon para o casamento e que eles iriam participar do jantar conosco. E acrescentou que eles gostaram muito da ideia.

Carrie comprimiu as mãos em sinal de aflição.

– Mamãe disse na hora que haveria lugar no Polkernick Arms para mais duas pessoas na mesa e que tudo daria certo. Mas eu sei que não cabe e que isso não vai funcionar.

Rhianna lhe deu um abraço de solidariedade.

– Bem, Simon vai ter que conversar seriamente com a mãe e fazê-la entender o problema.

– Infelizmente – retrucou Carrie em tom rude. – Ela está totalmente convencida de que a lista de casamento foi elaborada favorecendo o meu lado da família. Ele provavelmente vai dizer que será melhor cancelar o jantar no Arms e transferir o evento para um restaurante maior. Uma coisa que não passava pela cabeça de ninguém, mas que pelo jeito vai ter que ser cogitada, a partir de agora.

Moira Seymour se juntou à conversa, dizendo, compenetrada:

– Os organizadores da festa não vão permitir. – E, dirigindo-se a Carrie:

– Nós já estamos no limite de vagas para o jantar, como eu já expliquei para essa senhora. E agora o que poderemos fazer? Não temos como propor a algum convidado que não compareça ao jantar.

– Não – disse Diaz inesperadamente. – Mas, numa emergência, podemos contar com voluntários. – Ele olhou para Rhianna com um sorriso malicioso. – Bem, srta. Carlow – falou ele –, aceita salvar a situação criada e jantar comigo? Só nós dois? O que me diz?

Fez-se um silêncio no recinto que parecia interminável.

Um lance inesperado no final do segundo ato, pensou Rhianna. Reação do elenco, cortinas baixando lentamente. Truque antiquado, mas que sempre funcionava.

Aliás, ela podia observar que a boca de Carrie formava um "o" de atonia, enquanto a mãe, perplexa, mais parecia uma estátua de gelo.

Rhianna foi levada diretamente ao foco da questão, sem palavras e ciente do espírito de gozação em Diaz Penvarnon, que era visível no seu olhar malicioso. Esperava uma resposta.

Moira Seymour foi mais rápida.

– Mas isso é totalmente impossível – declarou ela. – É muito bom para você, Diaz, mas é o primo de Carrie. Ela vai se casar em sua casa. Você não pode faltar ao jantar da família.

– Se você se lembra, eu não tinha ao menos certeza se viria para o casamento. – O tom da voz de Diaz era seco. – E até agora duvido se estarei na cerimônia. Mas tudo continuará em ordem sem a minha presença. E eu acredito que Rhianna entrou na lista de convidados atrasada também. – Acrescentou ainda, gentil:

– O que nos torna um par perfeito.

– Exceto por ser um grande absurdo – disse Moira Seymour em tom rude. – Você não quer realmente... – Ela parou, porque pressentiu que seu próximo comentário seria infeliz. – Eu quero dizer que não posso permitir seu sacrifício desse jeito, Diaz. A srta. Carlow não o permitiria também, é o que eu espero.

– Por favor, não me faça parecer uma vítima – disse ele, emocionado. – Talvez você não tenha percebido que não existe um homem em toda a Inglaterra que não queira ter a oportunidade de jantar a dois com uma atraente mulher da televisão.

Não existe?, pensou Rhianna. *Não existe?* Porque conheço um que está a apenas alguns centímetros, agora mesmo. Então por que está fazendo isso? *Por quê?*

– Além disso, pense na vitória moral sobre Margaret Rawlins – rebateu ele. – Preparando-se para uma batalha que foi cancelada. É como um jogo de cartas em que a vitória é garantida com o pedido de duas cartas novas, apenas.

Ele se voltou para Rhianna.

– Eu sei que a desapontei com a minha proposta, mas pense que, aceitando, você estará conseguindo a gratidão do noivo e da noiva.

Ele aguardou por uns instantes em silêncio para que ela pudesse digerir a proposta e, em seguida, sorriu charmosamente.

– Então, responda-me Rhianna, está pronta para fazer esse sacrifício?

Ela o encarou com certa frieza e sem manifestar nenhuma reação de apreço.

– Coloque a questão assim – disse Rhianna com muita clareza. – De que maneira eu poderia recusar?

Diaz respondeu com um grande sorriso:

– Podemos pensar em algumas maneiras.

Ele voltou a atenção para Moira Seymour, que ainda parecia uma pedra.

– Eu sugiro que Rhianna vá ao hotel para uma breve aparição, um pouco antes do jantar, na hora dos drinques, para encantar os fãs do *Castelo do Orgulho* e em seguida, na hora do evento, eu a tiro de lá sem que ninguém perceba. De acordo?

– Suponho que sim. – Quem disse isso foi Carrie, relutante. Ela passou um dos braços por Rhianna e disse: – Embora essa fosse a última coisa que eu quisesse, a ausência de dois grandes amigos...

E acrescentou:

– Mas é uma solução para um problema que eu não deveria jamais ter tido. Vou falar com Simon sobre isso.

– Ora, não seja tão cruel. – Diaz sorriu para ela. – Ou é capaz de ele não retornar no sábado.

Ela relaxou, sorrindo para ele:

– Nem brincando.

Enquanto isso, com expressão carregada, Rhianna bebeu um gole da limonada, que desceu como ácido por sua garganta.

CAPÍTULO 4

O JANTAR servido não foi dos mais agradáveis para Rhianna, embora a sopa de agrião, o pato e o molho que acompanhava a carne estivessem impecáveis.

Em certo momento, ela se irritou com Moira Seymour que, em um monólogo maçante, falou sobre o casamento e os problemas que o envolviam, atribuindo todos os aspectos negativos a Margaret Rawlins.

Mas Rhianna se sentia aliviada por não ter sido convidada a opinar ou sequer ouvir a conversa.

Por outro lado, ela tomou consciência de que a conversa fez com que se distraísse e desviasse por momentos da presença de Diaz, calado no lado oposto da mesa.

Quando o café foi servido, sentou-se ao lado da cadeira que ela ocupava e, com um sorriso malicioso, balbuciou no ouvido dela:

– Até amanhã à noite, no hotel.

Rhianna respondeu sem olhar para ele:

– Sim, claro. Até amanhã.

Naquele momento, Rhianna percebeu que segurava a xícara vazia na mão, sem colocá-la de volta no pires.

– VOCÊ NÃO comeu quase nada – comentou Carrie em tom crítico, enquanto as duas passeavam lá fora, sob a luz do luar intenso. – Mas fique certa de que não tem permissão para adoecer, não antes de participar do meu grande dia.

– Acho que só estou um pouco tensa – admitiu Rhianna, tentando se animar. – Pensando na comida que será servida amanhã.

– Vai dar tudo certo – disse Carrie tentando consolá-la. – Além do mais, embora eu deteste admitir, talvez seja melhor você estar fora desse programa. – Com uma careta, acrescentou: – Esse jantar em família promete ser terrível, um coro de reclamações de mártires perfeitos. – E completou: – E tem mais, não vai ser a primeira vez que você e Diaz vão jantar juntos, a sós.

Rhianna engoliu em seco e respondeu, ansiosa:

– O que você quer dizer com isso?

– Estou falando de seu aniversário. Não acredito que você tenha esquecido do ponto alto do início de sua primeira adolescência, que me deixou com tanta inveja!

– Não – respondeu Rhianna. – Eu... não esqueci. – Em seguida, olhou para o céu e continuou: – Eu quero dar um pulo na enseada antes de voltar para casa. Adoro ver a lua lá na água. Você me acompanha?

– Não com estes sapatos. E você tome cuidado, porque não quero vê-la na festa mancando por ter quebrado o tornozelo.

– Pode deixar, vovó, eu vou me cuidar – respondeu Rhianna, rindo para valer.

Um tornozelo quebrado iria cicatrizar, pensou, mas e um coração partido, teria cura? O que fazer com todos esses anos solitários?

Com os sapatos nas mãos, ela andou pela praia até encontrar uma grande pedra, onde se sentou, olhando para o mar iluminado como uma taça à luz do luar.

Não havia nada para ver naquela hora. Nenhum movimento nas águas.

Nenhuma cabeça escura de alguma foca aparecendo na superfície sob o clarão dos relâmpagos, como na noite anterior.

Ela estava totalmente submersa em seus problemas, para perceber qualquer coisa a seu redor. Pelo menos naquele momento.

Do seu aniversário de 13 anos ela só teve más recordações. E ninguém se lembrara. Ela não ganhara um presente. Nem ao menos um cartão. E a tia Kezia, que nem dera os parabéns pela data? Carrie, que teria ao menos cantado *Parabéns para você*, estava longe, em uma viagem escolar.

Ela esperara o dia todo por qualquer surpresa. Uma manifestação simbólica por aquele marco em sua vida. Desapontamento e mágoa eram tudo o que os aniversários passados lhe traziam.

Sua mãe sempre os tornara especiais, pensou ela. Mágicos. Festas para os colegas da escola, inclusive um teatrinho. Uma hilariante excursão para se divertirem em uma pista de gelo. Sempre havia bolo com velinhas e abraços calorosos. A noção de que ela era valorizada e amada.

Rhianna bem que tentara ser forte e se convencer de que aquele não fora um dia muito triste. E que no ano seguinte seria só felicidade. Mesmo que ela receasse o contrário.

Até que finalmente ela se dirigira à enseada, o lugar onde ela fora mais feliz desde que chegara à residência dos Penvarnon. Sentada na pedra favorita, de repente ficou com olhos borrados, como se ela estivesse inclinada na margem de um pântano de solidão e dor onde as lágrimas eram o único consolo.

Então começara a chorar e não conseguira mais parar. Trêmula e arqueada com os soluços, recostada na dura superfície.

Tentava se recompor novamente, ainda soluçando, enquanto tirava as tranças dos cabelos encharcados do rosto, quando o vira.

Acabara de ver Diaz Penvarnon saindo do mar, completamente nu, o sal escorrendo pelo seu corpo como a água corre para a beira da praia.

Rhianna não havia tomado consciência da presença dele. Até aquele momento.

O som que ela produzira, um choro abafado, causado pela surpresa e pela vergonha, fez com que Diaz percebesse a presença dela.

Ficara ali parado, em choque, com as sobrancelhas tremendo em movimento constante.

Diaz falara, nervoso:

– Meu Deus! – E rapidamente pegara a toalha que deixara em cima de umas pedras, cobrindo em seguida a parte inferior do corpo.

Então se dirigiu a ela e vociferou:

– Rhianna Carlow, que diabos você está fazendo aqui?

– Eu queria ficar sozinha – respondeu ela com voz rouca. Seus olhos estavam grudados de tanto chorar e seu rosto quente, porque pressionava as bochechas fortemente com as mãos. – Pensei que todos tivessem ido embora, inclusive você.

– Não percebeu o movimento de alguém nadando e nem pensou que a pessoa talvez quisesse também um pouco privacidade? – argumentou Diaz, nervoso, mas acabou fazendo uma pausa ao notar a tensão dela. Depois, falou com mais carinho:

– Vamos lá, não foi nada grave. Afinal, você nunca viu um homem nu antes?

Para falar a verdade, não, nunca – mas ela não disse isso.

– Não é... não é isso... – Ela engoliu mais um soluço.

– Então o que há de errado? – perguntou ele, carrancudo novamente, porém mais confuso do que propriamente bravo.

Rhianna inclinou a cabeça, escolhendo as palavras:

– É o meu 13º aniversário, e ninguém se lembrou.

Ele falou, estarrecido:

– Meu Deus! – Ficou em silêncio enquanto ela olhava para o rosto de Diaz, bronzeado e com expressão dura, como quando saíra do mar.

Ela ficou nervosa de novo, movendo-se muito tensa e dizendo:

– Desculpe, estou impedindo você de se vestir. Já vou indo. Minha tia virá procurar por mim.

– Duvido bastante – disse ele. – Mas não precisa correr. Tenho uma ideia e acho que vai aprovar. Minhas roupas estão n'A Cabana e você não precisa se preocupar, porque não vou arruinar sua adolescência outra vez. – Ele transmitiu a ela um olhar carinhoso. – Então, espere por mim, porque voltarei recomposto e assim poderemos passear à vontade, sem constrangimentos.

Rhianna de repente pensou que seu rosto devia estar horrível e ficou tentada a fugir enquanto ele se vestia. Mas, ao mesmo tempo, ponderou que Diaz estava ao menos tentando ser gentil e, por uma questão de boas maneiras, iria fazer tudo como ele sugerira.

Ela fez o que pôde, esfregando o rosto molhado com as mãos, tentando pentear os cabelos com os dedos.

Quando ele saiu da cabine, Rhianna o admirou com olhos baixos, que foram subindo, apreciando centímetro a centímetro, todo o corpo dele.

Diaz a acompanhou até o estábulo, onde a srta. Trewing limpava a pintura da entrada.

Ela examinara Rhianna, lábios apertados, e dissera:

– Por onde você andou, hein? Espero que não tenha se metido em encrenca de novo.

– Pelo contrário – dissera Diaz. – Eu a encontrei na enseada, como um pequeno ouriço, sentada sobre uma pedra, e ela foi uma excelente companhia. E, com sua permissão, gostaria de levá-la para jantar, para comemorar o aniversário dela.

Diaz se calara e a mulher o encarara, boquiaberta, sem conseguir disfarçar o constrangimento.

– A não ser que você tenha planejado algo diferente – completara, sem rodeios. Ele se virara para Rhianna, que estava surpresa e sem palavras, mas com uma indisfarçável alegria pelo convite inesperado.

– Lave o rosto, pequeno ouriço, e às seis e meia venho pegá-la.

Kezia Trewint conseguira recompor a voz e dissera:

– Sr. Penvarnon, isso não tem sentido algum. Não há a menor necessidade de o senhor ter todo esse trabalho...

– Agora, eu discordo da senhora. – O sorriso dele transbordava de charme, mas era também inexorável, fazendo com que Rhianna sentisse um calafrio percorrer a espinha. – Então, às seis e meia, e não se atrase. – E se retirou.

SOZINHA À luz do luar agora, Rhianna deixava se levar pelas lembranças...

Tia Kezia, claro, não conseguira disfarçar o rancor por conta da situação que fora criada.

– Nem bem saída da infância e já está se atirando assim sobre um homem – falou ela, inconformada, e prosseguiu: – E, pior, um homem da família Penvarnon. É uma vergonha. É uma coisa sem nenhum sentido.

– Eu não me atirei sobre ninguém. Ele apenas sentiu pena de mim e foi gentil comigo. Nada mais.

– Porque você certamente contou a triste história da pobre órfã, não foi? Morta de fome e sem um pão para comer. – Ela fez uma pausa e continuou. – E o que fará a sra. Seymour quando souber de tudo? Nós teremos sorte se não formos expulsas daqui.

Rhianna a encarara:

– O sr. Penvarnon não permitiria que fôssemos mandadas embora daqui por um erro que ele tivesse cometido.

– Então você pensa que o conhece bem, não é? – A sra. Trewint dera uma sonora gargalhada. – Tal mãe, tal filha. Eu devia saber. – Fez uma pausa. – É melhor ir se aprontar, para não fazê-lo esperar.

E ela seguira para o apartamento. Não importava o que a sra. Trewint falara, porque Rhianna só pensava em uma coisa: ser levada para jantar, como se já fosse uma adulta.

Mas ela não podia deixar de considerar os comentários ásperos da tia, principalmente porque se lembrava das confidências relutantes de Carrie.

Ela sabia muito bem que Grace Carlow era uma pessoa de ótimo coração, incapaz de fazer algo que fosse reprovável. Mas havia um mistério e um dia Rhianna o desvendaria por inteiro e limparia o nome da mãe.

Mas Rhianna possuía a noção exata de que só quando tivesse mais idade poderia ser levada a sério.

Ela tomou um banho rápido e penteou o cabelo, tomando cuidado para não usar muita água quente, enquanto pensava no que iria vestir.

Daria tudo para ter um armário cheinho das roupas como as que suas colegas de classe usavam fora da escola, nos fins de semana ou feriados, pensava com melancolia, mas sua tia achava que shorts, camisetas e jeans para os dias frios eram o bastante para ela. E nem imaginava o que Kezia Trewint diria se ousasse usar a maquiagem e as joias que as amigas exibiam.

Assim, só restavam seus vestidos de ir ao colégio, ainda relativamente novos, com saia franzida e colarinho quadrado em tom azul-claro.

Suspirando, vestiu um deles, calçou os sapatos pretos de colegial, penteou os cabelos rebeldes, mantendo-os em relativa submissão, e desceu para esperar Diaz.

Ele estava alguns minutos atrasado, o suficiente para ela pensar que poderia ter desistido do compromisso. Mas eis que de repente Diaz cruzou o pátio do estábulo, de cara amarrada, o que sugeria que Moira Seymour devia ter opinado sobre o plano dele.

Mas a expressão do rosto ficou mais relaxada quando Diaz a viu. Ele falou:

– Está linda, srta. Carlow. Podemos ir?

Seu carro era maravilhoso, lento, suave, visivelmente potente. Mas a potência do veículo não seria utilizada para levá-los para além das terras de Polkernick.

Não era grande a distância a ser percorrida, apenas alguns quilômetros pela costa até chegar em outro vilarejo, construído sobre a encosta de uma montanha escarpada, que terminava em um porto. O restaurante ficava bem no cais, uma grande construção de madeira, parecida com um hangar, com uma charmosa escada externa.

Por dentro, a decoração era despretensiosa, com mesas e cadeiras de madeira. O menu e a lista de vinhos estavam relacionados num quadro negro.

Ainda havia pouca gente comendo e eles se dirigiram à mesa reservada para dois à frente da janela, com vista para o porto. Uma garota, vestindo um pequeno short e camiseta, logo acendeu uma vela dentro de um copo, que ficou no centro da mesa, e em seguida perguntou o que eles iriam beber.

A excitação por estar ali e o muito que chorara antes deixaram Rhianna com sede e ela pediu água, timidamente.

– Traga uma jarra de água para nós dois, por favor, Bethan – disse Diaz. – Com gelo, mas sem limão. E uma garrafa pequena daquele vinho branco que eu consumi da última vez.

Ele sorriu para Rhianna.

– É um restaurante de frutos do mar. Eu acho que devia ter perguntado antes se você gosta de peixe.

– Eu gosto de tudo, menos de tripa – disse ela com simplicidade.

– Esse é um prato que eu nunca apreciei também – confessou Diaz. – Mas me diga uma coisa: você já comeu lagosta?

Em silêncio, ela abanou a cabeça. Ele disse:

– É o que nós vamos comer, então.

E foi o que comeram: carne de lagosta grelhada com salada de acompanhamento, batatas sautée e uma bandeja de pães fresquinhos. De entrada, foi servida uma musse de camarões e, quando o vinho chegou à mesa, ele delicadamente colocou uma pequena quantidade numa taça e ofereceu a ela.

– Para Rhianna – brindou, erguendo a taça. – Pelo seu aniversário.

Ela saboreou o vinho devagar e imaginou estar provando o sabor da luz do sol e das flores.

Seu bolo era de framboesa com cobertura de chantilly e foi trazido à mesa por um homem robusto, vestido em um bonito avental azul. Era nada menos que o dono e chef do lugar, Morris Trencro, conforme esclareceu Diaz. No meio do doce havia uma vela para ela soprar, depois de fazer um pedido.

– Não é exatamente um lugar para aniversariantes de 13 anos – disse ele. – Mas calculo que a senhorita não vai se importar com essa singela homenagem.

E ele começou a cantar animadamente *Parabéns para você*, com uma forte voz de barítono e, em seguida, todos os clientes e empregados passaram a acompanhar a canção, fazendo sorrir de felicidade a garotinha de cabelos vermelhos, cujos olhos brilhavam mais que a chama de qualquer vela.

Depois, voltaram casa, bem comportados.

A lua estivera linda naquela noite, pensou Rhianna, e Diaz colocara uma música calma de Debussy no tocador de CD. Toda aquela comida deslumbrante, aquela maravilha de vinho, fez com que lutasse consigo mesma para se manter acordada, porque não queria perder nem um segundo daquela noite de sonho.

É claro que haveria muita repercussão negativa. Não por parte de tia Kezia, com quem Diaz conversara seriamente depois de deixar Rhianna em casa.

Mas Moira Seymour se tornara ainda mais fria com ela.

Pior de tudo: na volta às aulas, em setembro, Rhianna se vira objeto de desprezo e aversão dirigidos a ela pelas alunas mais velhas da escola.

– Minha irmã Bethan viu você no Hangar, em Garzion, com Diaz Penvarnon – comentara Lynn Dellow, olhando Rhianna de alto a baixo. – Ela disse que ele armou a maior bagunça no seu aniversário, encheu você de vinho. Disse também que você vestia aquela sua roupa nojenta da escola e estava horrível. Eu pensava que o sr. Penvarnon preferia sair com mulheres da idade dele, não com garotinhas de colégio.

– O que está dizendo é muito indelicado – respondera Rhianna com raiva. – Eu... eu não recebi muitos presentes em meu aniversário, então ele me convidou para jantar, só isso.

– Ele tentou beijar você no caminho de volta para casa? – perguntara outra pessoa com maldade.

– Não – respondera Rhianna, envergonhada, com o rosto da cor de uma rosa. – É claro que não. Isso é revoltante! Ele jamais faria isso! – E, de repente, ela se lembrou da noite em que, inadvertidamente, o vira no terraço com aquela garota e de como se sentira culpada, porque imaginara como seria abraçar um homem.

– Aposto que você quis que ele a beijasse. Você não engana ninguém – dissera Lynn.

– Você está completamente errada – respondera Rhianna de queixo levantado, limpando as lembranças ruins da memória. – E, além do mais, o sr. Penvarnon seria a última pessoa no mundo por quem me sentiria atraída.

Alguém soltou uma gargalhada enquanto as garotas olhavam para Rhianna com desdém, duvidando de cada palavra que ela dizia.

– Essa foi fantástica, não foi? – perguntara em tom crítico Lynn. – Então, diga, quem é a pessoa de seus sonhos?

Rhianna sentira o golpe. Precisava citar alguém, dizer um nome que fosse, para tentar acabar com aquele falatório em torno de Diaz, porque ela já não aguentava mais.

– Simon Rawlins – dissera ela, acrescentando: – Se você quer saber.

Apesar de ter mencionado esse nome para sair da posição de defesa, não mentira tanto. Quem não desejava Simon? Ela mesma não desejara correr para ele no vilarejo?

– Aquele louro, que vem aqui para passar as férias de verão? – perguntara Lynn, encarando-a. – Aquele que mora no alto do vilarejo? Pensava que ele era caso de Carrie Seymour!

– Mas não o tempo todo – ouvira ela por sobre os ombros. E mais gargalhadas irromperam.

O sinal tocara e Rhianna foi se retirando.

– Ela não para tão cedo – alguém dissera com ironia. – Ela só perde para a mãe. – O comentário maldoso fora acompanhado de mais risadas.

E ela sequer tivera coragem de se virar e gritar:

– Do que vocês estão falando? O que pretendem dizer com isso?

Mas, mesmo sem isso, a imagem de Diaz sorrindo para ela do outro lado da mesa ficara borrada, como que tocada por uma mão suja de lama.

E a preciosa comemoração do seu aniversário fora estragada, manchada, pensou ela, com um suspiro que era quase um soluço.

Ela despertou daquelas lembranças de repente e desceu da pedra, ajeitando a saia. Hora de ir para a cama, disse a si mesma, em um tom um tanto áspero. Antes que comece a ficar sentimental, lembrando-se dos tempos em que ele era capaz de tratá-la com carinho.

Porque amanhã à noite, quando vocês jantarem, gentileza vai ser a última coisa que ele vai ter para oferecer, e você sabe disso.

DEZ ANOS antes, ao menos ela não tinha os mesmos problemas quanto a escolher o que vestir, pensou Rhianna, olhando-se no espelho e em tom de brincadeira, na noite seguinte.

Resolveu usar o vestido de seda acinturado que escolhera originalmente para aquela noite, verde-escuro para acentuar a cor dos olhos. A saia descia até o meio da canela, a manga era três quartos e o decote discreto.

Dormira muito mal na noite anterior e passara o dia excitada, e agradeceu mentalmente as tarefas diárias, que a ajudaram a deixar de pensar na dura noite que teria com Diaz.

Mas agora o momento estava chegando. Em menos de uma hora, de acordo com seu relógio, estaria partindo para o Polkernick Arms em um táxi previamente reservado.

Onde Diaz estaria à sua espera...

Rhianna soltou um profundo suspiro ao prender os brincos de ouro e esmeralda às orelhas.

Não conseguia entender de fato o motivo daquele estranho convite. Tentava se convencer de que só o aceitara por caridade, para salvar os Seymour de uma grande enrascada.

Mas caridade não era bem o nome que cabia ao caso. Nem para Rhianna, nem para Diaz.

Rhianna deu uma última checada no brilho e nos tons do esmalte das unhas, e também verificou a maquiagem.

Por fim, escolheu uma bolsa verde combinando com as sandálias e desceu.

O movimento era o esperado no salão. Ela sabia que muitas das pessoas lá presentes estariam olhando para ela e, na realidade, estariam vendo sua mãe, Grace Carlow.

Sabia também que alguém diria em voz baixa:

– Mas você deve se lembrar daquele escândalo. Por isso é que Ester não estará aqui. Ela não chega nem perto do lugar. Não o faz há muitos anos. A pobre Moira deve estar arrasada.

A arrasada Moira simplesmente deu uma rápida olhada e se retirou, mas Francis Seymour se dirigiu a ela com um sorriso.

– Você é uma estrela, Rhianna, e está vestida como tal. – Ele lhe entregou uma taça de cherry. – Espero que seja do seu agrado. Você me parece uma excelente garota.

Rhianna riu:

– Pode apostar que sim. – Ela ergueu a taça. – Esta é pela reunião da família. Espero que tudo corra bem.

Ele a olhou secamente:

– Eu não apostaria nem um centavo nisso, mas veremos. – De repente, suspirou e disse: – Às vezes, eu penso que Carrie é muito inexperiente para tudo isso. Acho que ela devia conhecer outros namorados, além de Simon. Eu não tenho nada contra o rapaz. Mas ela não era mais que uma criança quando decidiu que ele seria o homem de sua vida, e você certamente sabe por que eu estou falando isso a você.

– Sim – disse ela. Pigarreou. – Eu acredito que muitas vezes pode acontecer algo como o que está se passando com Carrie. Você conhece alguém e resolve que é o único, sem questionar. Sem dar chance a outras tentativas. – Ela completou: – Nesse caso, só resta torcer para que ele sinta o mesmo!

Rhianna suspirou, rezando para que a voz não tremesse ao dizer:

– E Simon certamente sente. Por isso teremos o casamento amanhã.

Ele disse gentilmente:

– E você, Rhianna? Quando receberemos o convite de seu casamento?

Ela ensaiou mais uma risada.

– Ah, eu sou um caso impossível. Estou casada com a minha carreira, como dizem por aí. Por outro lado, pode ser que encontre alguém no jantar de amanhã. Nunca se sabe.

– Não – disse ele, mirando-a, pensativo. – Embora tenha havido uma época em que pensava saber. Mas agora minha mulher vem vindo e eu preciso sair daqui já.

Rhianna deixou a taça de bebida de lado sem prová-la. O pai de Carrie era um homem muito astuto. O que quis dizer com aquela frase, afinal? Que alguma vez vira algo... descobrira os sentimentos dela?

Não, pensou. Por favor, não. Que isso permaneça em segredo só mais um pouquinho.

Em 24 horas, estarei longe daqui para sempre e ninguém, nunca, vai precisar saber… de nada.

NO POLKERNICK Arms, a tensão era grande. Os Seymour e os Penvarnon ficavam de um lado do bar e o clã dos Rawlins do outro. Era de esperar que as facas da sala de jantar não estivessem muito afiadas ou poderiam correr o risco de ferimentos graves.

Rhianna permanecia à margem do salão, evitando entrar no burburinho central, no pequeno círculo onde, de braços dados com Simon, Carrie estava.

Eles não trocaram um olhar enquanto murmuravam os cumprimentos de praxe, um para o outro.

Será que algum dia Rhianna olharia para Simon e veria apenas o marido de Carrie? Talvez, depois que a distância e o tempo tivessem feito seu trabalho. Pelo menos, essa era a sua esperança.

Ela percebeu, claro, o momento exato da chegada de Diaz e, por um instante, pensou com crueldade que seria bom se pudesse voltar no tempo e apagar os meses passados com suas intrigantes mentiras, segredos e muita vergonha.

Que pudesse vê-lo parado à entrada, sorrindo. Que tivesse a liberdade de caminhar em sua direção e dizer com carinho:

– Diaz, há quanto tempo!

E ver os olhos cinza dele se acenderem com surpresa… e algo mais…

Que aquilo pudesse ser um começo, não um fim.

Porém era tarde demais para isso. Muita coisa já acontecera.

Agora, Rhianna podia ouvir os passos dele entrando no salão. Notou quando Diaz parou por instantes para cumprimentar e ter uma breve conversa com um dos convidados, mesmo que escutasse gentilmente uma idosa, que lhe explicava quais eram as personalidades mais admiráveis do *Castelo do Orgulho*, entre as quais não se encontrava, com certeza, a lady Ariadne.

O coração dela ficou acelerado e a boca seca quando Diaz se aproximou.

– Rhianna – disse ele delicadamente. – Você me faz perder a respiração. Esta noite vai ser um verdadeiro privilégio!

Ela notou que Diaz observava atentamente o seu vestido, colado aos seios e coxas. E também como o cinto modelava seus quadris.

– Permita-me devolver o elogio – respondeu ela, seca. Uma rápida olhadela fez com que Rhianna notasse a classe do terno preto dele, o branco imaculado da camisa e a sobriedade de sua gravata de seda vermelha.

– Eu me atrasei um pouco. Tinha alguns negócios pendentes para resolver. Você tem que conversar com mais alguém ou posso roubá-la agora?

Ela respondeu com uma dose de rispidez:

– Nós estamos obrigados a jantar juntos. Vamos cumprir o compromisso.

– Então, vamos – disse ele. – Antes que sejamos presos e condenados por danificar uma tiara. Vi a sra. Rawlins enfurecida quando eu vinha para cá. – Ele pegou a mão de Rhianna e disse para sua acompanhante:

– A senhora nos dá licença?

– Com prazer – respondeu a idosa, acrescentando:

– Se me permitem dizer, acho que vocês formam um belo casal.

Não, Rhianna queria gritar. A senhora não deve dizer nada assim. Na verdade, não deve nem mesmo pensar. Se a terra se abrisse e me engolisse, seria uma bênção para mim.

Mas o solo permaneceu no seu devido lugar enquanto ela se retirava de mãos dadas com Diaz Penvarnon, acompanhados dos mais variados comentários.

No vestíbulo, Rhianna soltou a mão dele, sentindo mais calma e firmeza.

– Não precisamos prosseguir com isto – disse ela. – Podemos nos separar aqui e agora.

– O que você quer? – perguntou Diaz com leveza. – Lamentar sua perda sozinha, comendo camarões, em um restaurante barato?

Ele abanou a cabeça.

– De jeito nenhum, Rhianna. Eu a convidei para jantar comigo e o convite continua de pé por mais desagradável que você o considere.

Ela hesitou e, relutante, acompanhou-o até o hotel. Deu uma olhada em volta e comentou:

– Eu não estou vendo o jipe.

– Eu precisei dele em outro local – disse Diaz. – E, além do mais, está uma noite linda e eu pensei em caminharmos. Você consegue, com o tipo de calçado que está usando?

– Claro que sim – falou ela, perguntando-se: mas caminhar para onde? Para o hotel, o bar, o Café Rollo ou o mercado de peixes na rua Quay, que ajudou a fazer a fama de Polkernick na culinária?

Foi só quando chegaram ao porto que ela percebeu.

– Seu barco? – perguntou, indignada. – Você acha que vou querer jantar no seu barco?

– Ué, sim – respondeu ele. – É uma espécie de restaurante. E eu tenho um excelente chef. Qual é o problema, então?

Você é o problema, pensou ela, e eu também. Não queria ficar sozinha com você, seria melhor que houvesse outras pessoas nas mesas ao redor. E eu não sei andar sobre a água, se precisar fugir.

Aproveitando-se da hesitação dela, Diaz complementou:

– As opções eram o *Windhover* ou o Hangar do Garzion outra vez, e eu achei que essa última opção iria trazer à tona lembranças desnecessárias para nós dois.

– Como você está certo! – respondeu ela com um sorriso forçado. – Bem, se o acordo é esse, vamos cumpri-lo. Afinal de contas, não queremos deixar o seu chef esperando.

Ela sentiu o coração bater mais rápido quando o seguiu rumo ao barco.

CAPÍTULO 5

NA DOCA, ela precisou dar a mão para poder descer os degraus que levavam a um barco, onde um homem de cabelos grisalhos a ajudou a subir a bordo. Seus dentes brilhavam num sorriso de admiração e respeito.

– Este é Juan – disse Diaz. – Ele me ajuda com o barco. Seu irmão, Enrique, cuida da cozinha.

Um potente motor os levou através das águas calmas ao lado da pequena plataforma. Vestindo uma calça escura e um paletó branco, Enrique a esperava ao pé de uma escada metálica que levava ao deque superior, para mostrar o caminho até o salão.

A suíte de hotel flutuante de Carrie não chegava nem aos pés daquilo, pensava Rhianna. Ela olhava e admirava os elegantes sofás, a enorme mesa quadrada e um armário muito chique.

Ao lado da sala de estar havia uma mesa de jantar grande o suficiente para servir oito pessoas, mas hoje preparada para apenas duas. E, mais para a frente, estava a cozinha.

– Um drinque? – sugeriu Diaz enquanto Enrique se retirava, presumivelmente para dar o toque final nos pratos que preparava. – Eu posso lhe servir um suco de laranja se você ainda estiver evitando bebidas alcoólicas.

Ela notou que havia uma garrafa de vinho e duas taças numa pequena mesa ao lado e disse com suavidade:

– Se você prometer que Juan estará a postos caso eu caia no mar, aceito uma dose de cherry.

– Se minha memória não falha, você nada muito melhor que ele – observou Diaz secamente. – Mas digamos que se afogar não é uma boa ideia. – Ele serviu o cherry e brindou:

– Saúde.

Ela pegou a taça timidamente e deu um pequeno gole, depois comentou:

– Soberbo.

– Eu fico contente que você tenha gostado. Mas, por favor, sente-se.

Ela se acomodou e ele se sentou na poltrona oposta.

– Eu ainda não caí em mim – disse ela com franqueza. – É tudo maravilhoso. Tudo tão novo!

– É mais do que eu pretendia – concordou ele. – Este barco é uma versão mais moderna e melhorada do que eu sempre sonhei.

– Eu... eu não sabia que tinha tanto interesse por barcos.

– E como poderia saber? – disse ele. – Você se mudou para Londres aos 18 anos, deixando a Cornualha para trás. Disso eu acho que você não esqueceu.

– Não, não esqueci – respondeu ela com um nó na garganta.

– E nós quase não tivemos contato desde então – falou com calma. – Ou, pelo menos, não até os últimos meses. E, nesses últimos contatos, não tocamos no assunto, porque havia muito mais para falarmos. Nunca chegamos a falar de minhas formas prediletas de lazer, se você se lembra bem.

– Eu dificilmente me esqueço das coisas – falou ela, olhando para a taça.

– Sim, eu acho que pelo menos isso é verdade, se não toda a verdade – disse ele ironicamente. – Mas, diga uma coisa Rhianna: por você veio a esse casamento?

– Porque não vi nenhuma razão para não vir – respondeu ela. – Eu não poderia dizer a Carrie que estava sendo pressionada por você! Ela com certeza iria exigir uma explicação, e imagine em que situação você ficaria. O preço da verdade seria muito caro! – Ela fez uma pausa e voltou a falar. – Além do mais, eu precisava dizer adeus.

A boca firme se entortou.

– A Carrie – disse ela com um olhar desafiador. – E para todo o resto. Tudo. Para os meus últimos laços com o passado. Você devia se alegrar com isso.

Ele contemplava o líquido na taça.

– No que diz respeito a você, muito pouco me alegra, Rhianna. – E voltou à carga. – Você tem visto aquele reporterzinho amigo seu ou ele ainda não conseguiu encontrá-la?

– Você tem uma opinião muito particular sobre amizade. Mas o cavalheiro que você mencionou parece ter voltado para onde veio e espero que permaneça lá por muito tempo.

– Amém! – Diaz a mirava com um olhar intenso. – Eu estava me perguntando se você lhe daria a melhor manchete da vida dele: "Lady Ariadne conquista noivo da melhor amiga", "Noivo foge com estrela de TV", ou algo parecido.

Os dedos enrijecidos de Rhianna pareciam querer esmagar a taça.

– Que imaginação fértil você tem! E sabe como ninguém o jargão jornalístico. Talvez você tenha descoberto sua verdadeira vocação.

– Então fico feliz por um de nós ter atingido todo o seu potencial – comentou Diaz com sarcasmo. – Mas me diga uma coisa: você atua graças a sua capacidade ou teve que dormir com alguém para ser escalada para o papel de Ariadne?

Ai, Deus! *Ai, Deus...*

Disfarçando a dor e o choque para que ele não visse, Rhianna se reclinou e sorriu com indiferença.

– Acredite, você não iria querer saber a verdade – disse ela. – Mas posso garantir que o sofá do diretor nunca foi tão confortável quanto esta cadeira aqui. Isso satisfaz a sua curiosidade?

Ela percebeu uma primeira mudança de cor nas bochechas dele e uma transformação no olhar que deixava transparecer raiva, o que a fez saborear uma gostosa sensação de vitória.

Ele respondeu em tom agressivo:

– Isso é algo que *você* não gostaria de saber. E eu acho que Enrique está pronto para servir o jantar.

Ela queria mesmo ir embora dali. Mas isso seria impossível, porque caíra na armadilha perfeita. E, se continuasse a espernear, iria demonstrar que não estava tão relaxada e confortável com as provocações dele.

Por outro lado, o estômago não parava de avisar que ela estava sem comer havia 24 horas e o apetite se deixou despertar pelo aroma delicioso da comida de Enrique.

Rhianna se calou e o acompanhou até a sala de jantar, pensando que iria ter que encará-lo sentado em uma cadeira oposta à dela. Sentou-se então do lado direito de Diaz, perto o bastante para que ele quase pudesse tocá-la.

Um lugar tão próximo... Só podia ser ideia dele.

Mas, fossem quais fossem as intenções de Diaz Penvarnon, ela iria combatê-lo.

Ele puxou gentilmente a cadeira para Rhianna, que se sentou, murmurando um *obrigada* com um sutil sorriso.

Ela imaginou agir como se tudo não passasse de uma peça, por mais que pudesse sofrer com isso. Então, pelas próximas horas, Diaz estaria jantando com lady Ariadne, a Endiabrada sem Coração, como escrevera certo tabloide. A mulher má favorita da televisão, perigosa e desejada como nunca.

Iria comer e beber tudo o que fosse servido. Conversaria sobre qualquer assunto, esbanjando charme. Até flertaria um pouquinho, deixando os olhos dele brilharem de esperança. Mas seria, afinal, intocável.

E assim que a refeição tivesse terminado, pediria licença e se retiraria.

Porque, na manhã seguinte, inventaria uma emergência qualquer e tomaria o primeiro trem para partir, de uma vez por todas, daquele lugar.

Aquilo, pensou ela, seria o ponto final de toda essa história. Sem nada para recordar o passado. Sem esperanças... Sem ontem... Sem amanhã...

Londres não seria seu primeiro destino nunca mais, pensou ela... Fora seu santuário por bastante tempo. Agora, havia muito do passado a apagar e resgatar.

E havia também Daisy a ser considerada. Daisy, sua amiga, que foi abandonada pelo marido e que precisava de todo o apoio que Rhianna pudesse oferecer.

Afinal, pensou Rhianna, ela iria superar a própria rejeição, a solidão e o medo e voltar a um estágio em que sabia lidar com todos esses obstáculos, fossem quais fossem.

Rhianna soltou um profundo suspiro quando depositou o guardanapo de volta na mesa, no final da refeição.

Ela sentia que estava no meio de uma grande confusão, sem muitas saídas.

Uma encrenca que demandava muita força e perspicácia por parte dela.

Que tudo estava apenas começando, com ela sozinha, ali, com aquele homem.

SE AS circunstâncias fossem diferentes, Rhianna teria saboreado com maior prazer as iguarias que Enrique preparara.

Uma entrada com linguiças, azeitonas, caranguejos, anchovas e pimenta marinada.

Depois, um filé de carneiro, muito macio, servido com legumes e amêndoas, regados por um excelente vinho.

Foi tudo de primeira e Diaz de repente se revelou um ótimo anfitrião. Rhianna percebeu que aquilo tudo fazia com que ela baixasse a guarda, o que era muito perigoso.

– Meu Deus! – disse ela, rindo consigo mesma. – Toda essa comida temperada, mais Juan e Enrique. Isso tem algo a ver com uma retomada dos hábitos de seus ancestrais espanhóis?

Ele respondeu:

– Por mais que a gente se esqueça, de tempos em tempos, somos lembrados do passado. – Ele tomou um gole de vinho e continuou:

– Nós fomos todos piratas no tempo da primeira rainha Elizabeth, tanto os espanhóis quanto os ingleses. Agressivos e usurpadores, em nome do patriotismo. Roubando tudo o que estivesse à mão, desprezando as consequências. E meu tataravô, com certeza, não era diferente. Antes de seu navio ter afundado, Jorge pode ter sido o homem que incendiou alguma embarcação importante. *Quién sabe?* Quem sabe?

– Então ele conheceu Tamsin e se casou com ela – disse Rhianna.

– Encontrou-a e a seduziu – corrigiu ele. – Uma iniciativa de grande risco naquele tempo. O pai dela tanto podia esganá-lo quanto dizer: "Deus o abençoe, meu filho. O casamento será no próximo sábado."

– Mas funcionou na época – insistiu ela. – Ele continuou a viver em um país inimigo, a Inglaterra, um sinal de que realmente a amava.

– Talvez, mas não se esqueça de que ela era uma herdeira e ele, um jovem muito ambicioso. Algumas mentiras a respeito de suas origens e uma grande ambição poderiam ser responsáveis pela enorme fortuna que ele amealhou com tudo isso.

– Que ponto de vista cínico! – afirmou ela. – Eu ainda prefiro a versão romântica.

Os lábios dele tremeram.

– Com um final triunfante da vitória do amor? Ouça o que eu tenho a dizer. Infelizmente, a vida real nem sempre apresenta finais felizes.

– Foi o que descobri. – O sorriso de Rhianna era nervoso. Ela precisava mudar de assunto e rápido. Olhou por um instante para um ponto vazio e disse:

– Mas Enrique é uma joia pura. Ele não deve ficar contente em permanecer aqui o tempo todo, servindo você, enquanto você viaja pelo mundo. Acho que se sente tentado a dar voos mais altos, talvez abrir o próprio restaurante. Você não acha?

– Ele jamais comentou isso comigo. Por que não pergunta a ele?

Ela corou:

– Não diga um absurdo desses. Afinal, não tenho nada a ver com isso!

– Acho que ele iria se sentir lisonjeado, mas não tentado. Ele gosta desse tipo de vida, e Juan também. Talvez eles tenham encontrado a receita da felicidade e estejam satisfeitos com isso.

– Enquanto para nós, a busca continua. – Ela consultou o relógio. – Meu Deus! É quase meia-noite! Eu já deveria estar de volta!

Diaz também viu as horas e comentou:

– Por quê? A festa no hotel não deve ter acabado ainda!

– Sim, acabou – respondeu ela bruscamente. – Carrie deve se recolher até a meia-noite. Você conhece a superstição de que o noivo não pode ver a noiva no dia do casamento, antes da cerimônia.

– Com toda a excitação do momento, acho que me fugiu da mente. Eu não sou muito supersticioso, principalmente quando a superstição me prejudica. – E continuou, perguntando: – Posso insistir para que tome um cafezinho?

– Obrigada, mas não a uma hora dessas. Isso me manteria acordada a noite inteira.

Como se ela fosse dormir um minuto sequer naquela noite...

– Você provavelmente vai querer dormir bem para aproveitar o melhor possível o dia de amanhã. – Ele continuou: – Em todo caso, antes de se recolher, quer tomar um ar fresco? Depois disso, Enrique irá lhe mostrar uma cabine para que possa descansar.

– Sim – disse ela. – Isso seria ideal. Obrigada.

– De nada – respondeu ele. – Até os piratas têm seus momentos de cavalheirismo.

Já na porta, ela deu uma olhadela para trás, mais precisamente para a cadeira dele, analisando a bonita cor do vinho na taça que Diaz segurava com delicadeza.

Sabia que aquela poderia ser a última vez em que o via e queria guardar uma impressão favorável dele naquele momento. Um rosto de aparência inteligente, com bochechas rosadas, olhos longos e um corpo musculoso.

A cabine que Enrique lhe mostrou, onde ela dormiria, fez cair seu queixo.

Os armários e as mesinhas de cabeceira eram de excelente madeira. A cama, superconfortável, era coberta por lençóis de linho creme e uma deslumbrante colcha terracota.

O mesmo tom das fronhas dos travesseiros e do estofamento do sofá que ficava encostado a uma das paredes.

Tudo ali era maravilhoso. O banheiro anexo era de um branco cintilante, combinado com azul-celeste. Continha um chuveirinho manual e instalações que pareciam mais apropriadas para uma casa de bonecas.

– A *señorita* aprova? – perguntou Enrique, apontando para um par de toalhas penduradas próximas do lavatório. – Se precisar de algo, é só me chamar. Tem uma campainha para isso. Estou às ordens.

Ele saiu. Rhianna estava pensativa, ansiosa. Pensou que era chegada a hora de juntar os cacos de sua vida e restaurá-la por completo. Enxugou as mãos, jogou a toalha no cesto de roupas para lavar, depois passou um pente nos cabelos e, por fim, ficou na dúvida sobre se passava batom nos lábios, mas decidiu que não iria fazê-lo.

Ela não pôde deixar de notar os cosméticos dispostos numa prateleira embaixo do espelho. Eram nada menos que sua loção corporal predileta e seu xampu preferido.

Dirigiu-se de volta ao quarto e seus olhos se esbugalharam ao ver estendida em cima da cama a *sua camisola*. Rhianna tomou um fôlego extra, imaginando que aquilo tudo era fruto de sua imaginação ou então uma visão provocada pelas doses de vinho que tomara.

Ao mesmo tempo, a intuição dizia que ela estava enganando a si mesma.

Deu meia-volta e retornou ao banheiro para checar os cosméticos e seus músculos se enrijeceram quando observou que os produtos estavam todos usados e que a sacola em que guardava os mesmos ao deixar Londres estava lá no armário do banheiro, embaixo do lavatório.

– Minhas coisas! – exclamou, desesperada. – Aqui, neste barco!

Uma checagem mais detalhada nas instalações confirmou suas piores suspeitas. Todas as roupas que ela trouxera para a casa dos Penvarnon estavam lá, bem arrumadas ou dobradas nas gavetas, enquanto suas malas e seus vestidos haviam sido colocados na parte de trás do guarda-roupa. A bolsa estava lá também, mas descobriu que a carteira e o passaporte, não.

Naquele momento, Rhianna percebeu uma vibração que a apavorou. Ela se deu conta de que o barco tinha zarpado.

Correu como pôde até a escotilha, com dificuldade para se manter em pé.

Ela se recusava a acreditar que não abririam a porta, apesar de todos os seus esforços, numa vã esperança de que tivesse sido trancada acidentalmente.

Tentava se convencer de que aquilo não podia ter acontecido. Não com ela.

Diaz afirmara ser descendente de piratas, mas aquilo estava acontecendo em pleno século XXI, por Deus, não no século XVI. Além do mais, hoje existem rigorosas punições para raptos em alto-mar.

Queria esmurrar a porta trancada, gritando para ser libertada, mas uma voz serena no seu cérebro dizia que era isso mesmo que ele queria que fizesse. Além disso, essa reação não a tiraria daquela enrascada.

Rhianna fez uma pausa para se recompor e retomar o autocontrole. Precisava se manter calma. Enrique estava envolvido na história toda. Não foi só a camisola que ele deixou para ela. Uma garrafa de água mineral e um copo, além de biscoitinhos, também foram deixados sobre a mesinha de cabeceira.

Tudo para deixar bem claro que ela era uma prisioneira.

Até um sininho deixaram. Ela o agitou e a resposta veio com a chegada de Diaz. Ele tirara o paletó e a gravata. Abrira a camisa de modo a deixar à mostra parte do seu peitoral.

Rhianna o encarou com vigor. Ele estava sentado no sofá, com os dedos das mãos entrelaçados. As sobrancelhas estavam erguidas.

Ela perguntou, irônica:

– Enrique deve estar ocupado preparando as minhas roupas de presidiária, não é mesmo?

– Eu acho que você está inventando coisas – disse ele, fechando a porta. – E agora, ainda por cima, está querendo ser agressiva comigo.

– Você me deixa tocada – falou Rhianna, seca. – O que pensa que está fazendo?

– Levando-a para um cruzeiro romântico – disse ele. – Espero que seja romântico mesmo, afinal o golfo de Biscaia é o local ideal para isso.

– Estou perto do golfo de Biscaia. – Ela ergueu o queixo. – Diaz, você está sendo ridículo. Não pode se comportar deste modo.

– E quem vai me impedir? – perguntou ele num tom mais agressivo.

– Seu bom-senso, eu espero – disse ela friamente. – Temos um compromisso amanhã. O casamento de seu primo, meu antigo amigo. Você acha que sua ausência não será notada? Que não irão procurar por nós?

– Acho que não. A carta que deixei para Carrie esclarece toda a situação.

O coração dela batia tanto, que parecia prestes a explodir.

– Então acho que você pode me esclarecer tudo. Se não for pedir demais.

– De maneira alguma – respondeu ele, ainda encostado na porta, agora com as mãos nos bolsos. – Eu disse que estivemos ainda este ano em Londres, mas nos desentendemos. Eu não especifiquei o problema, mas aleguei que via uma oportunidade enorme de nos entendermos novamente, caso passássemos um tempo juntos. Disse que você queria partir logo após a cerimônia e eu não podia perder a chance de estar com você. Então, resolvi estender nosso jantar para uma viagem no *Windhover* por alguns dias, para uma pequena lua de mel. Achei que Carrie iria se sensibilizar com a ideia, já que ela também terá uma lua de mel.

Diaz completou sem sorrir:

– Eu também pedi que ela nos perdoasse e nos desejasse boa sorte.

A resposta de Rhianna foi rude:

– E você acha que alguém ainda pode se deixar enganar por esse tipo de mentira barata?

– Por que não? Admito que meus argumentos possam ser um pouco estranhos para algumas pessoas e que Carrie talvez tenha se decepcionado mas, nesse caso, o fim justifica os meios.

– Mas eu não concordo e peço que você dê meia-volta nesta prisão flutuante e me leve de volta a Polkernick.

– Sem chance, querida. Você vai comigo. Pode não ser a minha companhia preferida, mas isso não importa. E, quando menos esperar, estará em um assento de avião, voando de volta para Londres.

– Sequestro é crime. As pessoas vão presas por isso, sabia?

– Vamos substituir o termo "sequestro" por "breve interlúdio idílico entre duas pessoas que são loucas uma pela outra".

O sorriso de Diaz era frio.

– E, além do mais, acho que as evidências estão a meu favor. A sra. Henderson colaborou com minha surpresa ao empacotar suas coisas, para que Juan as pegasse, depois que você saiu do hotel. Todo mundo viu quando saímos da festa cordialmente e sabiam perfeitamente que iríamos jantar juntos. Ninguém ouviu nada que pudesse ser caracterizado como violento. Muita gente observou quando você veio a bordo por iniciativa própria, sem nenhuma coação.

– Mas não é sem coação que estou aqui – disse ela com cautela. – Você me prendeu no quarto.

– Eu fiz isso? Ou a chave da porta do quarto é que apresentou um problema inesperado?

– Com certeza essa hipótese será confirmada por Enrique – disse ela com sarcasmo. – Mas não faz diferença, porque agora eu quero ir embora. Quer saber mais? Nem quero voltar mais a Polkernick, se não for inconveniente. Há vários portos no nosso caminho. Você pode me deixar em qualquer um deles. Prometo não apresentar nenhuma queixa.

– Uma ideia inteligente – respondeu ele. – E uma proposta tentadora, mas a resposta é não, querida. Zarparemos amanhã ao pôr do sol.

– Mas por que você está fazendo tudo isto? Por quê? Eu não consigo entender!

Diaz caminhou até ela. Chegou tão perto que Rhianna até teve que se encolher para que não se tocassem.

Ele falou com firmeza:

– Para ter certeza absoluta de que o casamento de Carrie acontecerá normalmente, livre de qualquer surpresa ou revelação dramática de sua parte, querida.

O olhar dele era duro.

– Sabe, Rhianna, eu acho que não dá para acreditar em você. Creio que você deixa escapar sinais de problema em toda e qualquer palavra que fala. E, para completar a história contra você, eu a flagrei parada na frente do espelho, ontem, aproveitando-se da momentânea ausência de Carrie, vendo como o vestido ficaria no seu corpo, caso você fosse a noiva.

Rhianna ficou branca.

– Então foi você? Eu bem que achei que ouvi alguém! – A voz dela estava embargada.

– Infelizmente para você, era. Eu não podia acreditar no que estava vendo. Por Deus, você nem bem chegou e já estava pretendendo ser a noiva! Imaginando tomar o lugar dela. E quem pode garantir que não se sentiria tentada a fazer dessa patética fantasia uma realidade?

Ela falou sem graça:

– Diaz, você precisa me deixar explicar…

– Não necessariamente – disse ele. – Voltei um pouco mais tarde para dizer que a vira e ia dizer pela última vez para você ir embora. Só que eu descobri que já tinha se envolvido com o noivo, através de uma conversa que você teve com Simon.

Ela perguntou, atônita:

– E você ouviu tudo?

– Nada me faria sair dali antes de ouvir tudo. Foi revelador. Tudo começou a fazer sentido para mim depois do que escutei.

E olhando firme para ela:

– Eu não sabia se o fato de ter sido engravidada pelo noivo era motivo para impedir um casamento, mas com certeza não queria esperar para saber a verdade. Não dava para correr o risco de uma cena histérica de confissão e do apelo à história de um bebê que nem havia nascido ainda. Então foi por isso que eu resolvi tirar você de cena, Rhianna. E, ironicamente, a própria mãe dele me suplicou para fazê-lo.

– Que sorte a sua! Veio a calhar. E se ela não tivesse feito esse pedido?

– Eu encontraria outro meio – disse ele com cinismo. – E você não levaria a coisa muito longe. Com certeza, depois de tudo faria um aborto. Estou certo quanto a isso?

– Está, sim. Confesso que está.

– Bem – disse ele. – É bom esclarecer tudo. Mesmo que Simon estivesse disponível para se casar, seria difícil imaginar você querendo ter essa criança. Afinal de contas, nada é mais importante que sua carreira e uma lady Ariadne grávida não faria o menor sentido.

– Não teria o menor propósito, confesso. – Rhianna tentava disfarçar a potência do golpe que levara. – Eu não sabia que você era meu fã.

– E não sou – disse ele. – Simplesmente me inteirei sobre a trama. Para ver no que você se tornou.

– Eu me tornei uma atriz bem paga – respondeu ela. – E não me envergonho de nada. Mas minha vida particular não tem nada a ver com isso. Eu não me entrego por um sexo casual. A essa altura, você sabe muito bem, sr. Penvarnon. Jantar é uma coisa, mas é necessário amar um homem para fazer amor com ele.

O maxilar de Diaz enrijeceu e ela abraçou o próprio corpo com raiva. Mas quando ele falou, a voz era fria:

– Então pode ficar descansada. A expressão "pequena lua de mel" tem sentido figurado. Não desejo os restos de Simon Rawlins.

– Tenho certeza, mas ainda há um problema. Você há de concordar que, se formos vistos juntos na Espanha, na França ou em qualquer outro lugar, conclusões óbvias serão tiradas.

– Pode ser, mas quando reassumirmos nossas vidas, separados, eles mudarão de ideia.

– E eu sei o que vão pensar – respondeu Rhianna. – Que eu sou sua ex-amante. Já estou até vendo as manchetes: "Ariadne é jogada fora", "Milionário dispensa atriz sedutora". Eu não desejo esse tipo de publicidade. E acho que você também não.

Ela fez uma pausa.

– Principalmente se as pessoas começarem a desenterrar antigos escândalos. O que você acha daquele homem do jornal *Duchy Herald*, que publicou que minha mãe era amante de seu pai? Que ela traiu uma mulher doente que acreditou nela e destruiu seu casamento, levando-a a uma síndrome nervosa?

– Que é por isso que Esther Penvarnon se exilou em sua viuvez e não tem mais coragem de encarar a vida.

Ela suspirou profundamente e perguntou:

– Essa não é apenas a versão oficial do que realmente aconteceu?

– Você certamente tem outra versão.

Ela retrucou:

– Claro, tenho outra percepção de minha mãe. Você nunca a conheceu.

– Não – disse ele. – E você jamais conheceu a minha.

– É verdade. Mas eu acho que ela não iria querer que essas histórias fossem reavivadas, nem que servissem de pano de fundo para um suposto envolvimento entre nós.

– Com certeza, não – respondeu ele. – Então vou me esforçar para que nosso "suposto envolvimento" fique apenas entre nós. E espero que você faça o mesmo.

Ele fez uma pausa e voltou à carga.

– Não pretendo passear com você pelas ruas de Barcelona, nem que tomemos banho nus numa piscina na Côte d'Azur. Os paparazzi nunca irão abordar este barco, e é aqui que você vai ficar até que o casamento termine e o feliz casal chegue em um local bem distante, fora de seu alcance.

Ele fez menção de deixar o recinto. Já na porta, hesitou e falou para ela:

– Não teria sido melhor se você tivesse atendido o meu pedido e ficado em Londres? Pense nisso, caso não consiga pegar no sono. Boa noite, Rhianna.

– Pensando bem – disse ela –, não teria sido melhor se eu e você nunca tivéssemos nos conhecido? Pense nisso.

A porta se fechou. Rhianna se sentou lentamente, deu um longo suspiro e cobriu o rosto com as mãos.

Em sua mente, uma voz sussurrante não parava de perguntar: o que eu posso fazer, meu Deus? O que eu posso fazer? Como eu administro essa coisa toda?

Mas ela ouvia apenas o silêncio como resposta.

CAPÍTULO 6

ELA NÃO se saíra bem do confronto, pensou Rhianna. Por que resolvera falar do passado com ele? Ambos sabiam o que acontecera e nada mudaria o acontecido, essa era uma certeza que ela trazia consigo desde que soubera da verdade, cinco anos antes.

O verão em que a vida dela mudara para sempre.

– É hora de começar a trabalhar, minha garota – declarara severamente a srta. Trewint. – Começar a contribuir para sua manutenção.

Assim que terminou o ano letivo, ela arrumou um trabalho temporário para Rhianna no Café Rollo, um trabalho mal remunerado. E aquele, ela pensava, seria seu futuro. Ou então acabaria como secretária.

O único ponto positivo no horizonte era o aniversário de 18 anos de Carrie, que seria marcado por uma grande festa na casa dos Penvarnon.

E Simon estaria lá.

Ele praticamente desaparecera desde que fora a Cambridge dois anos antes. Vinha a Polkernick às vezes no verão, mas eram visitas rápidas, acompanhadas de amigos da universidade. Às vezes, amigas mulheres.

Rhianna imaginava o quanto aquilo devia machucar Carrie. Aquilo e o fato de as cartas dela para ele serem raramente respondidas.

– Ele anda muito ocupado – dizia ela.

Mas Rhianna não acreditava e a imagem que fazia de Simon agora já não era tão perfeita, ficara um tanto manchada.

Rhianna fora convidada para a festa, mas não para o jantar que precedeu a dança.

Carrie estava usando um vestido maravilhoso de chiffon azul. E Rhianna comprara um vestido em um brechó para tentar imitá-la.

A srta. Trewint a forçou a servir de garçonete no jantar que precederia a festa, a pedido da mãe de Carrie, embora ela fosse uma das convidadas.

Carrie ficou consternada e furiosa:

– Não acredito. Sua tia, minha mãe, o que elas querem?

– Ensinar-me o meu lugar.

Foi uma noite muito longa. Rhianna carregava bandejas de bebidas e canapés, e mais tarde ficou no jantar, ajudando a servir o salmão e o peru.

Uma das primeiras pessoas que vira fora naturalmente Simon.

– Minha nossa, se não é a adorável Rhianna! Eu não sabia que era festa a fantasia.

O amigo dele caiu na gargalhada. Ela o achou ainda mais ridículo depois, quando o viu adicionando álcool ao suco.

Quando o viu em seguida, ele estava dançando com Carrie, lábios próximos ao ouvido dela, sussurrando algo que a fazia ruborizar, embora estivesse encantadíssima.

Durante a noite, também viu Diaz Penvarnon chegar mais tarde. Ao vê-lo, tentou se esconder, embora ele não parecesse tê-la notado, talvez porque a roupa de garçonete a tivesse deixado temporariamente invisível.

Sempre que visitava a casa dos Penvarnon, ele falava com ela, mas como se fizesse questão de parecer agradável, ela pensava.

Era perto da meia-noite quando Simon se aproximou dela novamente:

– Quer dançar comigo?

– Pelo amor de Deus, Simon, eu não posso. Estou aqui a trabalho e a sra. Seymour está me observando.

– Pobre Cinderela – falou ele. – Mas eles não podem fazê-la de escrava a noite toda. Você tem que se divertir. Vamos comemorar o aniversário de Carrie. Vou pegar uma garrafa de champanhe e nos encontramos no estábulo em dez minutos. Que tal?

– Bem, tudo bem. Mas só posso ficar alguns minutos.

O pátio estava às escuras, exceto pela luz da lua. Estava mais fresco, em contraste com o clima quente da casa, e Rhianna se abraçou, tremendo um pouco.

Ela chamou baixinho:

– Carrie?

– Aqui – falou Simon. – Então, aqui estamos por fim. Vamos festejar.

– Onde está Carrie?

– Sendo uma filha obediente e uma anfitriã perfeita. – Ele disse isso com uma risada que era quase de sarcasmo. – Onde mais estaria?

– Então vou voltar e ser uma garçonete perfeita – falou Rhianna. – Não tenho tempo para festejar, não sem Carrie, pelo menos.

– Ela não vai sentir sua falta. Vamos, Rhianna, relaxe.

– Não, obrigada.

– Ora, venha cá, minha querida. Qual é o problema? Não finja que não me quer. Faz anos que você me quer. Sei de tudo, as garotas de seu colégio me contaram.

Ela se sentia cada vez mais desconfortável.

– Simon, eu realmente preciso voltar. As pessoas devem estar se perguntando onde estou.

– Mas minha necessidade é maior que a delas, acredite. – Ele a agarrou pelo braço e a puxou para si. – Então seja legal e fique. Você sabe que é isso o que quer.

Ela quis pedir para ele parar, mas as palavras ficaram presas na garganta, e as mãos dele tentavam desabotoar o vestido dela.

Então uma voz masculina disse por trás deles:

– Então é aí que você está, Simon. Todos estão procurando por você, principalmente Carrie.

E, em pânico, Rhianna percebeu que a voz era de Diaz Penvarnon.

Simon voltou pelo jardim em um passo incerto. Trêmula e com a boca seca, Rhianna disse:

– Ah, meu Deus...

– Um pouco tarde para se encher de pudor, não? – A voz de Diaz era severa.

– Eu tenho que voltar ao trabalho.

– Não. A noite acabou para você. O único lugar para onde vai é a sua cama.

– Isto é uma ordem... senhor?

– Sim, é. – Ele fez uma pausa. – Então, o que foi isso? Um presente de aniversário extra para Carrie? Partir o coração dela? Porque se ela tivesse visto o que eu vi, era o que teria acontecido.

Ele abanou a cabeça.

– Você, mais do que ninguém, devia saber o que ela sente por Simon Rawlins, Rhianna. Mantenha suas mãos de predadora afastadas dele. E isto é outra ordem.

Não adiantaria falar nada, dizer que a culpa não era dela. O melhor a fazer era sair dali o mais rápido possível. Porém, ao passar por ele, Diaz a pegou pelo braço.

Os olhos cinza estavam sombrios.

– Você é tão baixa a ponto de fazer amor com o namorado de outra garota em um estábulo?

Ela ficou rígida.

– Sei tomar conta de mim mesma.

– Será mesmo? Prove.

Diaz então inclinou a cabeça e pôs a boca lentamente sobre a dela, roçando os lábios de Rhianna lenta e sensualmente.

E aquilo – *aquilo* – foi diferente, ela sentiu. A reação dela foi instantânea. Sensações que nunca imaginara afloraram nela, incitando-a com o cheiro e o gosto dele.

Ela seria sua mulher se ele quisesse.

Mas ele não parecia querer.

Afastou a cabeça e se afastou, examinando-a, dizendo:

– Acho que você acha que é mais resistente do que é de fato. Agora, vá embora, e não procure complicações com os homens. Porque você certamente vai encontrar.

Ele se virou e se afastou, e ela permaneceu onde estava, recostada na parede, pernas trêmulas demais para andar.

Com relutância, ela enfim se moveu. Kezia Trewint estava esperando por ela na sala de estar.

– Então você estava com ele. Outra Carlow envolvida com um Penvarnon. Exatamente como eu esperava que você agiria, desde sempre.

Rhianna arfou.

– O que... o que você quer dizer?

– Quero dizer eu vi que você estava na parede do estábulo com o sr. Diaz. Uma vadia, como sua mãe foi antes de você. Ela já não envergonhou sua família o bastante? E logo com *ele*!

– Não – tentou falar Rhianna. – Não foi o que...

Meu Deus, aquilo era terrível, pensou ela.

– Você acha que não foi vista saindo e ele a perseguindo? – perguntou com escárnio a srta. Trewint. – Que a sra. Seymour não o seguiu e me levou com ela? Que nós não vimos com nossos próprios olhos? Era isso o que a família esperava desde que você veio para cá. A filha de Grace Carlow, parecidíssima com ela, o fez pensar, ouso dizer, o mesmo que Ben Penvarnon pensou antes dele, e imaginar provar do mesmo.

– Eu não entendo – disse Rhianna. – Do que você está falando? Quem é *ela*? E o que você está falando sobre minha mãe?

– Ela era a amante de Ben Penvarnon – falou a srta. Trewint. – Todo mundo sabe. E fui eu, que Deus me perdoe, que a trouxe para esta casa e coloquei a tentação no caminho dele. Fingia pena e preocupação pela sra. Esther e estava o tempo todo de encontros com o marido dela naquela cabana na praia ou nos alagados. E você está agindo exatamente da mesma forma com o filho dele.

– Isso é mentira. E eu também não acredito no que você está dizendo sobre minha mãe. Ela amava papai. Bastava vê-los juntos para saber.

– O que ela sabia de amor? Só entendia de diversão e de roubar o homem de uma mulher casada. E depois que ele morreu e não havia mais o que tomar, precisou fazer algo, encontrou outro tolo que a mantivesse. E você fará o mesmo, senhorita. Não vai permanecer aqui depois do que aconteceu esta noite. E mesmo que eu quisesse ficar com você, a sra. Seymour não permitiria. Você é um insulto para a irmã dela e o sr. Diaz deve ter ficado louco para ter mesmo olhado para você sabendo o que sabe.

– Mas não aconteceu nada – protestou Rhianna, desesperada. – Ou, pelo menos, nada do que você está pensando.

– Nem vai acontecer. Então, você pode arrumar suas malas. Não vai mais arrumar confusão por aqui. Você parte amanhã.

Mas para onde eu vou? – quis perguntar Rhianna. O que vou fazer? Não tenho dinheiro, de que vou viver enquanto procuro trabalho, onde vou morar?

Mas não disse nada em voz alta. Não discutiria, pensou. Nem imploraria.

Eu posso cuidar de mim mesma.

ELA ESTAVA colocando suas últimas coisas na mala, quando Carrie entrou no quarto.

– Mamãe disse que você tinha que ir embora e papai estava tentando convencê-la do contrário, o que aconteceu?

– Seu tio me deu um beijo de boa-noite. Sua mãe e minha tia viram e, consequentemente, a casa caiu.

– Mas isso não significa nada. Diaz provavelmente só estava querendo ser gentil com você.

– É, mas sua mãe também sabe que a minha teve um caso com o seu tio Ben e não quer que a história se repita comigo.

Carrie ficou pálida.

– Eu ia dizer que você só podia estar brincando. Mas é óbvio que não está. Quando você descobriu isso?

– Pouco antes de ser expulsa daqui, ontem à noite. – Ela olhou para Carrie. – Você nunca soube, nunca imaginou?

– Nunca, juro por Deus. Mas agora muita coisa faz sentido. Minha tia Esther nunca vir aqui, por exemplo. Mas isso não é culpa sua. E tio Ben morreu uns quatro anos antes de você nascer, então não tem sentido nisso.

– Qual era o problema de Esther Penvarnon, você sabe?

– Não. De acordo com minha mãe, ela teve problemas quando Diaz nasceu e jamais se recuperou. Só sei que ela passava muito tempo sentada em uma cadeira de rodas.

Ela franziu a testa.

– Mas a sra. Welling também disse que ela podia andar perfeitamente quando queria... Mas, voltando a você, como pode ser atirada na rua assim sem nenhum lugar para ir?

– Mas eu *tenho* um lugar onde ficar. Em Londres. Sabe a família Jessop, que cuidou de mim quando minha mãe morreu? Bem, nós sempre mantivemos contato, e eles sempre insistiram para que eu os visitasse... mas eu nunca podia, porque tia Kezia dizia que sairia muito caro. Então, eu liguei para eles esta manhã e assim que eu disser a eles em que trem estou indo, eles vão me apanhar na estação. Posso morar com eles até encontrar um emprego e me estabilizar.

– Graças a Deus, pelo menos isso. Você tem o número do meu celular. Ligue para dizer que está tudo bem e me passe seus novos contatos. Oxford fica mais perto de Londres, então vamos nos ver mais facilmente.

Rhianna respirou fundo:

– Tenho certeza de que você não vai só me ver.

– Bem, não. – Ela ficou um pouco vermelha. – Simon veio falar comigo há pouco. Ele disse que ter se afastado da família e encontrado liberdade o deixou meio perdido por um tempo, mas que agora está com a cabeça no lugar de novo. E quer me namorar... de verdade, dessa vez.

– Se ele é mesmo o escolhido, Carrie, vá em frente. – *Mas, por favor, Deus, não permita que isso seja verdade. Que ela encontre outra pessoa.*

– Não se preocupe. Eu irei. Como você vai à estação? Não pode ser andando.

– Não tenho escolha. Não posso pagar um táxi.

– Eu levo você – disse Carrie, firme. – No carro da mamãe. E também vou pedir a ela o pagamento que lhe deve pelo serviço na noite passada.

– Por favor, não faça isso – pediu Rhianna, contrita. – Eu acho que é melhor esquecer. Além disso, não quero nada dela. De ninguém.

Porém, mais tarde, na estação, Carrie entregou um bolo de dinheiro para ela.

– Isto é para você – falou. – É do meu pai. Ele deseja tudo de bom para você.

Rhianna olhou para ela, incrédula:

– Mas são quinhentas libras! Não posso aceitar.

– Ele disse que você tem que aceitar. – Carrie estava com uma aparência estranha. – Parece que tio Ben deixou algum dinheiro para sua mãe no testamento dele, mas ela se recusou a aceitar. Comparado com aquele dinheiro, este é uma miséria, mas papai diz que vai se sentir melhor sabendo que você não está desprevenida.

– Que amor. – Rhianna se sentia prestes a chorar.

Francis Seymour era o oposto da tia dela, que dissera:

– Então você vai embora, não é? Sem dúvida vai se dar mal. Pessoas do seu tipo sempre se dão.

E o discurso que Rhianna preparara, agradecendo pela casa que lhe fora concedida nos últimos seis anos, ficara preso na garganta.

E aquela, pensava ela agora, foi a última vez em que a vi.

A última vez em que pensava que veria qualquer um deles.

E, ai, Deus, teria sido tão melhor se isso tivesse acontecido.

CAPÍTULO 7

O ROSTO dela estava molhado de novo agora, percebeu Rhianna, erguendo a cabeça por fim.

Estresse, disse ela a si mesma. Uma reação natural por se encontrar em uma situação tão pouco natural. Não era certamente um momento apropriado para lembrar as tristezas do passado.

Principalmente quando ela devia estar concentrando as energias no presente, em tentar sair daquela confusão.

Até porque os últimos cinco anos não foram de todo ruins. Pelo contrário. Havia coisas boas também, pensou ela. A eterna gentileza da família Jessop, que a tratara como se nunca tivesse ido embora. A amizade nunca interrompida com Carrie, que acabara entrando para Oxford e se lamentava por Rhianna não estar lá também com ela.

E a maravilhosa Marik Fenton, a atriz aposentada que dava aulas de teatro noturnas em um instituto local, que usara contatos cuidadosamente guardados para conseguir que sua estudante mais destacada entrasse para a escola de teatro.

Rhianna escrevera regularmente para tia Kezia, mas jamais recebera uma resposta. Então a tia morrera de repente, de um ataque cardíaco, antes de receber a carta em que Rhianna lhe contava que conseguira um papel de protagonista em uma nova série televisiva chamada *Castelo do Orgulho*.

Um comunicado evidentemente embaraçado de Francis Seymour fizera Rhianna saber que a srta. Trewint dera instruções para que ela não fosse ao seu funeral nem à cremação, suas posses deviam ser vendidas e o dinheiro arrecadado, bem como as economias amealhadas ao longo do tempo, doadas para uma instituição de caridade.

Rhianna aceitara aquelas ácidas últimas vontades sem protestar.

No dia seguinte, ela começara a ensaiar o papel de lady Ariadne. E o resto, como dizem, virou história.

E deveria permanecer como história. Ela precisava lidar com o aqui e o agora. Passar pela dor dos próximos dias com a máxima eficiência.

E, para começar, não havia sentido em passar a noite em um sofá se havia uma cama confortável esperando por ela.

Então, depois de vestir a camisola, escovar os dentes e pentear o cabelo, Rhianna entrou debaixo dos lençóis.

Mas dormir não foi fácil, por mais que tentasse. Diaz a pusera em uma armadilha e ela caíra cegamente, insensatamente, nela.

Por fim, no entanto, o conforto do colchão e a maciez dos travesseiros venceram, e quando ela voltou a abrir os olhos era dia claro.

Ela permaneceu quieta por um instante. É hoje, pensou ela. O casamento de Carrie e Simon. E eu não estou lá. Deus me ajude, estou no meio do oceano com Diaz Penvarnon. Não é um pesadelo. Está acontecendo de verdade.

Os pensamentos dela foram interrompidos por uma batida na porta. Enrique entrou com uma bandeja, trazendo o café.

– *Buenos dias, señorita* – desejou ele respeitosamente. – O dia está ótimo, com muito sol, e o mar está calmo. O *señor* deseja que a senhorita o acompanhe no café da manhã.

Rhianna teve raiva, mas respondeu apenas:

– Obrigada.

Novamente sozinha, ela se recostou nos travesseiros, pensativa.

Que Carrie possa ser feliz. Em algumas horas, o casamento estaria acabado e não haveria mais tempo para voltar atrás. Ela só podia desejar que Simon estivesse sendo sincero ao declarar que Carrie era a mulher com quem queria se casar.

A Cidade do Cabo era distante o bastante para permitir a eles um novo começo.

Ela provou o café, penteou o cabelo com certa aspereza, prendendo-os com uma liga.

Mordendo o lábio, caminhou até a porta. Dessa vez, ao tentar, ela se abriu facilmente e, respirando longa e profundamente, Rhianna saiu da cabine para se juntar ao seu raptor.

ELA ENCONTROU Diaz no deque, ao sol, onde uma mesa e duas cadeiras haviam sido colocadas. Ele usava roupas informais, camisa polo e bermuda usada, os olhos estavam escondidos por trás das lentes dos óculos escuros.

À aproximação dela, Diaz os tirou e se levantou cortesmente.

– Bom dia – disse. – Espero que tenha dormido bem.

– Não – respondeu ela. – Mas seria um tanto improvável, dadas as circunstâncias.

As sobrancelhas dele se ergueram.

– Porque você tem estado muito tensa ultimamente? É isso o que está dizendo?

– Você não sabe da missa um terço.

– Em certas situações, a ignorância é definitivamente uma benção. – O tom dele era mordaz. – Mas você é realmente uma atriz excelente, querida. Porque quando chequei, pouco depois do amanhecer, poderia jurar que você estava no sétimo sono. Acho que até detectei um pequeno ronco. Como a gente pode se enganar, não?

Ela deu de ombros.

– Eu diria que muito. Mas você também parece ter problemas de insônia, se estava perambulando a uma hora dessas. – Ela abriu um sorriso seco. – Peso na consciência, talvez?

– De forma alguma. Essas águas são turbulentas. Não queria ser pego de surpresa e acabarmos naufragando. Espero que a brisa marinha tenha aberto o seu apetite.

– Não poderia dizer. Trancada naquela cela cinco estrelas a que você me condenou, eu não sabia que havia brisa. Afinal de contas, eu mal pude abrir uma janela para checar os níveis de ozônio.

– Bem, sua liberdade foi inteiramente restituída agora e você pode respirar de novo. E satisfazer uma curiosidade minha: o que aconteceria se Simon a tivesse pedido em casamento? Se ele quisesse ter tido o bebê?

Cuidado, disse uma voz dentro da cabeça dela. *Tenha cuidado. Você não pode revelar nada.*

Ela deu de ombros:

– Isso jamais aconteceria. Eu sabia. Simon certamente sabia. E nós dois fizemos nossas escolhas muito antes de você resolver interferir. O que quer que tenha visto ou ouvido, ou pensa que sabe, esse casamento nunca estaria em perigo, no que dependesse de mim.

Ela abriu um sorriso calmo:

– Então agora você vai ter de conviver com a ideia de que tudo isso foi uma enorme perda de tempo. Você me sequestrou por nada, sr. Penvarnon. – Ela ergueu o queixo. – Portanto, por que não admite a derrota, muda a rota desta maravilha moderna e me leva de volta à Inglaterra?

Ele afastou a cadeira e se levantou:

– Porque é tarde demais para isso, Rhianna. Há muito tempo. E se não sabe disso, querida, então está mentindo não só para mim, mas para você mesma também.

Ele se afastou, deixando-a com o olhar perdido, a boca subitamente seca e a pulsação acelerada.

* * *

APESAR DA brisa, ainda estava muito quente para permanecer ao ar livre no deque. As roupas dela grudavam ao corpo até mesmo na sombra.

Ela não trouxera biquíni ou maiô. Mas estar totalmente vestida, naquelas circunstâncias, talvez fosse mesmo a opção mais segura.

Então simplesmente pegou os óculos de sol e o livro que pretendia ler na viagem de volta a Paddington, e tentou se concentrar na leitura. Mas não conseguiu.

A vida real se intrometia, disse ela a si mesma, esforçando-se para não olhar para Diaz, sem camisa, sentado na torre de comando.

O que há de errado comigo?, perguntou ela. Já vi muitos homens usando bem menos roupas que ele. Já vira ele próprio com menos roupas, apenas era criança demais para apreciar. Ainda que nunca tivesse conseguido esquecer...

Será que os encontros deles nos últimos meses acabaram se mostrando marcantes, no final das contas?

Como quando olhara no meio da multidão da festa dada pelo patrocinador do programa, depois de quase cinco anos, conversando com o presidente da Apex e a esposa.

Jamais esperara vê-lo ali, ficara imóvel. Depois, seguindo um impulso, pedira licença ao grupo que a rodeava e seguira na direção dele.

No meio do caminho, quase voltou.

Não sabia o que dizer. Nem como se comportar.

Ainda estava indecisa quando Sir John Blenkinsop notara sua aproximação.

– Ah, que maravilha! – disse ele, caloroso. – Diaz, permita que eu lhe apresente nossa estrela, Rhianna. Rhianna querida, este é Diaz Penvarnon, um grande cliente da Apex Seguradora.

– Rhianna – disse ele, endireitando o corpo. – Há quanto tempo.

Diga algo, qualquer coisa...

– Realmente, muito tempo.

Conversaram durante algum tempo, uma conversa polida, ela tentando esconder o nervosismo. Quando se afastou, o coração parecia querer saltar do peito.

Quando ia saindo da festa, encontrou-o novamente.

– Sempre fugindo, Rhianna.

– De forma alguma. – Ela ergueu o queixo. – Estou aqui a trabalho. Fiz minha aparição para os patrocinadores e agora vou para casa, depois do trabalho realizado.

– Então mude de planos – falou ele suavemente. – Jante comigo.

– Meu Deus, o que é isso?! Uma tentativa de reatar os laços com o passado?

– Apenas um homem convidando uma bela mulher para passar algumas horas em sua companhia – respondeu Diaz. – Precisamos mesmo analisar tanto assim as coisas? Por que não vemos simplesmente aonde nos levarão?

A um desastre, pensou ela. Não pode acontecer nada além disso. Então diga algumas palavras gentis e continue indo embora. É a coisa inteligente e coerente a ser feita. A única possível.

E ouviu-se dizer, no entanto:

– Si-sim... Por que não?

Após o jantar, horas depois, quando ele fez sinal para um táxi, ela, sabendo estar fazendo uma bobagem, convidara:

– Você não quer tomar mais um café?

E ele dissera suavemente:

– Obrigado. Seria... ótimo.

Ela não precisou esperar muito. E quando Diaz a tomou nos braços, ela soltou um ganido imediato, os lábios abertos sob a urgência do beijo, o corpo apertado contra o dele.

Abraçada a ele, Rhianna sentiu prazer ao se lembrar que não dividia o apartamento mais com ninguém, tinha um espaço só para ela agora. Onde poderia ficar a sós com ele. Então se lembrou que a preciosa privacidade custara um preço.

Se Diaz souber a respeito de Simon algum dia, pensou ela...

Então o beijo ficou mais intenso e ela parou de pensar, todo o corpo possuído pelo desejo. Porque nada importava, a não ser o fato de estar com ele – e a perspectiva de, enfim, entregar-se após uma longa espera.

E ela ignorou a voz em sua mente que dizia, *isso é muito perigoso*, e se permitiu ser completa c totalmente feliz.

– *SEÑORITA, SEÑORITA*, venha cá, rápido, por favor. – Era Juan, sorrindo, deliciado. – Agora, *señorita*.

Trazida de volta ao presente, Rhianna se levantou da espreguiçadeira e seguiu até a lateral do barco, onde Diaz esperava.

– O que houve?

– Nada. – Ele olhou para ela surpreso. – Olhe ali.

Rhianna olhou e arfou ao ver um longo corpo cinza se erguer nas ondas e depois desaparecer, seguido de perto por outros.

– Ai, que lindo! – Ela não conseguiu fingir tédio com aquele espetáculo maravilhoso diante dela, seu rosto se iluminou de prazer observando os golfinhos. – Você já viu coisa mais bonita?

– Não – disse Diaz, calmo. – Só em meus sonhos. – E Rhianna percebeu, chocada, que ele olhava para ela.

A garganta dela se fechou. *O que você quer de mim? Eu já não sofri o bastante?*

Ela disfarçou:

– Diga uma coisa: quanto tempo falta para chegarmos?

– É importante que cheguemos a algum lugar?

– Sim, porque o quanto antes chegarmos, eu me livro desta loucura. E não parece que estamos viajando muito rápido.

Ela apontou para um barco distante que seguia em ritmo mais acelerado:

– O que é aquilo, por exemplo?

– O *Rainha de Castela* – disse Diaz. – Fazendo a travessia entre Plymouth e Santander.

– Você não se sente humilhado ao ser ultrapassado por ele?

– De jeito nenhum. Esta é uma viagem de lazer, não uma corrida. – Ele fez uma pausa. – Mas devemos chegar a Puerto Caravejo amanhã, nas primeiras horas da manhã.

– Já ouvi falar de lá. Eles têm aeroporto?

– Não. Só uma agradável marina, com bons restaurantes. Mas você pode pegar um avião para Gatwick em Oviedo. Então, agora que está mais tranquilizada, podemos comer?

– Não, obrigada. Eu acho que vou a um lugar mais fresco por enquanto.

Ela acrescentou:

– Na verdade, talvez comece a fazer as malas, preparando o meu desembarque.

– Não é preciso pressa. – Ele parecia sentir um leve prazer. – Mas... faça como quiser.

Em sua cabine, o ar-condicionado estava no ponto que esperava e as cortinas fechadas tornavam o clima ainda mais agradável.

Seu refúgio, pensou ela, deixando-se cair no sofá. Mas, como logo descobriu, apenas um frágil santuário. Porque, fitando o nada em sua frente, ela descobriu que não havia como fugir das imagens do passado.

Ou – percebeu, angustiada – da dor.

CAPÍTULO 8

SEU APARTAMENTO ficava no primeiro andar e ela e Diaz correram escada acima, lembrava-se Rhianna, rindo e sem fôlego, de mãos dadas. Do lado de fora, pararam para se beijar de novo, todas as reservas deixadas de lado.

No corredor, eles se abraçaram voluptuosamente de novo. As mãos dela dentro da camisa dele, recebendo as pancadas do coração de Diaz.

Ele dissera o nome dela e então, como um eco partido, ela ouvira um "Rhianna" dito por uma voz diferente, vindo de uma direção completamente diferente.

A vida dela parara. Rhianna se virara sem crer e vira a pequena e fraca figura de pé, frágil, no vão da porta que levava à sala de estar. Vira o cabelo assanhado, a boca trêmula e os olhos inchados de lágrimas.

– Donna? – Ela engoliu em seco. – O que você está fazendo aqui?

– Eu tive de voltar. Não tinha para onde ir. – A mulher soltou um pequeno soluço. – Ai, Rhianna, eu sinto muito. Por favor, tente entender... Eu... eu pensei que você estaria sozinha. Eu não sabia que...

– Não se preocupe. – Outra pessoa falava por ela, alguém seguro e controlado. Que não estava morrendo por dentro de decepção e tantas outras coisas. – Donna, este é Diaz Penvarnon. Primo de minha amiga Caroline Seymour, de quem já lhe falei. – Ela fez uma pausa. – Diaz, esta é Donna Winston, uma colega do elenco do *Castelo do Orgulho*. Ela dividia o apartamento comigo até há pouco, quando conheceu... outra pessoa.

– O que claramente não deu certo – falou Diaz, calmo. – É melhor eu ir. Posso ligar amanhã? Encontro seu nome na lista telefônica?

Não encontraria, então lhe deu o número apressadamente e ficou observando Diaz gravá-lo no celular.

Donna disse com voz engasgada:

– Vou fazer café. – E saiu para a cozinha.

Diaz abraçou Rhianna, rindo melancolicamente.

Fez uma pausa.

– Problemas com o homem?

– Parece que sim. – *Eu sei que sim.* Ela abanou a cabeça. – Ai, meu Deus, sinto muito...

– Eu também. Mas teremos nossa vez, Rhianna. Eu prometo.

E mesmo então, quando tudo começara a desmoronar, ela acreditara nele.

Diaz ligara no dia seguinte.

– Como está sua amiga de coração partido?

– Ainda sofrendo – admitiu ela, cansada depois de uma noite de lágrimas, recriminação e notícias realmente ruins, mas sentindo o coração se alegrar ao ouvir a voz dele.

– Quer ir ao cinema?

– Sim. Seria ótimo.

Rhianna ainda estava de roupão quando a campainha tocou. Ela olhou para o relógio e riu, porque ele estava quarenta minutos adiantado.

Rhianna ainda ria quando abriu a porta.

– Oi, Rhianna – disse Simon, e passou por ela sem pedir permissão. – Você está sozinha? Ótimo. Porque é hora de termos uma conversa séria, eu acho.

– Agora, não – falou ela rapidamente. – Não é... realmente não é conveniente no momento. Estou esperando alguém. – *A última pessoa no mundo que deve vê-lo aqui...*

– Pena. – Ele seguiu para a sala de estar, pegou o uísque de cima do balcão e serviu uma dose generosa.

Quando se virou, havia raiva em seu rosto.

– Ela deve ter lhe contado.

– Sim – falou Rhianna. – Também disse que você a abandonou, a acusou de engravidá-la de propósito para prendê-lo e ordenou que ela fizesse um aborto. Belo trabalho, Simon.

– Claro que você está do lado *dela*. Todas unidas contra o macho opressor. Sei como é. Mas não se deixe enganar pelo olhar inocente dela. Donna não precisou de muito convencimento, como você deve ter percebido quando nos viu naquela noite.

Ela não esquecera. Uma de suas raras enxaquecas apontara e ela fora para casa mais cedo. Ouvira barulhos na sala de estar e abrira a porta para ver Donna e Simon, nus e enlaçados, no tapete, diante da lareira.

Rhianna respirou fundo:

– Acredite, não estou do lado de ninguém. Mas você sabe que ela estava ameaçando se suicidar na noite passada?

– Isso é ridículo. Pode ignorar. Ela é uma criançona. Não vou perder tudo o que sempre quis na vida por conta de um erro idiota.

– Você quer dizer uma série deles, não é? – Ela olhou para ele de queixo erguido, com raiva de si mesma, tentando entender o que acontecera com o Simon que conhecera um dia e de quem, por um curto período, havia muito tempo, pensara gostar.

– Essa não é uma decisão que você deva tomar unilateralmente. Um aborto é algo absurdamente sério para uma mulher.

– E meu futuro é igualmente sério – respondeu ele, tomando um gole de uísque. – Pelo amor de Deus, Rhianna. Você sabe o que vai acontecer com Carrie se ela descobrir isso. Não pode acontecer, você sabe disso, admita.

– Eu sei. E prometo que ela não vai saber por mim.

– Ótimo. Então você vai fazer o que for necessário? Donna confia em você e pode convencê-la a fazer a coisa certa, se não por mim, ao menos por Carrie. – Ele acabou o uísque e colocou o copo de lado. – Você é uma excelente garota, Rhianna. E está linda nesse roupão. Aposto que não está usando nada debaixo dele. Não quer me deixar espiar, em nome dos velhos tempos?

– Não há "velhos tempos". – Ela olhou para ele com desprezo e firmeza. – Nunca houve. Agora, saia daqui.

– Mas você vai me ajudar, não vai? Porque não tem outra alternativa. Estou dependendo de você, lembra? Não me decepcione.

Ele se virou para sair e ela viu o rosto dele mudar de cor. Olhando por sobre os ombros de Simon, Rhianna percebeu que Diaz chegara de fato adiantado e estava imóvel, no patamar da escada, observando-os de cenho fechado.

– Então este é o homem que estava esperando? – falou Simon, zombeteiro. – Olá e adeus, Diaz. Tenha uma noite agradável. Garanto que terá. – Ele piscou o olho para Rhianna e saiu.

Rhianna permaneceu de boca seca enquanto Diaz, ainda franzindo a testa, caminhou na direção dela. Sabia que ele faria perguntas que não poderia responder.

E sentiu os resquícios de esperança morrerem dentro dela, como, de alguma maneira, sempre imaginara que aconteceria.

Diaz disse abruptamente:

– Ele vem sempre aqui?

Eu não quero mentir para ele. Por favor, não me faça mentir para ele...

Rhianna disse:

– Ele vem de vez em quando.

– Carrie não me falou que vocês se viam.

– Ela provavelmente não achou digno de menção. Afinal de contas, nós não somos estranhos, eu e ele.

– Não. Eu não esqueci. É assim que você normalmente o recebe? Vestida, ou melhor, despida desse jeito?

– Claro que não. E eu não o esperava esta noite, se é o que você quer saber.

– Francamente, eu não quero saber de nada. Afinal de contas, essa não era a recepção que eu estava esperando.

Ela desviou os olhos.

– Nem eu, acredite. – A voz dela estava sombria.

Diaz olhou em volta.

– Então, onde está a chorona?

– Não é justo falar assim dela!

– Não estou me sentindo muito generoso neste momento. E você ainda não respondeu a pergunta.

– Ela saiu.

– Enfim, uma boa notícia. Por que não esquecemos o cinema e ficamos aqui mesmo?

Dois passos e ela estaria em seus braços. Ele a queria. Ela o queria. Simples.

Mas não era nada simples. Ela sabia dos perigos de fazer amor sem nenhum tipo de compromisso.

Ela conhecia os próprios sentimentos, mas não os dele; Diaz ainda era um enigma para ela. Deixara que Rhianna fosse embora de Penvarnon sozinha e, até onde sabia, foram Francis Seymour e Carrie que a ajudaram.

E ele estava ali agora por conta daquela coisa inexplicável que ocorrera entre eles no pátio do estábulo. Algo que ele aparentemente não esquecera também.

Mas o que o impediria de abandoná-la, deixando-a usada e descartada? Como Donna?

Eu valho mais que isso, pensou Rhianna.

Em alto e bom som, ela disse:

– Porque Donna vai voltar muito em breve. Então é o cinema ou nada. E em seu estado de espírito, Diaz, acho que a segunda opção é preferível.

– Posso fazê-la mudar de ideia.

Sim, mas não meu coração...

– Ora, sr. Penvarnon – disse ela, sarcástica –, que indelicado!

Ele a olhou de alto a baixo. Depois Rhianna ouviu a porta de entrada bater.

Então se sentou e cobriu o rosto com as mãos.

Pensara então que era a pior coisa que poderia ter lhe acontecido.

Mas eu estava errada quanto a isso também, falou para si mesma agora, no presente.

Então viera à cabine para arrumar as malas, não para se entregar a pensamentos inúteis.

Estava justamente fazendo isso quando algo estranho aconteceu. Encontrou um envelope no bolso de um casaco. Ao abri-lo, encontrou fotografias e um bilhete.

Sentou-se na cama, acendeu o abajur e leu o bilhete primeiro.

Cara srta. Carlow,

Nós encontramos isto ao limparmos o quarto do apartamento onde vocês moravam. Vimos que pertencia à sua falecida tia e pensamos que talvez a senhora o quisesse, então o coloco junto com suas coisas. Espero ter feito a coisa certa.

M. Henderson.

Então, no final das contas, ela recebera uma herança de tia Kezia, pensou Rhianna com um sorriso. Que estranho.

Ela pegou as fotos. Eram uma coleção esquisita, todas tiradas aparentemente na casa dos Penvarnon e arredores. Sem paisagens. Só pessoas. Que claramente não posavam para a foto.

E tia Kezia não era uma boa fotógrafa. Os ângulos eram estranhos, apanhando os retratados de costas, os cliques apressados e embaçados porque as pessoas estavam em movimento.

Reconheceu Francis Seymour em várias delas. E um homem muito parecido com Diaz. Mas por que todas aquelas fotos de Diaz?

Olhando mais de perto, percebeu que o homem seria um Diaz com mais dez ou vinte anos: mais cheio, largo, grisalho. Mas a semelhança era assustadora.

– Claro. É o pai dele. Ben Penvarnon.

A foto seguinte mostrava uma mulher sentada no terraço da casa, cabeça inclinada, corpo curvado, sentada numa cadeira de rodas.

Que cruel da parte de tia Kezia, pensou ela, tirar uma fotografia de Esther Penvarnon, sua patroa, daquele jeito, e que coisa desnecessária.

Todas as restantes pareciam ser de Moira Seymour, tiradas de certa distância. Em uma das fotos, ela estava perto do topo do caminho que levava à enseada, olhando por sobre os ombros, como se soubesse que havia uma câmera apontada para ela. Em outras, emergia dos arbustos, o rosto pálido e disforme, ou estava sentada sob a sombra de uma árvore com o marido.

Havia algo estranho, até mesmo furtivo, nas fotografias, Rhianna pensou com agonia, colocando-as de volta no lugar. Então parou, porque havia algo mais ali. Um pedaço de papel dobrado.

Um cheque, percebeu, de 23 libras, em nome de K. Trewint, que trazia a assinatura de Benjamin Penvarnon. Tinha mais de 25 anos e não fora descontado.

Rhianna o fitou surpresa. Como sua tia deixaria passar tal coisa? Teria depositado em sua conta no mesmo dia, ainda que fossem 23 centavos. Então, como poderia ter esquecido?

Voltou a guardar o cheque juntamente com as fotos, consciente de que sua respiração estava mais acelerada.

O instinto dizia a ela para destruir todo o material, mas não poderia atirá-lo ao mar. Não parecia justo com os golfinhos. Então teria de levá-lo a Londres e se livrar dele por lá, concluiu.

E agora o que ela mais precisava no mundo era de um banho, pensou com um arrepio.

Tomou um gostoso banho e, quando voltou ao quarto, topou com Diaz, parado à porta, observando-a. Esperando por ela.

– Você está tão bonita.

Ele se aproximou.

– Como você pode dizer isso? Sentindo o que sente, me desprezando?

– Porque há questões mal resolvidas entre nós, Rhianna, e você sabe disso. E o que quer que você tenha sido de Simon Rawlins não me impediu de continuar desejando você, por mais que tenha tentado.

– Por favor – disse ela. – Por favor, Diaz, você precisa escutar. Você não entende...

– Não. É você que não entende. Eu preciso tirá-lo de sua cabeça para sempre. Para provar a você que não pode viver no passado. Para mostrar que há um presente e que pode haver um futuro.

– Não – falou ela, dura. – Você está errado. Nunca vai haver... não sem o homem que eu amo.

Ele sorriu com uma leve amargura.

– Você pode estar certa. Mas eu posso ao menos tentar.

Diaz acariciou a barriga dela com uma delicadeza extraordinária e Rhianna sentiu o prazer passando por cada nervo do corpo.

– E você não precisa se preocupar – acrescentou Diaz. – Prometo que serei gentil.

– Ai, Deus. Diaz, não. Preciso lhe dizer uma coisa. Por favor, deixe-me falar.

– Sim, deixo. Mas não agora. Conversaremos mais tarde. Depois.

Ele a beijou, os lábios se movendo em uma busca lenta e sedutora, afastando os dela, preparando-a para a sedosa e quente invasão da língua, levando-a a regiões inatingíveis.

– Eu devia ter feito amor com você semanas atrás – falou ele, com voz rouca. – Naquela noite, quando o encontrei em seu apartamento. Mas eu estava com muita raiva. Você fez certo em me mandar embora. Antes daquilo você me queria, e eu sabia. Depois, quando percebi que você ainda dormia com ele, disse a mim mesmo que era tarde demais, que eu nunca, jamais conseguiria tocá-la de novo, não depois dele.

A boca dele se entortou.

– E, no entanto, aqui estou. Desejando-a tanto que esqueço a razão e a decência, bem como tudo o que nos afasta. Eu não tenho mais chance.

A mão dele se moveu para cima, subindo pelo tórax dela, apalpando a curva do seio, o polegar acariciando o mamilo. Ele se inclinou, apanhando o bico rosado na boca, acarinhando-o com a língua, fazendo-a arfar.

Só o instinto a guiava. Não tinha experiência em relação às respostas do próprio corpo às mãos e lábios dele, nem quanto ao que ele esperava dela.

Rhianna pegou os ombros dele, acariciando a pele firme, sentindo a força dos ombros e a malha de músculos sob os dedos exploradores.

Murmurando com prazer, Diaz a puxou mais para perto, beijando-a de novo, enquanto suas mãos desciam pelas costas de Rhianna. Ele passou a acariciar o corpo inteiro dela. E aonde as mãos iam, os lábios as seguiam.

– Você ainda quer que eu pare?

– Não. – A voz de Rhianna era um fiapo. – Ai, por favor, não…

Diaz começou a tocá-la na parte mais sensível do corpo. Ela jamais pensara ser possível sentir tanta intensidade, com a respiração entrecortada. A mente e o corpo estavam quase dolorosamente focados no toque sensual da mão de Diaz.

Não pare. As palavras foram um grito mudo dentro de sua mente. *Nunca pare…*

O corpo dele escaldava, úmido. Ela o ouviu dizer:

– Querida, *agora*!

Rhianna o apanhou na mão com dedos trêmulos e o trouxe até si. Então, de um segundo para o outro, tudo mudou. Porque a última coisa que ela esperava era sentir dor. Que a posse física pudesse machucar. De um jeito que a fez franzir a tensa e enrijecer o corpo, resistindo, gritando, antes que pudesse evitar.

De repente, Diaz ficou completamente imóvel. Ele disse, alarmado, a respiração pesada e partida:

– O que foi isso? O que houve? Querida, me diga…

Então, ao ver os olhos chocados e o medo no rosto dela, compreendeu tudo e sentiu uma espécie de terror.

Ele sussurrou:

– Ai, meu Deus. – E se afastou dela com um movimento rápido, ficando de costas para Rhianna.

Ela se deitou, olhando para o teto, tentando dizer algo… o nome dele, talvez, mas as lágrimas trancavam sua garganta.

Por fim, foi Diaz quem quebrou o silêncio:

– Você nunca fez isto antes. Simon Rawlins nunca foi seu amante e você não ficou grávida dele.

– Sinto muito. – Foi tudo o que ela conseguiu dizer. – Sinto muito.

– E, no entanto, quis fazer amor comigo… Por quê?

– Eu resolvi há muito tempo que faria amor pela primeira vez com alguém que sempre desejei, que soubesse o que estava fazendo. Você se encaixava no perfil, e criou a oportunidade também. Não pode negar isso. Eu realmente queria fazer amor com você, precisa acreditar nisso.

– O que achava que estava fazendo? – perguntou ele. – Atuando numa série de TV? Por que não me disse a verdade sobre Simon Rawlins? Por que me deixou pensar que estava tendo um caso com ele?

– Porque era nisso que você queria acreditar. Minha mãe roubou seu pai da sua mãe. Eu tinha que ser aquela que roubaria Simon de Carrie. A velha história se repetindo...

– Não, Rhianna, isso não faz sentido. Você ficou quieta e me deixou acusá-la de ser amante de Simon sem se defender. Como explica isso?

Ele fez uma pausa.

– Você diz que sempre me quis, mas fez de tudo para não ficarmos juntos.

– Não – disse ela. – Foi nossa história familiar que fez isso. Porque se ficassem sabendo que nós éramos amantes, todas as histórias sobre minha mãe seriam trazidas à tona. A memória dela não merece isso, não importa o que você pense. – Ela fez uma pausa. – Nem a da sua mãe, que ainda está viva e pode se machucar bem mais. Como ela se sentiria se soubesse que você está dormindo com a filha de Grace Trewint?

Rhianna olhou para um ponto perdido no espaço.

– Talvez, inconscientemente, quando começou a me acusar de ser amante de Simon, eu vi isso como uma forma conveniente de escapar de uma situação impossível. E, talvez, o que acabou de acontecer agora tenha sido a maneira de o destino nos dizer que querermos um ao outro não conserta as coisas.

Ela mordeu o lábio.

– Você pode ir embora agora, por favor? Eu… eu quero ficar sozinha.

– Azar. Eu não vou a lugar nenhum. Não, querida, não estou pensando em fazer amor com você de novo. Só quero ficar abraçado com você. – A boca dele entornou. – Você parece querer isso também.

Rhianna virou o rosto para o ombro dele e sentiu o gosto de sal do suor de Diaz nos lábios trêmulos, chorando mansamente nos braços do homem que nunca poderia ser seu amante.

CAPÍTULO 9

Enquanto chorava, Rhianna tinha consciência da mão de Diaz acariciando seu cabelo úmido, embaraçado, e a voz dele murmurava algo em uma língua que ela reconhecia como espanhol.

Ele disse:

– Vou pegar água para você.

– Eu não estou com sede.

– Não – falou Diaz. – Mas perdeu um pouco de sangue.

O rosto dela ficou vermelho.

– Ai, meu Deus, me desculpe – murmurou Rhianna.

– Por quê? – Diaz lhe deu um beijo no topo da cabeça. – Sou eu que me sinto a pior pessoa do mundo.

Ele apanhou a bermuda e se vestiu. Quando tentou vesti-la, ela ruborizou.

– Por favor... eu faço isto.

Ele deu de ombros.

– Se é o que você quer. Acho que é uma maneira também de pedir privacidade, não?

Ela desviou os olhos, fazendo que sim com a cabeça, e pensou tê-lo ouvido suspirar.

– Então eu vou sair – falou Diaz, e fez uma pausa. – Mas não acabamos ainda, Rhianna. Ainda temos assuntos pendentes. Você mesma disse.

– Mas isso foi... antes. Eu... eu não sei mais o que você quer saber agora – protestou ela.

– Algo bem simples, na verdade – resmungou Diaz. – É conhecido como verdade.

Ele caminhou até a porta e fez uma pausa antes de sair:

– Até mais tarde.

Sozinha, Rhianna ficou pensando em Donna. Donna Winston. E desejando jamais ter conhecido aquela garota.

Donna, que fazia o papel de Martha Webb, governanta no *Castelo do Orgulho*, queria se mudar do apartamento barulhento que dividia com outras três amigas e Rhianna ofereceu um quarto a ela temporariamente.

Certa noite, quando saíram tarde de uma gravação, resolveram comer numa pizzaria local. Resultado: acabaram esbarrando com Simon. E foi assim que os dois se conheceram.

Simon e Carrie estavam namorando firme e Carrie estava superfeliz, para desgosto de Rhianna, que via o comportamento desregrado do rapaz e relutava em aceitá-los juntos. Para se ter uma ideia, sempre que Simon a encontrava, mirava Rhianna com um sorriso sarcástico que fazia menção àquela noite no estábulo, quando tentou agarrá-la à força.

Quando finalmente descobrira que Donna e Simon estavam tendo um caso, Rhianna fora falar com a moça que dividia o apartamento com ela.

– Eu sinto muito – soluçara Donna.

– Sente muito? – repetiu Rhianna, sem acreditar. – Pelo amor de Deus, Donna, Simon é noivo da minha melhor amiga. O casamento será daqui a algumas semanas. Você sabe muito bem disso. O convite está ali, sobre o console da lareira.

Donna engoliu em seco convulsivamente.

– É, eu sei. E Simon me contou tudo, que eram namoradinhos de infância... Mas ele não vai mais se casar – acrescentou, desafiadora. – Não pode. Porque se apaixonou por mim.

– Não – disse Rhianna. – Você está se enganando. Simon está apenas se divertindo, esse é provavelmente o jeito dele, mas não vai abandonar Carrie... Eu garanto. Então pare com isso já, antes que você e outras pessoas se machuquem.

– Você está com ciúmes – falou Donna, chorosa. – Você gostava de Simon anos atrás e se insinuou de forma pesada. Mas foi descoberta e, como resultado, foi expulsa de casa pela própria tia. Ele me contou tudo.

– Então ele mentiu. Não que isso venha ao caso. Vocês me dão nojo, vocês dois. – Ela respirou fundo. – Vai ter que se mudar, Donna. Não posso deixar você ficar aqui depois disso.

– Então, o que você vai fazer? Contar tudo para sua amiguinha, eu imagino?

– Pelo contrário. Simplesmente vou esperar que Simon volte a si.

Donna passou por ela e saiu pela porta da frente. Ficou fora por uma hora, provavelmente com Simon. Rhianna não perguntou, e mal podia esperar pelo fim da temporada para que elas não se encontrassem mais nas filmagens.

Ainda assim, teve de escutar a garota falar do seu maravilhoso e sensual namorado, que estava pagando uma passagem para ela ir se encontrar com ele em Nassau.

Donna tinha consciência de que ela era apenas um motivo para Simon passar mais um tempo se divertindo nas Bahamas?

E então, semanas depois, Donna fez aquela aparição indesejável e repentina no apartamento, confessando às lágrimas que estava grávida e que Simon a forçava a se livrar do bebê.

– Você estava certa sobre ele – soluçou ela para Rhianna, quando ficaram sozinhas. – Você disse que ele se casaria com ela no final das contas. Mas eu ainda o amo. Não consigo imaginar a vida sem Simon. E como ele pode me dizer para não deixar nascer o nosso filho?

Simples, ele considerava o filho uma mera inconveniência que podia atrapalhar seu compromisso com Carrie.

Mas a última coisa que Rhianna esperava era que a batalha de Simon com Donna fosse afetar seu relacionamento com Diaz.

Porque depois daquela noite em que ele a vira com Simon e fora embora, ela não ouvira notícias dele por duas infelizes semanas.

Então ele fora a uma festa de uma colega dela da escola de teatro. Diaz havia sido a primeira pessoa que Rhianna vira.

– O que você está fazendo aqui? – perguntou ela.

– Eu consegui que uma amiga jornalista falasse com seu pessoal de relações públicas e soube que você estaria aqui, então consegui um convite.

– Não teria sido mais fácil me ligar?

– Eu tentei. E falei com sua amiga, que não parava de chorar. Algo me disse que você não receberia o meu recado, então resolvi adotar um método diferente para contatá-la.

Rhianna hesitou.

– Donna não está morando comigo. Ela vem me ver porque não... está muito feliz.

Como ela queria contar a verdade a ele. Mas não podia. Pelo bem de Carrie. Porque Diaz faria de tudo para impedir o casamento e isso partiria o coração de sua amiga.

Simon não a merece, mas talvez o casamento o mude. Quem era ela para dizer que não?

Rhianna precisava acreditar naquilo de qualquer jeito.

– Tinha algo em particular para me dizer? – perguntou ela.

– Sim. Quero pedir desculpas pela minha reação naquela noite. É que eu não gosto de Simon Rawlins. Acho difícil confiar nele.

O coração dela disparou. *Ai, meu Deus, se você soubesse. Se você soubesse!*

– Talvez você tenha certa dificuldade para confiar nas pessoas?

– Não concordo. Meus funcionários também não concordariam. Mas admito ter certa dificuldade para lidar com a frustração.

– Frustrado? Foi assim que você se sentiu naquela noite?

– Sim – falou Diaz. – Como você bem sabe, querida, então não se faça de boba.

Rhianna abanou a cabeça.

– Eu... eu acho que não sei muito sobre você!

– Bem, com sua cooperação, eu espero mudar isso.

– Você acha prudente? Considerando-se o passado?

– Eu não estava falando de prudência – continuou Diaz. – Eu estava pensando em paixão. Pensei que você sentisse o mesmo. Eu não quero fingir que vou ser uma pessoa fácil, Rhianna, mas seríamos loucos se não tentássemos.

– Ou morreremos na tentativa. – Ela tentou sorrir.

– Prefiro viver. Mas há muita gente que quer falar com você aqui e estão querendo me matar, então não me responda agora. Mas responda o quanto antes... por favor.

Diaz apanhou a mão dela e a beijou.

Rhianna queria dizer:

– Leve-me com você. Leve-me... agora.

Mas um diretor se aproximava e ela foi falar com ele. Esperava que Diaz ficasse na festa para voltarem juntos e seu coração ficou apertadíssimo quando descobriu que ele já havia saído.

Quando chegou em casa, a mesa estava posta para dois, com talheres finos e taças de cristal.

Donna entrou, carregando sal e pimenta, Rhianna se virou para ela:

– O que está acontecendo aqui?

– Simon vem jantar comigo. Ele ligou mais cedo, parecia completamente diferente, e disse que queria conversar.

E você está fazendo o jantar para ele aqui, no meu apartamento? Sabendo o que eu acho de tudo o que aconteceu? Como você ousa? Chega, Donna, me dê a chave que você tem usado para entrar aqui e vá embora.

– Rhianna, por favor, me deixe ficar só esta última vez. Simon está mudado de verdade. Eu estou pressentindo algo bom.

– O casamento ainda está de pé, Donna. Ele a está enganando. Você tem que saber disso no fundo do seu coração.

– Coração! O que você entende de coração?

– Mais do que você pensa, talvez. – Rhianna foi até o quarto, pegou uma bolsa e começou a enchê-la com itens pessoais.

– O que você está fazendo? – perguntou Donna.

– Saindo daqui e indo para um hotel. Não posso tirá-la daqui fisicamente, embora queira muito, mas não vou ficar aqui fingindo que as coisas estão certas se está tudo errado.

Ela voltou para casa no dia seguinte por volta das nove. Encontrou a cama desforrada, mas a mesa ainda posta. Foi até o banheiro, abriu a água da banheira e tomou um banho. Estava limpa, seca e perfumada no roupão, fazendo café na cozinha, quando a campainha tocou.

Pensou que era Donna. Mas ao abrir a porta, Diaz estava do lado de fora.

Diaz como ela nunca vira antes. Com os olhos carregados, barba por fazer e com as mesmas roupas da noite anterior, exceto pela gravata de seda, e com o colete e a camisa desabotoados.

– Meu Deus, o que aconteceu? – Ela deu um passo na direção de Diaz e ele recuou, erguendo as mãos como se para afastá-la.

– Não toque em mim – falou Diaz.

– Não estou entendendo. O que há de errado?

– Você, minha querida e traidora Rhianna. Você é o que há de errado. Você... e Rawlins, claro.

– Você... você deve estar louco! – A boca de Rhianna estava seca. *Ele sabe. Mas o que ele sabe?*

– Eu estava – falou Diaz. – Mas felizmente minha visão não foi afetada. Eu o vi chegar aqui na noite passada e entrar usando a própria chave. Um arranjo muito conveniente e íntimo.

Uma chave? Donna entregou uma chave para ele?

Os olhos dele estavam fixos sobre o rosto dela. Diaz falou, duro:

– Tudo bem, Rhianna, não precisa parecer tão chocada. Sei que ele não está aqui agora, porque também o vi sair logo depois do amanhecer. Estava sentado em meu carro, do outro lado da rua.

Elc atirou a cabeça para trás.

– E agora estou de volta mais uma vez, para olhar bem para você à luz do dia. Sem luzes, velas, lua, e sem sombras que a escondam.

Diaz observou a mesa.

– Um jantar íntimo. – Andou até o quarto. – Cama desfeita.

– Não é o que você está pensando...

– Você disse a ele que eu também a desejo, Rhianna? Conversou sobre isso com ele antes de dormir ou estava muito preocupada? – Diaz abanou a cabeça. – Você devia tê-lo deixado por mim, querida. Sou mais rico. Teria pago mais por você.

Ele acrescentou, sem pena:

– Você me usou, exatamente como sua mãe usou meu pai no passado. Todo esse tempo traindo Carrie. Fingindo ser amiga e roubando o noivo dela.

Rhianna pensou em mostrar a conta do hotel, a nota de despesas. Mas não adiantaria, porque se não fora *ela*, alguém estivera com Simon. E ele iria querer saber quem.

Ela engoliu em seco:

– Você vai contar para Carrie?

– Não – disse Diaz. – Como posso? Não sou um defensor de Rawlins, mas é o fato de que ele traiu Carrie com você que me revolta. Mas não o culpo. Quem não a desejaria?

Ele abanou a cabeça.

– Mas você devia ser fiel à sua amiga, Rhianna. Devia ter se negado. Não posso suportar a ideia de que ela saiba que você a traiu. Acabaria com ela.

– Eu sei. Obrigada.

– Você não irá ao casamento – falou Diaz, olhos frios como aço. – Está entendendo? Vai dar uma desculpa qualquer. Não importa qual. Mas vai se manter afastada da minha casa e da minha família. Principalmente de Carrie, antes e depois do casamento. Essa amizade acaba agora. Porque eu não confio em você, Rhianna. Isso pode ter sido um caso passageiro para Rawlins, mas você ainda está dormindo com ele, o que me faz desconfiar de que possa estar pensando em atrapalhar esse casamento. Mas eu não vou permitir. Mantenha distância e boca fechada, Rhianna, ou vai se arrepender. Não diga que não avisei.

Diaz caminhou até a porta.

– Eu resolvi voltar para a América do Sul amanhã – falou ele. – Então, se dermos sorte, não nos veremos de novo. Reze para que não nos vejamos.

E saiu, deixando-a para trás, com a vida arruinada, os braços envolvendo o corpo trêmulo.

E AGORA eles se encontraram de novo, e parecia que ela teria todos os motivos do mundo para se arrepender.

Suspirando, ela se levantou. Não podia ficar na cabine para sempre, como se fosse muito tímida ou tivesse muito medo de encará-lo.

Diaz estava sentado à mesa, sob um toldo, olhando para o mar, mas se levantou polidamente quando Rhianna se aproximou.

Ela precisou de toda a coragem do mundo para se aproximar, agora que sentia os mamilos rígidos tocarem o sutiã e que um desejo langoroso e ardente a invadia.

– Enrique faz uma excelente sangria – comentou Diaz, quando se sentaram. – Está preparada para experimentar?

Ela deu de ombros:

– Por que não? Apareceram mais alguns golfinhos?

– Infelizmente, não, mas eles devem estar esperando para dar outra olhada em você. – Ele fez uma pausa. – Gostei do seu vestido.

– Você já o viu antes.

– Ah, mas talvez não estivesse no clima para apreciá-lo na época.

Ela tomou um gole da sangria.

– Cuidado para não ficar muito tonta – falou ele, brincando.

– O que vai acontecer de manhã, quando chegarmos a Puerto Caravejo?

– Talvez tenhamos que esperar um voo – falou Diaz, depois de uma pausa. – Então pensei em lhe mostrar minha casa.

– Meu Deus! – disse ela. – Você tem um castelo na Espanha também?

– É o que você está esperando? Então vai ficar decepcionada. É pouco mais que uma chácara. Mais confortável que luxuosa.

– Você passa muito tempo lá?

– Não tanto quanto gostaria. Mas tudo isso vai mudar quando eu terminar de vender nossas posses na América do Sul.

Rhianna pôs a taça sobre a mesa:

– Mas eu pensei que lá era o seu lar, onde você passava a maior parte do ano.

– Era. Mas resolvi há algum tempo que minha vida precisava ser simplificada. Correr de um canto a outro do globo não é mais tão divertido.

– O trabalho de consultoria cresce ano a ano e eu ainda estou pessoalmente envolvido, então não vou sentir tanta falta assim. E também tenho um projeto para a casa dos Penvarnon.

– Vai reconstruí-la? – perguntou Rhianna, em dúvida.

– Não fisicamente. Mas tenho a intenção de passar mais tempo lá. Torná-la minha. Meu tio vai se sentir aliviado. Ele nunca foi feliz lá.

Ela disse, sem pensar:

– Nunca foi uma casa feliz.

– Não – concordou Diaz, depois de uma pausa. – É outra coisa que pretendo mudar. – Ele se recostou na cadeira. – E, enquanto estamos aproveitando esta franca troca de informações, minha querida, você pode começar a me falar sobre sua amiga chorona, Donna Winston. Particularmente, sobre como ela e Simon Rawlins chegaram a dormir juntos e por que você escondeu essa história toda. Porque isso é algo que eu quero muito entender.

CAPÍTULO 10

Por um longo instante, Rhianna ficou em silêncio, depois disse baixinho:

– Como você soube que era Donna?

– Percebi há pouco. Quando estava no banheiro. Os banheiros são lugares excelentes para limpar a mente e clarear as ideias. Então eu fui deduzindo e acabei achando a resposta. Meu Deus, como eu posso ter sido tão burro? "Problemas com homens." Eu mesmo disse isso na noite em que a conheci. E você disse: "Parece que sim." Mas você *sabia*, Rhianna. Sabia exatamente o que estava acontecendo e não disse nada. Até permitiu que eles se encontrassem em seu apartamento.

– Nunca! – Ela olhou para ele com raiva. – E eu não sabia, no começo. Nós nos encontramos com Simon numa pizzaria certa noite, por acaso. A coisa começou daí. Então eu os peguei em flagrante uma noite. Depois que ele saiu, eu e Donna brigamos. Ela alegava que ele a amava. Eu disse que não era bem assim e pedi que ela fosse embora. Mas depois senti quase pena dela, porque eu apresentei os dois, afinal de contas, e ela provavelmente pensava que Simon era um amigo meu, que era confiável. Houve um tempo em que eu também achava que ele era maravilhoso.

– Disso eu sei.

– Se você está pensando no aniversário de Carrie, está enganado. Foi muito antes daquilo.

– Então por que foi se encontrar com ele? – perguntou Diaz.

– Porque ele me disse que Carrie estaria lá.

– Mas por que você não me disse o que estava acontecendo naquela noite, quando cheguei ao apartamento e encontrei vocês dois?

Ela suspirou.

– Porque eu podia provocar um estrago maior. As consequências seriam terríveis. Além do mais, Simon insistia em dizer que estava tudo acabado, que só tinha olhos para Carrie.

– Então você estava querendo manter a paz, era isso?

– Não – falou Rhianna. – Não posso dizer isso. O fato é que eu estava assustada. Pensei que, se não falasse nada, protegeria Carrie, evitando que ela se decepcionasse, mas a verdade é que não queria ser a pessoa que contaria a ela.

Rhianna baixou os olhos para a mesa.

– Não queria ser aquela que destruiria as ilusões que ela possuía em relação a Simon.

– Não é um motivo ruim. A não ser pelo fato de que o caso entre Donna e Simon não acabou.

– Não. Naquela noite, Donna fora me dizer que estava grávida e que Simon queria que ela fizesse um aborto. Ela estava arrasada, eu não podia nem mandá-la embora. Morava em outro lugar, mas praticamente se mudou de novo para morar comigo, estava histérica, chorando o tempo todo. Continuou com a chave também e deve ter tirado uma cópia para Simon. Bem, no final das contas, decidiu marcar uma consulta em uma clínica, mas disse a Simon que só vai fazer a operação se eu for com ela. Desde então, ele vem me pressionando.

Ela franziu a testa.

Não vejo Donna desde a noite em que Simon dormiu no apartamento, então não sei como está agora. E, apesar de tudo, não consigo deixar de ter certa simpatia por ela.

Ele falou:

– Então você deve ter a paciência de uma santa.

– Não, é que ela é um pouco...

– Ingênua – comentou Diaz.

– É.

– Bem, mas o que eu ainda preciso saber é por que você deixou que eu pensasse que estava envolvida com Simon?

– Porque parecia ser a única maneira de garantir que você não diria nada a Carrie. Tinha certeza de que você não a arrasaria, contando que o noivo a traía com a melhor amiga. Você teria ficado calado se eu tivesse lhe contado a verdade?

– Não – confessou ele. – Provavelmente não. Bem, seja como for, é tarde demais agora. A essa altura, eles já estão na lua de mel.

Diaz esticou o braço e pegou a mão dela, brincando gentilmente com os dedos de Rhianna:

– Então você me perdoa?

– Por ter dito as coisas que me disse? Claro.

– Não só por isso.

Rhianna ficou vermelha de vergonha:

– Ah, por *aquilo*... – Rhianna tentou livrar a mão, sem sucesso. – Não podemos simplesmente esquecer que aconteceu?

– De jeito nenhum. Porque eu não quero esquecer. Também não quero que você fique com essa lembrança de mim como amante.

– Bem, seja como for, está tudo acabado. Em algumas horas, estaremos na Espanha e eu partirei. Então, talvez o que aconteceu tenha sido melhor.

– Não do meu ponto de vista – afirmou Diaz.

O desejo subiu dentro dela como uma garra. Porém, ao mesmo tempo, Rhianna sabia que seria mais seguro não dar asas a isso.

Ela soltou a mão de Diaz e se recostou. Houve um longo silêncio entre eles. Por fim, ele falou:

– Eu espero que você ao menos me permita dar um beijo de despedida quando chegar a hora.

– Claro, por que não? – respondeu Rhianna. – Sei que provavelmente não nos veremos mais depois disso, no entanto quero que nós nos despeçamos como amigos.

Ele bebeu o que restava na taça e se levantou:

– O jantar vai ser servido mais cedo esta noite e eu sugiro que você descanse um pouco depois dele. Não vai ter muito tempo para dormir depois de chegarmos ao porto.

O JANTAR foi uma paella, servida por Enrique com um floreio.

– Que maravilha – disse Rhianna.

Ela pensava que comeriam algo mais calmo. Que depois de ter rejeitado Diaz, ele não teria muito a falar com ela. Mas estava enganada. Ele parecia descontraído e os dois conversaram muito.

– Diga uma coisa – falou ele de repente, quando o café foi posto sobre a mesa e Enrique se retirou. – Por que você escolheu a carreira de atriz?

– Era algo que eu adorava fazer – disse Rhianna. – Mas minha tia não concordava, então só tive chance quando fui a Londres. Não consigo deixar de imaginar como minha vida seria diferente caso minha mãe ainda fosse viva. Nunca entendi por que tia Kezia me levou para morar com ela.

Diaz disse:

– Ela era uma mulher estranha, sem dúvida.

– Mais estranha do que você pensa. – Rhianna fez uma pausa. – Aparentemente, tinha o hábito de tirar fotos, fotos terríveis, mal tiradas, sem sentido, como se pretendesse pegar as pessoas desprevenidas.

As sobrancelhas dele se arquearam:

– Que pessoas?

– Sua tia e seu tio. E seu pai. Há inúmeras de seu pai. – *E de sua mãe em uma cadeira de rodas, mas não vou mencionar isso. Nem o cheque. Na verdade, era melhor ter ficado calada.*

– Você tem essas fotos?

– Os Henderson encontraram no apartamento e me mandaram. – Ela fez uma pausa. – Se você me dá licença, vou seguir seu conselho e dormir um pouco. – E se retirou.

Mas ele se levantou e a seguiu até a cabine.

– Eu sei o caminho – falou Rhianna.

– Claro. Mas você me prometeu um beijo.

O coração dela disparou.

– Quando nos dermos adeus – respondeu ela. – Foi assim que concordamos.

– Mas há tanta confusão em aeroportos... Vamos dar um beijo de boa-noite em vez disso.

Ela hesitou, desconfortável.

– Bem, se você insiste...

É um beijo. Isso é tudo. Não é grande coisa, não o deixe perceber como se sente.

– Bem, sim... Eu insisto. – Ele estendeu a mão para pegar o trinco da porta.

– Aqui mesmo está bom – falou ela.

– Eu gosto de privacidade – explicou ele. Diaz a pegou no colo e a levou até a cabine, fechando a porta com um chute. – E de conforto – acrescentou, colocando-a sobre a cama e se deitando a seu lado.

– Você disse *um beijo* – lembrou Rhianna.

– Eu especifiquei um número? Acho que não.

Diaz começou a beijá-la sem pressa, os ossos do rosto, a testa, os olhos, as bochechas, abaixo das orelhas e os cantos trêmulos da boca.

Os lábios dele estavam úmidos quando abriram os dela, além de extremamente charmosos. A língua de Diaz começou sua busca pelos contornos da boca de Rhianna e a respiração dela seguiu o ritmo dele. Diaz a puxou mais perto, sustentando-a contra o corpo rígido e longo, tornando o beijo mais intenso, sem fim.

Quando pôde falar, ela disse:

– Diaz... isto não é justo.

– Se é tudo o que eu vou ter, Rhianna, vou fazer dele o melhor beijo do mundo.

Erguendo-a um pouco, ele a libertou do vestido, depois retirou o sutiã.

Diaz começou a beijar os seios de Rhianna, circulando os mamilos com a ponta da língua, trazendo-os à vida, antes de colocá-los na boca, roçando os bicos com toques voluptuosos que a faziam gemer alto.

Os lábios dele percorreram o corpo dela, descendo pelo tórax até o estômago, a língua brincando sobre o umbigo, enquanto as mãos removiam com destreza o restante da renda, deixando-a inteiramente nua.

Diaz desceu mais, ela agarrou o cabelo dele, tentando impedir.

– Não! – Ela engasgou dizendo essa palavra. – Deus, não...

Diaz lhe segurou os pulsos sem esforço antes de se curvar para ela de novo, beijando-lhe as coxas e fazendo os lábios passearem por elas.

A boca dele tomou posse dela com uma gentileza que chegava à reverência, beijando-a e acariciando-a sem parar.

A língua era como uma chama, sensibilizando cada nervo do corpo de Rhianna.

Era como se o tempo estivesse suspenso. Havia apenas um delicioso, maravilhoso tormento. Um deliciar-se incessante, insustentável. Rhianna se deixou consumir pela sensação que crescia com uma força irresistível dentro dela. Cada toque sensual e demorado da língua a levava cada vez mais para cima, para além, indefesa, sem forças, trêmula.

E quando ela sentiu uma onda de eletricidade correr pelo corpo, sentiu que caía em um abismo fervente, ruidoso, e se ouviu gritar, soluçando, extasiada com a glória de seu primeiro clímax.

Diaz a envolveu com os braços, a mão lhe apoiando a cabeça, até que ela parasse de tremer e o corpo começasse a relaxar e atingisse a paz.

Quando pôde falar, Rhianna disse:

– É... é sempre assim?

– Não sei – respondeu ele, suave. – Não sou mulher. Mas espero que sim.

Ela permaneceu quieta, os lábios colados ao pescoço dele, a mão sobre o peito de Diaz, sentindo o coração bater sob a camisa, pensando, embriagada, que gostaria de ficar ali para sempre.

Mas, ao mesmo tempo, pensou que havia certa incongruência no fato de ela estar nua e ele completamente vestido. Levou a mão até a camisa de Diaz para começar a abri-la, mas ele a impediu.

– Agora, não, minha querida.

– Mas você não quer...?

– Sim – disse ele. – Mas depois. Quando tivermos todo o tempo de que precisamos. – Diaz lhe beijou os olhos e, gentilmente, os lábios. – Durma um pouco e eu a acordo quando for a hora de desembarcarmos.

Ele saiu da cama e cobriu Rhianna com o lençol, ajeitando o cabelo que estava sobre a testa dela.

E falou de novo:

– Depois.

A promessa estava também no sorriso dele quando saiu.

CAPÍTULO 11

A PRIMEIRA coisa que Rhianna notou quando abriu os olhos foi que a luz estava diferente. Depois, que o quarto não se mexia. Por fim, que estava numa cama maior que a do *Windhover.*

Ela estava sozinha, embora a depressão no travesseiro a seu lado demonstrasse que tivera companhia.

A chegada à Espanha foi meio confusa. Ela lembrava vagamente das formalidades e de que estava escuro demais para enxergar o campo. Mas recordava claramente do conforto do ombro de Diaz.

Tinha uma leve lembrança de ele deitar ao lado dela a certa altura. Depois disso, mais nada.

E agora estava ali, sozinha.

A janela estava ligeiramente aberta e o sol entrava pela fresta, iluminando o ladrilho no chão, enquanto a brisa fazia o linho cru ondular.

Em frente à cama ficava o banheiro, a julgar pela visão que tinha de azulejos e de mármore.

Só não conseguia ver em canto nenhum sua bagagem. Mas talvez ela estivesse dentro do enorme guarda-roupa. Ela saiu da cama enrolada nos lençóis, por falta de roupa.

– Está ensaiando para fazer o papel de Julio César? – perguntou Diaz, entrando no quarto, toalha enrolada na cintura.

– E você, para Tarzan?

– Não, todo aquele balançar em cipós me deixa muito cansado. Prefiro guardar energia para minha Jane. Você estava dormindo como um bebê. Fui nadar um pouco.

– Eu estava procurando minhas roupas.

– Estão com Pilar, a governanta. Vão ser devolvidas para você mais tarde, depois de lavadas. E por falar em mais tarde...

Ele deixou a toalha cair, foi até Rhianna e a tomou nos braços, carregando-a até a cama.

Diaz a conduziu com imenso carinho, seu corpo tocando gentilmente no dela, os olhos observando o rosto de Rhianna intensamente, preocupado para que ela não sentisse desconforto.

Mas Rhianna não tinha consciência de nada, a não ser de uma sensação de plenitude, como se uma parte perdida de sua vida tivesse sido finalmente encontrada.

Diaz falou com a voz rouca:

– Tem ideia do paraíso que você é?

– E eu estava pensando a mesma coisa a seu respeito.

Enquanto se movia com ele, colada nele, sentia-se como um pássaro, sua única melodia era um gemido doce e incontrolável cheio de prazer, o corpo se desfazendo, deleitado, quando atingiu o clímax.

Depois, eles permaneceram abraçados, trocando beijos, carinhos, murmurando palavras doces um para o outro.

– Acabei de pensar que devo ser o homem mais odiado da Inglaterra – falou Diaz.

– Então, ainda bem que você está na Espanha – falou ela, se aproximando mais. – Mas por quê?

– Realizei a fantasia mais cobiçada. Estou na cama com lady Ariadne.

– Não, não diga isso, Diaz. Nunca diga isso. Ela não existe, e você sabe disso.

– Querida, eu estava brincando. Mas eu admito que fico curioso para saber por que foi escalada para um papel como aquele.

– Meu teste foi bom. Algo me dizia que a série seria um sucesso e eu queria fazê-la, mesmo que Ariadne não fosse originalmente uma protagonista. Mas quando começamos os ensaios, de repente perceberam o potencial dela e alteraram os roteiros.

A conversa seguiu mais um pouco por esse tema, até que fizeram amor outra vez.

ALMOÇARAM SENTADOS no terraço, nos fundos da casa, de frente para a piscina, com Rhianna usando uma das camisas dele.

Vista à luz do dia, a chácara não era particularmente bonita, apenas uma estrutura ampla, com paredes brancas e telhado de ardósia, mas combinava perfeitamente com a paisagem. Como a casa dos Penvarnon, tinha todo o jeito de lar.

De repente, ela ficou em silêncio.

– Em que você está pensando? – perguntou Diaz.

– Nas explicações que terei de dar ao chegar em casa.

A boca dele ficou rígida.

– As perguntas já começaram a ser feitas. Pilar disse que recebeu quatro telefonemas da minha tia ontem e ela parecia histérica.

Rhianna arfou.

– Mesmo durante o casamento? Você ligou para ela?

– Não – respondeu Diaz. – Ela pode ser irmã da minha mãe, mas não tem poder sobre a minha vida.

– Talvez ela só esteja agindo de modo protetor, pensando em como seu... em como o sr. Penvarnon se sentiria se soubesse do que está acontecendo.

– Eles não eram próximos. Minha tia gosta de bancar a senhora da casa em Polkernick, enquanto minha mãe está em St. Jean de Luz, mas não há visitas da família, nem mesmo para o casamento, como você deve ter notado.

– Talvez seja por isso que a sra. Seymour fica tão chateada? – sugeriu Rhianna. – Por que você não está lá também?

– Eu deixei bastante claro que isso poderia acontecer. Eu estava lá por uma única razão, se você lembra bem, e era para assegurar que Carrie não jogaria a vida fora.

– No final das contas, percebeu que não tinha motivo para isso – falou ela.

– No final das contas, era você que eu queria, e ainda quero, pelo resto da vida.

Ela se recolheu trêmula nos braços dele, fechando os olhos a tudo, exceto à paixão contida no beijo de Diaz.

AQUELA NOITE ela se vestiu com apuro. Lá fora, o céu parecia de granito e ela podia ouvir os primeiros pingos de chuva tamborilando na sacada.

Diaz a aguardava no salão, um cômodo longo, de teto baixo, com paredes cor de creme e os mesmos móveis antigos que havia por toda a casa e combinavam tão bem com ela. A enorme lareira a um canto do recinto não parecia fora de lugar também, pensou Rhianna, escutando os pingos da chuva.

Mas foi o retrato acima da lareira que a deixou surpresa. Por um instante, ela pensou estar olhando para uma versão mais frágil e sombria de Moira Seymour. Havia certa calma na figura sentada, uma suavidade na boca que não lembrava a atitude de afetada autoconfiança da irmã dela. E Esther Penvarnon parecia triste também. Não se parecia nada com alguém que acabara de dar à luz uma criança muito desejada.

Rhianna hesitou.

– Você pode me falar dela... e de seu pai? Afinal de contas, não faz mais diferença agora.

Ele olhou para o copo, testa franzida.

– A partir dos 7 anos eu estudei fora. Mas mesmo antes disso sabia, de alguma maneira, que eles não eram felizes. Meu pai era um grande homem, maior que a vida e cheio de energia. Ele me ensinou a nadar, remar, jogar boliche e críquete. Ele tornava a vida especial e eu o adorava. Via menos minha mãe. Ela sofria constantemente por conta de um terrível vírus que a deixava debilitada, quase sem forças para se mover. Quando eu era criança, sempre me diziam para fazer silêncio porque ela estava dormindo ou para sair do quarto porque ela estava descansando.

Ele acrescentou, sem expressão:

– Analisando agora como adulto, eu percebo que provavelmente não foi um casamento de verdade por muito tempo. Minha mãe ali na cadeira de rodas, com meu pai ainda viril e atraente. Uma receita para o desastre habitual.

Diaz abanou a cabeça.

– Acho que sempre houve outras mulheres. Ele passava cada vez menos tempo em Penvarnon e eu comecei a me afastar também, descobrindo minha família na casa de outras pessoas.

Ela falou:

– Mas sua tia e seu tio...?

– Estavam lá principalmente por conta de minha mãe. Meu pai achava que seria bom para ela ter a companhia da irmã. A realidade, eu acho, era bem diferente. Por fim, alguém do vilarejo foi contratado para cuidar dela: sua tia.

Rhianna olhou para ele com gravidade.

– Eu quase não consigo falar de tia Kezia e de cuidado com os outros numa mesma frase.

– No entanto, ela aparentemente foi devotada a minha mãe. Depois, quando foi promovida a governanta, seu lugar foi tomado pela irmã mais nova, Grace, que pretendia ser enfermeira. Tudo indica que ele se apaixonou por ela à primeira vista. Não devia ser fácil para ele estar casado e não ter uma mulher de verdade. Então talvez haja uma desculpa para ele, em certo sentido.

Ele respirou fundo.

– Mas ele voltou a Penvarnon, Rhianna, e teve um caso escandaloso com uma garota tão nova que poderia ser filha dele, foi muito humilhante e perturbador para minha mãe, muito cruel. Então, quando Grace Trewint foi demitida, ele a seguiu até Londres e viveu com ela em um apartamento que comprou para os dois. Nunca mais voltou à Cornualha. Nós o perdemos. Eu... o perdi.

Ela falou:

– Mas se eles se amavam...

– Que tipo de amor era esse? – respondeu ele, áspero. – Um amor que machuca tanta gente assim? Minha mãe acabou em uma casa de saúde. Ficou lá quase um ano, mas gradualmente se ajeitou na vida novamente. A saúde melhorou e ela aprendeu a andar de novo.

Diaz abanou a cabeça.

– Mas ela não volta a Penvarnon... e, com essas lembranças, quem pode culpá-la? Primeiro, comprou uma casa na Bretanha, depois veio para o sul. Mas não para cá. Também não para uma propriedade dos Penvarnon. Ela continua... frágil.

– Rhianna...

– Você não precisa dizer nada. De verdade. Eu entendo.

Nós nos amamos, pensou ela. Mas não podemos dizer isso. Porque ele está certo. Que tipo de amor causa tanta dor, propositalmente, a quem já sofreu tanto?

Rhianna se afastou e sentou:

– Ela nunca pensou em divórcio?

– Essa foi uma das coisas que eu consegui perguntar a ela. E a resposta dela foi: "Não seria correto."

– Ela devia amá-lo muito. Você viu seu pai de novo?

– Sim. Quando minha mãe o deixou, ele voltou para a América Latina e eu passei muito tempo com ele lá. Mas não era o mesmo. Parecia velho e cansado, muito antes de seu último ataque cardíaco. E eu a culpei por isso também. – Ele viu Rhianna franzir a testa e foi na direção dela. – Querida...

– Eu estou bem. É só que eu não consigo ver a mulher que eu conheci como essa... destruidora de lares sem coração.

Ela respirou fundo.

– Por isso mesmo talvez seja a hora de mudar de assunto. Você conseguiu um voo para a Inglaterra, para mim, amanhã?

– Sim – falou Diaz. – Às cinco da tarde, saindo de Oviedo. A passagem deve ser retirada no balcão da empresa.

– Obrigada. Mais uma coisa. Hoje à noite, eu posso... seria possível eu dormir em outro quarto?

Diaz se virou para a janela.

– Sim, claro. Vou dizer a Pilar para transferir suas coisas. Vamos jantar?

O jantar foi péssimo, entrecortado por silêncios, embora a comida estivesse muito boa.

– Eu pensei que não havia comida melhor que a de seu barco, mas agora não tenho tanta certeza.

– Não é de surpreender. Pilar ensinou a Enrique tudo o que ele sabe. – Diaz se levantou. – Você me dá licença um instante? Preciso checar a correspondência.

– E eu tenho que fazer as malas. Então, vejo você amanhã.

O novo quarto de Rhianna ficava em frente ao que compartilhara com Diaz na noite anterior. Tudo fora preparado para ela.

E, sobre a mesinha de cabeceira, estavam as fotografias que Pilar deve ter encontrado ao desfazer a bagagem dela.

Rhianna se sentou na cama e olhou para o conteúdo de novo. Os retratos de Ben Penvarnon eram os mais razoáveis da seleção, então talvez ela devesse oferecê-los a Diaz, que poderia querê-los como lembrança do pai.

Mas imaginava que ele não ia querer os horrorosos de Moira Seymour, entre arbustos. O que será que acontecera com tia Kezia?

Vou separar as fotos amanhã, falou para si mesma, e começou a se arrumar para dormir.

Ela se deitou mas não conseguiu dormir. Imagens de Diaz sorrindo, a tristeza em seu rosto ao falar do casamento dos pais. Ele fora uma criança solitária, pensou Rhianna, e a gentileza dele para com ela surgiu ao perceber em Rhianna o mesmo tipo de solidão.

Mas agora a solidão voltava a atacar e, embora tentasse se preparar para enfrentá-la passando a noite apartada dele, o plano não funcionara.

Rhianna se levantou da cama e foi até a porta em silêncio, parecendo um fantasma em sua camisola branca.

Ele podia estar dormindo, pensou ela ao cruzar o corredor. Ou, pior, não querer sua companhia.

Enquanto hesitava, a porta se abriu de repente e Diaz apareceu, vestindo um roupão preto.

Por um instante, houve silêncio. Depois, ele a chamou bem baixinho e a arrastou pela mão.

O rosto dele ficou vermelho.

– Eu não conseguia dormir.

– Nem eu – falou ele, rouco. – Estava indo ao seu quarto. Eu queria que você me deixasse abraçá-la. Não pediria nada mais.

Rhianna disse:

– Então eu teria de pedir por nós dois. – E se atirou nos braços de Diaz.

CAPÍTULO 12

ELA ACORDOU pouco antes de amanhecer e ficou quieta, observando-o dormir, antes de sair pelo cantinho da cama, com cuidado para não acordá-lo.

Apanhou a camisola e retornou para o quarto. Pôs a camisola na mala pronta para a viagem e depois, o corpo ardendo com a lembrança do prazer, voltou para a cama. E acabou caindo no sono outra vez.

Acordou com o sol entrando pelo quarto e olhou no relógio para perceber que passava das dez. Diaz fora a Puerto Caravejo, conforme informou Pilar, deixando o recado de que voltaria para apanhá-la e levá-la ao aeroporto.

Rhianna tomou café da manhã e estava no quarto quando ouviu o som de um carro. Pegou as malas e seguiu para a escada. Ao virar ao final do corredor, um flash espocou à frente dela, e ela parou, piscando. Ao mesmo tempo, percebeu que não era Diaz que estava esperando por ela no hall lá embaixo, mas dois homens, um dos quais carregando uma câmera.

O outro era o repórter do *Duchy Herald*, Jason Tully.

– Olá, Rhianna. – O sorriso dele era triunfal. – Eu sabia que nos encontraríamos de novo. – Ele olhou para a bagagem dela. – Está indo a algum lugar?

– Sim, de volta à Inglaterra – falou ela calmamente, e continuou a descer os degraus, deixando as malas ao pé da escada. Mas, por dentro, estava a mil.

– Mas não para a Cornualha, eu acho? Você é *persona non grata* por lá, como deve saber. Acho que leu minha exclusiva no *Sunday Echo*? Não? – Ele pegou um jornal dobrado do bolso e entregou a ela.

Ao abrir o jornal, viu a manchete:

Estrela do *Castelo do Orgulho* provoca escândalo em casamento: "Ele é meu", diz Donna às lágrimas.

A história, com fotos, preenchia toda a página três. Contava que Donna interrompera a cerimônia pouco antes da entrada da noiva e se dirigira a Simon, dizendo carregar o filho dele na barriga e que Rhianna Carlow sabia de tudo. A cerimônia fora adiada indefinidamente. Por fim, o jornal trazia a informação de que Rhianna estaria em viagem com seu amante Diaz Penvarnon.

– Bem, sr. Tully, o senhor já conseguiu uma matéria nacional e provocou um mal sem tamanho, o que mais quer aqui? – perguntou Rhianna, atirando o jornal para ele.

– Confirmar mais alguns dados. Onde está o noivo? Sentiu a pressão de ter como amante a filha de Grace Trewint e deu no pé?

Tully continuou a fazer perguntas capciosas, mas Rhianna não perdeu a pose, apesar de arrasada por dentro. De repente, Pilar surgiu lá de dentro gritando em espanhol, ameaçando repórter e fotógrafo com uma vassoura e os expulsou da casa, furiosa.

Foi só quando Pilar a tocou no ombro, pedindo calma, que Rhianna percebeu estar afundada no último degrau da escada, com as mãos sobre o rosto.

– Pilar, eu preciso ir embora – falou ela, trêmula. – Agora mesmo. Preciso voltar à Inglaterra. Pegar um voo mais cedo, se conseguir. Um empregado poderia me levar a Oviedo?

– *Ay de mi!* E o que digo ao senhor?

Rhianna apanhou o jornal do chão.

– Mostre isto a ele. Diaz vai entender.

– Você não pode estar falando sério. – Daisy olhava boquiaberta para Rhianna. – Vai sair do *Castelo do Orgulho* por conta dessa bobagem? Querida, você só pode estar brincando.

– Não estou. – Ela mostrou um tabloide para a amiga. – Isto me fez tomar a decisão.

Ela apontou para uma imensa foto de Diaz andando pela rua, o rosto frio e raivoso ao perceber a presença da câmera, e a manchete:

"Escândalo sexual! Milionário dormiu com Ariadne e sobreviveu!"

– Meu Deus, como isto é baixo e vil! Diaz é o último homem do mundo que gostaria de ter a privacidade devassada. Ele deve estar me odiando, e não é pouco, depois disso.

– Bem, já que você jurou nunca mais vê-lo, isso não tem tanta importância – disse Daisy. – E, por outro lado, você não é responsável por algo que aconteceu antes de você nascer. Além disso, não arrastou Diaz Penvarnon para dentro de um iate e fugiu com ele.

– Você não vê? Na mente das pessoas, eu me transformei em lady Ariadne, a criatura monstruosa. Ela virou realidade.

– Não se precipite. Isso logo vai ser esquecido. Enquanto isso, o vilão de verdade saiu imaculado. Segundo li, ele viajou para a África do Sul. Você já conseguiu falar com sua amiga da Cornualha?

– Não, eu ligo mas não me deixam falar com ela. Da última vez, a mãe dela atendeu e me xingou dos piores nomes.

– Ela precisa de alguém para culpar, isso é tudo.

– Ela e milhões de outras pessoas. Tenho que andar disfarçada agora, para ninguém me reconhecer na rua. E por mais que os Jessop tenham sido ótimos como sempre, permitindo que eu fique com eles enquanto a imprensa está acampada lá em casa, não posso ficar lá para sempre. Eu preciso ir para um lugar bem longe, onde ninguém me acharia.

– Contanto que volte em seis meses para ser madrinha.

– *Madrinha?* Mesmo? Ai, Daisy, minha querida, isso é ótimo! – Ela hesitou. – Foi por isso que Rob...?

– Entrou em pânico e fugiu? Sim. Percebeu que tinha filho e mulher para sustentar e enlouqueceu. Mas agora voltou.

Rhianna ainda ria da história de Rob quando chegou à casa dos Jessop e a sra. Jessop anunciou:

– Você tem visita, querida. Uma senhora. Está na sala da frente.

Carrie, pensou Rhianna, abrindo a porta e entrando. Por favor, que seja Carrie!

Mas, em vez da amiga, viu uma mulher alta, de cabelo louro-prateado, vestida impecavelmente.

Quando a visitante virou de costas para a janela para encará-la, Rhianna pensou que era Moira Seymour e se preparou para o massacre. Mas a mulher estava sorrindo para ela. Ironicamente, talvez, mas sorria.

– Então, a filha de Grace. – A voz era suave e clara. – Finalmente nos encontramos.

Ai, meu Deus, pensou Rhianna em pânico, ao reconhecer o rosto do retrato. Era a mãe de Diaz.

– Sra... Penvarnon? Eu... eu não estava esperando por isto. O que a senhora está fazendo aqui... e como me encontrou? Eu não entendo.

– Para ser franca, espero que nunca seja obrigada a isso – respondeu a senhora com ironia. – Mas quando Diaz me mandou as fotos que encontrou em seu quarto e exigiu uma explicação, eu sabia que não tinha mais alternativa.

– As fotos? Diaz as encontrou? Mas por que ele as mandou para a senhora, se eram principalmente fotos do pai dele?

– Principalmente – corrigiu Esther Penvarnon calmamente. – Mas não todas. Havia... outras.

– Bem, sim – concordou Rhianna, ainda confusa. – Havia muitas outras da sra. Seymour, algumas do marido dela. Mas eu não vejo como...

– Não. Não era Moira com o marido dela. Aquelas fotografias mostravam a mim... com o meu amante.

– A senhora? – Rhianna olhou para ela, surpresa. – *A senhora* estava tendo um caso?

– Sim. – A resposta foi firme. – Um caso com meu cunhado, Francis Seymour. Ele e Moira foram morar na casa dos Penvarnon assim que eu fiquei doente, para me fazerem companhia e administrar as coisas enquanto Ben estivesse ausente. Ele costumava sentar comigo às tardes e ler ou nós escutávamos rádio juntos. Gradualmente nossa relação... mudou. Éramos ambos infelizes em nossos casamentos e nos apaixonamos profundamente. Embora eu perceba que isso não é desculpa para o dano que foi feito.

– Mas a senhora andava de cadeira de rodas – falou Rhianna.

– Em certo período, sim. Porém minha saúde melhorou lentamente ao longo dos meses. Mas eu escolhi de propósito manter a ficção de que continuava incapaz. – Ela fez uma pausa. – Podemos sentar? Vai ser mais fácil para mim revelar o que tenho para dizer.

Esther Penvarnon se sentou na poltrona ao lado da lareira e Rhianna ocupou outra, em frente.

– Em primeiro lugar, meu marido não me deixou por conta de uma paixão ilícita por sua mãe. Grace Trewint era apenas empregada no apartamento dele de Londres, e uma excelente amiga. Ben me contou isso em uma carta que escreveu pouco antes de morrer, e eu acredito. Ele deixou a Cornualha e o lar que amava porque também vira fotografias, bem mais fortes que essas vistas por Diaz, provando que eu o traía, e ficou arrasado. Sua mãe também não foi demitida por ter feito algo errado. Saiu por vontade própria, por suspeitar da verdade e não compactuar com a traição a um bom homem. E Ben Penvarnon *era* um bom homem, srta. Carlow. Também era rico, dinâmico e muito bonito. Só não era... para mim. Quando ele se foi, nós três que ficamos fizemos de tudo para a verdade não vir à tona. Moira queria muito ser a senhora da mansão para pensar em divórcio. Eu, arrasada, quis fugir. Então, quando Kezia Trewint começou a espalhar suas mentiras, não negamos nada.

– Mas ela tirou as fotos – disse Rhianna lentamente. – Tirou e mostrou a seu marido. Por quê?

– Porque era apaixonada por ele. Achava que ele ficaria agradecido a ela. Mas ele foi embora, e quando ela soube que Grace estava trabalhando para ele, ficou amarga e começou a espalhar boatos. Mas não esperávamos por você, minha querida, que sua vinda fosse reacender todo o velho ressentimento e a culpa. Então eu estou aqui para pedir perdão, desejando que algum bem possa vir finalmente, acima de toda a dor do passado.

Houve um silêncio, depois Rhianna falou lentamente:

– A questão não é o passado. Fico contente que minha crença na minha mãe esteja certa, mas não posso ir além disso. Nada mudou para mim. Minha vida está uma confusão. Um desastre. Fui arrastada por uma situação que não dependia de minhas forças. E agora estou sendo vilipendiada pelos tabloides e pela televisão.

Ela se levantou.

– Minha carreira acabou. Minha tentativa de proteger a felicidade de minha melhor amiga foi um desastre. A vida dela está arruinada, ela provavelmente nunca vai falar comigo de novo. E meu relacionamento com Diaz, que começou por razões equivocadas, foi também arrastado pelo turbilhão. Como ele vai me aceitar de novo? Eu estou viva, sra. Penvarnon, mas quem, no mundo inteiro, vai me perdoar? E como posso aguentar essa carga?

Do vão de entrada, Diaz disse gentilmente:

– Comigo a seu lado, meu amor. Vamos vencer tudo juntos.

Rhianna correu para ele, angustiada.

– Como você sabia onde me encontrar?

– Eu sempre soube – afirmou ele. – Você achava que eu permitiria que deixasse Penvarnon cinco anos atrás sem me certificar de que fosse ter um lugar seguro e pessoas que cuidassem de você? Quando vi a imprensa do lado de fora de seu apartamento, sabia que você estaria aqui.

– Mas você não pode ficar aqui. Eles virão atrás de você. Aquele jornalista, ele queria importunar sua mãe, ligar para ela e dizer que nós estávamos tendo um caso...

– Não ia adiantar de nada. Ela já sabia.

– Já?

– Já. Quando a levei para a Espanha, foi para apresentá-la a minha mãe. Quando vi que estava apaixonado, que você era a mulher da minha vida, precisei dizer a ela e esperava uma condenação. Mas, pelo contrário, ela ficou feliz. Além do mais, querida, sem você, não vou a parte alguma. E não se preocupe tanto com Carrie, minha querida. Ela está em estado de choque e magoada, mas acho que está começando a perceber que acabou dando sorte. Caminhamos juntos dois dias atrás e ela admitiu que sentia algo errado nas semanas anteriores ao casamento. Que Simon mudara muito. E ela com certeza não odeia você, não importa o que a mãe dela diga. Carrie confia em você, sabe que jamais serviria de cupido para Simon.

Ele inclinou a cabeça e a beijou nos lábios.

– Ela vai ficar bem. Só precisa de tempo.

Rhianna se aproximou, encostando a bochecha na dele, todo o corpo dela se aquecendo colado ao dele.

– Mas pode não acontecer o mesmo conosco, querido.

– Não – disse ele, suave. – Mas como poderia, querida? Porque você vai ser minha esposa e isso muda tudo.

Ele a ergueu nos braços e a carregou até a poltrona, sentando-a sobre o joelho.

– Agora podemos pensar em nós dois por um minuto? – Ele enfiou a mão dentro do bolso e tirou uma caixa de couro. – Tenho um presente para você.

Em cima do forro de cetim, a turquesa de Tamsin Penvarnon brilhava para ela.

– Mesmo que eu consiga convencê-la a se casar o mais rápido possível, isto fará parte da cerimônia.

Rhianna arfou. Diaz a beijou de novo, lenta e sensualmente.

– E nós vamos levá-la na lua de mel também – sussurrou ele. – Quero vê-la usando apenas ela em nossa noite de núpcias.

Ainda haveria fofocas e muitas outras manchetes de jornal antes que pudessem viver em paz. Mas com Diaz a seu lado, Rhianna sabia com certeza que poderia enfrentar qualquer obstáculo que a vida lhe impusesse. Que o amor deles os protegeria sempre.

– O prazer será todo meu – respondeu Rhianna, suave, e envolveu o pescoço de Diaz com os braços para puxá-lo para si, com amor e confiança.

234 – ARTE DA SEDUÇÃO

FOTO INDISCRETA – NATALIE ANDERSON

Sem querer, Mya Campbell enviou uma foto só de biquíni para o irmão de sua melhor amiga, Brad Davenport. Agora, ele está determinado a tê-la. Será que Mya consegue resistir?

FOGO DO DESEJO – NICOLA MARSH

Para salvar sua empresa, Sapphire é obrigada a trabalhar com o seu maior inimigo, Patrick Fourde. Mas essa parceria irá mais longe do que eles esperavam...

235 – RUMOS DA PAIXÃO

CORPO & ALMA – SARAH MORGAN

Para salvar sua mãe, Selene Antaxos decide pedir ajuda ao maior inimigo de seu pai, Stefan Ziakas. Mas esse encontro despertará desejos adormecidos...

CLÁUSULA QUEBRADA – KELLY HUNTER

Nicholas Cooper precisa de uma esposa de mentira, e Hallie Bennet é perfeita para o papel. Fingir era fácil, o difícil foi resistir aos anseios do corpo... e do coração.